d

Chris Kraus

Sommerfrauen Winterfrauen

ROMAN

Diogenes

Covermotiv: Artwork by Riitta Koukkunen

Diogenes Verlag AG Zürich
www.diogenes.ch
80/18/44/1
ISBN 978 3 257 07040 8

Für Rosa
und alle Farben
(bis auf Braun natürlich)

Diese Geschichte ist komplett wahr,
da ich sie von A–Z erfunden habe.

Boris Vian,
Die Gischt der Tage

Inhalt

Pumas Vorwort

Mein Vater hat im Gegensatz zu mir die Erfahrung gemacht, dass »Gottes Stolpersteine«, wie er sie nannte, ständig im Weg liegen, da sie ihm ständig im Weg lagen.

Das, was er erlebte, erlebte und erlebe ich nicht einmal in Andeutungen.

In der gleichen Kaufhausfiliale, in der ich eine Sonnenbrille erstand, wurde mein Vater ein Stockwerk höher mindestens Zeuge, höchstwahrscheinlich jedoch Opfer eines Raubüberfalls (er wurde in seinem Leben mehr als ein Dutzend Mal überfallen, wem passiert das schon).

Während ich im Adriatischen Meer einem malerischen Sonnenuntergang entgegenschwamm, wurde er von einem Hai angegriffen.

Oder ein Öltanker ging direkt vor ihm unter.

So war es immer.

Und ob Sie es glauben oder nicht: Tatsächlich zerschellte im Januar 2012 vor seinen Augen die Costa Concordia, kein Öltanker, sondern ein italienischer Kreuzfahrtriese, der Papas winziger Segeljolle zuvor ausgewichen war (zehn Meter fehlten zur Kollision), nur um stattdessen einen Felsen zu rammen.

Aber wer segelt schon im Winter nach Einbruch der Dunkelheit aus dem sicheren Hafen von Giglio aufs Meer hinaus? Nur Jonas Rosen, mein mondsüchtiger Vater, war zu solch einem Unsinn fähig.

Sein katastrophisches Talent auf der einen Seite und meine Begabung zu Lebenssorgsamkeit auf der anderen Seite führten in sehr unterschiedliche Territorien des Kummers.

Vielleicht ist es das, was mich und andere an Papa immer angezogen hat: die Verheißung eines ungeheuren Fiaskos, das dereinst in unser Mittelmaß hineinzuplatzen und es auf zauberische Weise zu zerstäuben vermöge.

Natürlich haben viele Menschen versucht, Papa zu schützen (sofern sie ihn liebten, was immerhin einige mehr waren, als er gedacht hatte). Sie schützten ihn allerdings auch, um sich selbst zu schützen. Aber unser Schutz war bei ihm kaum wirksamer als eine Wolke, die in einen ausbrechenden Vulkan hineinregnet. Vielleicht hätte er mehr erreichen können bei seinem Talent. Aber er sagte immer, das gelte eigentlich für alle Menschen.

In dem Moment, als er stürzte, fast ein Jahr ist es nun schon her, war ich nur einen Meter hinter ihm. Papa ließ keinen Laut vernehmen, weil er immer stumm stolperte, über eine Türschwelle, einen Treppenabsatz oder sich selbst. Gottes Stolpersteine ertrug er klaglos, leider auch dieses hochalpine, am Rande des Gemmipasses gelegene Exemplar, das sein letztes sein sollte. Hätte er einen klitzekleinen Seufzer hören lassen, oder gar eines seiner vielen Achs (bei seinen Lektüren geschah dies des Öfteren), wäre ich gewarnt gewesen. Vielleicht hätte ich ihn mit einem Sprung erreichen, ihn noch halten können an der etwas zu großen Jacke oder einem Zipfel seines Rucksacks. Aber es gelang mir nicht, weil er in völliger Stille zur Seite und dann Kopf voraus in den Abgrund kippte.

Bis heute höre ich in meinen Träumen den leisen Schrei eines Bergvogels, der am Horizont kreiste und dessen Anblick mein ins Nichts fallender Vater freigab, höre danach einen tobenden Windstoß in meinen Haaren, höre schließlich, durch den Wind hindurch, den dumpfen Aufprall, der die Gemmischlucht heraufschallte und den Vogel zum Verstummen brachte.

Papa wusste schon seit vielen Jahren, dass er nicht sehr alt werden würde. Aber die Art, auf die er dann nicht alt wurde, ihre unbegreifliche Plötzlichkeit, muss ihn überrascht haben. Vermutlich war er auch überrascht, dass ich, selber überrascht, nicht zur Stelle war, denn er war ja Rettung gewohnt, zumindest vergebliche. Vielleicht vertraute er auf meine Hand, die der seinen in der anatomischen Gestalt, aber auch im Temperament so ähnelt. Vielleicht wartete er auch während jeder einzelnen Millisekunde, die sein Leib dem Talgrund entgegenraste, auf meine Superkräfte.

Von diesem furchtbaren Tag ist mir ein ständiges Zittern meiner Lider geblieben, das mal stärker, mal schwächer wird, schwächer aber nur nach körperlicher Anstrengung oder wenn ich morgens erwache. Ich kann auch bis heute das Entkorken von Weinflaschen nicht ertragen, des fatalen, an die Gemmischlucht erinnernden Geräuschs wegen. Und natürlich steige ich nicht mehr auf Berge.

Immerhin ist Papa ein langsames Sterben erspart geblieben. Ein schwacher Trost. Aber der einzige.

Da ich nicht bei ihm aufwuchs, habe ich aus der Kindheit nur wenige Erinnerungen an ihn.

Einmal spielte ich in einem seiner Kurzfilme ein süßes, achtjähriges Mädchen, das an einem dreischläfrigen Galgen in Beerfelden im Odenwald aufgehängt wird.

In den Zeiten meiner Pubertät kam es zu gelegentlichen Konflikten, auch weil ihm töchterlicher Drogenkonsum verhasst war (im Gegensatz zu väterlichem, so nannte ich seine Vorliebe für gelegentliche Schnäpschen).

Erst nach meinem achtzehnten Geburtstag hatten wir mehr Kontakt. Und als seine Schmerzen immer stärker wurden, war ich sogar häufig bei ihm. Deshalb begleitete ich ihn auch auf jene Klettertour in die Walliser Alpen, die ihm die Ärzte verboten hatten und die ihn das äußere, mich das innere Gleichgewicht kosten sollte.

In seinem Nachlass, der niemanden interessierte, keine Sommerfrau, keine Winterfrau und meine Mutter schon gar nicht, fand ich drei alte, vergilbte Tagebücher. Ihr Inhalt ließ mich vermuten, dass jener Ablenkwinkel des Lebens, den Papa für Realität hielt, bei ihm selbst wesentlich steiler war, als wir alle bisher angenommen hatten. Die unerheblichen, ja banalen, in mancher Hinsicht aber merkwürdigen und für mich im wahrsten Sinne des Wortes existentiellen Ereignisse jenes Spätsommers 1996, die ich niedergeschrieben fand und die mir bis dahin vollkommen unbekannt geblieben waren, mündeten schließlich in meine Geburt. Die näheren Umstände, wie es zu mir selbst gekommen ist, wurden mir nur durch Papas Tod offenbar.

Um diesem Tod eine Form zu geben, ja, in gewisser Hinsicht sogar eine Art Leben, habe ich nach reiflicher Überlegung beschlossen, Papas Aufzeichnungen ungekürzt und vollständig, aber jenen Menschen gegenüber rücksichtsvoll herauszugeben, die hier zum Teil kompromittierend genau porträtiert werden. Viele Namen wurden daher verändert (aber nicht alle), einige Orte umbenannt (aber nicht alle), manche Flüchtigkeits- und Rechtschreibfehler korrigiert (alle).

Ansonsten jedoch entspricht der Abdruck dem authentischen Text (der in jenen weit zurückliegenden Zeiten, ich kann es mir kaum vorstellen, nicht elektronisch respektive digital verfasst, sondern – wie heutzutage eigentlich nur noch von Kinderhand – auf echtes Papier geschrieben wurde, mit Hilfe eines Bleistiftes der Stärke 2B, Papas absolutem Favoriten).

Manch ein Leser, von manch einer Leserin ganz zu schweigen, mag einige der Dinge, die auf den nächsten Seiten geschildert werden, für hysterisch oder gar erfunden halten.

Ich glaube aber, dass diese Wirkung damit zu tun hat, wie hier dem zur Neige gehenden 20. Jahrhundert gehuldigt wird, seinen so fernen, so berauschenden und von sich selbst berauschten Menschen, die Sehnsüchte hatten und Dinge taten, die uns fremd vorkommen, fremd und auf eine Weise jung, die sich von unserer Weise, jung zu sein, unterscheidet, jedenfalls von meiner.

New York, den 13. Januar 2018 Puma Rosen

KLADDE I

17. September–23. September 1996

1.) Ich drehe keinen Nazischeiß!
2.) Ich drehe keinen Nazischeiß!
3.) Ich drehe keinen Nazischeiß!
4.) Ich drehe keinen Nazischeiß!
5.) Ich drehe keinen Nazischeiß!
6.) Ich drehe keinen Nazischeiß!
7.) Ich drehe keinen Nazischeiß!
8.) Ich drehe keinen Nazischeiß!
9.) Ich drehe keinen Nazischeiß!
10.) Ich drehe keinen Nazischeiß!

1. Tag

Dienstag, 17. 9. 1996, 16 Uhr, London Heathrow

Mein rotes Hemd flattert unregelmäßig. Vom Herzen geschüttelt. Die Ohren brennen lichterloh. Ich bin auf dem Flughafen London Heathrow und warte auf den Anschlussflug.

Endlich nach New York.

17. September. Vier Uhr.

Heiß.

Ich hasse Fliegenmüssen.

Gestern, während des Abschlusstreffens.

Ich fand in Lilas Wohnung ein Fax nach Amiland. Er schrieb jemandem, den er *»darling«* nannte, dass er sich fühle *»like three pink rats running through«*. Das trifft es. Wenn Lila nervös ist, hat man das Gefühl, seine Lücke zwischen den Schneidezähnen werde größer, wie ein Kanonenschlitz. Sein schöner Humor verschwindet dann auf ganz ähnliche Weise wie bei mir hinter penibler Schulmeisterei, die subtil sein will. Aber subtil ist gar nichts an ihm. Er ist ein typischer Schütze, würde Mah sagen. Besteht ganz aus Triebkraft, die er in Idealismus umdekoriert.

Der ganze Tag gestern war ein einziges Chaos. Sinnstiftung durch eine neue, billige Schwarzhose, ein schlafanzugartiges Sweatshirt mit blau-gelben Längsstreifen, in dem ich aussehe wie ein Verurteilter, und eine sehr schicke dunkle Jacke, die praktisch gar nichts kostete.

Ich kaufte alles beim Lieblings-Karstadt, innerhalb von zwanzig Minuten, wie ein Scheich. Einen Anzug konnte ich mir natürlich nicht leisten.

Lila hat mir eines seiner schwulen Jacketts geliehen, eine Art napoleonischen Militärrock, elfenbeinweiß, mit doppelter Knopfleiste. Man denkt an Kavallerieattacken bei Austerlitz.

Ich soll schön aussehen.

In mein Portemonnaie habe ich ein paar Kondome gepackt, eher mechanisch. Mah stand neben mir und hat gelacht, aber nicht vor Freude.

»Du guckst drauf, als wär's Munition«, sagte sie.

Dabei weiß sie, dass sie sich keine Sorgen machen muss.

Sie macht sich aber trotzdem ein paar Sorgen. Um die Liebe und auch um mich. Wir sind jetzt seit drei Jahren zusammen. Seit über drei Jahren. Wir sehen keine Risse, fangen aber an zu lauschen. Hin und wieder knackt da was.

Gestern beim Sex hielt sie mir die ganze Zeit die Hände fest. Ich fragte, ob sie weint. Aber es war nichts.

Ich glaube, Europäer und Asiaten gehen mit ihren Gesichtsausdrücken völlig unterschiedlich um. Mahs Stirnfalte zum Beispiel. Wieso tritt die nicht wie bei mir hervor, wenn es Grund zum Ärgern gibt? Sondern immer nur vorm Orgasmus? Die fundamentalen Emotionen – Freude,

Überraschung, Angst, Wut, ja, sogar Trauer – kann Mah jedenfalls mit dem ewig gleichen, melancholischen Lächeln ausdrücken, das ihr angeboren zu sein scheint. Sie sagt, das kenne sie von Vietnamesinnen auch nicht anders. Was man mit dem Mund macht, oder mit der Stirn, bleibt in Vietnam ohne Wirkung. Wichtig sind nur die Augen. Es gibt nichts anderes, um aus dem Gegenüber schlau zu werden, und Mah versucht immer, in meinen Augen zu lesen. Mein Mund ist ihr egal.

Vorhin in Tegel schüttelten wir uns. Sie küsst jetzt viel weicher als am Anfang (also ganz egal ist ihr mein Mund auch wieder nicht). Seit Michis Tod ist sie mein einziger wirklicher Freund und meine halbe Familie.

Sie hat mir das Leben gerettet.

Jetzt warte ich hier in London im Terminal 4. Gerade geht eine Alarmanlage los. Ein schriller Sirenenton, kilometerweit zu hören. Ich schaue in das Gesicht eines vollendet gelassenen Inders neben mir, der sein Ticket studiert. Die Engländer (selbst die indischen Engländer) haben alle diese Ich-mache-mir-aus-Prinzip-keine-Sorgen-Gesichter.

Ist eine Maschine explodiert? Ein Feuer ausgebrochen?

Jetzt geht es schon vier Minuten.

Ich muss in den Flieger.

Am meisten hasse ich das Einsteigen. Es ist wie Abstürzen, ein unabdingbarer Teil davon.

Ganz hinten im Flugzeug sitze ich, sitze leicht schwitzend in einem Sessel, der zurückzuschwitzen scheint. Das Essen, das sie einem bringen, riecht nach schlechtem Atem. Es schmeckt auch so. Die Birne-aus-Porzellan, wie Mah meinen Kopf nennt, liegt, wie es sich gehört, in der Mitte der Sessellehne. Sie bewegt sich wenig. Ich muss immer schön aufpassen, dass da niemand draufhaut. Als Kind habe ich mich oft geschlagen. Jetzt könnte mich diese Vierjährige da vorne umbringen, indem sie einfach auf den Sprung haut in meiner Schüssel. Und 10 000 Meter über dem Meer tun dem kaputten Schädel auch nicht gut.

Ich sitze in der vorletzten Reihe. Alle fünf Minuten kommt der Steward, bittet einen aufzustehen, kniet sich zu Boden, kriecht unter den Sitz und fängt dort an zu arbeiten. Er ist so geschmeidig wie ein abgebranntes Streichholz und versucht, die Kabel für den TV-Empfang zu reparieren. Sein Rücken könnte zu Asche zerbröseln, sobald jemand draufklopft. Wenn der Fernseher nicht anspringt, wird es eine Meuterei unter den Passagieren geben.

Neben mir ein netter, unglaublich gutaussehender Fotograf, dreißig Jahre alt, ein Robert-Redford-Klon. Ist tatsächlich blond. Hat tatsächlich Charme. Heißt tatsächlich Robert. Robert Polanski. Er bestellt mit rollendem bayerischem Akzent *»coffee please«*.

Ich habe diese Mutfurcht, die mich vorantreibt, gebe mir ein gelassenes Gebaren und beginne das Gespräch, indem ich ihn auf die Robert-Redford-Ähnlichkeit anspreche.

Er hat es schon öfter gehört. Noch öfter als die Roman-Polanski-Ähnlichkeit des Namens und die unentrinnbare Frage, ob er Jude sei wie dieser berühmte Regisseur.

Ich mag ihn. Er liebt den Film *Sundance Kid.*

Wir reden, um uns abzutasten, über die Statistiken von Toilettennutzung auf Transatlantikflügen. Neben uns staut sich eine Menschenschlange. Die Leute setzen sich uns fast auf den Schoß vor Ungeduld.

Statistik 1: Jeder zwanzigste männliche Flugzeugpassagier mit gefüllter Harnblase uriniert in die Waschschüssel statt in die Toilette. Behauptet Redford.

Statistik 2: Nur Frauen REDEN beim Warten auf die Toilettenschüssel. Männer hingegen SCHWEIGEN grimmig, selbst wenn man ihnen, so wie Redford eben, aus Versehen heißen Kaffee auf die Hose schüttet.

Statistik 3: Je länger die Schlange ist, desto länger wird sie. Ist aber gar keine Statistik.

Interessant an Redford ist, dass er sofort im Verhalten der Menschen, selbst wenn es weder paradox noch sonstwie auffällig ist, nach einer psychologischen Erklärung sucht. Das macht sicher sein Job als Fotograf. Er behauptet, schon nach drei Sekunden in einem Gesicht lesen zu können, wie tot der Mensch ist, dem es gehört.

Als Redford erfährt, dass ich Filmstudent bin und vier Wochen in New York bleiben werde, ist er ganz begeistert. Er kann es nicht glauben, als ich ihm von dem Projekt erzähle.

»Du machst einen Sexfilm?«, fragt er.

»Nein. Keinen Sexfilm. Einen Film über Sex.«

»Und was wird man sehen?«

»Ich muss noch überlegen.«

»Ich meine, so in etwa.«

»Wirklich, ich muss noch überlegen.«

»Wird man zum Beispiel eine Möse sehen?«

Ich erzähle ihm von Lila.

»Lila von Dornbusch?«

Er setzt gleich dieses wissende Lächeln auf. Der prominente Name ist wie ein Knopfdruck ins kollektive Unterbewusste. Er kann nicht glauben, was ich ihm sage. Es klingt zu verrückt. Ein Dokumentarfilm über Sex. Ohne Drehbuch, ohne Konzept, ohne Geld und ohne Möse, wenn es sein muss.

Vor ein paar Tagen noch saßen wir alle bei Lila in der Regensburger, umstellt von seinen mit allerlei tropischem Getier gefüllten Terrarien. Wir hatten eine dieser typischen Krisensitzungen, die vor allem der sensiblen Python immer zu laut sind.

Das Wohnzimmer wird vom Regieruhm illuminiert, der von Lilas siebziger und achtziger Jahren noch nachglüht: Überall Preisskulpturen, Pastellgemälde, Plakate mit Filmstars wie Hildegard Knef drauf. Ein Schwarz-Weiß-Foto von Charles Bronson, der sich einen riesigen erigierten Penis in den Mund schiebt. Und ein goldener Thron aus Plastiktitten, der neben dem Anakondaterrarium steht und irgendein Relikt der Trashfilme ist, mit denen Lila von Dornbusch Jahr für Jahr ein immer winzigeres Publikum belästigt.

Seit zwei Jahren ist er Professor an der Berliner Filmakademie. Er braucht das Geld. Als Kind war er verträumt und nachlässig, blieb viermal sitzen und hat keinen Schulabschluss. Nicht mal Bäckerlehrling hätte er werden können.

Ein Professor braucht keinen Schulabschluss, sagt er, nur ein Student. Er findet es auch wichtig.

Eigentlich hat sich durch das Seminar nicht wirklich was verändert. Vielleicht eine andere Art der Fremdheit zwischen uns allen, aber keine schönere.

Dabei haben wir uns alle entblößt voreinander, seelisch, körperlich.

Sechs Monate Intensivstation. Und dann Reset.

Rücksturz zur Erde.

Es stellt sich schließlich nur der Teil des Familiären ein, der einem an jeder Familie auf den Keks geht.

Dabei fing alles so revolutionär an. Also was man eben revolutionär finden kann an einer Hochschule. Das vermutlich abstruseste Seminar, das die Filmakademie je gesehen hat. Ich war ganz elektrisiert, als mich im offiziellen Vorlesungsverzeichnis ein Kursangebot angrinste, das ausnahmsweise mal nicht »Somatische Empathie bei Hitchcock« oder »Modalitäten aktueller Diskursivität im Archivkunstfilm« hieß, sondern: »WAS IST SCHÖNER – FICKEN ODER FILMEMACHEN?«

Natürlich, typisch Lila, in Großbuchstaben.

Das sorgte für Aufmerksamkeit, nicht nur bei mir.

Zumal unter »Seminarbeschreibung« auch noch das folgende sogenannte »Lehrgedicht« von Seminarleiter Professor von Dornbusch abgedruckt wurde:

DU MEIN GEILER STUDENTENSEE
(Kleines Lehrgedicht)

DU MEIN GEILER STUDENTENSEE
LUMPI PLATSCH
LOCH LUSTIGES LOCH
TÜTELÜ
BABY SPIELEN PO EINCREMEN
WINDEL WIEDER EINGESCHISSEN
SO BIST DU
MEIN RAT
ER KOMMT VON HERZEN
ERKENNE DICH SELBST
VERSCHLAF DIE ZEIT
UND SCHREIB DIE TRÄUME AUF
UND REDE VIEL
UND FILME DAS SCHWEIGEN
UND SUCH DIR FREUNDE
DIE DICH HASSEN
DA LÄSST SICH VIEL DRAUS MACHEN
UND WENN DU LIEBST
DANN LIEB DEN FALSCHEN
DENN GLÜCK IST DER TOD
EINES JEDEN FILMREGISSEURS
UND BITTE BITTE
KEINE FILME SCHAUEN
KEIN FERNSEHEN
KEINE KUNST
UND KEIN GEDICHT
NUR DEIN LACHEN DEIN WEINEN

DARFST DU SEHEN
UND DEINE GROSSEN ZEHEN
UND BITTE AUCH KEIN FAX KEIN TELEFON
SONDERN NUR EIN MENSCH AUS HOLZ
DEM DU GESTEHST
DASS DU AUCH STÄRKEN HAST
UND BITTE SCHLAF IM FREIEN
UND FANG DEN GRÖSSTEN VOGEL
UND FAHR ZUR SEE
UND GEH INS KLOSTER
ODER NACH NEW YORK
UND IN KEINE TALKSHOW
UND BITTE UM VERGEBUNG
FÜR ALL DIE SCHLECHTEN FILME
DEINER FREUNDE
DAMIT DU NICHT SO WIRST
WIE DER NÄCHSTE
DENN HÄSSLICHKEIT UND SCHLECHTER GESCHMACK
SIND ANSTECKEND
DRUM SUCH DIR EINEN PLATZ
IN MEINEM SEMINAR
UND FILM DICH SELBST
MIT WONNE
IN DER SONNE
BEIM SEX
UND SEI PÜNKTLICH
IMMER
DEIN
LILA VON DORNBUSCH
(Leiter Fachbereich III, Raum 421)

Natürlich dachten alle, dass es sich um nichts weiter als durchgeknallte Lyrik handele. Um die durchgeknallte Lyrik eines alternden, von seinen Kollegen verachteten Regisseurs-von-gestern, der vor seinen Eleven über Eros und die siebte Kunst schwadronieren möchte und dafür eine griffige Formel braucht.

Aber nein, schief gewickelt: Wir sollten uns tatsächlich beim Sex filmen, wie im Lehrgedicht angedroht. Und zwar gleich zu Anfang. Als Hausaufgabe für die allererste Unterrichtsstunde.

Als ich Mah davon berichtete, hatte sie kein Problem damit.

Nach außen wirkt sie so körperlos manchmal. Aber sie hat mehr Selbstverständnis, mehr Spielerisches als ich, was Sex anbelangt. Vielleicht, weil sie mit dem Tod vertrauter ist.

Ich kam mir albern vor, als ich die Kamera aufstellte. Genierte mich. Aber sie kicherte nur, zog sich gutgelaunt die Hose aus, legte sie zusammen, zog die Unterhose aus, legte sie zusammen, und zog danach auch meine Hose und meine Unterhose aus und legte alles zusammen (wie immer, irgendwas Zwanghaftes).

Allerdings behielt sie das blaue T-Shirt an, wollte nicht, dass man ihre Brüste sieht, weil sie die zu klein findet.

»Was ist an kleinen Brüsten falsch?«, fragte ich.

»Also findest du sie auch zu klein?«

»Nein, ich finde sie super.«

»So groß ist dein Schwanz nämlich auch wieder nicht.«

»Wer hat das behauptet?«

»Du tust so, als müsstest du darüber nie nachdenken. Als hättest du keine Komplexe. Du hast jede Menge Komplexe. Schon wegen der Nazis in deiner Familie. Die hatten bestimmt auch kleine Schwänze.«

»Wollen wir anfangen?«

»Nimmt das Ding eigentlich auch auf, was wir sagen?«

Als es vorbei war, musste ich ihr mitteilen, dass ich die Kamera nicht angestellt hatte. Ich schaffe das nicht. Traue mich nicht. Brachte zerknirscht ein leeres Videoband mit zu Lila, der uns alle mit Gebäck und Teechen empfing, um unser Ficken zu beurteilen.

Er saß auf seinem Tittenthron wie ein honoriger Kannibalenhäuptling mit gutem Appetit.

So wurde es aber gar nicht. Denn Lila wollte den Kram nicht sehen. Guckte sich nichts an, sondern sagte mit seiner glucksenden Oberlehrer-Stimme, dass er sich nichts Langweiligeres vorstellen könne als Anfängersex von Akademikerkindern aus der Mittelschicht, die auch noch heterosexuell sein wollen.

Stattdessen machte er ein paar Psychospielchen mit uns, bei denen ich gut abschnitt. Das Vögeln war nur eine Mutprobe gewesen, und dieses infantile Mutproben (dem ich nicht wirklich standgehalten hatte, aber das weiß ja niemand) hat die Gruppe zusammengeschweißt. Sechs öde, alloiophile Filmstudenten aus der von Lila so gehassten bürgerlichen Klasse. Für ein paar Wochen. Für ein paar großartige Übungswochen, in denen Besessenheit und solidarischer Eifer wie Milch und Honig flossen.

Und dann zerbröckelt alles am Ego des Einzelnen, am

Kummer des Lebens, am dummen Verlangen nach fernen, neuen Planeten. Am Rieseln der Zeit.

»Wo sind die anderen fünf?«, fragt Redford.

Er fragt es nicht nur, er will es wirklich wissen und blickt sich im Flieger um. Dann hängt er an meinen Lippen, während ich sage, dass Dieanderenfünf nicht dabei sind, dass Dieanderenfünf nachkommen, dass ich in Manhattan Sachen für Dieanderenfünf organisieren muss. Kameras, Unterkünfte, so was in der Art. Quartiermeisterei.

Ein Sender (3sat) hat Lila ein bisschen Geld gegeben, damit wir in New York aufregende Filme über Eros und Verlangen drehen können.

»Die Studenten sind so verwöhnt. Die müssen was erleben, was Existentielles, um später gute Regisseure zu werden. In New York kenne ich phantastische Sexclubs. Da können die sich vor laufender Kamera in den Arsch ficken lassen«, schwärmte er der Redakteurin vor, einem blassen, blasenkranken Mauerblümchen. Sie war sofort Feuer und Flamme und rückte 50 000 Mark für das Experiment raus.

Dieses Experiment macht mich interessant, das sehe ich in den schönen blauen Redfordaugen, und ich mache mich gerne interessant, versuche das mit übertriebener Bescheidenheit in eine verlogene Balance zu bringen, hasse an mir die Eitelkeit, wie ich sie auch an anderen hasse. Meine zähe falsche Haut unter der ehrlichen.

»Kennst du New York?«, will ich wissen.

Wie seine Westentasche, sagt Redford. Hängt jetzt neben mir, ist eingeschlafen, wirkt gesättigt, hat etwas von einem an der Mutterbrust träumenden Säugling. Wir sind beeindruckt voneinander, das Beste, was Fremden passieren kann. Wir wollen uns in New York wiedersehen, wo er ein paar Wochen lang wegen eines Fotoshootings bleibt. Für so einen Sportladen in München.

Redford wohnt bei einer deutschen Bekannten downtown. Sie mache einen vierwöchigen Workshop am American Film Institute, erklärte er. Und sie könne mich vielleicht brauchen.

Ganz sicher kann ich sie brauchen. Ich kann jeden brauchen. Alle. Für Wohnungen. Für Orgakram. Für Dieanderenfünf.

Ich bin allein.

Ich muss zu Tante Paula.

Ich drehe keinen Nazischeiß.

Muss es mir immer wieder sagen.

Du drehst keinen Nazischeiß.

Denn du machst einen Film über Sex.

Nichts über den Tod.

Wie wird nur alles werden?

Mach dir nicht zu viele Gedanken um die Zukunft, sagt Mah immer. Glaub mir, Schatz, die Zukunft wird furchtbar überschätzt. Deine depressiven Schübe, deine apokalyptischen Visionen, dein Menschenhass sind Teil deiner Kraft, wie Ängste überhaupt etwas ganz Tolles sind, wenn man sie in den Griff kriegt. Ich bin stolz, dass ich so einen bindungsfähigen, leicht neurotischen, zum Hyperkarma neigenden Freund hab, der glaubt, dass die Strafe irgendwie immer weitaus größer ausfällt als das Vergehen. Obwohl deutsche Filmstudenten an sich schon ein Vergehen sind, abstoßende, angeberische Superegos, die nur die Art Filme machen werden, die ich mir eh nicht angucke. Ich gucke *Harry und Sally.* Ich esse Popcorn. Ich mag es, hin und wieder zu lachen. Ich will Spaß. Ich will weinen. Ich will mich in deine Arme krallen und aufschreien, wenn Freddy Krueger loslegt, Schatz. Ich will keine deutschen Antifilme sehen, in denen am Ende jemand in einen leeren Kühlschrank blickt, ein letztes Ei findet und sich danach erschießt. Ich muss hart arbeiten im Hospiz. Das Sterben aushalten. Die Bettpfannen. Die Einsamkeit. Jede Woche gehen Menschen, gerade dann, wenn ich mich an sie gewöhnt habe. Die Endlichkeit ist kein Zuckerschlecken. Am schlimmsten sind die Gerüche, die Geräusche. Auch Filmstudenten werden sterben mit Bettpfannen unter dem Arsch und in Einsamkeit. Dennoch wirken sie alle irgendwie elektrisch. Sie machen sich Sorgen, ob sie genug Strom kriegen, um die ganze Welt zum Leuchten zu bringen. Meine Güte. Die meisten sind gerade mal Feuerzeuge mit einem Tröpfchen Benzin drin.

Und dann sehe ich, wie Mah auf ihre elegante Art die Beine übereinanderschlägt und die Lippen spitzt in dieser ernsten, fast schmerzlichen Weise, die mich an Paris erinnert. Weißt du, Limaleh, sagt sie. Ich bin nicht wie du. Ich muss mir keine Sorgen machen, ob ich berühmt werde. Ich muss mir Sorgen machen, ob ich Frau Meierlein in der Acht zu viel Flunitrazepam ins Fläschchen geträufelt habe. Das führt zu Herzstillstand. Aber wirkliche Sorgen mache ich mir deshalb auch nicht, denn Frau Meierlein ist nicht nett, sondern kommt aus Görlitz und sagt manchmal »Fidschi« zu mir. Sorgen mache ich mir nur um deine Treue. Denn seit wir zusammen sind, waren wir noch nie länger als zwei Tage getrennt. Deine Treue, die macht mir Sorgen. Echt. Aber Treue ist sowieso ein Problem.

Sie seufzt. Ihre Lippen glätten sich, ordnen sich zu einem verzeihenden Lächeln. Und ihre Stimme wechselt die Tonlage, wird fest und zuversichtlich: »Auch Sorgen werden natürlich überschätzt, Schatz. Sie sind die Zukunft, die hoffentlich nie passiert. Sorgen sind die düstere Variante der Hoffnung.«

Ja, so redet Mah.

21 Uhr (Ortszeit) Newark International Airport

Wir kommen an. Dämmerung. New York. Es regnet. Der Flughafen sieht aus wie Schönefeld. Gras wächst aus den kindskopfgroßen Löchern in der Landepiste. Alles ist grau und dunkel und heruntergekommen. Ich hatte mir Amerika anders vorgestellt. Nicht so ostig.

Wir warten hier draußen auf den Bus, weil sich Redford in New York auskennt und ihm die vierzig Dollar fürs Taxi zu viel sind.

Die vielen Schwarzen machen mir Angst. Ich habe noch nie so viele Schwarze auf einem Haufen gesehen. Der Satz von Benny fällt mir ein, der als südafrikanischer Scharfschütze gegen die Swapo gekämpft hat: Wenn du in der Nacht gegen Neger kämpfst, sagte er, musst du sie zum Lachen bringen, damit du ein helles Ziel hast.

Klar, Mah ist aufgestanden, hat ihre kleine Faust geballt und Benny angeschrien, dass er ein Rassist sei. Sie hasst Rassisten, und nur, weil Benny mit mir in der Mannschaft spielte, solange ich noch nicht die Birne-aus-Porzellan hatte, hat er kein Recht, zu den Schwarzen »Neger« zu sagen.

»Und zu mir sagt er bestimmt ›Schlitzauge‹, und du beschützt mich nicht mal.«

»Er sagt nicht Schlitzauge.«

»Oder ›Frühlingsrolle‹ oder so was.«

»Das Einzige, was er mal losgelassen hat, war die Frage nach deiner Schuhgröße, und da warst du dabei. Du weißt, wie es ausgegangen ist.«

»Er war selbst schuld.«

»Hallo? Weil er nach deiner Schuhgröße fragt?«

»Er hat gefragt, ob man mir als Kind die Zehen gebrochen hat, um so hübsche kleine Lotusfüße zu kriegen. Er kann froh sein, dass ich nicht richtig zugeschlagen habe.«

»Meine Güte, er hat Small Talk gemacht.«

»Diese Art Small Talk kann er auf seiner Farm in Namibia versuchen. Fuck, Jonas, dein Freund hat Menschen erschossen. Er hat im Krieg Menschen erschossen. Und trotzdem redest du mit ihm immer nur über Fußball.«

Und jetzt kommt der Bus.

2. Tag

Mittwoch, 18. 9. 1996, 19 Uhr, New York

Gestern kam ich also in New York an.

Schon zwei Stunden später wurde ich Opfer eines bewaffneten Raubüberfalls.

Lila hatte mir ja schon gesagt, dass dieser Professor von der NYU, der mich aufnimmt, im Ghetto lebt: Alphabet City, ganz am Ostrand vom East Village gelegen, eine wilde, abgerissene Gegend. Ich war schon scheißnervös, weil der Professor mir am Telefon erklärt hatte, ich solle nicht nach Einbruch der Dunkelheit kommen.

Was passiert? Mein Flieger hat Verspätung. Ich sitze mit Redford eine geschlagene Stunde am Busbahnhof in New Jersey rum. Es regnet in langen dünnen Fäden in die steingraue Dämmerung hinein. Der Bus zuckelt schließlich gemütvoll auf Manhattan zu, als wär's ein Andenpass. Hier heißen die Autobahnen tatsächlich Highways. Hab' mich noch nicht gewöhnt dran.

Wir kamen erst um 23.00 Uhr vor dem World Trade Center an. Da ist der Busbahnhof.

Ich stieg aus. Der Sturm schlug mir ins Gesicht. Noch nie in meinem Leben habe ich etwas so Großes gesehen. So mächtig und herausfordernd. Es endet nicht. Man legt den

Kopf in den Nacken, starrt nach oben, sieht den verfluchten Turm von Babel. Und er verbündete sich mit der Nacht, die hereingebrochen war. Der Regen seifte das Monstrum von allen Seiten ein.

Redford wollte mir unbedingt was von innen zeigen. Wir gingen also rein. Es sah aus wie das Tadsch Mahal, also so, wie ich mir das Tadsch Mahal vorstelle. Ich kann mich nur an viel Marmor erinnern und an wenig Menschen, alles Frauen, die wie Stewardessen gekleidet waren und aus Indien kamen oder Pakistan. Sie starrten auf die Pfützen, die wir hinterließen.

Ich war schon recht panisch, wollte es aber natürlich nicht zeigen, tat so, als würde ich entspannt Redfords Worten lauschen, während ich mich fragte, was um Gottes willen ich um Mitternacht im Hispanic-Ghetto mit meiner im Silberkoffer schlummernden 20 000-Mark-Kamera wohl für einen Eindruck machen würde. Redford zeigte mir die Aufzüge und deutete schließlich auf eine Fledermaus, die durch die Halle des World Trade Center flog.

Vielleicht ein Vampir, sagte er.

Wir nahmen ein Taxi. Redford stieg downtown in der Bleecker Street aus, gab mir seine Telefonnummer und verschwand hinter einer Regenwand.

Der Taxifahrer, ein Schwarzer in rotem Wollpulli, blickte mich düster an, als er erfuhr, wo ich hinwollte.

Es hörte zu regnen auf, als wir ankamen. Tröpfelte nur noch. Avenue C. Ich stieg aus. Der Fahrer grunzte, kassierte und blieb sitzen. Das Heck öffnete sich automatisch. Ich nahm meinen Seesack und den Silberkoffer aus dem

Kofferraum. Das Taxi rauschte davon, wie in Tausenden von Filmen.

Ich wandte mich ab, watete durch gurgelnde Pfützen und stand schließlich vor einem Hochhaus, das auch in Marzahn hätte stehen können. Links und rechts daneben Ruinen, vernagelte Backsteinruinen aus dem letzten Jahrhundert. Keine Menschenseele zu sehen. Nicht mal ein Auto. Vollkommene Ödnis.

Ich ging fünf Schritte auf den Eingang zu. Drei Jungs standen plötzlich neben mir. Triefende Gestalten, durchnässt bis auf die Knochen. Kapuzen tief ins Gesicht gezogen. Scheinbar teilnahmslos. Ich spürte gleich die Gefahr. So still waren sie.

Ich ging durch die erste Glastür, die sich Gott sei Dank öffnen ließ. Aber dann stand ich in einer Art Schleuse. Vor mir eine zweite Glastür. Verschlossen. Daneben ein gigantisches Klingelbrett. Überall Graffitis.

Die drei Kids schlüpften mit mir rein. Bauten sich neben mir auf. Sonst kein Mensch zu sehen. Ich spitzte die Lippen und fand die Scheißklingel von dem Professor nicht. Fulton heißt er, Jeremiah Fulton.

»Fulton« stand aber auf keinem Klingelschild. Auch nicht »F« oder »J. F.« oder irgendwas.

Ich überlegte, was der Grund sein könnte, und die drei Kids sahen mir beim Überlegen zu. Was ich wusste, war, dass ich im richtigen Haus stand und dass der Professor im zwanzigsten Stock wohnt. Also drückte ich die einzigen drei Klingeln dieser Etage, die keinen Namen hatten. Nur Nummern dort.

Ein paar Sekunden.

Die Sprechanlage bleibt stumm.

Der Summer ertönt.

Ich atme auf, trete durch die brummende zweite Glastür ins Innere.

Dann geht es los. Sehr schnell.

Die Typen sind mir gefolgt. Einer bleibt an der Tür stehen, hält sie auf.

Die anderen beiden springen auf mich zu, schreien wild. Hispanics. Ich verstehe kein Wort, sehe nur das Messer, das mir entgegengestreckt wird. Das Einzige, was sich an dem Typen nicht bewegt. Ich hatte diese Situation schon ein paarmal. Was wurde ich nicht alles los. In Bangkok die Uhr von Apapa, die er aus Riga gerettet hatte. In Kreuzberg meine Schuhe. Man darf nie auf die Klinge sehen. Immer in die Augen.

Jemand greift nach dem Silberkoffer. Ich stoße ihn weg. Die Ärzte haben gesagt: Keine Konfrontation, Herr Rosen, never ever. Wenn Sie eine Ohrfeige bekommen, kann das neurologische Bewusstseinsstörungen zur Folge haben. Synkopen.

Angst habe ich keine, dazu ist überhaupt keine Zeit.

Ich gehe langsam weiter.

Das scheint sie unglaublich aufzuregen.

Einer spuckt mir hasserfüllt ins Gesicht.

Aber sie stechen nicht zu.

Ein Wimpernschlag. Dann ist der Spuk vorüber. Sie sind fort, braune Gestalten im Regen, wie Durchfall, den man die Toilette runterspült.

Das Ganze hat nicht länger als zwei, drei Sekunden gedauert. Gott schmeißt seine Stolpersteine, wann und wo er will. Hat Apapa immer gesagt. Seine Stimme in meinen Kopfscherben. Sein rasselnder Atem. Oder ist es meiner?

Ich stehe in der Stille des Foyers. Neonlichter surren. Irgendwo röhrt eine Waschmaschine. Ich habe immer noch den Silberkoffer in der Hand. Dann erst sehe ich, dass ich kurz vor einem Korridor haltgemacht habe. An der Decke hängen zwei Videokameras.

Aha. Offensichtlich wussten die Jungs das. Wäre ich stehen geblieben, hätten sie mich im toten Winkel gemütlich ausgeraubt.

Ich brauche ein paar Minuten. Lehne mich an die Mauer.

Erst dann wische ich die Spucke aus meinem Haar.

Ich stieg – noch leicht zitternd und schweißgetränkt – aus dem Fahrstuhl und trat in einen dunklen, hässlichen Flur im zwanzigsten Stock. Nichts als Beton. Eine flackernde Neonröhre unter der Decke. Die bleigrauen Türen allesamt Stahltüren, auf denen in weißer Farbe groß aufgemalte Nummern prangten.

Am Ende des Flurs, vor der 23, sah ich eine riesige, massige Gestalt stehen. Ich dachte gleich: Was für eine unglaubliche Traurigkeit!

Die Traurigkeit schlurfte in aufgeknöpftem, orangerotem Hawaiihemd, Pantoffeln und kurzen Safari-Hosen auf mich zu und bot mir eine schlaffe Hand an.

»Hi, I'm Jeremiah. Did you take the stairs?«

Jedes Wort der Traurigkeit machte sich über mich lustig. Diese Karikatur eines Sumoringers war also Professor

Jeremiah Fulton, die »Legende« der Andy-Warhol-Zeit, ein Freund von Lila, den er wie eine Sensation angepriesen hatte.

Vor mir stand hingegen eher ein riesiger Mops und begrüßte mich freudlos. Er ist schätzungsweise Ende fünfzig, wiegt mindestens drei Zentner, ist über zwei Meter groß, also noch größer als ich, hat kurzgeschnittenes weißes Haar und eine winzige Wohnung, in die wir uns regelrecht hineinpressten. Hier also soll ich jetzt wohnen.

Noch nie zuvor, nicht einmal in den von Pennern und Anarchisten gestürmten Abrisshäusern Berlins, in denen ich vor Jahren überwintern musste, habe ich solch unüberwindbare Müllstapel, Wäscheberge, zu Minaretten aufgestapelte Altpapiertürme gesehen. Ich erkannte das Chaos nur schemenhaft, da die Traurigkeit kein elektrisches Licht machte, sondern mir schnaufend einen Weg durch den dunklen Miniflur seiner Wohnung bahnte.

Im sogenannten Wohnzimmer glommen kleine Kerzchen, wie in einem von Bomben getroffenen, notdürftig erleuchteten Bunker, den man von Leichenteilen freiräumen muss. Es gab eine winzige, leergeschaufelte Ecke, auf der ein paar Tiere saßen, von denen man nur die Augen sah. Als Jeremiah sie wegjagte, wurde der Blick auf ein Sofa frei, auf das er sich plumpsen ließ. Mir blieb genau das Eckchen, auf das sich zuvor die Katze gequetscht hatte. Ich hätte mich genauso gut auf seinen Schoß setzen können.

Er wollte wissen, wie meine Reise war, und ich sagte ihm, dass ich unten in seinem Hausflur gerade von drei bewaffneten Kids überfallen worden war.

»Oh really?«, grunzte er völlig desinteressiert. Auf meine Frage, ob man die Polizei rufen, Anzeige erstatten und die Videobänder prüfen lassen solle, die alles aufgezeichnet hatten, schüttelte er nur den Kopf und seufzte »Ts ... ts ... ts«.

Dann sagte er, ihm sei so was noch nie passiert. Ich müsse offensichtlich schwach und dumm (*»weak and stupid«*) gewirkt haben.

Er erklärte mir herablassend, dass man immer sehr selbstbewusst auftreten müsse in New York, dann würde einem auch nichts geschehen. Er gehe mit seinen Hunden sogar immer eine Straße weiter, in die Avenue D, da würden sich noch nicht einmal die Streifenwagen hintrauen. Deshalb könnten die Hunde da auch hinscheißen, wohin sie wollten, sogar unter die Bänke.

Er hatte eine muntere Art des Monologisierens, die sich mit einem an Ekel grenzenden Tonfall paarte. Das Traurige machte einem weniger komplexen Ausdruck ledriger Gehässigkeit Platz.

Plötzlich stockte sein Sprachfluss, er blickte auf und fragte übergangslos: »Du kennst hier jemanden, der in Auschwitz war?«

»Nein.«

»Sagt Lila.«

»Eine Freundin meines Großvaters. Aber sie war nicht in Auschwitz. Sie war in Riga. Und ich kenne sie nicht. Ich habe sie nie gesehen. Nur telefoniert.«

»Wegen?«

»Ich muss bei ihr was abholen.«

»Ist sie reich?«

»Das meine ich nicht. Ich muss was Persönliches bei ihr abholen.«

»Was?«

»Es ist wirklich persönlich.«

»Die reichen Juden wohnen in Midtown. Die armen Juden wohnen in Queens. Da muss man weit rausfahren.«

»Sie lebt im National Arts Club.«

»Oh, wow, eine Künstlerin«, sagte er und pfiff durch die Zähne, wie jemand, der es selbst gerne in den National Arts Club geschafft hätte.

Mir fiel nichts ein, was ich noch sagen sollte, und gab Jeremiah Fulton daher mein Geschenk, ein blaues T-Shirt mit dem Brandenburger Tor drauf, das ich noch mit Mah am Flughafen Tegel gekauft hatte. Ich wusste nicht, dass Jeremiah so fett ist, hatte dennoch »extra-large« gekauft. Aber als er es sich vor den Leib hielt, sah es aus wie ein kleines Lätzchen.

Erst heute merke ich, dass es stinkt in der Wohnung. Gestern war hier alles überdeckt von dem penetranten Geruch indischer Räucherstäbchen.

Ich liege auf der Couch in Jeremiahs Wohnzimmer, auf der ich auch geschlafen habe. Sie steht direkt vor dem großen Balkonfenster, das nach Brooklyn hinüberweist und das auf keinen Fall geöffnet werden darf, damit ja keine frische Luft hereinkommt.

Ein paar Sozialbauten ragen in den tristen Himmel.

Wenn man aufsteht, überblickt man eine Industrielandschaft aus alten Wasserspeichern, Schornsteinen, Getreidesilos und Hafenmolen. Ein paar Fetzen East River. Man denkt unwillkürlich an Rotterdam. In der Ferne die Williamsburg Bridge, die sich über den öligen Hafen spannt.

Zwanzig Stockwerke sind hoch, wenn man aus Deutschland kommt.

Wenn ich aufstehe, um aufs Klo zu gehen, muss ich aufpassen, wo ich hintrete. Überall ein Chaos aus Trödel, Scherben, herumfliegenden Zeitungen und alten Handgranaten. Die ganze Wohnung wirkt wie ein Siebziger-Jahre-Volksfront-Museum. Der Zustand der Toilette ist nicht zu schildern. Die Tür kann man nicht schließen, weil eine Tonne Altpapier auf der Schwelle liegt. Alle Wände sind mit frischer Himbeerlutscherfarbe gestrichen, die wohl rosa sein soll, in den Augen aber quälend weh tut.

Ich betrachte die kommenden Tage, die wie ein leeres Buch vor mir liegen. Mah mag recht haben, dass die Zukunft überschätzt wird, vor allem aber gibt es sie ja nie. Sie ist eine Infektion, die man sich in der Vergangenheit holt und in der Gegenwart ausbrütet. Sie ist wie Aids. Man wird daran zugrunde gehen, vielleicht nicht sofort, aber irgendwann sicher.

Keine Ahnung, was werden soll.

Ich kenne niemanden.

Wie ich hier irgendwas für Lila und Dieanderenfünf organisieren soll, ist mir ein Rätsel. Einen Film kann ich mir unter den Bedingungen null vorstellen. Einen Film über Sex schon gar nicht.

Jeremiah findet das Vorhaben sowieso schwachsinnig: »Warum dreht ihr nicht was über die Präsidentschaftswahl? Interessiert euch nicht, was aus Bill Clinton wird?«

»Es geht darum, was Spezifisches zu finden.«

»Dann nimm diese Holocaustüberlebende. Da hast du was Spezifisches.«

»Sie ist meine Tante.«

»Was könnte spezifischer sein?«

»Sie passt nicht zum Thema Sex.«

»Jesus! Sie hatte ein beschissenes Leben. Also interview sie so, wie Gott sie in ihrem ganzen Elend erschuf, *Mister Rosen.* Holocaustüberlebende sind nie langweilig. Hat Lila euch das nicht beigebracht?«

»Ich drehe keinen Nazischeiß.«

Diese Einstellung hatte auch zu wochenlangen Diskussionen mit Mah geführt. Sie fragte mich, ob es schon ein Film über Nazischeiß sei, wenn ich mit der Kamera IRGENDWAS BEGREIFEN wolle.

Mah ist immer so VERSTÄNDNISVOLL jedem gegenüber. VERSTÄNDNISVOLL mit Versalien. Sie redet auch so verdammt VERSTÄNDNISVOLL, einfach weil sie möchte, dass auch so VERSTÄNDNISVOLL über sie geredet wird. Sie findet zum Beispiel Nazischeiß KEIN GUTES WORT.

Sie weiß, dass damit Apapa gemeint ist.

Aber da Apapa tot ist, müsste man bei Tante Paula und ihren Angelegenheiten eigentlich von Judenscheiß sprechen, ein noch viel weniger gutes Wort als Nazischeiß, findet Mah. Sie sagt, ich könne ja sagen: »Ich mache keinen Film über nationalsozialistische Gewaltverbrechen.«

Das hätte eine andere Konnotation.

Und ein Film mit Tante Paula wäre ein Film über Tante Paula, vielleicht mit ein bisschen Apapa drin. Aber solch ein Film hätte doch viel mehr mit mir zu tun als zum Beispiel einer über meinen PENIS.

Mah schafft manchmal eigenartige Kausalitäten, denn mein Penis hat schon was mit mir zu tun.

Aber ich weiß, was sie meint: Wieso soll ich in New York einen albernen, nichtigen Film über Sex machen, wenn es in dieser Stadt auch um die großen Dinge des Daseins gehen könnte: um Schuld und Sühne, um Schmerz und Vergebung und um Apapa.

Du hast in den letzten Monaten nachts kaum geschlafen, sondern lagst wach im Bett oder hast geheult oder hattest Atemstillstand, rechnete mir Mah vor.

Das eben ist die Gefahr, erwiderte ich: Wer sich in den Nazischeiß begibt, kommt darin um. Und ich will das nicht. Ich will nicht im Nazischeiß umkommen. Apapa war ein Täter. Tanta Paula mag ihn trotzdem. Ist das mein Problem?

Es ist deine Familie, sagt Mah.

Ist das mein Problem?, wiederhole ich.

Ist deine Familie nicht dein Problem?

Mah hat gut reden. So ein Adoptivkind hat ja gar keine Familie. Jedenfalls keine richtige. Vielleicht hat ihr Vater für die südvietnamesischen Streitkräfte Folterungen durchgeführt, und sie wird es nie erfahren. Sie war acht, als sie in Deutschland als Vollwaise ankam und von zwei christlichen Apothekern aufgenommen wurde. Wenn die wüssten, dass ihre Tochter mit mir vor einer Kamera gevögelt hat, um mein Ficken von meinem Professor benoten zu lassen, könnte sie sich gleich zwei neue Adoptiveltern suchen.

Ich mache keinen Film über Nazischeiß.

Ich mache einen Film über Sex.

Ich werde mir bei Tante Paula das ominöse Dokument abholen.

Das ist alles.

Keine Ahnung, ob ich es jemals lesen werde.

Immerhin will mich Jeremiah mit an die NYU mitnehmen, seine Supereliteuni mitten in Manhattan, und mir ein paar Leute vermitteln. Er sagt es in einem mitleidigen Tonfall, so wie jemand, der ein geistig behindertes Kind tröstet. Er behandelt mich wie einen Trottel, mit fahl lächelnder Verachtung.

Als ich die Videokamera und das Stativ auspacke, um mit ihm ein Begrüßungsinterview zu machen, so wie Lila es mir aufgetragen hat, zischt der Filmprofessor nur: *»Do you want me to kill you, Mr. Rosen?«*

In seiner Wohnung, so erfahre ich, herrscht absolutes Film- und Fotografierverbot. Seine Tiere sollen auch nicht aufs Bild. Seine Bücher schon gar nicht.

Er fragt mich, ob ich Stalinist sei.

Er nennt mich ausschließlich *Mr. Rosen.*

Ich fange schon an, ihn zu hassen.

Ich glaube, der Mann war geschockt, als ich ihm am Vorabend sagte, dass ich heterosexuell bin. So deute ich diese schweinsäugige Phase des Millisekunden dauernden Blickkontaktes zwischen uns. Lila hat mir erzählt, Jeremiah wäre vor zwanzig Jahren in einer militanten Schwulenbewegung gewesen, die die Kastrierung aller Heterosexuellen gefordert hatte, um den Dritten Weltkrieg zu verhindern.

Jeremiah hat dann auch gleich schlecht über Lila gesprochen, zumindest stichelnd. Er war wohl überzeugt, von seinem Kollegen einen jungen, knackigen Deutschen zum Amüsieren zu kriegen dafür, dass der hier in diesem Loch wohnen darf. Vermutlich hat er sich unter dem Sexprojekt auch was anderes vorgestellt. Und jetzt ist Professor Fulton enttäuscht.

Anders kann ich mir das alles nicht erklären.

Er lässt mich Einkäufe erledigen und Privatbesorgungen machen, als wäre ich das Au-pair-Mädchen. Ich mag ein Nobody sein, noch dazu einer, der auf Frauen steht und deshalb ausgelöscht werden sollte. In solchen Momenten der Gefahr finde ich mich aber liebenswert. Im kosmischen Sinne halte ich mich für nicht schuldig. Ich habe einfach nicht mit dieser schwulen Strafkolonie gerechnet.

Bisher hielt ich den Schulabbrecher Lila von Dornbusch für die wundersamste akademische Lehrkraft des Universums. Aber Ihro hochkönigliche Traurigkeit hat ebenfalls Anspruch auf diesen Titel.

Trotz ihres extrem unterschiedlichen Temperaments strahlen beide Männer stoische Gier, Schüchternheit und nur im Sitzen so etwas wie Würde aus.

Doch gegen Lilas barocken Tittenthron wirkt Jeremiahs

von altem Erdbeerjoghurt verkrustete, auf vier schwarze Holzpimmel gewuchtete Omacouch finster wie ein elektrischer Stuhl.

Mir wird als Sitzgelegenheit ein leerer Bierkasten angeboten.

Auf den Sesseln schlafen wertvolle Tiere.

3. Tag

Donnerstag, 19. 9. 1996, New York

Jetzt, am dritten Tag, hat mich Jeremiah auch noch gebeten, mich um seine Fauna zu kümmern.

Es geht um seine Katze, die Chérie heißt und deren Verhaltensstörung sich darin äußert, dass sie nicht miaut, sondern zu bellen versucht. Sie glaubt, sie sei ein Hund, was insofern nachvollziehbar ist, als Jeremiahs zwei Köter äußerlich Katzen ähneln. Lucy ist ein rachitischer Chihuahua, der immer hustet, und Puppy ist ein fetter Beagle, der aussieht, als hätte er Lepra im Endstadium. Ihm fehlen beträchtliche Teile der Körperbehaarung.

Lucy, den Chihuahua, musste ich in einer großen Plastiktüte nach unten bringen. Es ist nämlich nur ein Hund pro Wohnung erlaubt.

Während ich im Aufzug in die Tiefe rumpelte und mich Puppy – an die Leine gekettet – staunend vom Fahrstuhlboden aus betrachtete, trug ich den Chihuahua in der grünen, halbdurchsichtigen Tüte, die unablässig zappelte, zum Gassigehen. Jeremiah glaubt, man könne aufgrund dieser geschickten Camouflage unmöglich bemerken, dass er zwei Hunde besitzt.

Die Schwarze im Fahrstuhl guckte mich und das winselnde Tier in der Tüte nur ausdruckslos an.

Gestern haben die Hunde auf den Teppich geschissen, und die Katze hat gekotzt.

»The animals are scared«, sagte Jeremiah weinerlich, *»these good creatures.«*

Dann traf mich wieder sein latenter, schweigender Vorwurfsblick, weil er meint, dass seine Viecher Angst vor mir haben.

Das kann in gewisser Weise stimmen, weil ich versuche, ihnen ihr Biotop wegzunehmen. Das ist nämlich die Küche. Sie haben es sich in dieser stinkenden, fensterlosen Kloake so richtig gemütlich gemacht.

Lucy liegt gerne auf dem Herd, der durch einen großen, roten Polyestersack gepolstert ist, aus dessen aufgerissenen Nähten alte Wäsche quillt.

Puppy sitzt daneben auf der Spüle und hofft, auch einmal von Lucy auf den Polyestersack gelassen zu werden. Manchmal, wenn er sich bewegt, rutscht der Beagle mit Getöse ins Spülbecken, das unter einem Gebirge nicht mehr spülbaren Geschirrs verschwindet und von blauen Schimmelwiesen beschäumt ist, an deren Abhängen Myriaden von Bakterien weiden.

Betreten kann man die Küche nur wie ein Bergsteiger. Bis Bauchnabelhöhe ist sie mit Dreck, Müllsäcken und alten Möbeln aufgeschüttet. Jeremiah hat sich daher zum Öffnen des Kühlschranks vom Ballett eine Figur geliehen, die Arabesque, bei der der Tänzer, auch wenn er so viel wiegt wie ein Motorrad, grazil auf einem Bein steht und das andere Bein nach hinten hebt. Auf diese Weise, mit ausgestrecktem Arm, öffnet Jeremiah vom Flur aus den Kühlschrank einen Spaltbreit und stellt dort seine Milch ab, die er tagsüber literweise in sich hineinschüttet.

Heute Morgen bin ich auf den Müllberg geklettert, um mir einen Teller zu besorgen. Bin jedoch abgerutscht und habe mir den Knöchel verstaucht. Fast wäre ich in eine rostige Gabel getreten.

Am ersten Tag habe ich nichts essen können, obwohl es mir immerhin gelang, den nach Verwesung und ausgelaufener Kühlflüssigkeit stinkenden Kühlschrank zur Gänze zu öffnen. Ich fand aber nur mehrere riesige Colaflaschen, deren Inhalt gefroren war, sowie Katzen- und Hundefutter in allen Varianten.

Ich fragte Jeremiah, wovon er sich ernähre.

»Oh«, sagte er, *»I just go to parties!«*

Das stimmt. Beinahe jeden Abend ist er auf einer anderen Party. Er bevorzugt Restauranteröffnungen, von denen es im Village jede Woche einige gibt. Aber auch Filmpremieren kommen ihm gelegen. Im Vorhinein erkundigt er sich telefonisch stets gewissenhaft danach, was es bei welchen Filmen zu essen gibt. Premieren, auf denen man nichts Warmes bekommt, versucht er nach Möglichkeit zu meiden. Er bleibt auch nie sehr lange, sondern nur die Zeit, die man für eine anständige Mahlzeit braucht.

Jeremiah Josephus Jerome Fulton ist nicht sechzig Jahre alt, wie ich dachte, sondern erst siebenundvierzig. Er hat Nilpferdfüße (Größe 51), auf denen er schnaufend seinen massigen Körper durch die Gegend hievt. Alle zehn Minuten muss er sich auf den elektrischen Stuhl setzen. Dort ruht er aus und unterdrückt seinen latenten, bösartigen Husten, als könne der nur dort unterdrückt werden. Er hustet genauso wie Lucy, die sich das vielleicht bei ihm abgeguckt hat. Er sprüht ihr auch ab und zu dasselbe Medikament in den Rachen, das er selber benutzt.

Vor vielen Jahren muss Jeremiah ein schöner Mann gewesen sein. Auf den Schwarz-Weiß-Fotos aus jener Zeit sieht man ein weiches, melancholisches, fast mageres Gesicht, in dem ausdrucksvolle Augen etwas scheu und gebrochen in die Welt blicken. Wenn man jung ist, ist Gebrochenheit schön und faszinierend, später will man es nicht mehr sehen. Nun ist der Mann wie ein Walfisch am Leben gestrandet, erfüllt von Bitternis, oft zynisch.

Dennoch bemüht er sich auch um Freundlichkeit. Manchmal ist er wie alle Amerikaner entwaffnend höflich.

Als ich gestern bestrumpft durch die Wohnung gelaufen und in die warmen Kothäufchen von Puppy getreten bin, hat er mir sofort ein neues Paar Strümpfe geschenkt. Das war für ihn nicht leicht, denn die Strümpfe gehörten noch Michael, seinem langjährigen Freund, der vor einem Jahr ermordet wurde. Er war Drogendealer.

Der Professor trauert sehr um ihn, wie ein monogames Tier. Manchmal höre ich ihn nachts weinen, da seine Zimmertür nicht zu schließen ist, wegen des Mülls davor. Ihm ist peinlich, dass ich Zeuge seiner Heulkrämpfe bin, und mehrmals versuchte er, den Fernseher anzuschmeißen, um sein Schluchzen zu übertönen. Aber wie alles in der Wohnung ist auch der Fernseher kaputt.

Wir liegen in dieser Winzwohnung mehr oder weniger im selben Raum, hören unsere Körper knacken, stöhnen, seufzen, furzen.

Schrecklich.

Heute Morgen wankte Jeremiah halbnackt aus seinem Loch, nur bekleidet mit einer seiner unglaublichen Unterhosen. Er hatte eine geöffnete Holzschachtel in der Hand. Sein Gesichtsausdruck war völlig verzweifelt. Ob ich eine silberne Dose gefunden hätte gestern? Es klang fast so, als ob er mich für den Dieb hielte.

In der Dose ruht die Asche seines Freundes. (Er hat mehrere Dosen mit der Asche ganz verschiedener Personen drin. Zum Teil Fremde, denn erstaunlicherweise kann man in Amerika so was auf dem Flohmarkt kaufen. Aber auch die Asche von Promis wie Candy Darling besitzt er, einer engen Vertrauten von Andy Warhol, mit der er befreundet war.)

Das Silberdöschen bleibt verschwunden, und so versinkt Jeremiah heute wieder in magischem Schweigen auf dem zugemüllten Sofa, blättert in alten Fotobänden und unterdrückt seinen Husten.

Morgen muss ich mit der Arbeit beginnen. Jedenfalls mit dem organisatorischen Teil. Unterkünfte für Dieanderenfünf besorgen. Ein Team suchen. Equipment. Zeug.

Heute überlege ich den ganzen Tag, wie ich mein Thema umsetzen könnte, zumindest denke ich in den wenigen Momenten daran, in denen mir nicht der Anblick der Traurigkeit den Saft aus den Knochen saugt.

Worum soll es in meinem Film gehen?
Masturbation?
Fisting?
Mammalverkehr?
Gang Bang?
Telefonsex?
Dirty Talking?
Gesichtsbesamung?

In irgendeiner Form sollten die Dinge ja mit mir zu tun haben, und richtig gut bin ich nur in puncto Schüchternheit. Wenn man es mal auf den Punkt bringt, bin ich ein Klemmi. Ein Traumichnicht. Eine totale Pfeife, die sich nicht mal dann beim Sex filmen kann, wenn die eigene Freundin das für eine lustige Idee hält. In meinem ganzen Leben habe ich es nicht geschafft, auch nur ein einziges Gesicht zu besamen.

Allerdings wurde ich auch noch nie darum gebeten.

Mit Lila hatte ich mich vor dem Abflug gestritten, weil ich was über die Verbindung von Traurigkeit und Sex machen wollte. Er fand das typisch deutsch und lustfeindlich.

»Fröhlichkeit und Sex gehören zusammen, nicht Traurigkeit und Sex!«, fauchte er. »Nach dem Sex bist du traurig, weil er vorbei ist. Und vor dem Sex bist du traurig, weil es so mühsam ist, bis die Sache losgeht. Aber beim Sex bist du nicht traurig, außer bei ganz schlechtem.«

Ich widersprach.

Gerade die romantische Liebe berge die größte Gefahr für die Liebenden, behauptete ich. Sex laufe immer nach starren biologischen Verhaltensmustern ab, denn im Grunde kopulierten wir ja auch nicht anders als die Ratten oder die Schweine oder jede andere Spezies. Romantische Liebe aber laufe nie nach starren Mustern ab, höchstens, wenn sie in ein Groschenheft münde. Ansonsten aber empfinde ja gerade der romantisch Liebende in der Regel die Einmaligkeit seiner Gefühle als das unaussprechlich Besondere der eigenen Existenz, und dann explodiere diese Schönheit in drei schmatzenden Minuten, die man von jedem Schmetterlingspaar anmutiger und noch dazu geräuschlos präsentiert bekommt. Das könne schon Trübsinn auslösen.

»Mein Gott, wer bist du, Jane Austen?«, beschimpfte mich Lila. »Jedes gute Kunstwerk hat mit Sex zu tun. Und jeder gute Sex ist ein Kunstwerk. Das ist alles! Darüber mach deinen Film! Deshalb schick ich dich nach Amerika! Bring mir ja keinen intellektuellen Klugscheißerfilm mit! Nur Schwänze oder Ärsche oder Titten will ich sehen! Und deine herrliche, unendliche Qual! Verstanden?«

4. Tag

Freitag, 20. 9. 1996, New York

Totales Desaster.

Gestern Abend klingelte die Türglocke, kurz nachdem ich mit den Hunden zurückgekommen war. Die Sonne hing wie ein Kranker über dem Meer aus Beton und erbrach sich auf Long Island. Ich war schon so verdorben von all dem Unrat um mich herum, dass ich nur dachte: Sonnenkotze. Immerhin, Jeremiah war ausgeflogen, um bei einer jüdischen Galerieeröffnung frischgebackene Bagels abzustauben.

Als es nochmals klingelte, dachte ich, er sei zurück und hätte seine verdammten Schlüssel vergessen. Also sprang ich vom Sofa hoch, erreichte die Tür und sprach *»Hello?«* in die Sprechanlage. Das Ding ist aber defekt und rauscht daher nur, wie der Weltraum rauscht, jedenfalls der Weltraum in einem Kubrick-Film.

Seufzend drückte ich den Summer.

Nach ein paar Minuten hämmerte es an unsere Stahltür. Als ich öffnete, wartete im Flur nicht die erbost hämmernde Traurigkeit, sondern eine zierliche Meerjungfrau mit Riesenbrille. Sie stand inmitten jeder Menge Sonnenkotze und sagte lächelnd: »Oh, Sie sind bestimmt Jonas Rosen?«

Ich hörte Unterwasserdeutsch mit weicher hessischer Melodie.

Ich nickte.

Auffällig an der Meerjungfrau war ihre Stirn, die so hoch und hell vor mir aufragte wie die von Moby Dick. Ihre Schwanzflosse steckte in einem karierten grünen Rock. Sie wollte wissen, immer noch lächelnd, ob sie kurz reinkommen dürfe.

Eine Meerjungfrau kann natürlich nicht dem Schock unserer stinkenden, von einem melancholischen Megamessie verwüsteten Behausung ausgesetzt werden, weshalb ich mit Nachdruck den Kopf schüttelte.

Sie zwinkerte nur kurz.

»Oh. Na ja. Ich habe Ihnen die Papiere mitgebracht.«

»Was für Papiere?«

»Ihr Telefon funktioniert nicht, wie?«

Ich hatte nicht gewusst, dass Jeremiahs Telefon nicht funktioniert. Ehrlich gesagt war mir neu, dass er überhaupt eins hatte.

»Ich bin vom Goethe-Institut. Nele Zapp. Wir haben ein paarmal telefoniert.«

»Die Praktikantin?«

»Genau, die nichtsnutzige Praktikantin.«

Sie lachte bauarbeitermäßig und übergab mir einen Schnellhefter genau in der Sekunde, als das Flurlicht erlosch und die Sonne gleichzeitig die Biege machte, weshalb ihre Augen plötzlich ganz violett aussahen im Dämmerlicht.

»Da liegen die Drehgenehmigungen für den Broadway drin. Und die Infos für alle Dornbuschler.«

Auf dem Schnellhefter stand: *»Filmstudent 1 (Rosen), Lila-von-Dornbusch-Seminar«*, in Streberschrift.

»Danke«, sagte Filmstudent 1 unbestimmt.

»Und Ihre Tante, diese Mrs. Hertzlieb, hat uns einen Brief geschickt für Sie.«

Offensichtlich erwartete Mademoiselle, dass ihre Mappe aufgeschlagen und gelobt wurde. Ich tat ihr den Gefallen. Ganz oben lag ein weißer Umschlag, auf dem mein voller Name stand, keine Streberschrift diesmal, sondern gestaltet von einer aus einem anderen Zeitalter stammenden, vorwurfsvoll nach mir winkenden, uralten Damenhand.

»Die Mühe hätten Sie sich nicht machen müssen …«

»Na ja. Aber Sie haben's ja nicht abgeholt. Und ich wohne nicht weit, drüben im Village.«

Ich klappte den Schnellhefter wieder zu, machte mein Auf-Wiedersehen-Gesicht und sagte: »Danke jedenfalls.«

Sie verlagerte ihr bisschen Gewicht, ich dachte, um davonzuschwimmen.

»Es ist mir wirklich peinlich, aber …«, fing sie an, zögerte jedoch.

»Was denn?«, fragte ich.

»Dürfte ich mal Ihre Toilette benutzen?«

Ich rührte mich nicht und sagte: »Ja, natürlich.«

»Gut.«

»Gerne.«

Ich konnte mich immer noch nicht rühren. In ihrer Brille spiegelte sich das große, nun bläulich werdende Balkonfenster Jeremiahs, und man konnte sehen, dass es noch nie geputzt worden war.

»Dann müssen Sie aber mal die Tür ein Stück weiter aufmachen, sonst pass ich da nicht durch.«

Ich merkte, wie sich meine Finger um den Türgriff krallten und mir unsere imperfekte Häuslichkeit vor Augen kam, zum Beispiel der Anblick der penil-analen Penetration eines attischen Eleven in Öl, die direkt neben der Eingangstür hing, garniert von Professoren-Unterwäsche, ungewaschener vermutlich, nachlässig am Bilderrahmen befestigt.

»Also … also strenggenommen ist es nicht meine Toilette. Der Vermieter ist gerade nicht da.«

»Ich klau bestimmt nicht die Wattestäbchen.«

Wieder das Bauarbeiterlachen.

»Es sieht wirklich nicht sehr … nicht sehr ordentlich aus in der Wohnung. Und die Klotür …«

»Das macht nichts.«

»Na ja, man kann sie nicht schließen.«

Nun wurden ihre Lippen schmal, was im Zwielicht kaum zu sehen war, aber man hörte es an ihrem gepressten Tonfall.

»Also bis zum Tompkins Square werden alle öffentlichen Toiletten von Crackdealern bewohnt. Schon mal draufgesessen?«

»Nein.«

»Ich schon. Das wollen Sie nicht erleben. Die Gegend hier ist echt nicht die beste, und ich wäre Ihnen total dankbar, wenn Sie mich auf Ihr kostbares Klo lassen könnten.«

In dem Augenblick spürte ich ein weiches, warmes Fell an meinem linken Bein entlangstreichen, und schon war Chérie nach draußen entwischt. Dort maunzte sie glücklich und wartete auf den Fahrstuhl. Ich hatte ein neues Problem.

Wir versuchten zehn Minuten lang, die dumme Katze wieder einzufangen. Die Meerjungfrau sagte, dass ihr Vater Zoologieprofessor sei. Mir dämmerte, dass sie damit ihre Tierfängerkompetenz unterstreichen wollte. In den folgenden Minuten erfuhr ich außerdem von den meist traurigen Schicksalen aller vier Katerchens, die Fräulein Zapps Jugend belebt hatten, wobei einer Bogart hieß und gleich zweimal überfahren worden war.

Schließlich zog sie trotz ihrer rappelvollen Blase ihren Pullover aus und lockte mit den zwei Wollbommeln, die links und rechts vom Kragen herabbaumelten, Chérie auf ihren Arm.

Vielleicht riechen Meerjungfrauen aber auch ein bisschen nach Fisch, dachte ich feindselig.

Danach musste ich sie natürlich aufs Klo lassen.

Sie nahm sich Zeit. Ich hörte über die Papierberge hinweg, die auf der Türschwelle wucherten und jedes Verschließen der Tür unmöglich machten, dass sie zunächst begann, die Kloschüssel zu reinigen, nämlich mit meinem Waschlappen, wie sich später herausstellte.

Ein bisschen hoffte ich, dass sie sich danach einfach durch die Kanalisation davonspülen lassen würde zu ihren Schwesternymphen in den nahen Sund von Staten Island. Aber schließlich hörte man einen satten Strahl in die Toilette schießen, den ich lieber nicht gehört hätte. Dann tauchte sie nach einer Minute mit blasser Nase wieder auf und sagte: »Da wohnt eine glückliche Familie unter der Heizung.«

»Eine glückliche Familie?«

»Eine glückliche Kakerlakenfamilie.«

Nachdem ich sie zur Tür gebracht hatte, legte sie ihre winzige, aber forsche Hand in meine entnervte.

»Wenn du noch irgendeine Hilfe brauchst, dann lass es mich wissen.«

Sie duzte mich plötzlich, da sie offensichtlich die Leute duzt, deren eingetrocknete Exkrementspritzerchen sie vom Klodeckel gekratzt hat, auch wenn sie ja nicht wissen konnte, dass es nicht meine waren.

»Na ja«, sagte ich beschämt, um irgendwas zu sagen, »ich bräuchte tatsächlich ein paar Hinweise. Ich muss ja für die Dornbuschler noch Unterkünfte besorgen und auch Equipment wäre –«

»Okay«, unterbrach sie mich kühl und fummelte an ihrer Brille rum. »Du hast ja jetzt unsere Liste. Am besten, du rufst morgen meine Chefin im Institut an, Hollie Lehmann. Hollie gibt dir bestimmt einen Termin.«

Und damit war sie weg, hatte beim Abschied nur noch wenig Nixenhaftes, sondern stakste mit der Eleganz einer Riesenkrabbe zum Fahrstuhl.

Ich ließ Tante Paulas Briefumschlag erst mal in Ruhe.

Es gab Wichtigeres zu tun.

Zunächst musste die Kakerlakenfamilie unter der Spüle ausgerottet werden. Das gelang nicht. Nur eine auf Speedy Gonzales machende Nachwuchskakerlake zerquetschte ich mit der Enzyklopädie von Mirabeau. Die Überlebenden lachten mich aus, weil ich keinen Flammenwerfer zur Hand hatte.

Um zehn war das Bad immerhin so weit desinfiziert, dass es für jeden Überraschungsbesuch gewappnet war. Auch die Tür ging wieder zu.

Bis Mitternacht brauchte ich noch für die Küche. Ich putzte dem Herrn Professor ein Jahr Abfall weg. Allein hundertvierundzwanzig Teller, vierundachtzig Tassen und mindestens dreihundert Messer, Löffel, Gabeln. Außerdem fand ich auch noch das Silberdöschen mit seinem Freund drin. Es lag in einer Müslischüssel.

Jeremiah bedankte sich nicht mal, als er um ein Uhr nachts nach Hause kam. Er tat so, als hätte ich das Ding die ganze Zeit in der Jackentasche gehabt, um ihn zu ärgern.

Heute Morgen warf er die leeren Milchtüten auf den Boden. Danach das alte, nach Urin stinkende Katzenstreu. Ich versuche, eine Art Abfalleimer zu etablieren, aber er kennt es nicht anders.

Als er eben meinte, ich solle mal wieder die Hunde im Plastikbeutel runterbringen, wusste ich, ich muss einen Riegel vorschieben.

Ich habe ihm versucht zu erklären, dass ich mit den Tölen nicht mehr rausgehen möchte. Ich sagte ihm was von wegen Verantwortung und dass mir Lucy beim letzten Mal fast davongehüpft wäre, was auch stimmt.

Aber der eigentliche Grund ist natürlich, dass ich mich hier nicht zum Affen machen will.

Jeremiah reagierte unerwartet.

Er sagte klagend *»you don't like him?«* und sah dabei traurig zu Puppy, der so tieftraurig zurückguckte, dass ich Jeremiah nie wieder Traurigkeit nennen werde, schon um diesem Wort in Verbindung mit seinem Hund jene Würde zu erhalten, die es eigentlich ausdrückt.

Freitag, 20. 9. 1996, später

Als ich endlich alleine war, riss ich den Briefumschlag Tante Paulas auf. Von allen Handschriften, die ich in den letzten Tagen gesehen habe, war ihre die schönste, aber auch die mich umschlingendste:

Lieber Jonas, my dear!
Leider hast Du mir Dein address in N. Y. nicht verraten. Deshalb ich schicke diese Nachricht ins Goetheinstitut zu. Sie haben gesagt, dass sie sich um Dich verkümmern, oh meine Deutsch ist ganz schrecklich geworden, weil Deutsch schrecklich geworden ist.
Ich bin ganz dammlich vor Freude, Dich bald kennenzulernen hier. Dein Vater nannte mich immer »Lieberchen«, aber so etwas sagt man ja heute wohl nicht mehr. Call me »Tante«.
Leider kam ich gestern erst aus dem Krankenhaus. Der Krebs hat mich gewonnen. Aber ich bin alt, das mag nicht der Krebs, und wir sind alle in Gottes Hand. Bitte ruf mich doch an unter die Nummer zuhause: 038 18 47 2999 71.
Ich kann Dir eine schöne Limonade machen oder eine baltische Kaffee. Es gibt auch die Vernehmung wegen Dein Apapa. Da werden wir vielleicht was reden, wenn ich es Dir reiche.

Die Adresse vom National Arts Club hast Du ja.
Sei herzlich gegrüßt, and hugs hugs hugs
Deine Tante Paula

O Gott, das hat mir gerade noch gefehlt.

Meine Tante Paula.

Ihr Brief klang zwar harmlos und nichtssagend, aber hinter jedem Wort drohte unendlicher Nazischeiß.

Ich merkte, dass ich ihr das schlechte Deutsch übelnahm, was verrückt ist. Selbstverständlich hat Tante Paula seit der Emigration versucht, ihre Muttersprache tunlichst zu meiden.

Ihr Erfolg damit ist mir aber ganz und gar unerklärlich. Wie kann jemand, der seit seiner Geburt fünfundzwanzig Jahre lang in dieser Sprache Fisch-im-Wasser-artig gelebt hat, sich die Grammatik, die Syntax, das Vokabular, die ganze sprachliche DNA aus dem Hirn reißen?

Vielleicht tut sie nur so, dachte ich. Vielleicht will sie tough wirken.

Zwar fand ich das nicht funktionierende Telefon und reparierte es, was wirklich nicht schwer war (man musste nur den Stecker in die Steckdose drücken und den Hörer abnehmen). Dann rief ich aber nicht Tante Paula an, sondern telefonierte erst mal all die Adressen durch, die mir Lila gegeben hatte: Tanja Schlumberger, Nicole Diver-Spears, Cora Steinbeck, Baby Hausner, Uzi Kisko, Dick Luffer und auch Hollie Lehmann, die Chefin der blässlichen Meerjungfrau.

Alles unglaublich zäh.

Die Leute sind nett, aber haben wenig Zeit.

Niemand kann mir eine billige Wohnung für Dieanderenfünf geben. Nicht mal Tipps kriege ich.

Mich ärgert, dass nichts klappt. Aber auch gar nichts.

Tanja Schlumberger hat keinen Platz, um Studenten zu beherbergen.

Nicole Diver-Spears kann, da sie eine halbwüchsige und offensichtlich mannstolle Tochter hat, nur eine einzelne Frau aufnehmen, und das auch nur, sofern sie Vegetarierin ist (Fleischfresserinnen sollen nicht unterstützt werden).

Baby Hausner hat mich ausgelacht, als ich ihm sagte, dass wir Praktikanten brauchen. Praktikanten wachsen hier wie Spargel in der Wüste. Platz für einen Deutschen hat Baby schon gar nicht.

Uzi Kisko ist verreist.

Und bei Hollie Lehmann, die im Goethe-Institut die Filmabteilung leitet, biss ich auf Granit.

»Ja, meine Kollegin hat mir schon berichtet.«

»Was denn?«

»Vom gestrigen Besuch bei Ihnen.«

»Was denn?«

»Die Katze und so.«

»Ja, sie kann gut mit Katzen.«

»Leider haben wir gerade unheimlich viel zu tun. Im Moma ist eine Ausstellung von Servius Feind, die wir betreuen. Wollen Sie zur Eröffnung kommen übermorgen?«

»Na ja, Professor Dornbusch hat uns gesagt, wir sollen uns keine Kunstausstellungen ansehen.«

»Nicht?«

»Auf keinen Fall.«

»Verstehe.«

»Keine Kunstausstellung. Kein Theater. Keine Oper. Kein Fernsehen. Vor allem nichts Deutsches!«

»Ist immerhin eine Haltung.«

»Wir brauchen für den Rest der Studenten noch Unterbringungsmöglichkeiten.«

»Wie groß ist denn der Rest?«

»Fünf.«

»Und wie groß ist das Budget?«

»Null.«

»Herr Dornbusch will Gratisunterkünfte?«

»Ja.«

»Für fünf Personen? In New York City?«

»Ja.«

»Völlig unentgeltlichen Wohnraum in dieser Stadt?«

»Langsam kommen wir der Sache näher.«

»Das Goethe-Institut ist wirklich keine Wohnungsvermittlung, Herr Rosen. Aber wir helfen natürlich, wo wir können. Vor allem Künstlern, die sich nicht für Kunst interessieren. Ist mal was Neues.«

»Danke.«

»Kommen Sie nächste Woche vorbei.«

»Geht es auch früher?«

»Nächste Woche bitte, falls es Ihnen nicht zu unbequem ist.«

»Natürlich nicht.«

»Fräulein Zapp wird es nämlich nicht mehr zu Ihnen schaffen.«

Die blöde Kuh legte auf.

Lila hatte sie zuckersüße Faxe nach Berlin geschickt mit lauter »Honeys« und »Darlings« drauf, aber vor Student 1, der ihre Praktikantin aus den allerbesten Gründen nicht aufs Klo lässt, macht sie die Schotten dicht.

Ein Termin erst nächste Woche.

Was für eine erbärmliche Scheiße.

Meine Nerven sind dünn wie die Fäden der kleinen Spinne, die sich über meiner Couch ein Netz baut.

Fremder kann man sich gar nicht fühlen – und dennoch soll ich hier billige Quartiere besorgen und die Technik klarmachen. Ohne Geld, ohne Kontakte, ohne Ortskenntnisse.

Als ich vorhin vom Einkauf zurück nach Hause kam, hatte sich Jeremiah einen Bademantel angezogen. Sein Gesicht sah aus, als hätte er Theaterschminke aufgetragen. Es war aber nur blass. Als ich fragte, was los ist, sprach er mit abgewandter Miene von Herbert Huncke, der vor ein paar Tagen gestorben sei. Ein Freund von ihm, einer der letzten aus der Beat-Generation.

Ich habe mal vor Jahren ein paar Geschichten von Huncke gelesen, sehr hartes Zeug, das an Charles Bukowski erinnert. Er muss in großer Armut gestorben sein, auf fünfzehn Quadratmetern Staub und Elend im Hotel Chelsea, nicht weit von hier. Herzschlag.

Jeremiah suchte für mich ein paar Briefe von Huncke, fand aber in seinem Chaos nur zerknüllte Zettel von Allen Ginsberg, die er mir zuwarf. Ginsberg bevorzugt grüne Tinte und hat eine krakelige Kinderschrift. Merkwürdig für einen Autor. Man stellt sich einen berühmten Schriftsteller doch eher mit grazilen Fingerchen vor, die wie Tempeltänzerinnen übers Papier huschen.

Auf Ginsberg ist Jeremiah nicht gut zu sprechen, neidet ihm dessen Ruhm. Er will mich ihm aber trotzdem vorstellen auf der Trauerfeier für Huncke.

»Aber pass auf. Allen wird deinen Schwanz lutschen wollen. Du bist genau sein Typ. Groß, blond, schön. Wahrscheinlich hast du viel Sperma.«

Ich schaute ihn sprachlos an.

»Ja, was ist, hast du viel Sperma oder hast du nicht viel Sperma?«

»Was ist denn viel Sperma?«

»Bedeckt dein Sperma den Boden eines Schnapsglases?«

»Ich habe noch nie in ein Schnapsglas ejakuliert.«

»Warum denn nicht? War es zu klein?«

»Ich käme einfach nicht auf die Idee, in ein Schnapsglas zu ejakulieren!«

»Dann hast du also viel Sperma. Hab ich mir gleich gedacht.«

Merkwürdigerweise empfinde ich etwas für ihn.

4. Tag (Nachtrag)

Freitagnacht, 20./21.9.1996, New York

Unten im Erdgeschoss, kurz hinter der Eingangsschleuse, an der ich am ersten Abend überfallen wurde, hängt ein öffentlicher Fernsprechapparat.

Hier stehen all die Leute Schlange, die sich entweder kein eigenes Telefon leisten können oder aber bei Jeremiah Fulton wohnen, dem sein Geiz, sein Mangel an Empathie und sein Ruhebedürfnis es nicht erlauben, Ferngespräche nach Europa zu tolerieren.

Mah fing original an zu weinen, als ich sie am Abend von dort anrief und ihr erzählte, durch welches Höllentor ich hier täglich schreiten muss.

Erst nach einer ganzen Weile wurde mir klar, dass es einen anderen Grund für ihre Tränen geben könnte als das Eiland aus Stumpfsinn und Idiotie, an dem ich gestrandet bin.

»Was ist los, Liebste?«

»Nichts.«

»Aber mein Herz, sag schon.«

»Bist du mir treu?«

»Ja natürlich, wie ein Seepferdchen.«

»Seepferdchen sind schwul.«

»Schwul und treu.«

»Schwule können doch gar nicht treu sein.«

»Schatz. Bitte. Ist was passiert?«

»Ja.«

»Ist wieder jemand gestorben?«

»Frau Irrnich.«

»Die mit den Warzen?«

»Ja.«

»Tot?«

»Ja.«

»Aber sie war doch sehr krank.«

»Genau.«

»Dann ist es doch gut, dass sie nicht mehr leidet.«

»Ja.«

»Bitte hör auf, so schlimm zu weinen.«

»Ich muss aber. Und dann rede ich noch so ein dummes, dummes Zeug. Natürlich können Schwule treu sein, jedenfalls wenn sie alt sind.«

»Weißt du, wenn ich zurück bin, pflücken wir im Botanischen Garten wieder Bambusblätter und legen sie Frau Irrnich aufs Grab, wie du das damals bei Herrn Markowski gemacht hast.«

»Da wurde ich angezeigt.«

»Wir wurden beide angezeigt.«

»Ja. Und wir dürfen beide nicht mehr in den Botanischen Garten und dürfen also beide keine Bambusblätter mehr pflücken.«

»Wir machen es trotzdem. Wir sind doch Anarchisten.«

»Gut, dass du es ins Lächerliche ziehst«, sagte sie bitter. »Da bin ich gleich nicht mehr so traurig.«

»Entschuldige. Ich will dich nur aufheitern.«

»Du nimmst meinen Beruf nicht ernst, Jonas.«

Sie nennt mich nie Schatz oder Limaleh, wenn sie das Gefühl hat, dass ich irgendwas nicht ernst nehme.

»Du hast einen phantastischen Beruf«, erwiderte ich hastig. »Du kümmerst dich um Menschen, gibst ihnen Halt. Ich bin ein blöder Student, den du durchfütterst und der sich um gar nichts kümmert.«

»Frau Irrnich hat sich auch um mich gekümmert. Sie war nicht nur eine Patientin.«

»Ich weiß. Es ist schrecklich, dass sie tot ist.«

Ein winziges Geräusch entrang sich ihrer Kehle, als wenn man eine Eierschale zerbricht. Dann hörte ich gar nichts mehr, weil sie den Hörer zuhielt, um ins Taschentuch zu schneuzen. Als wir ganz frisch verliebt waren, hat der eine dem anderen immer die Nase geputzt beim Heulen über die verlogenen Familien, aus denen wir stammen.

»Limaleh?«

»Ja?«

»Warst du bei deiner Tante?«

»Sie hat mir einen Brief geschrieben, ja.«

»Und?«

»Ich rufe sie morgen an.«

»Du weichst ihr aus. Du weichst ihr aus, weil du Angst hast.«

»Wieso sollte ich Angst haben?«

»Manchmal weiß man nicht genau, wovor man Angst hat. Das macht einem erst recht Angst.«

»Lass uns nicht wieder stundenlang über Angst reden, okay?«

»Schatz?«

»Hm?«

»Frau Irrnich ist gar nicht tot.«

»Aha.«

In der Waschküche sprang eine Trockenschleuder an. Was hätte ich darum gegeben, jetzt irgendein abgefucktes T-Shirt in dieser Trockenschleuder zu sein. Stattdessen musste ich ein Geldstück nach dem andern ins Telefon schmeißen, um mich für ein kleines Vermögen von meiner depressiven Freundin desorientieren zu lassen.

»Ich bin etwas verwirrt«, sagte ich so neutral wie möglich.

»Das kann ich verstehen.«

»Also du sagst, Frau Irrnich ist tot und du weinst um sie. Aber dann ist Frau Irrnich gar nicht tot, und du weinst trotzdem. Du hättest aber gar nicht weinen brauchen, denn sie war ja niemals tot.«

»Sie ist aber sehr krank.«

»Sind nicht alle Leute sehr krank in einem Sterbehospiz?«

»Du sagst mir ja auch nicht immer die Wahrheit.«

»Mah, jetzt mach mal einen Punkt. Natürlich sage ich dir die Wahrheit!«

»Du bist mir gar nicht treu.«

»Spinnst du? Mit wem sollte ich dich denn betrügen? Mit Lucy, Puppy und der Katze hier?«

»Du musst dich gar nicht aufspielen. Du machst diesen blöden Sexfilm.«

»Ja und?«

»Frau Irrnich hat mir aus der Hand gelesen.«

»Diese alte Hexe!«

»Sie hat gesagt, du wirst mir untreu werden.«

»Wieso das denn?«

»Weil du kein Seepferdchen bist, sondern ein Karnickel.«

»Wie oft habe ich dir gesagt, du sollst nicht auf diesen Quatsch reinfallen.«

»Meine Schwangerschaft hat sie mir auch vorausgesagt damals.«

»Ja, wirklich erstaunlich«, zischte ich, »dass sie in einem Sterbehospiz zwei Jahre überleben kann!«

»Deine ganze Existenz wird dort drüben auf den Kopf gestellt, sagt sie. Kein Stein bleibt auf dem anderen. Du wirst ein anderer Mensch werden. Du wirst in große Gefahr geraten.«

»Sag mal, wie heißen diese Tropfen noch mal, die ihr immer benutzt? Fluninochwas?«

»Ich glaube ihr. Sie hat das zweite Gesicht. Ich habe Angst. Ich habe furchtbare Angst um dich.«

»Bitte hör auf zu weinen.«

»Ich liebe dich, weißt du. Ich liege hier neben deinem Kopfkissen, und abends rieche ich immer dran. Aber gestern ging schon dein Geruch raus. Mitten in den Nachrichten. Ich werde auf keinen Fall die Bettwäsche wechseln, während du weg bist. Ich liebe die paar Flecken, die da von uns drauf sind. Ich denke so oft an unser Kind, an unser armes Kind. Diese kleine Erbse.«

»Schatz, ich nehme deinen Beruf sehr ernst. Aber er macht dich düster.«

»Fuck, das Telefonieren ist bestimmt sauteuer.«

»Gar nicht so.«

»Ich bin eine Winterfrau, Jonas. Ich hoffe, du triffst keine scheiß Sommerfrau. Du hattest immer Sommerfrauen.«

»Ich treffe gar keine Frau. New York ist eine Stadt völlig ohne Frauen. Ich habe noch keine einzige Frau gesehen!«

Ich fand, dass Meerjungfrauen nicht zählen, deshalb fuhr ich fort: »Alle Leute, die wie Frauen aussehen, sind irre Tunten und wiegen hundertfünfzig Kilo. Ich dreh hier diesen bekloppten Schwänzetittenärschefilm, und bevor du noch schnipp sagen kannst, bin ich schon wieder zu Hause.«

»Schnipp.«

5. Tag

Samstag, 21. 9. 1996, morgens, New York

Ich merke: New York manifestiert sich für mich in diesem gefräßigen, milchsaufenden Gargantua, dieser zyklopischen Extunte, mit der ich eine Ruine von Wohnung teile und die all die Schmerzen, all den Wahnsinn, alle Möglichkeiten dieser Stadt verkörpert, Möglichkeiten, die Jeremiah verpasst zu haben scheint, auf eine grandiose Weise.

Mah würde ihn lieben. Sie liebt einfach alles, was kaputt ist.

Deshalb findet sie mich gut.

Kennengelernt haben wir uns kurz nach dem Motorradunfall. Sie hatten mir den Schädel schon wieder zusammengenagelt, und ich konnte im Krankenhausflur hin- und herschlurfen, ohne umzufallen.

Ich weiß jetzt, ich werde höchstens fünfzig Jahre alt. Aber es stört mich nicht. Wer will schon fünfzig Jahre alt werden? Irgendwann wird es mich vielleicht stören, aber jetzt nicht. Jetzt habe ich nur Angst vor den Schmerzen. Sie kommen aus dem Nichts. Alle vier Wochen. Immer in der Nacht. Wie ein Terroranschlag.

Mah war noch in der Ausbildung und spazierte in unsere Station wegen der Aussicht, die man von der Cafeteria aus hatte. Sie knöpfte dann den weißen Kittel auf, weil es juliwarm war. Darunter trug sie ein gelbes T-Shirt, auf dem in blauen Buchstaben RETTET DIE WALE stand.

Ihr Mandelaugengesicht war von einer Blässe, die einen an diese ägyptischen Prinzessinnen erinnert, mit den Katzen im Grab die. Sie blickte auf Berlin hinab und aß gesunde Sachen mit viel Obst drin. Ich mochte das Geräusch, wenn sie kaute.

Beim dritten Mal Sehen ließ ich mich vom Stuhl gleiten und fiel auf den Boden. Einen Schwächeanfall zu simulieren ist die leichteste Übung. Ich wollte, dass sie mich aufhebt und wir aneinander riechen können.

Sie hob mich auch auf und roch auch gut, vor allem diese winzige Perle Schweiß liebte ich, die an ihrem Hals schimmerte.

Irgendjemand hatte einen Knutschfleck neben ihre Halsschlagader gesaugt. Ich sah, wie ihr Blut drunter durchpumpte, und mein Speichel stürzte sich wie ein paar Hummeln auf ihr T-Shirt, um es zu bestäuben.

Sie hielt mich für einen kollabierenden Patienten und zeigte Profiverständnis, dass ihr Gegenüber sie ansabberte und seine Hand unter dieses bananengelbe Stück Stoff glitt, als suche sie nur einen Halt.

Drei Wochen später kannten wir uns besser, und sie lachte, weil ich dermaßen dreist gewesen war, was nicht meine Art ist. Traumichnicht ist ja sonst schüchtern. Ich hatte aber hinten auf dem Motorrad gesessen, mein Freund Michi vorne. Er war tot, ich blieb am Leben. Dessen wollte ich mich versichern, und das machte mich tollkühn, jedenfalls Mah gegenüber.

Alles schien mir schicksalhaft zu sein.

Eines Tages, ich war schon in der Reha, besuchte sie mich. Sie erzählte mir, dass ihre inneren Organe spiegelverkehrt angeordnet seien, und zeigte mir eine Computertomographie, auf der man sah, dass sie ihr Herz auf der rechten Seite hat. Das Bild war rot eingefärbt. Volume-Rendering-Darstellung.

Rot ist die Hoffnung der Surrealisten.

Es gibt nichts, was mehr Vertrauen stiftet als das gemeinsame Leiden an verschiedenen Spielarten körperlichen Ungenügens.

Aber Mah war irgendwie auch stolz darauf. Denn ihre anatomische Besonderheit machte sie für Kardiologen ausgenommen attraktiv, hätte sie aber auch für KZ-Ärzte attraktiv gemacht, für meinen Großonkel Karl zum Beispiel.

Den Knutschfleck über dem Schlüsselbein hatte sie jedenfalls von einer internationalen Koryphäe, einem Professor vom Berliner Herzzentrum, den sie bei einer Kernspintomographie kennengelernt hatte. Er hatte ihr Dutzende von diesen Volume-Rendering-Darstellungen geschenkt. Er hatte ihr auch Dutzende von diesen Knutschflecken gemacht. Und dann kamen auch noch meine hinzu.

Mah ist so monogam wie der Himmel blau ist. Vielleicht hat das auch mit den Tagen auf dem malaiischen Meer zu tun, wo sie als Kind immer Angst vor Piraten haben musste und es vor allem darum ging, den richtigen Partner zu finden, der einem beim Überleben hilft.

Deshalb war das Durcheinander der Knutschflecken ein enormes moralisches Problem für sie.

Sie wollte sogar, dass ich erst das vollständige Verblassen der Flecken des Arztes abwarte, bevor ich meine eigenen fabriziere. Merkwürdigerweise legte auch der Arzt selbst darauf den höchsten Wert. Mahs ehrliche Absicht war, mit ihm befreundet zu bleiben.

Deshalb wurde von beiden ein detaillierter Vertrag aufgesetzt, der »Entliebungsplan« hieß.

Abgefahrene Scheiße.

Der Arzt schrieb mir jedenfalls unter Bezug darauf einen Brief, der ungefähr mit den folgenden Worten begann: »Sehr geehrter Herr Rosen, Ihr ungestümer, um nicht zu sagen besitzergreifender Umgang mit gewissen Körperlichkeiten, auf die ich nicht im Einzelnen eingehen möchte, erschweren leider die Einhaltung des Entliebungsplanes zwischen Fräulein Mah Kim Nangung und mir. Hier meine ich besonders die Paragraphen 3–7, wie Sie sich denken können.«

Na schön, ich übertreibe. Aber diesen Entliebungsplan gab es wirklich. Und ich hasste ihn. Ich verweigerte jede Kooperation. Ich bin ja nicht blöd.

Schließlich wurde Mah von solch furchtbaren Schuldgefühlen überwältigt, sowohl mir als auch dem Trottel gegenüber, dass diese auf ihre verkehrt geratenen, äußerst sensiblen Organe schlugen.

Der Herzchirurg versuchte es zunächst mit Hammermedikamenten.

Schließlich musste er Mah aus Rücksicht auf ihre angegriffene Konstitution zu einer endgültigen Trennung von ihm raten. Danach hatte er einen Nervenzusammenbruch.

Ich an seiner Stelle hätte jemandem wie mir ja einfach irgendein schwer nachweisbares Gift eingeflößt. Ich meine, wieso ist man schließlich Mediziner, wenn man nicht mal Medikamente anständig missbrauchen kann? Aber schon der Titel seiner Dissertation zeigte einen erschreckenden Mangel an Kühnheit: »Immunmodulation durch spenderspezifische Leukozytentransfusionen in einem vaskularisierten heterotopen Herztransplantationsmodell in der Maus«.

Der Mäusedoktor war ungefähr fünfhundert Jahre älter als Mah und sah aus wie diese Schrumpfköpfe, die er während eines Kongresses auf den Lofoten erstanden hatte und in einer Glasvitrine in seinem Flur aufbewahrte. Ich sah ihn und seine Köpfe zum ersten und zum letzten Mal, als wir Mahs Möbel aus seiner Wohnung schafften. Es war eine verdammt kostbare Wohnung, und es waren verdammt wertlose Möbel, und ich spürte regelrecht, wie sie erleichtert aufatmeten, als ich sie hinuntertrug. Draußen regnete es in Strömen, und wir mussten das Gerümpel auf einen offenen Pritschenwagen stellen, denn wir hatten nichts anderes. Mahs altes Radiogerät, ihre Nähmaschine und die Zeichnungen, die ich ihr geschenkt hatte, zogen die Wut des Regens magisch an, und eine rissige Plane konnte nur für ungleichmäßige Verteilung der Nässe sorgen.

Als ich nach oben schaute, lehnte sich der Professor mit rotblaukariertem Kopftuch aus dem Fenster im zweiten

Stock, blickte herab auf Mahs erbärmliches Mobiliar und weinte, die Hände vors Gesicht schlagend, seinen schwarzen, heißgeliebten, von ihm persönlich kastrierten Kater an.

»Was willst du mit diesem Baby?«, schrie er Mah schließlich hinterher und meinte mich. Er war in einem Alter, das ich nie erreichen werde. Mah übrigens auch nicht.

Wir sind echt geschaffen füreinander.

Als ich dann losfuhr, legte Mah meine Hand auf ihr Herz. Sie sagte nichts, und ich sagte nichts, aber ich lag quer im Fahrerhaus, denn während ich mit einer Hand steuerte und schaltete und blinkte und die Scheibenwischer betätigte, musste ich mit der anderen ganz weit hinübergreifen.

Hätte sie ihr Herz links gehabt wie alle anderen, wäre es ganz einfach gewesen.

Aber einfach war es mit ihr nie.

»Du bist der jüngste Mann, mit dem ich je zusammen war«, sagte sie, presste meine Hand auf ihre Brust und fuhr leise fort: »Gott sei Dank hast du wenigstens eine Schädelverletzung.«

Wir brausten durch das Unwetter.

Der Himmel war trächtig von tintigem Regen, und ich hatte den Geschmack vergorener Melasse im Mund, weil ich ein paar Weintrauben genascht hatte, Weintrauben des Herzchirurgen, die aber in der IKEA-Obstschüssel von Mah gelegen hatten, deshalb war es eine legitime Beute, fand ich. Trotz der Trübnis des Tages schien mir die Welt von Wärme gefüttert.

Dann sagte mir Mah, dass sie mich umbringt, wenn ich sie jemals betrügen sollte. Oder dass sie sich umbringt. Und es kam mir so absurd vor, denn sie hatte ihren Kardiologen ja auch betrogen. Und wie.

Sie behauptete jedoch, das stimme nicht, denn der Mäusedoktor sei eine Vaterfigur gewesen, und einen Vater könne man gar nicht betrügen. Einem Vater könne man sich nur anvertrauen. Und das habe sie eben bis zu jenem Grad gemacht, der ihn dann enttäuscht habe.

»Aber dich werde ich nicht enttäuschen. Ich werde dich immer lieben. Und du musst mich immer lieben, bis dein Kopf platzt. Versprich mir das.«

»Ich verspreche es.«

Sie hielt meine Hand fest, beugte sich zu mir herüber, küsste meine Stirn, oder vielmehr deren attraktive Gebrechlichkeit, und beinahe wäre ich in einen Hundesalon gerast.

Samstag, 21. 9. 1996, mittags, New York

Jeremiah geht mir auf die Nerven.

Eben war ich in der Tisch School. Die Kunstakademie der NYU. Direkt am Broadway gelegen, ganz nah am Washington Square Park.

Okay, ich kam eine halbe Stunde zu spät, aber irgendwann muss ich ja auch mal hier reinschreiben können.

Zum Beispiel hätte er sich ein bisschen freuen dürfen, dass ich ihm seine Mahatma-Gandhi-Brille mitgebracht habe.

Aber er bekam wieder seine kleinen, feigen Schweinsäuglein und freute sich null.

Ich gab ihm das Fax an Lila – an dem ich gestern zwei Stunden lang geschrieben hatte – mit dem schmerzlichen Verzeichnis all meiner Misserfolge drin. Jeremiah stemmte die Brille auf und setzte seinen Körper hoch oder umgekehrt, keine Ahnung. Er hat einen winzigen Schreibtisch in einem winzigen Büro, und alle Regale zittern, wenn er sich wie eine Metzgersfrau hochwuchtet und durch den Verschlag stapft. Na schön, ich bin sauer, und mit Recht.

Er walzte nämlich rüber zum Faxraum, schob die Blätter angewidert ins Faxgerät, verschwand wieder. Die Blätter wurden umgehend vom Gerät verschluckt und nicht mehr ausgespien. Ich eilte daher Jeremiah hinterher, bat ihn um Hilfe. Er lächelte verächtlich und züngelte: »Ts … ts … ts.«

Als wir zurück in den Faxraum kamen, stand da ein Kamera-Dozent am Gerät und sagte Jeremiah, dass Martin Scorsese oben bei der Direktorin sei und ob er nicht auf einen Sprung mit hochkommen wolle, um hallo zu sagen.

Jeremiah wollte. Er ließ mich einfach stehen ohne ein Wort und ging Richtung *Taxi-Driver-Raging-Bull-Mean-Streets-Goodfellas*-Scorsese davon, völlig aufgebläht.

Der Dozent, der wusste, dass ich aus Deutschland komme, zögerte und fragte der Höflichkeit halber, ob ich sie begleiten wolle. Daraufhin Jeremiah, indem er sich an der Tür umdrehte: *»No. Mr. Rosen has to work!«*

Und verschwand.

Ich stand da wie ein Idiot.

Ich verstehe weder die Spannung, die unter jeder unserer Begegnungen liegt, noch die merkwürdige Intensität, die sich in unserer Müllhalde breitmacht, sobald ich abends nach Hause komme.

Der Widerspruch zwischen dem Mann, den ich sehe, und dem, den andere sehen, könnte größer nicht sein. Als hätten ihn die Körperfresser erwischt. In der Uni ein funktionierendes Mitglied der Gesellschaft. Zu Hause ein Typ, der allmählich vergisst, wie sich fester Stuhlgang anfühlt.

Er hält sich zweifellos für einen klugen Kerl. Besitzt Bildung und hat einen Riesenwortschatz. Erklärt mir, dass eine Sarabande ein Gesellschaftstanz unter Louis Quatorze war. Oder dass eine »Veronica« ein Stück dünner Gaze ist, mit der eine Frau gleichen Namens das blut- und schweißüberströmte Gesicht von Jesus Christus abgewischt hatte, bevor er ans Kreuz genagelt wurde.

Ja, Mah würde ihn anbeten.

Lila war wahnsinnig zerstreut, als ich ihm später am Telefon meine Probleme zu erklären versuchte. Da ihn Probleme nicht die Bohne interessieren (ganz im Gegensatz zu Katastrophen), reagierte er mit temperamentvoller Gleichgültigkeit und fragte nur, ob ich schon mit meinem Film angefangen hätte.

»Lila, hast du nicht zugehört? Ich wurde überfallen, man hat mir ein Messer ans Gesicht gehalten.«

»Das ist doch super. Hast du's gefilmt?«

»Ich konnte es nicht filmen, Lila! Mir fehlte die geistige Frische!«

»Du hast eine Kamera dabei. Du musst immer filmen können. Du bist doch nicht faul oder so? Du hast eine Verantwortung für Dieanderenfünf!«

»Du auch, Mann! Du bist mein Dozent, und wenn mich die Ärsche erstochen hätten, hättest du ein Problem!«

»Führst du dein Videotagebuch?«

»Nein, ich führe ein echtes Tagebuch. Ein Papiertagebuch. Ein Neunzehntesjahrhundert-Tagebuch. Das habe ich immer gesagt, dass ich so ein Videotagebuch beknackt finde.«

»Aber du hast Jeremiah interviewt?«

»Er lässt sich nicht interviewen.«

»Das war abgemacht.«

»Nicht mit ihm. Er schmeißt die Kamera vom Balkon, falls ich wagen sollte, sie anzuschalten.«

»Wenn du faul bist, werde ich sauer. Ihr seid alle total faul und verwöhnt, total faule, verwöhnte Mittelschichtsstudenten. Und ihr habt keine Ahnung, wie hart das Leben da draußen ist.«

»LILA, ICH WURDE ÜBERFALLEN! ICH WEISS, WIE HART DAS LEBEN DA DRAUSSEN IST!«

»Hast du denn wenigstens Wohnungen für Dieanderenfünf besorgt?«

»Aber das versuche ich dir doch gerade zu erklären, dass das nicht so einfach ist.«

»He, deine Kommilitonen müssen irgendwo unterkommen! Ich hab dir doch jede Menge Adressen gegeben!«

»Ja, aber niemand will bescheuerte deutsche Mittelschichtsstudenten bei sich aufnehmen.«

»Du machst dir da einen Lenz auf Kosten des Senders. Sie haben uns Geld gegeben für das Experiment. Du enttäuschst mich. Ich werde mal mit Jeremiah reden, dass er dir ein paar Aufgaben gibt.«

»Jeremiah ist ein Freak, Lila! Er will mit mir ficken! Er lebt wie das Krümelmonster in einer Mülltonne! Die Aufgabe, die er mir geben wird, kann nur darin bestehen, ihm einen zu blasen!«

»Na ja, du musst auch mal tun, was man dir sagt!«

Am Nachmittag ging ich, immer noch supersauer auf Lila, auf Jeremiah, auf die ganze Dieanderenfünf-Kack-Gruppe, diese Wichser, die sich ihre scheiß Unterkünfte selbst organisieren sollen, Richtung Central Park.

Da war gerade die Steubenparade.

Mah sagt, ich solle aufpassen, dass ich nicht immer so zornig werde, das sei auch schlecht für den Birneninnendruck. Ich müsse meditieren oder mir schöne Sachen angucken, aber möglichst keine schönen Frauen. Also blieb ich stehen, atmete bewusst und guckte, was es mit der Steubenparade auf sich hat.

Jede ethnische Minderheit richtet in New York einmal im Jahr so eine Art Karnevalsumzug auf der Fifth Avenue aus. Die deutsche Veranstaltung ist nach diesem preußischen General Steuben benannt, der dem Oberbefehlshaber General Washington seine Feldzüge geschmissen hat. Eigentlich war Steuben aber ein unbedeutender Stabsoffizier aus Berlin, gerade mal Hauptmann, der nur in einem Dritte-Welt-Land wie den amerikanischen Kolonien Karriere machen konnte. Jeremiah erzählte mir später, dass Steuben ein sanfter Pädophiler gewesen sei, der nach seinem Tod sein gesamtes Erbe zwei kindlichen Adjutanten vermacht hatte.

Als ich zur Fifth Avenue kam, waren die Straßen schon gesäumt von bleichen, teigigen Gesichtern, die zu Tausenden auf Tribünen standen. Etwas Argloses haftet uns Deutschen an, unbedarft, tapsig, treuherzig, weißbrotartig sind wir, und wir lieben lange Schlangen. Es war ein merkwürdiger Aufzug, so viele langweilige Menschen in dieser aufregenden Stadt.

Zunächst wippten rote Barette an mir vorüber.

Dann kamen New Yorker Feuerwehrleute, die sehr abkommandiert aussahen.

Danach der West-Point-German-Language-Club. Das waren US-Offiziere der Militärakademie in weißen Paradeuniformen. In der Mitte der schwärzeste Schwarze, den ich je gesehen habe.

Darauf marschierte der Spielmanns- und Musikzug Ruhmannsfelden vorüber, in dem eine von Seitz-Reisen gesponserte Bayernflagge wehte.

Dem folgten Dudelsackpfeifer, die *Muss i denn, muss i denn zum Städtele hinaus* dudelten.

Dann kamen die schlesischen Revanchisten.

Ein altes Mercedes-Cabrio namens Danzig fuhr vorbei, in dem ein kleines, wunderschönes Mädchen in Tracht ein Schild hielt mit der Aufschrift: *»Was man nicht aufgibt, hat man nie verloren«*.

Das Fritz-Reuter-Altersheim hatte einen Lastwagen geschickt, auf dem vier alte Schachteln saßen, zum Winken.

Dann kamen bizarre Deutsche, die Hüte mit Federn trugen, oder Männer mit Zylindern und Speeren.

Das Restaurant Alt-Heidelberg schickte als Delegation zwei dicke Köche.

Ein Wagen der Sprachschule Müllerlein erregte Aufsehen, auf dem Kinder in Trachtenanzügen auf Befehl ihrer

Lehrerin alle zehn Sekunden »Wir lernen Deutsch!« brüllten.

Franz' Stammtisch.

Gemütlicher Enzian Skiclub N. Y.

Bronxer Bayern.

Ein wahnwitziges Sammelsurium, Teil meiner Identität, über die ich sinnlos lange nachdachte, während ich durch die fremden Straßenschluchten nach Hause zurückschlenderte.

Als ich den Tompkins Square durchquerte, sprach mich unter einer Ulme ein alter Penner im Rollstuhl an, um zu schnorren.

»*No thanks*«, sagte ich.

»Ha noi, net zum glaube, oin Landsmann«, erwiderte er breit lächelnd in perfektem Schwäbisch und rollte neben mir her. Nebenbei erzählte er, dass er Seemann sei, aus Reutlingen käme und vor acht Monaten durch einen Raubüberfall sein Bein verloren habe. Deshalb müsse er Astronautennahrung aus der Apotheke zu sich nehmen. Die zu bezahlen falle ihm schwer. Er glaube und vertraue auf unseren Herrn Jesus Christus, aber auch auf unseren gemeinsamen Kulturhintergrund, dass ich ihn ein wenig unterstütze, Gott segne mich.

Ich sagte ihm, dass ich kein Geld habe.

Er lächelte wieder, zog die Decke von seinem Unterleib und zeigte mir die Stelle, wo früher mal sein linkes Bein gewesen war und nun eine abgesägte Schrotflinte aufschimmerte.

Also gab ich dem Schwaben einen Dollar.

Nun liege ich auf dieser Couch in Jeremiahs Wohnung,

wie ein ermatteter, in eine Glühbirne geflogener Nachtfalter, der in den dunklen, so blütenarmen Raum starrt, immer noch überwältigt von den Deutschen dieses Tages.

6. Tag

Sonntag, 22.9.1996, morgens, New York

Asozialer Irrer.

Atommüllbakterie.

Gehirnmäßig benachteiligter Affenarsch.

Bin außer mir. Migräne ist im Anmarsch. Ich kann es nicht fassen. Atmen hilft da nicht mehr. Mein Kopf platzt.

Jeremiahs Geliebter, der Drogendealer, wurde direkt hinter unserem Haus abgeschlachtet!

Ist das zu fassen?

Mitten am helllichten Tag, als er die Hunde Gassi führte. Die Täter hat man nicht erwischt. Ist erst einen Sommer her.

Jeremiah spricht soeben davon, unter Verwendung seines lieben Blockflötengesichts, wie von einem Schnupfen. Kommt mit Puppy und dem Chihuahua vom Morgenspaziergang zurückgewatschelt, und ich sehe, wie er eine Machete unter dem Mantel hervorzaubert und neben die Hundeleine an einen Haken hängt. Ich frage ihn, was die Machete soll. Er brummt missmutig, dass er sie jedenfalls nicht braucht, um Zuckerrohr zu schneiden.

Und dann ziehe ich ihm die Geschichte von seinem geliebten John oder James oder Jimmy, oder wie er hieß, aus der Nase, dem sie drei Kugeln verpasst hatten, um an seinen Stoff zu kommen, einen besonders reinen, teuren, aparten Stoff, den man aber nicht fand, weil Puppy das Zeug in seinem Spezialhalsband spazieren trug.

Arschloch.

Sau.

Darmlutscher.

Ich schreie fast.

Ich schleudere J. die Frage entgegen, wieso er mich da rausgeschickt hat in den ersten Tagen. Wieso er mich aufs Geratewohl rausgeschickt hat in eine absolute *No-Go-Area*. Mit den scheiß Kötern an der Leine, mit einem »Ich-bin-ein-blöder-Tourist«-Bäpperl auf der Stirn, ohne hinlängliche Sprachkenntnis, ohne Ortskenntnis und ohne die klitzekleinste Machete.

Er guckt mich nur an und sagt: *»Don't be a baby. Life is dangerous.«*

In meinem Reiseführer (*New York. The rough guide*, Penguin, 1996) steht über unsere Gegend: *»A notoriously unsafe corner of town, run by drug pushers and the hoodlums that control them.«*

Und weiter: *»Oddly enough, it's also the best illustration of the absurdity of the Manhattan housing issue: here there is astounding poverty, filth, even danger. Yet the area is in the process of gentrification, and its apartments, though they may be next to some rat-infested ruin, go for ever-rocketing rents.«*

Ich könnte Jeremiah umbringen, diesen größten Ignoranten auf Gottes weiter Erde. Ich hasse ihn und dieses absurde Hochhaus, das wie Raumschiff Enterprise mitten im widerwärtigsten Slum Manhattans gelandet ist. Es gibt Warp-Antrieb im Müllschlucker, Videoüberwachung sowie einen eigenen Securitydienst (echt jetzt), und sobald man sich hoch an Bord gebeamt hat, ist das Elend der Straße vergessen. Hier lebt biederster Mittelstand, zu neunzig Prozent Black People oder Latinos, alle ohne Kinder. Und sie wohnen halt super billig für den Standard und haben sich damit arrangiert, dass man nach Einbruch der Dunkelheit nicht mehr rauskann.

Vor ein paar Tagen, die Dämmerung hatte gerade erst eingesetzt, lief ich an einem brennenden Chrysler vorbei. Kein Mensch kümmerte sich drum. Der Mexikaner am Zeitungskiosk, der maximal fünf Worte Englisch spricht, stand vor seinem Laden, starrte ausdruckslos in die Flammen und hatte gut sichtbar ein Schulterhalfter umgeschnallt mit riesiger Kanone drin.

Es ist verrückt. Avenue A ist sehr kreuzbergisch-studentisch, voll mit Kneipen und Bars und megacool.

Avenue B ist die Grenze, kein einziges Restaurant, aber auch noch keine Abbruchhäuser, jede Menge Penner, aber auch Normalos.

In Avenue C siehst du keinen Weißen und keinen Bullen mehr. Hier ist das Ghetto, aber es gibt ganz normale Geschäfte, die allerdings alle keine Fenster haben im Erdgeschoss, nur mit Stahlplatten und Gittern verrammelte schwarze Löcher.

Und dann steht im Reiseführer: *»Further over, past Avenue D, are the East River housing projects, a good bet if you are a drug dealer, but not recommended otherwise.«*

Ich habe wirklich Sorge, dass ich Jeremiah irgendwann in den Schwitzkasten nehme und ihm die Luft abdrücke, so wie ich es früher im Internat gemacht habe, um mich gegen die dummen Darmstädter zu wehren. Ich kann ihn derzeit nicht ansehen, ohne Mordgedanken zu haben.

Gestern saß er wie ein Häuflein Elend auf seiner Couch, als ich von der Steubenparade zurückkam. Die Toilette war übergelaufen und hatte eine Überschwemmung verursacht, die sich gewaschen hatte. Die ganze Wohnung eine einzige Pfütze aus rostroter Brühe. Er hat große Angst, dass ein Stockwerk unter ihm die Decke rötlich durchfeuchtet wird und die Leute denken, wir hätten Menschen abgestochen und auf dem Boden ausbluten lassen.

Das wird teuer.

J. hatte den ganzen Tag in einem Waschsalon zugebracht, um die Wäsche der letzten Monate zu reinigen. Jetzt hat er damit die Pfützen aufgesogen, und alles war umsonst.

Mehrere Dutzend seiner Bücher sind verloren.

Jeden Tag geht hier was in die Brüche. Gestern ein kleines Porzellandöschen. Heute ein Glas in der Küche. Aber Jeremiah sammelt sogar die Scherben auf und trägt sie irgendwohin. Er bringt es nicht übers Herz, irgendetwas wegzuschmeißen.

Er hat eine Klimaanlage und einen riesigen Ventilator. Die Klimaanlage läuft den ganzen Tag. Das ist wohl der Grund, weshalb hier alle husten. Ein Wunder, dass die Zimmerpalme überlebt. Das Ideal heißt: Polarluft.

Gestern blieb die Anlage auch nachts angeschaltet, weil Jeremiah hoffte, das eiskalte Gebläse würde die Durchtrocknung seiner nassen Teppiche befördern. Ich fror bis heute Morgen, weil ich nur ein dünnes Deckchen kriege, das für Chihuahuas genau die richtige Größe hat.

O Gott, wie ich ihn hasse.

Selbst bei schönem Wetter sitze ich hier meistens im Wollpullover. Nur Jeremiah schwitzt immer, egal, wie kalt es ist. Aber man riecht den Schweiß nicht, und man sieht ihn auch nicht, vielleicht, weil J. sich jeden Morgen mit Babypuder einstäubt, von oben bis unten. Wenn er auf die Puderdose drückt, klingt es, als würde ein Fahrrad aufgepumpt.

Wasser lässt er nicht an seinen Körper. Es hat wohl mit seiner Allergie zu tun. Er steht nun schon seit einer Stunde im Bad und macht sich für die Beerdigung schön.

Ich habe das weiße Rittmeister-Jackett von Lila an.

Sonntag, 22. 9. 1996, abends, New York

Leider ist es noch schlimmer geworden.

Jeremiahs Fernseher geht wieder. Er stellt ihn auf volle Lautstärke. Er guckt wahnsinnig gerne Sachen, in denen viel explodiert, vor allem Vietnamfilme. Das häufigste Wort bei dieser Art Filme ist »Sergeant«.

Irritierenderweise gehen in dem Lärm auch reale Dinge zu Bruch. Eben gerade eine Vase, weil sich die Katze bewegte.

Das Bad ist wieder trocken. Der Mieter unter uns hat sich nicht beschwert. Ein angenehmer Nebeneffekt ist, dass der Boden nun beinahe sauber wirkt.

Von der Beerdigung bin ich immer noch benommen. Sie hat drei Stunden gedauert. Fand in einer Art Ashram statt, irgendein Betsaal in einem Hinterhof im Village, der wohl mal ein italienisches Restaurant gewesen ist. Weinranken und Bacchus an den Wänden. Es fanden sich zwei Dutzend Leute ein, mehr nicht. Die meisten in langen Walla-Walla-Gewändern oder einfach in Jeans. Es lief indische Musik vom Band. Ich sah wie ein Butler aus.

Wir kamen natürlich viel zu spät. Als wir den Raum betraten, fasste mich Jeremiah am Arm und hakte sich unter. Es fiel mir auf, weil es die erste körperliche Berührung war seit meiner Ankunft bei ihm. Er ließ die graue Flosse auch nicht sinken, bis wir uns setzten. Dann merkte ich, wie ich von den Anwesenden taxiert wurde. Sie hielten mich für Jeremiahs Gespielin. Ich war viel zu fasziniert, um mich unbehaglich zu fühlen.

Hunckes Asche ruhte, umhüllt von einer geblümten Porzellanvase, in der Mitte des Saales auf einem kleinen Tisch, in einem Lichtkegel aus Halogen. Ansonsten war die Beleuchtung schummerig. Viele Kerzen brannten, und es roch, wie die frühen achtziger Jahre gerochen hatten. Also wirklich wie bei Mona, die ja immer diese Räucherstäbchen angezündet hat, wenn ich am Wochenende kam.

Die Anwesenden standen einer nach dem anderen auf, schritten zu der Vase, streichelten sie. Dann sangen sie Lieder oder lasen Gedichte vor. In allen Texten spielten Stricher, Versager, traurige Clowns eine Rolle, womit offensichtlich Huncke geehrt werden sollte.

Eine junge Chinesin, deren Stirnfalte mich an Mah erinnerte, spielte Cello und summte leise, während sie spielte.

Schließlich stellte sich ein zwergenhafter, dicker, steinalter Silen mit Glatze, Brille und grauem Pennerbart vor die Vase Hunckes, hob sie hoch und leckte an ihr.

Zumindest sah es so aus, als ob er leckte.

Das war Allen Ginsberg persönlich. Er trug eine Art gelben Kaftan und wirkte sowohl heiter als auch traurig, also äußerst priestermäßig, wie der fleischgewordene Bacchus, den man hinter ihm auf den Putz gemalt hatte. Er nahm ein Buch und schrie uns daraus mit donnernder Greisenstimme Hunckes erste Kurzgeschichte entgegen, die vor einem halben Jahrhundert geschrieben worden war. Eine Liebesgeschichte.

Mit sechzehn lernte Huncke einen zehn Jahre älteren Freakshow-Hermaphroditen kennen. Er hieß Elsie oder so. Huncke arbeitete als Anreißer für ihre Jahrmarktnummer. Es war die Zeit, als in Europa der Zweite Weltkrieg tobte. Elsie war ein wahrer Koloss, puderte und cremte die eine Körperhälfte ein, legte Mascara und Lidschatten auf, schnitt das Haar wie Veronica Lake; auf der anderen muskelbepackten Hälfte kämmte Elsie sich wie ein Macho und trug eine Kotelette, die bis zum Kinn wuchs. Wo immer sie war, stets trug sie ein Leopardenfell, einen Flitterrock und einen hochhackigen Schuh. Dann war sie noch heroinsüchtig.

In der Geschichte schreibt Huncke, wie fasziniert er von dem Glanz ihrer Augen war, wenn Elsie sich spritzte. Sie ließ nicht zu, dass er dealte, gab ihm aber kleine Mengen ab, bis er süchtig wurde. Er wurde süchtig, um ihr nah zu sein. Und so verfiel er ihr und den Drogen gleichermaßen.

Und wenn er sterben wird (so endet die Geschichte), werden seine letzten Gedanken Elsie gehören, die er 1942 zuletzt in einem Gefängnis in der South State Street sah, »umgeben von Arschlöchern, die sie aufforderten, sich vor ihnen zu entblößen, während sie schrie: ›Ich bin ein Hermaphrodit, und ich habe die Papiere dazu!‹«

Als Ginsberg endete, wurde es ganz still im Ashram, weil zufällig auch die indische Musik erstarb. Der Kassettenrekorder klickte sich aus. Man hörte den profanen Lärm New Yorks hineinschwappen. Er passte vorzüglich zur Story. Hatte eine Kraft, dieser Lärm. Darüber Atmen und leise Worte der Trauergäste. Ein kraftvolles Potpourri aus Stadt und Flüstern.

Jeremiah weinte neben mir. Er sank in sich zusammen und weinte. Eine Frau kam, gab mir ein Glas Lassi und setzte sich zu ihm.

Niemand, auch sie nicht, hat erfahren, woran er sich erinnerte.

Ich drückte mich in eine Ecke.

Diese Aschereste in der Schüssel.

Diese Rückstände von schwarzen Knochen und geschmolzenem Zahnersatz.

Dieses Bild, wie Michi dem Lkw ausweicht und plötzlich in Zeitlupe in den Himmel steigt, ein Astronaut, der um seine Achse kreist, wie bei *2001: Odyssee im Weltraum*, und dann aus meinem Blick.

Dieser Geschmack des süßen Saftes auf meiner Zunge.

Diese Erinnerungsfetzen an die Frauen, die ich geliebt habe.

Kirsten Bluthaup.

Mona Kowalski.

Iris mit dem Nachnamen, den ich immer wieder vergesse.

Und Mah.

Mah heißt »Schmetterling« auf Vietnamesisch.

Alles ging durcheinander, und alles geht immer noch durcheinander.

Ganz bestimmt hatte Mona für mich das größte Freak-Elsie-Potential. Was haben wir gelitten aneinander, haben gekämpft, verletzt, zerstört und niedergebrannt.

Wahrscheinlich gehört zur Liebe, dass man sich von ihr nicht erholt.

Heute hasse ich die Idee dieses blöden Sexfilmchens, das so gar nichts trifft von dem, was mich trifft.

Warum rufe ich nicht Tante Paula an? Warum fahre ich nicht einfach zu ihrer Wohnung? Sie hat Krebs. Sie ist fünfundsiebzig Jahre alt. Sie kann nicht weglaufen. Sie ist wahrscheinlich der einzige Teil meiner Familie, der halbwegs erträglich ist.

Erneut habe ich einen Tag verloren, ohne den Kontakt aufzunehmen.

Warum nur?

Warum denn nur?

Ich brachte Jeremiah nach Hause.

Er war still, und ich war auch still.

Ich versuchte, meinen Zorn zu besänftigen und ihm endlich einmal in einer Art Normalität zu begegnen. Dass er mir den safrangelben Ginsberg nicht vorgestellt hat, ist mir egal. Seine Eifersucht ist mir egal. Sogar seine verschissene Wohnung und die Amputation seines Gehirns ist mir egal.

Aber sein Schmerz ritzt mich wie eine Rasierklinge. Dieses aufgeschürfte Leben, das so unverstellt ist und von dem er glaubt, dass keiner darüber Bescheid weiß.

Als wir in der Wohnung ankamen, machte Jeremiah einen blöden Witz (weil er gerne die Urne von Huncke seiner Sammlung einverleibt hätte). Dann bekam er einen zynischen Tonfall und panzert sich seitdem wieder mit den Vietnamfilmen, die drüben aus seinem Fernseher dröhnen.

Das Babypuder, das er benutzt, heißt übrigens Johnson's Baby. Er scheint sich damit auch das Gesicht zu pudern. Feiner weißer Staub hing jedenfalls heute auf seinen Augenlidern und verklumpte, als die Tränen kamen. Auch seine Haare sind weiß. Am Hinterkopf hat er blutigen Grind, ich weiß gar nicht, seit wann.

Es gibt noch eine zweite Katze in der Wohnung, die keinen Namen hat und die ich erst vor ein paar Tagen entdeckte, hinter dem Heizkörper. Sie ist sehr schlau, scheu und gut im Verstecken.

Jeremiah verkörpert in Perfektion die verwesenden Seventies (vor allem durch seine Unfähigkeit, die eigene Wohnung in Ordnung zu halten, Alltagsaufgaben zu organisieren und zu wissen, wie viele Tiere er besitzt). Gekenterte Visionen kondensieren wie Schwitzwasser in seiner Seele, können nicht mehr heraus, so dass er innerlich verfault. Ein hedonistischer, unpolitischer Linker, der nicht akzeptieren kann, dass seine Zeit vorbei ist.

Aber gut, wer kann das schon.

Ständig redet er von seinen Freunden Andy Warhol, Neal Cassady, Candy Darling. Allesamt tot. Allesamt durch vergilbte Postkarten, Briefe, Gedichte, Zeichnungen präsent, die sich zum Teil neben seinem Klopapier stapeln.

Es ist verrückt, ich sitze hier auf der schon wieder verdreckten Toilette, versuche vergeblich, Stuhlgang zu haben. Nebenbei lese ich Originalbriefe von William S. Burroughs, die von Urinflecken getüpfelt sind und aus Lawrence, Kansas, kommen. Ich kann nur einzelne Worte entziffern. Ähnlich wie Ginsberg hat Burroughs eine schreckliche Schrift, sehr klein, nicht ganz so ungelenk und motorisierter, könnte man sagen.

Gestern freute sich Jeremiah wie ein Schneekönig, weil er ein indisches Restaurant besuchen konnte, das ihm fünfzig Prozent Preisnachlass gewährte. Er grinste zufrieden: *»I can get a full lunch for four dollars!«*

Das ist alles, was vom Geiste Woodstocks geblieben ist.

7. Tag

Montag, 23. 9. 1996, morgens, New York

Vorhin kam er zu mir herüber, während er Milch in sich hineinschüttete.

Das war, weil ich meine Haare gewaschen hatte.

Wenn die Haare nass sind, kann man meine Narbe darunter schimmern sehen. Sie zackt sich um die halbe Birne-aus-Porzellan bis hinter mein linkes Ohr.

Jeremiah stellte die Milchgallone auf den Tisch zurück, wischte die tröpfelnden Lippen mit dem Ärmel ab, rückte seine Brille zurecht, in der ich mich spiegelte, und auch meine blaue Wunde, die nun so offen dalag, spiegelte sich. Er setzte sich vor mich auf einen Hocker, nahm mir das Handtuch aus der Hand und betrachtete meinen Kopf.

»Like Frankenstein!«, murmelte er anerkennend.

Er ist halt Filmprofessor.

Ich erzählte, wie viel Glück ich gehabt hätte und wie viel Mangel an Glück Michi, mein bester Freund, dessen Unfalltod mir plötzlich so unspektakulär, ja geradezu uname-rikanisch vorkommt.

J. absorbiert mich auf seine Art. Er glaubt, seine Spuren an Anteilnahme lohnten meine begrenzte Lebenszeit, die ich radikal weiter begrenze.

Erst will ich sagen, dass ich keine fünfzig werde.

Dann will ich sagen, dass ich keine vierzig werde.

Und am Ende höre ich mich flüstern: *»I won't make it to my thirtieth birthday.«*

»How old are you?«

»Twenty-nine.«

»You'll be dead in six months, Mr. Rosen?«

Und er vergaß die Tiere, die ihm gerade auf den Schoß gesprungen waren, und fragte mich sogar, ob er mir ganz, ganz vorsichtig die Haare abtrocknen dürfe.

Jeremiah schafft es tatsächlich, mich zu rühren. Eine Rührung, die sich wie Ekel anfühlt, als ich merke, wie gerne er mich in seinen fetten Arm genommen hätte. Und ich stellte mir vor, in einem Sarg zu enden, oder schlimmer, in einer Vase wie Huncke, beleckt von Jeremiahs Zunge.

Nachdem Jeremiah mir sanft mein Handtuch über den Nacken gelegt hatte, wollte er wissen, ob ich bereits in New York sterben könnte, in den nächsten Tagen also, eventuell in seiner Wohnung, und ob dann Scherereien auf ihn zukämen, vor allem solche finanzieller Art.

Ich beruhigte ihn, zeigte ihm meine Papiere, kredenzte meine Arzneimittel, schluckte vor seinen Augen eine grüne Pille runter.

Er wollte aber noch meine Krankenversicherungskarte sehen. Ich zeigte ihm meinen Schwimmausweis, und er war zufrieden.

Dann lächelten wir uns an, und ich spazierte hinaus, um zu Tante Paula zu fahren.

Jetzt sitze ich in der Subway der *Line 6* und bin gleich da.

Montag, 23. 9. 1996, 15 Uhr, New York

Als ich vor dem National Arts Club stand, traf mich der Schlag.

Da ich seit einer Woche im Ghetto lebe, in einer kaputten, von Drogen und Gewalt verwüsteten Gegend, erschrak ich vor dieser Operette der Baukunst, die vor mir aufleuchtete.

Hier hätten sich auch Cesare und Lucrezia Borgia wohl gefühlt.

Aus der Neorenaissance-Fassade leckte eine zehn Meter lange Zunge aus Damast hervor, ein ochsenblutroter, gewölbter Baldachin, unter dem jeder Normalo eingeschüchtert ins Innere schleicht. Ich zum Beispiel.

Der Portier hinter der Eingangspforte, ein junger Schwarzer mit Menjou-Bärtchen, starrte mich an, als sei ich der Dreck unter seinen Schuhen. Ich fragte, ob ich zu Miss Paula Hertzlieb könne. Sie wohne hier.

»Und Sie haben die Ehre, Miss Hertzlieb zu kennen, Sir?«, fragte er ölig.

»Sie ist meine Tante«, blökte ich zurück.

Das Bärtchen griff angewidert zum antiken Hitchcock-Telefon, wartete eine Sekunde und nuschelte dann irgendwas in die Sprechmuschel. Ich sah ein Bronzeschild, das an einer Marmorwand hing und mitteilte, dass Mark Twain, Theodore Roosevelt und Dwight D. Eisenhower ehrenwerte Mitglieder dieser ehrenwerten Gesellschaft gewesen seien. Was nur mag Mark Twain, Theodore Roosevelt und Dwight D. Eisenhower mit Tante Paula verbinden, dem bettelarmen Kindermädchen meines Vaters?

»In Ordnung, Sir. Jemand wird Sie nach oben geleiten.«

Ein Lakai führte mich fünf Minuten später durch ein prachtvolles Vestibül hinüber zu einem Fahrstuhl. Überall sah man Stuck und Plüsch, und die Teppiche waren so tief, dass man bei jedem Schritt bis zum Herzen einsank.

Als wir im fünften Stockwerk ankamen, ließ mich der Lakai aus dem Lift aussteigen und zeigte ehrerbietig auf eine unmittelbar benachbarte Tür, die die Nummer 505 trug. Dann zog er die Fahrstuhltür hinter mir zu und ratterte wieder in die Tiefe.

Ich ging die paar Schritte über den Flur und klopfte. Die Nummer 505 zitterte. Sie war aus Messing und nur an einem Nagel befestigt.

Die Tür öffnete sich, und eine langnasige, freundliche, zierliche Zwergin in nachtblauem Schlafrock strahlte mich an.

»My boy!«

»Tante Paula!«

Wir umarmten uns, als wäre sie wirklich meine Tante. Aber dem ist ja nicht so. Es bestehen überhaupt keine verwandtschaftlichen Beziehungen. Nur dieses Wissen, dass sie Papa und seine kleinen Brüder vor fünfzig Jahren jeden Abend ins Bett gebracht und ihnen den *Rattenfänger von Hameln* vorgelesen hatte, verklammert sie mit unserem Familiengedächtnis.

Papa hat oft erzählt, wie schön sie einst gewesen ist, trotz der Brille und trotz ihrer kleinen Gestalt, die im Schrumpfen begriffen scheint, denn immer weniger wurde sie, während ich vor ihr stand, wie Sand in einer Sanduhr.

Sie bat mich in ihre Stube, und ich wurde an einen dunklen, intarsiengeschmückten Tisch platziert. Ganz im Gegensatz zu dem prachtvollen Äußeren des Gebäudes war das Zimmer, das sie belegte, zwar durchaus geräumig, aber verwohnt und ohne Grandezza. Die Decke wölbte sich hoch und fern über uns, und der Putz platzte an den Ecken auf. An allen Wänden hingen Zeichnungen und Gemälde von ihr, expressionistische Paris-Ansichten, Aquarelle aus Andalusien, schwungvolle und dekorative Ölskizzen einer spanischen Tänzerin, die mir Tante Paula gleich schenken wollte, als ich nur andeutete, dass sie mir gefielen.

Als ich verlegen ablehnte, rief sie im Rigenser Dialekt: »Ach Erbarmung, hier sieht es ja auch ganz unjehörich aus.«

Das Gehen schien ihr schwerzufallen. Sie bemerkte meinen Blick, als sie mit heftig schwankender Bewegung sich vom Tisch über die Nähmaschine, das gemütliche Sofa, einen Stuhl bis zum alten Küchenschrank hinüberhangelte, um dort in der Kochecke auf dem Herd einen Kaffee zu brauen, »einen baltischen«.

Sie sagte, dass sie erwäge, sich trotz ihres betagten Alters und des Tumors in ihrer Lunge noch einmal die Knochen brechen zu lassen. Sie freue sich furchtbar darauf. Das sei eine zweite Chance für ihre Beine, besser zusammenzuwachsen als nach dem Unfall. Ich fragte höflich nach Details, aber sie wollte darüber nicht sprechen.

»Lass uns lieber über dich sprechen und über dejn Malörchen«, schlug sie vor. Aber ich schüttelte den kaputten Kopf. Malörchen sind weder meins noch ihrs.

»Oh my God«, seufzte sie, *»you're looking so great, you're looking like your father*. Ach, das Lieberchen!«

Sie hüpfte nicht nur vom Deutschen ins Englische und wieder zurück, sondern streute über alles vereinzelte, kristallweiße Körnchen Baltisch, diesen drolligen Sturm-und-Drang-Zucker, mit dem schon Apapa seine Kommandos versüßt hatte, wenn er mir, dem Achtjährigen, einst zurief: »Du kommst nich von Ass nach Taps, du Ragallje, bevor du nich die Spielesachen wirst einjekramt haben!«

Noch bevor ich wusste, wie ich auf die unerwartete Sprachmelodie reagieren soll, fuhr Tante Paula fort: »Dejn Väterchen sagt, dass du und er keinen Kontakt mehr miteinander pflejen?«

»Ich wusste nicht, dass Papa mit Ihnen telefoniert.«

»Was fällt dir ein, du Knot? Ich bin die Tante Paula. Du musst mich duzen.«

»Gerne, Tante Paula.«

»Was hast du denn für einen Ärjer mit dejnem lieben Väterchen?«

»Hat er das nicht erzählt?«

»Nu, es geht um die dammliche Vergangenheit?«

Ich sah zu den Schränken hinüber. In der Ecke stand eine Glasvitrine, aus deren Tiefe es silbern funkelte. Mitbringsel aus Israel, siebenarmige Leuchter, der Schriftzug SCHALOM, in Metall gegossen.

»Ja«, sagte ich, »um die Vergangenheit geht es ja immer. Deshalb bin ich ja auch hier.«

Ich wunderte mich, warum sie nicht längst schon das konsularische Vernehmungsprotokoll herausgesucht und mir überreicht hatte. Dies wäre jetzt eine perfekte Gelegenheit gewesen, die sie aber verstreichen ließ. Stattdessen sagte sie: »Ja, Apapa hat ein paar Eseleien jemacht.«

»Eseleien gemacht?«, wiederholte ich erstaunt. Wieder ein kleines Zuckerkristall, diese Eseleien. Ich kratzte mich am Kopf, was ich wegen der vielen Keime unter den Fingernägeln unterlassen soll, wie mir die Ärzte und auch Mah raten.

Ich sprach: »Apapa war bei der ss. Bei den Einsatzgruppen. Hat an den Gruben gestanden. Das habe ich erst letztes Jahr erfahren. Nach seinem Tod. Hat mich ziemlich geschlaucht, muss ich sagen.«

»Das kapiere ich.«

»Wo Onkel Karl doch schon in Auschwitz war.«

»Kapiere ich, kapiere ich. Soll ich dich einmal zejchnen?«

»Jetzt?«

»Dabbes nein, jetzt mach ich erst mal den Kaffee fertig. Und dann zejchne ich dich. Du siehst wie Balthus aus. Kennst du Balthus?«

»Den Maler?«

»Oh, wir hatten mal eine *little romance*, Balthus und ich, das war vor Mister Hertzlieb. Mister Hertzlieb war kejn Künstler, *God bless him*. Er hatte eine ehrliche Arbeit bei der *Bank of Michigan*.«

»Als Angestellter?«

»Nich als richtjer Anjestellter.«

»Als Hilfskraft?«

»Als Jeneraldirektor.«

Ich sagte gar nichts. Geld schüchtert mich ein. Und in Gedanken versuchte ich immer noch, die »Eseleien« unter meiner Zunge aufzulösen.

»Aber du scheinst ja ein interessanter Spuhz zu sein. Nu sag mal, du studierst scheen Regie in Berlin?«

»Genau. Ich bin mit meinem Professor hier und soll einen kleinen Film drehen.«

»*Amazing!* Ein Film! Wie herrlich! Worum jeht es denn bei dem Film?«

Sie leckte sich die Lippen und starrte mich an.

»Nun ja, um … um Menschen.«

»Was fir Menschen?«

»Nackte Menschen.«

»Ein Hygienefilm?«

»Nein, ich meine, also es geht … es geht um ineinander verliebte nackte Menschen …«

Sie blickte mich an. Ich bemerkte, dass sie nachdenkliche graue Augen hatte, aus denen ihr Blick etwas schief herauslugte, weil sich die Hautfalte über dem oberen Lid über das Lidende zog.

»Wieso wirste denn rot, Jonas? Nur weil du einen unanständijen Film drehst?«

»Das hast du wirklich falsch verstanden.«

»Du musst nich rot werden. Du bist Künstler. Ich bin Künstler. Künstler werden nich rot, jedenfalls nicht wejen ihrer Kunst. Balthus hat mich mal jemalt, wie der Herr mich ejnst jeschaffen hat, und er und ich blieben blass wie der scheenste Alabaster. Wenn ich tot bin, krichste das Bild. Jetzt würde es dich womechlich umbringen. Mister Hertzlieb hat es ja umjebracht. Wie mechtest du denn dejn Kaffee?«

»Also es ist nichts Unanständiges, Tante Paula«, beeilte ich mich zu sagen, »sondern ein seriöses Experiment.«

»Natierlich. Interessiert dich das Thema denn?«

»Na ja, wen interessiert das nicht? Aber es gibt Wichtigeres.«

»Milch?«

»Gerne. Und kein Zucker.«

Ohne Stock, unterstützt von jahrelang eingeübten Griffen auf Möbelvorsprüngen und Lehnen, überwand sie den Raum mit erstaunlicher Wendigkeit, dabei die Kaffeekanne mit nur einer Hand auf dem Tablett balancierend. Dann goss sie ein pechschwarzes Gebräu in die goldgeäderten Tassen, gab eine Prise Salz hinzu, reichte mir die Milch und erzählte unvermittelt, dass Apapa ein wunderbarer Mensch gewesen sei und sich im Krieg für die Juden vorbildlich eingesetzt habe.

»Ja, das habe ich gehört. Aber seine Tätigkeit passt nicht recht dazu.«

»Welche Tätigkeit?«

»ss-Sturmbannführer.«

»Das ist ein Rang, keine Tätigkeit. Dein Großvater hat mir das Leben jerettet. Er hat einjen das Leben jerettet. Jemandem das Leben retten, das ist eine Tätigkeit.«

»Ich glaube, ich muss gleich schon wieder los, Tante Paula.«

»So rasch?«

»Ich habe einem Bekannten versprochen, ihm bei seinem Film zu helfen.«

»Helfen ist immer gut, Lieberchen. Wenn ich irjendwas für dich tun kann, *please tell me*.«

Sie hatte ein nettes, fast jungenhaftes Lächeln und dazu ein Grübchen, das ich schon von den alten Fotos kannte.

»Du weißt nicht zufällig, wo man in Manhattan für ein paar Wochen günstig unterkommen kann?«

»Wie günstig?«

»Ohne Geld.«

»Potz!«

Sie fragte, um was es ginge. Ich erklärte ihr, wie dringend ein Quartier für meine Kommilitonen gebraucht würde, die schon in einer Woche einträfen, um ebenso herrliche Deshalb-muss-man-nicht-rot-werden-Filme zu drehen wie ich.

»Aber warum kommt ihr nicht alle hierher?«

»Zu dir?«

»Aber ja! Hier im Klub gibt es viele leere Zimmerchen. Im letzten Monat sind allejn drei Freundinnen von mir verstorben. Ihre Meebel wurden noch nicht abjeholt. Das ist doch *terrific*. Und sie haben alle sehr gute Krankenbetten. Mit sehr guten Matratzen.«

»Wir sollen in den Betten schlafen, in denen die Damen verstorben sind?«

»Zimperliesen können natierlich auch unter den Betten schlafen.«

»Nein, nein, das wäre … mittendrin wäre wunderbar. Aber ist das denn möglich? Ich meine, im National Arts Club?«

»Ach«, sagte sie leichthin, mit einer wegwerfenden Handbewegung. »Der Manager ist ein unheimlich fejner Mensch. Und noch dazu durch und durch korrupt. Er mag mich furchtbar. Und noch mehr als mich mag er Filme furchtbar. Und noch mehr als Filme mag er Filme über nackte Menschen furchtbar, da bin ich sicher. *I'll talk to him.*«

Ich blickte auf die Uhr über dem Herd und machte ein gehetztes Gesicht. Da sie darauf nicht reagierte, sagte ich schließlich, ich würde nun sehr gerne das Vernehmungsprotokoll mitnehmen.

Tante Paula blickte mich erstaunt an.

»Aber das habe ich doch in die Post jesteckt!«

»In welche Post denn?«

»Na, Dummerjan, du hast mich nich anjerufen. Du hast ja nich einmal für heute anjerufen. Ich habe gar nichts mehr von dir jeheert und dachte schon, wieso meldet er sich nich bei seiner klabberigen Tante? Also hab ich das Protokoll in einen Umschlag jesteckt, und ab damit ans Goethe-Institut! So bekommst du es auf jeden Fall.«

»Hast du denn keine Kopie, Tante Paula?«

»Die liecht bei mejnem Anwalt.«

Wir vereinbarten einen neuen Termin für Ende der Woche. Sie möchte mich zeichnen.

Keine Ahnung, ob ich wirklich kommen werde. Ich will nicht über Apapa sprechen. Und Tante Paula will es offensichtlich auch nicht, jedenfalls nicht furchtbar.

Bin jetzt bei Redford. Diene einer Freundin von ihm als Darsteller. Sie heißt Kerstin und ist üppig und blond. Er stellte sie mit den Worten vor: Das ist Kerstin, meine Kumpeline! Danach klopfte sie ihm auf den Rücken, als wolle sie Abstand gewinnen.

Gerade Drehpause, kann schreiben, so viel ich will. Filmemachen besteht fast nur aus Drehpausen.

Ich spiele, also das ist wirklich ein Witz, einen ss-Sturmbannführer, ausgerechnet.

Der Sturmbannführer hat keinen Namen, weil es auch keine Handlung gibt. Es geht nur um die Inkarnation des Bösen. Die Inkarnation des Bösen wankt unrasiert und mit gezückter Pistole durch die Menschenmassen und muss aufpassen, dass sie nicht die Inkarnation des Lächerlichen wird. Dabei soll sie »grimmig und erschrocken« gucken und hin und wieder aufschreien. So eine Art *Mean Streets* für Arme, sehr scorsesig.

Alle sind enorm stolz auf die originale ss-Uniform, die ich trage. Sie wurde von der Kostümbildnerin Miss Lopez auf dem Flohmarkt ergattert, wo man also nicht nur Ascheurnen von Verstorbenen erwerben kann. Miss Lopez ist total aus dem Häuschen wegen der Nähte. Sie schwärmt von deren Qualität, von der Fadenstärke, von der Verarbeitung.

»Die besten Nähte der Welt«, jubelt sie mit starkem Akzent, und danach: »Kein Wunder, die sind ja auch von Hugo Boss.«

Ich wusste gar nicht, dass Hugo Boss neben seinem orientalischen Osmanthusblütenparfüm auch noch die ss-Uniform erfunden hat (beides für den temperamentvollen Herrn).

Nach jedem Take kommt Miss Lopez auf ihren roten Cowboystiefeln herangetrampelt, staubt die Uniform mit einem Schminkpinsel vorsichtig ab und guckt besorgt in den Himmel, ob Regen im Anmarsch ist. Als wäre es dieses Schweißtuch der heiligen Veronika, von dem mir Jeremiah neulich vorschwärmte.

Ich habe auch eine Pistole, eine original Luger. Die kommt nicht vom Flohmarkt, sondern gehört zu den Habseligkeiten des Aufnahmeleiters, der sie immer und überall hin mitnimmt. Er findet, jeder sollte eine Luger in der Tasche haben. Er wurde schon dreimal überfallen, als er noch keine hatte.

Ich muss die Waffe in der rechten Hand gut sichtbar für die Kamera halten und »Fuck Manhattan!« schreien, möglichst oft und möglichst so, dass die Passanten vor mir Angst haben. Mache ich gerne. Ist ja ein Stummfilm. Wird in zwei Stunden abgedreht. Redford ist der Kameramann.

Seine Kumpeline Kerstin arbeitet als Graphikerin in München, verdient ein Schweinegeld, das sie hier für einen völlig sinnlosen Workshop am American Film Institute auf den Kopf haut.

Sie will einmal in ihrem Leben einen Film drehen.

Um ein bisschen Spaß zu haben, hat sie dieses riesige Loft an der Bleecker Street gemietet, in dem auch Redford wohnt und in dessen Küche ich gerade Salzstangen knabbere. So lange Salzstangen gibt's in Deutschland gar nicht. Und dick wie Makkaroni.

In Kerstins Bett soll ich ihren Worten nach gleich aufwachen »wie ein Killer, der vorhat, einen Juden umzubringen, du weißt schon, gnadenlos«.

Gnadenlos aufwachen, super Regieanweisung.

Als ich zu bedenken gebe, dass man beim Aufwachen meistens erst mal müde ist, lacht Kerstin und sagt, ich solle nicht wie ein Mensch handeln, sondern wie ein Nazi.

Sie haben mich zum Abendessen nächste Woche eingeladen, obwohl ich mir keine Glatze schneiden lasse. Die Kopfnarbe will ich nicht auch noch auf Film bannen.

Das Wetter ist grau und unfreundlich geworden. Am Horizont ein heller, schlieriger Streifen. Das Gedröhn von Presslufthämmern, das Summen des Verkehrs weit entfernt, dazwischen eine Sirene. Überhaupt hört man ununterbrochen Sirenen. Feuerwehrsirenen, Polizeisirenen, Krankenwagensirenen. New York ist eine Glocke aus Lärm.

Ich gehe, weil ich Stille brauche, erst morgen zur Meerjungfrau. Tante Paulas ominöses Dokument kann noch eine Nacht warten.

Heute Abend will mich Jeremiah in die New Yorker Filmszene ausführen. Er hat versprochen, dass ich einen »Weltstar« sehen werde.

Ich bin sicher, er ist verliebt in mich.

7. Tag (Nachtrag)

Montag, 23. 9. 1996, Mitternacht, New York

Es ist früh am Abend. Ich komme zu spät.

Jeremiah sitzt in seiner Couch und blickt mich vorwurfsvoll an.

»You're late!«

»Am I?«

»You are!«

»I'm so sorry!«

»You're not!«

»I am!«

Ich stopfe mir noch einen Toast rein mit diesem ekelhaften Käse drauf, der mit C beginnt. Cheddar?

Wir gehen.

Wir stehen.

Wir sitzen. Sitzen an der Haltestelle auf einer Bank inmitten von *homeless people* und warten auf den Bus. Der Himmel schillert wie langsam verdunstendes Spülwasser. Die Luft ist warm.

Drei Hispanics mustern uns kurz. Dann sind wir ihnen so gleichgültig wie Müll.

Der Bus kommt. Wir steigen ein. Ich setze mich auf einen Doppelsitz, rutsche zur Seite, damit Jeremiah noch

Platz findet daneben. Aber er lässt seine 150 Kilo auf die Bank vor mir sacken. Der Bus geht ächzend in die Knie und schaukelt ein bisschen.

Jeremiah hat wenig Platz. Die beiden Sitze reichen ihm nicht. Er sieht aus wie ein gefangener Elefant.

Beim Umsteigen landen wir im Heck des Busses. Jeremiah pflanzt sich immer ins Heck der Busse, weil hier die Klimaanlagen sind. In Restaurants geht er stets mit ausgestrecktem, erhobenem Zeigefinger voran, um sofort den Luftzug der Aircondition zu erspüren. Er sucht sich dann den Platz direkt an der Klimaanlage, oder, falls es keine gibt, zumindest den kühlsten und zugigsten Platz, der aber nie in Fensternähe, sondern immer neben den Toilettentüren liegt. Allein deshalb ist es schon eine Strafe, mit ihm essen zu gehen.

Man hätte Jeremiah wunderbar filmen können im Bus. Die vorbeiflitzenden Lichter gaben einen schönen Kontrast zu seinem lethargischen, enigmatischen Gesicht.

Er erzählte die Geschichte des Buches, an dem er gerade arbeitet.

Es ist *»a wonderful novel«*, knurrt er mit leuchtenden Augen. Spielt 1926 an der französischen Riviera. Ein schwuler amerikanischer Dichter, genervt und abgestoßen durch das Machogehabe eines Ernest Hemingway in Paris, zieht mit seinem Liebhaber an die Küste, trifft dort Cocteau mit dessen Freund sowie Isadora Duncan in ihrem letzten Lebensjahr. Ein Künstlerstück. Darüber, sagt Jeremiah, wie man jemandem etwas mitgeben kann. Jemand Jüngerem.

Und dann guckt er mich an.

Jeremiah möchte berühmt werden.

Unbedingt.

Andererseits, sagt er, sei es auch hart.

Er habe neulich eine Lesung gemacht vor hundert Leuten, und es sei keine schöne Vorstellung, dass er jetzt in den nächsten Wochen von hundert Leuten in New York angesprochen werden könnte. Zu jeder Tages- und Nachtzeit.

Das Berühmtsein habe den Nachteil, dass man immer bereit sein müsse zu lächeln. Er hingegen lächle nicht gerne. Am liebsten würde er niemals lächeln. Es gebe überhaupt keinen Grund, nur den Fans zuliebe zu lächeln. Wenn er einmal viel Geld und viele Fans hat, kauft er sich ein Apartment in der 42nd Street, und darin wird dann nicht mehr gelächelt.

Andererseits mag Jeremiah es gerne, wenn andere Menschen lächeln. Sein ermordeter Freund Jimmy zum Beispiel war sehr fröhlich und immer gut drauf.

Wir kamen dann auf Sterblichkeit zu sprechen. Aber er blieb in allgemeinen Floskeln hängen, ohne auch nur einmal auf meinen Kopf zu blicken.

Wir landeten, ich weiß auch nicht wie, beim Thema Woody Allen. Er kennt Woody Allen gut, mag ihn aber nicht, weil Woody Allen klein ist. Das ist auch die schlimmste Eigenschaft von Allen Ginsberg, der vielleicht noch kleiner ist als Woody Allen. Jeremiah kann Menschen unter ein Meter achtzig sowieso nicht leiden. Daher hat er auch grundsätzliche Probleme mit Asiaten.

Kleine Männer, meint Jeremiah, mögen niemals große

Männer. Dafür mögen sie große Frauen – mit großen Titten. Sie wollen nämlich unterdrückt werden.

Wir redeten über Egozentrik.

»Wenn man alt wird, wird man weniger egozentrisch!«, behauptete er. »Es sieht einfach nicht mehr gut aus. Es sieht nur bei jungen Leuten gut aus.«

Er fand Lila früher unausstehlich, ist aber der Meinung, er hätte sich gut entwickelt, sei demütiger geworden.

Jeremiah fuhr mit mir zum Broadway. Dort sollte ich also den Weltstar treffen. Wir gingen in einen alten Wolkenkratzer. Vorne war eine Gedenktafel angedübelt. Es wurde eines berühmten Kornettisten gedacht, der 1931 in dem Haus gestorben ist.

Auch schwul, wie mir Jeremiah sagte.

Er ist stolz auf jeden Schwulen, der es zu was gebracht hat.

Wir kamen in den neunten Stock.

Eine Pressevorführung sollte stattfinden. Der Film hieß *Unhook the Stars* und war nichts Besonderes. Die Hauptdarstellerin Gena Rowlands war auch da, und Jeremiah stellte mich ihr nach dem Film vor. Sie roch wie die bunten Tulpenfelder in Haarlem, in denen mich Mah letztes Jahr fotografiert hatte, und ich dachte, stimmt, das ist wirklich ein Weltstar. Sie ist unglaublich zierlich, sehr schön und hat eine Aura, der man sich kaum entziehen kann. Ich grinste blöde. Sie strich Jeremiah kokett über das Stoppelhaar, genau an der Stelle, wo er seinen blutigen Grind hat.

Er stellte mich vor als *»dead man walking«*. Dann sagte er zu Mrs. Rowlands, wenn sie mir über das Haupt streichle, könne ich auf der Stelle tot umfallen. Merkwürdigerweise klopfte sie sich danach mit den Fingerknöcheln dreimal auf den eigenen Kopf, öffnete weit den Mund und klang wie eine Kokosnuss.

Es ist erstaunlich, wie viel Respekt Jeremiah in der New Yorker Filmszene genießt. Er ist eine echte Koryphäe, hat vorgestern in einem riesigen Kino eine Podiumsdiskussion geleitet, bei der Robert De Niro dabei war. Jeremiah nannte ihn »Bob«, fast mit Zärtlichkeit, als wäre Bob sein großer Bruder.

Es gibt nichts Selbstverständliches. Alle Dinge können anders sein. Hinter Glück steckt Unglück. Hinter Geld Armut. Hinter Geist Wahnsinn. Vielleicht ist das der Sinn unserer Begegnung. Dass ich offen bleibe, dass ich keine falschen Schlüsse ziehe, mich überhaupt mit Schlüssen zurückhalte.

Jeremiah kennt eine Menge alter Filmstars, und trotz der verpissten Promi-Briefe in seiner Wohnung kann ich nicht fassen, dass dieser verhärmte, verwahrloste, verfressene Fleischberg mit allen Größen des amerikanischen Underground befreundet war. Er hat Andy Warhol einmal vor dreißig Jahren die Haare geschnitten, vor laufender Kamera. Er bedauert sehr, dass die Super-8-Aufnahmen verschollen sind: *»That was a one-million-dollar shot.«*

Das wirtschaftliche Elend, in dem Jeremiah lebt, ist bemerkenswert.

Kein Mensch, hat er mir gesagt, kann in Amerika davon existieren, an einer Filmhochschule angestellt zu sein. Vielleicht hat die Tatsache, dass meine Hassanfälle auf ihn immer wieder von Schüben zarter Zuneigung abgelöst werden, vor allem damit zu tun, dass mich seine Ruhmsucht, verbunden mit dieser atemberaubenden Erfolglosigkeit, an mich selbst erinnert. An das, was ich mal sein werde, wenn alle Träume abgewaschen sind. So in zwanzig Jahren, kurz vor Feierabend.

Gewinnende Eigenschaften habe ich wenige, dazu sind mir Menschen entweder zu egal oder zu unheimlich. Im Allgemeinen wird mir von den üblichen geselligen Talenten höchstens Humor nachgesagt, ein viel strapaziertes Wort. Auf der Stufe der Nicht-vollkommen-Behämmerten, auf der ich mich einordne, entspringt mein Lachen aber absolut nicht dem Wunsch, zu heiterem Lebensgenuss beizutragen oder etwa die Welt lustig zu finden.

Ich finde die Welt nicht lustig.

Aber mit Witzen kann man die Muskulatur stählen, mit der man sich gegen die Schwere, die Ungerechtigkeit und die übliche Scheiße des Miteinanderauskommenmüssens stemmen mag.

Jeremiahs Humor hat sich auf Schadenfreude und Zynismus reduziert. Lebenserleichternd ist das auch nicht. Es ist höchstens seine Art, sich von anderen zu unterscheiden. Er hat den Weg des erlesenen Arschlochs gewählt. Irgendwas Besonderes muss jeder sein oder erfühlen hinter dieser Multiplikation aus Körperfunktionen und sozialen Reflexen, die du mit allen teilst.

Nach der Vorführung stromerten wir noch den Times Square entlang. Jeremiah sah in seinem gigantischen beigen

Trenchcoat, den er wegen seiner Leibesfülle nicht zuknöpfen kann, wie ein gemästeter Humphrey Bogart aus.

In der 42nd Street sahen wir, wie der Abriss eines alten Theaters vorbereitet wurde. Es war ein Bau aus der Jahrhundertwende, außen schmucklos und grau. Jeremiah stieg über die Absperrung, überraschend behende, und winkte mir zu, ihm nachzufolgen. Wir betraten eine Kathedrale des Fin de Siècle, einen mit Stuck und Goldputten verkleideten, halb ausgeweideten Saal, dessen Schönheit mich ins Herz traf. Ein Arbeiter zerhackte oben an der Decke mit einem Pressluftbohrer eine griechische Göttin. In Deutschland hätte der Denkmalschutz die Kavallerie geschickt. Hier gibt es so was nicht. Nicht weit entfernt steht das neue Disney Building. Jeremiah nennt es *»cancer«*.

Wir gingen wieder raus.

Die Straße glänzte nass.

Obwohl es nicht mal elf Uhr am Abend war, schienen kaum noch Menschen unterwegs zu sein. Dort oben lebt niemand, und die Theater waren bereits aus.

Wir aßen noch bei einem Mexikaner sehr lecker. Jeremiah setzte sich wieder an das Gebläse der Klimaanlage. Er könnte, sagte er, in Europa gar nicht existieren, weil es dort keine Klimaanlagen gebe. Sein gesamter Stoffwechsel habe sich auf funktionierende Klimaanlagen eingestellt.

Ich gab zu bedenken, dass es auch Länder wie Island und Grönland gebe, in denen es immer kühl sei.

Jeremiah fragte, ob denn dort auch gute Clubs und Kinos wären.

Er meinte es ernst.

Als wir nach Hause kamen, empfing uns wieder eine Menge Unrat. Das Katzenklo war so vollgeschissen, dass Chérie aus Protest einen Katzenkloboykott verhängt und auf den Teppich gekackt hatte. Eine kleine Tempelpagode aus Kot glänzte mir entgegen, fast hundeartig, und ich fühlte mich zu Hause und willkommen, zumal mich Jeremiah aus verhangenen Augen anblickte und *»poor boy«* wisperte.

Dann schlurfte er zu seinem Telefon und hörte den Anrufbeantworter ab.

Ich vernahm die Stimme von Mah:

»Hallo, ich bin's. Bist du da? Ich bin's. Also sagte ich ja schon. Ich bin ... ich weiß nicht, wie spät es bei euch ist, hier ist es noch nicht so spät, es ist sogar noch früh, würde ich sagen. In ... in der Zeitung habe ich gelesen, dass es jetzt so eine neue Technik gibt, die heißt Internet oder so. Da kann man sich Briefe schreiben ganz ohne Postkutsche. Also man schreibt einen Brief auf seinem Computer, und zack, schon kriegst du ihn zehntausend Kilometer entfernt. Also es ist wie Zaubern. Doktor Kuzel soll so was schon haben, der hat ja jeden Scheiß. Sogar ein Handy hat er. Das sieht vielleicht lächerlich aus, wenn er da ... na ja, man soll ja auf den Anrufbeantworter keine wichtigen Dinge draufsprechen, Limaleh. Also ich verlasse dich. Zum Beispiel. Das soll man ja nicht draufsprechen. Würde ich dir auch schon direkt sagen, aber wer weiß, vielleicht traue ich mich nicht und schreib's dir lieber. Aber ich verlasse dich ja nicht. Das ist es nicht. Also ich bin nur schwanger. Und ich weiß nicht, ob ich ... ob ich mir so eine Erbse noch mal rauskratzen lassen kann. Du denkst bestimmt, dass ich gerade weine, aber du bist

echt ein Arsch. Ich bin nicht mal betrunken. Zwei oder drei Gläschen vielleicht. Mehr nicht. Vielleicht vier. Mehr nicht. Wo bist du denn? Warum bist du denn nie zu erreichen? Du, ich habe mir schon einen Namen überlegt. Keinen vietnamesischen. Da kann man ja nur ›Höflichkeit‹ heißen. Oder ›Blume‹. Ich meine, stell dir vor, ohne Quatsch jetzt: ›Hoa Rosen‹ heißt ›Blume Rosen‹. So ein Schwachsinn. Wie findest du denn Puma? Puma ist ein toller Mädchenname. Aus Korea zwar. Aber ich würde gerne Puma heißen. Viel lieber als Mah.«

Dann ging ich schlafen.

KLADDE II

24. September–5. Oktober 1996

8. Tag

Dienstag, 24. 9. 1996, nachmittags

Heute Morgen, kurz nach dem Regen, habe ich Alisa kennengelernt. Ich holte mir in einem Coffeeshop einen Cappuccino und setzte mich auf die feuchte Bank neben ein auf den ersten Blick unscheinbares Mädchen mit Pferdeschwanz und schmalen Lippen. Wir kamen ins Gespräch. Sie fragte mich wie jeder hier *»Where do you come from?«* und danach *»What are you doing here?«*.

Ich sagte ihr, dass ich einen Film über Sex plane.

»Um was für eine Art Sex soll es denn gehen?«, fragte sie freundlich.

Ich war ganz schön baff.

»Das weiß ich noch nicht«, erklärte ich.

»Kann der Sex mit Liebe zu tun haben?«

»Ja, klar.«

»Kann er mit spiritueller Liebe zu tun haben?«

»Warum nicht?«

»Kann er mit Yoga zu tun haben?«

Es stellte sich also heraus, sie war Yogalehrerin und ganz schön kaltblütig.

Wir machten einen Spaziergang durch das East Village. Alisa zeigte mir verrückte Geschäfte (ein Geschäft, in dem es nur Aphrodisiaka gab) und die merkwürdigen Hundeausläufe. Ganz seltsame Teile. Sehen aus wie eingezäunte Kinderspielplätze, aber für Köter. Es gibt Schaukeln, kleine Rutschen, alles, was Hunden Spaß macht. Am Eingang steht ein Schild mit der Aufschrift: »Bitte achten Sie darauf, dass Ihre Tiere kastriert oder sterilisiert sind.«

In Berlin würde man so eine Zumutung einfach mit Benzin übergießen und anzünden.

Alisa blickte meistens auf die Straße, hob auch mal eine Nelke auf und zupfte ihr gedankenvoll die Blätter ab. Sie hatte einen neurotischen Gesichtsausdruck und, wie ich allmählich bemerkte, einen perfekten Körper.

Sie brachte mich zu ihrer Yogaschule, die in einem alten, heruntergekommenen Backsteinbau der Jahrhundertwende untergebracht ist. Kaum hatte man das Gebäude betreten, gab es kein Licht mehr, also weder elektrisches Licht noch durch irgendwelche Fenster einfallendes Tageslicht, gar kein Licht. Es war einfach dunkel, ein grünliches Dunkel, wie im Dschungel. Ich hörte nur Alisas Atem, der meinem recht nahe kam. Er roch nach dem parfümierten Kaffee, den wir getrunken hatten. Sie legte ihren Finger auf meinen Mund. Ich durfte nur noch flüstern. Wir flüsterten uns die langen, schattenhaften Treppen hoch. Auf einem Treppenabsatz saß ein alter Asiate im Seidenmantel und nuschelte zahnlos, in unvorstellbarem Englisch: *»Yoga is just discipline. Discipline is just yoga.«*

Dann erreichten wir einen großen Raum mit mehreren Umkleidekabinen. Alisa zog mich in eine der Kabinen, setzte mich auf den Hocker, drehte sich ein wenig zur Seite und zog sich vor mir aus. Das heißt, sie zog sich, ohne jede Erklärung und ohne mich anzusehen, ihren Pullover und ihr T-Shirt über den Kopf. Sie trug keinen BH und hatte rasierte Achselhöhlen.

Ich wusste überhaupt nicht, wo ich hinsehen sollte, hörte auf zu atmen, aus Angst, ich könnte ihren Körper riechen. Sie tat sehr selbstverständlich, war auch durchaus rasch, flüsterte irgendwas Belangloses in meine Richtung, während einen Meter vor mir ihre nackten Brüste hingen, eher harte, eher kleine Brüste, die wie Kolibris synchron um einen Fels aus Fleisch herumtanzten. Ich war mehr erschrocken als erregt. Sie streifte ihre Hose ab, stand nur im Slip vor mir (ein schwarzer Sportslip), ein wirklich unvorstellbar schöner Mensch. Sie drehte mir ihren Arsch zu, bückte sich leicht, es war ein äußerst muskulöser Arsch, ungefähr eine Bleistiftlänge von meiner Zunge entfernt. Leider bin ich so ein Schisser. Ich hätte wahrscheinlich einfach den Slip runterziehen können, aber dann war es auch schon vorbei und sie hatte ihren Sportanzug aus dem Rucksack gefischt und übergestreift.

Ich tat so, als würde mir das ständig passieren, dass mich wildfremde Frauen mit in die Umkleidekabine nehmen und sich vor mir entblößen. Da sie völlig schamlos wirkte, war ich auch unsicher, ob das nicht vielleicht wirklich so üblich ist unter buddhistischen Yogajüngern in New York, diese selbstverständliche, geschwisterliche Körperlichkeit.

Sie starrte mich unverwandt an.

Weil ich das Gefühl hatte, irgendwas sagen zu müssen, sagte ich: »Meine Freundin erwartet ein Baby.«

Sie nickte, lächelte familiär und völlig unbefangen, zog mich hinaus und zeigte mir, während ich wieder zu atmen begann, nun im Sportdress ihre Schule.

Das Irrste war ein riesiges Fabrikloft aus glasierten Backsteinen, in dem dreißig Menschen gleichzeitig stöhnten, eine Massenmeditation. Alisa sah jemanden, den sie kannte, drückte mir ihre mit Blümchen umrankte Visitenkarte in die Hand, sagte *»call me«* und sprang weg.

Sie war gleichzeitig extrem zurückhaltend und völlig ohne Schüchternheit. Sie wirkte in keinem Moment anzüglich. Dennoch scheint sie sich der Wirkung ihres Körpers bewusst zu sein, der austrainiert und feingliedrig ist und duftete, was ich auch ohne Gebrauch meiner Nase merken konnte.

Ein Rätsel.

Eine Sommerfrau.

Ich werde sie besser nicht anrufen.

Kurz danach downtown:

»Hm?«

»Hi Schatz.«

»Mhm?«

»Ich hab's eben erst gehört.«

»Was?«

»Na ja, was wohl? Was du gestern auf den AB gequatscht hast.«

»Super Name, Puma, oder?«

»Warum sprichst du es auf den AB, Mah? Warum sagst du mir das nicht direkt? Das ist doch, Mann, du weißt, was das ist.«

»Du freust dich gar nicht.«

»Wie konnte das denn wieder passieren? Obwohl wir immer aufpassen?«

»Musst du so uncharmant sein? Ich habe gerade von einem Drachen geträumt, dass wir in einer U-Bahn sitzen, und am Ende der U-Bahn wartet ein Drache, der kann ganz klein werden, steigt in die U-Bahn, und im Waggon wird er dann ganz groß und frisst Menschenköpfe, als wären es Tulpen.«

Ihr Traum ähnelte meinem heute mit den Krokodilen, verrückt.

»Entschuldige«, sagte ich. »Hast du geschlafen?«

»Ich habe Nachtschicht, Schatz, da schlafe ich immer um diese Zeit.«

»Tut mir leid.«

»Ist das Straßenlärm da im Hintergrund?«

»Ich steh unten an der 24., ja. Münztelefon.«

»Ich mag das gerne, dir meine Träume zu erzählen.«

»Du, das Geld rauscht hier durch wie nichts.«

»Wollen wir es kriegen?«

»Du kannst kein Kind kriegen, das weißt du doch.«

»Ja. Aber trotzdem«, sagte sie aufgekratzt.

»Warum bist du denn so albern? Es ist zu gefährlich. Wir müssen wieder diesen Arzt von damals anrufen!«

»Du hast Angst, oder?«

»Klar hab ich Angst.«

»Um dich oder um mich?«

»Um dich natürlich.«

»Und um dich aber auch. Du hast bestimmt gestern schon meinen Anruf gehört und dann heute den ganzen

Tag nachgedacht, wie du reagieren sollst. Ist das nicht schlimm, wie gut ich dich kenne?«

»Hör mal, ich bin auch dafür, ein Kind zu kriegen, Schatz. Ich würde wahnsinnig gerne ein Kind haben. Aber es geht nicht.«

»Ich verstehe dich so gut, wenn du nicht da bist.«

»Was?«

»Schwierigkeiten haben wir doch nur«, bekräftigte sie, »wenn wir zusammen sind.«

»Ich muss gleich aufhören. Die Kohle ist alle.«

»Ich hab mit Opa Graulich gesprochen.«

Ich stöhnte.

»Er findet auch, wir sollten mit den Ärzten reden. Mit Kaiserschnitt kann es doch gehen. Und dann gibt's auch keine Narben.«

»Opa Graulich ist tot.«

»Ich kann mit ihm reden.«

»Klar, du kannst mit den Toten reden.«

»Na ja, sagen wir mal so: Frau Irrnich kann mit den Toten reden. Und ich rede mit Frau Irrnich.«

»Mach's gut, Liebste, ich ruf wieder an.«

Im Augenblick bin ich in der Bücherei des Met, um mich zu beruhigen. Ein erstaunliches Buch über Giacometti. Er hat viele Bildnisse (wundervolle, glutvolle) seiner Ehefrau Annette gemalt. Und da steht ein schöner Absatz in dem Buch: *»Giacometti never stopped trying to bring out through all possible means and through many portraits the identity of his companion, even up to her death. All of those portraits were frontal.«*

Heute Nachmittag war ich im Goethe-Institut.

Hollie Lehmann und ihre Praktikantin, die Meerjungfrau, schienen gutgelaunt zu sein. Kein Wunder. Sie residieren in einem luxuriösen florentinischen Palast an der Fifth Avenue, direkt gegenüber vom Metropolitan Museum of Art, das alle nur Met nennen.

Beide saßen in einem winzigen Büro hinter nach entfernten Waldbränden riechenden IKEA-Schreibtischen. Die eine unter einer kunstvoll zertrümmerten Kuckucksuhr, die violett angemalt war, von einem Kunststipendiaten aus Hildesheim, der nicht mehr lebt. Die andere unter einem winterlichen Schloss-Neuschwanstein-Plakat mit der Aufschrift: »GERMANY ROCKS«.

Außerdem gab es einige Topfpflanzen.

»Wegen dem Sozialdarwinismus«, erklärte Hollie Lehmann, die dem ratlosen Lila-von-Dornbusch-Bettelstudenten gegenüber erstaunlich aufgeräumt schien, während sie mit einem feuchten Tuch die Blätter einer Yuccapalme abwischte.

»Wegen dem Sozialdarwinismus?«, fragte ich.

»Na ja, Topfpflanzen machen die Arbeit von Büromitarbeitern effizienter. Wir haben drei Topfpflanzen in diesem Raum, also bringen wir wie viel Prozent mehr Leistung, Nele?«

»Zwei Komma vier Prozent, Hollie«, sagte die Meerjungfrau.

»Das ist Sozialdarwinismus pur, denn durch die Topfpflanzen haben wir bessere Ideen als alle anderen Goethe-Institute dieser Welt, die keine Ahnung von den Wettbewerbsvorteilen durch Topfpflanzen haben.«

»Wenn wir 125 Topfpflanzen hier reinstellen, haben wir sogar die doppelte Effektivität, Hollie.«

»Leider passen wir dann nicht mehr ins Zimmer, Nele.«

»Ja, aber die Pflanzen können uns vollwertig ersetzen.«

Die Meerjungfrau hat unglaublich kleine Hände, mit denen sie beim Rumalbern mediterran fuchtelt. Komischerweise musste ich gleich an Mahs unheimlich kleine Füße denken. Fräulein Zapp (so heißt die Meerjungfrau, ich hatte es schon vergessen) wirkte noch schmaler und zerbrechlicher, als ich sie in Erinnerung hatte. Sie trug auch eine viel kleinere Brille als bei ihrem Besuch bei mir vor einer Woche.

»Ja natürlich«, sagte sie leichthin, als ich sie darauf ansprach, »die große ist ja nur meine Slumbrille.«

Sie wirkte während des ganzen Gesprächs geistig abwesend, was ich an Frauen reizvoll finde, sofern die geistige Abwesenheit mit Intelligenz gepaart ist.

Sie und auch Hollie Lehmann waren ganz aus dem Häuschen, als ich ihnen von dem Sexprojekt erzählte. Sie machten unaufhörlich ihre Witze darüber.

»Und bei welcher Sauerei dürfen wir Ihnen behilflich sein?«, trällerte Hollie Lehmann.

Ich sagte es ihr.

Ich glaube nämlich, ich habe endlich mein Sujet gefunden.

Ich werde einen Film über Ohrläppchen drehen.

Anus, Vulva, Penis, Titten, Hoden, Zunge und Sperma ist mir alles zu medizinisch oder zu pornographisch. Von allen Körperteilen sind Ohrläppchen erotisch am interessantesten, finde ich. Außerdem fehlt der Beate-Uhse-Gout.

Die Meerjungfrau fixierte sofort meine Ohren und verglich sie mit denen des Hundes aus dem Haus gegenüber, als sie noch ein Kind war. Ich fühlte mich geschmeichelt. Es war ein Golden Retriever.

Dann schob sie ihr Haar beiseite, dunkelblondes, frisch gewaschenes Mittelklassehaar, und bat mich, näherzutreten und probeweise ihr Ohr zu begutachten. Hollie Lehmann klatschte vergnügt in die Hände.

Ich kam der Aufforderung nur widerwillig nach. Schließlich blickt man nicht gerne in Körperöffnungen von Leuten, denen man peinlich ist. Man flirtet auch nicht gerne mit ihnen.

Wenn ich es richtig bedenke, geht mir Fräulein Zapps Getue sogar auf die Nerven. Als ich ihr längliches, irgendwie schlabbriges Ohr betrachtete, hatte ich dennoch das Gefühl, als müsse ich ab nun die Meerjungfrau so behandeln, als sei sie echt. Keine echte Meerjungfrau natürlich, sondern jemand, der letztlich isoliert sein und einsam sterben wird wie wir alle.

Daher fragte ich, ob sie einen Brief von Tante Paula für mich erhalten hätte, weshalb ich nämlich hier sei.

Hollie Lehmann wunderte sich über meinen plötzlichen Ernst. Die Meerjungfrau ließ ihre Haare los, die vor ihr Ohr knallten wie ein eiserner Vorhang.

»Und das fällt dir ein, wenn du auf mein Ohr guckst?«

»Wieso nicht? Was hast du denn erwartet?«

»Ich dachte, dass du an irgendwas Wichtiges denkst. An irgendwas Philosophisches vielleicht oder ein geistreiches Zitat.«

»Der Brief ist was Wichtiges.«

»Ach ja?«

»Da geht es um meinen Großvater.«

»Hochspannend. War er ein interessanter Großvater?«

Ihr ständiger Spott, der wie Heiserkeit an ihrer Stimme sägte, stieß mich ab, und ich sagte so kühl wie möglich: »Wenn man Kriegsverbrecher interessant findet.«

Danach konnte man nicht mehr über Ohrläppchen oder Topfpflanzen sprechen. Über gar nichts eigentlich. Das Geplapper erstarb. Mich trafen irritierte Blicke.

Immerhin erhielt ich in null Komma nichts den Brief von Tante Paula ausgehändigt. Obwohl er sich gut gepolstert anfühlte, gelang es mir, ihn zu falten und in mein großes Portemonnaie zu stopfen.

Nele Zapp ließ mich an ihr Telefon, als sie aufs Klo musste (sie scheint ununterbrochen aufs Klo zu müssen, vielleicht eine Blasenentzündung, wer weiß, über Blasenentzündungen konnte man auch nicht sprechen).

Ich rief Lila in Berlin an und teilte ihm mit, dass meine Tante versuchen möchte, mich und Dieanderenfünf, also Dieganzensechs, im National Arts Club in Manhattan unterzubringen.

»Im National Arts Club?«, jubelte Lila. »Phantastisch. Da kenne ich Aldon Ruby, den Manager.«

»Meine Tante sagt, er sei korrupt.«

»Ach, nur ein bisschen. Ansonsten ist das ein wunderbarer Mann, sehr geistreich, total beeindruckend. An ihn habe ich gar nicht gedacht. Ich rufe ihn sofort an. Gratuliere, wundervoller, zauberhafter Onkel Jonas. Gratuliere. Gratuliere. Gratuliere.«

8. Tag (Nachtrag)

Dienstag, 24. 9. 1996, abends

Jeremiah hatte mich heute Nachmittag in eine exklusive Kinopremiere eingeladen. Ein deutscher Expressionistenfilm. *Das Wachsfigurenkabinett.* Nie gehört.

J. liebt die deutschen Expressionistenfilme, Murnau und Pabst, so sehr, weil es da wenig Gelächter gibt. Überhaupt ist die Abwesenheit von Humor im deutschen Nationalcharakter für ihn etwas Heiliges. Von Beethoven über Bruckner bis zu Gustav Mahler reicht ihm zufolge eine repräsentative Reihe großer Deutscher, die niemals gelacht haben, selbst wenn sie Österreicher waren.

Drückender elitärer Ernst verband Schönberg mit Stefan George, und das Nichtlachen ist wohl auch das Einzige, was dieser mit Rilke und alle mit Jeremiah Fulton gemein haben.

Er mag an mir, dass ich oft so schlechtgelaunt wirke.

Übrigens, Jeremiahs Katzen scheißen nicht mehr ins Katzenklo. Es ist ihnen zu schmutzig. Jeremiah hat kein Katzenstreu mehr. Der Monat neigt sich dem Ende zu und damit auch die Kohle. Der Professor reißt also Zeitungen in kleine Fetzen und legt sie in die offene Plastikwanne.

Da er aber mit gutem Grund annehmen kann, dass eine

zerfetzte *New York Times* nicht das ist, was die Katzen unter hinreichender hygienischer Versorgung verstehen, hat er entschieden, sie auf andere Weise am Scheißen zu hindern. Er gibt ihnen einfach nichts mehr zu fressen. Sie hungern. Sie hungern schon seit drei Tagen. Sie maunzen erbärmlich. Nachts kann ich kaum mehr schlafen.

Ich betrat das Kino in der 59. Straße, »Gould Hall«. Es ging auf einer langen Rolltreppe nach unten ins gigantische Kellergeschoss. Dort standen ca. 40 Filmstudenten am Einlass und warteten auf Jeremiah. Der Türsteher ließ sie nicht durch. Sie besaßen keine Einladungen.

Jeremiah hatte ihnen jedoch versprochen, er stünde an der Tür und würde sie heimlich hineinschleusen, und das hatte er mir auch versprochen.

Also wartete ich mit den Slackern, die ganz versessen darauf schienen, Emil Jannings beim stummen Grimassieren zuzuschauen.

Hätte ich nicht ununterbrochen an Mahs bevorstehende Abtreibung gedacht, an Tante Paulas Brief in meinem Portemonnaie, an Dieanderenfünf und ihre unverdiente Luxusunterkunft, dann wäre ich vermutlich gespannt gewesen, wie er diese ganze Meute unbemerkt an dem Türtypen vorbeischmuggeln wollte.

Als er schließlich kam, war es eine Minute vor Beginn der Vorstellung, und er sollte die Einführungsrede halten. Typisch, dachte ich. Er hat sich wieder mal verspätet.

Aber es war anders.

Er schwebte uns auf dieser quietschenden Rolltreppe entgegen, etwa so fröhlich wie Napoleon auf seinem Weg nach St. Helena. Als er näherrollte, sah ich, dass sein Mantel blutbefleckt war. Das Blut glänzte noch. Es war überall Blut zu sehen: auf dem Kragen, an den Seitentaschen, einfach überall. Sogar auf seiner Stirn. Wir starrten ihn an. Er sagte einfach: *»Okay guys, go in.«*

Und alle rauschten an dem verblüfften Türsteher hinein ins Innere. Ohne zu fragen.

Jeremiah schälte sich aus dem besudelten Mantel, gab ihn mir, sagte irgendwas. Aber ich verstand kein Wort. Er redet gerne mit abgewendetem Gesicht, die Hand vor den Mund gepresst. Es sieht aus, als würde er sich selbst was zuflüstern oder heimlich einen Pickel ausdrücken, während er spricht.

Erst vorhin, zwei Stunden später, konnte ich aus ihm mühevoll herausquetschen, dass er in einer U-Bahn erste Hilfe geleistet hatte. Einem Schwarzen, der angeschossen worden war. Die Hauptschlagader war am Oberschenkel aufgeplatzt, und Jeremiah hielt den zappelnden, unentwegt *»No, no, no!«* brüllenden Verletzten fest, während ein anderer die Arterie abzubinden versuchte, aus der es in Intervallen herausschoss.

Jeremiah tut sein Mantel leid.

»It was a good one.« Außerdem hat er von einem Schneider diese Tasche für seine Machete reinnähen lassen. Eine Spezialanfertigung. Büffelleder.

Der Schwarze starb, bevor die Polizei kam.

Ich weiß nun, was Mister Fulton an mir so wahnsinnig aufregt: Ich schreibe ihm zu viel. Ich schreibe geradezu manisch. Die erste Kladde ist schon voll, und Jeremiah hasst mich allein schon für die Menge der Worte. Diese unerträgliche Menge der Worte. Eine solche Menge demütigt ihn.

Seit ich bei ihm wohne, habe ich ihn überhaupt noch keine einzige Zeile schreiben sehen. Er besitzt auch keinen Schreibtisch, keine Schreibmaschine, keinerlei Disziplin. Seine Professur scheint er vor allem einigen Drehbüchern und zwei dünnen Gedichtbänden aus den siebziger Jahren zu verdanken zu haben (die Gedichte sind Allen Ginsbergs Stil nachempfunden, nur lange nicht so radikal, in einem, das *Belonging* heißt, tritt sogar ein Einhorn auf).

Bei seinem letzten Film *I killed Charlie Chaplin* hat er aber auch keine Zeile geschrieben, sondern seiner Co-Autorin Monologe gehalten: *»I just told her, what has to happen.«*

Viel zu spät renne ich runter ins Erdgeschoss zum Telefonhäuschen. Ich habe kaum noch Geld und muss schnell machen.

»Hallo Schatz …«

»Limaleh?«

»Ich wollte dir nur sagen, dass ich zurückfliege, wenn du zum Arzt musst.«

»Wegen?«

»Wegen dem Eingriff, ja.«

Sie sagte nichts.

»Ich meine, wegen der Abtreibung.«

Erst nach einer Weile räusperte sie sich und sagte: »Toll, dass du dich meldest.«

»Na klar. Bin praktisch schon unterwegs. Wir sind ein Team. Wir stehen das gemeinsam durch.«

»Ich habe so gehofft, dass du anrufst und das sagst. Du wirkst so herzlos manchmal. So zerstreut.«

»Das tut mir leid.«

»Mir tut es auch leid.«

»Was?«

»Dass ich so einen Blödsinn mache, um mich zu vergewissern.«

»Was für einen Blödsinn?«

»Bitte nicht sauer sein.«

»Schatz?«

»Du musst nicht nach Berlin zurückkommen.«

»Nein?«

»Ich bin nicht schwanger. Ich kann ja gar nicht schwanger sein, wenn du dich erinnerst.«

Schon war der erste meiner Dimes im Verdauungstrakt des Telefons versackt. Ich wusste beim besten Willen nicht, was ich sagen sollte, und ihre Stimme wurde kleinlaut.

»Bist du wütend auf mich?«

»Wütend ist das falsche Wort.«

»Enttäuscht?«

»Enttäuscht passt auch nicht. Ich glaube ›am Boden zerstört‹ trifft es ganz gut.«

»Ich bin so weit von mir selbst entfernt, seit du weg bist.«

»Findest du?«

»Ja, finde ich.«

»Ich finde das alles total verwirrend, Mah. Erst ist Frau Irrnich tot. Und es stimmt nicht. Dann bist du schwanger.

Und es stimmt nicht. Und ich weiß nicht mal, ob es überhaupt stimmt, dass es nicht stimmt.«

»Limaleh, willst du sagen, dass ich lüge?«

»Nein, das weiß ich schon. Ich will vor allem wissen, warum? Warum denkst du dir diese ganzen Katastrophen aus?«

»Du weißt, dass ich eine zu kleine Seele habe.«

Keine Ahnung, worauf sie hinauswollte. Manchmal reden Vietnamesinnen so ein Zeug, das von europäischen Gehirnen nicht verstanden werden kann.

»Außerdem war ich betrunken, da hat man manchmal ein, na ja, ein poetisches Verhältnis zur Realität.«

»Poetisch nennst du das?«

»Lass uns von was anderem sprechen, Jonas. Irgendwas, was mich davon abhält, mich zu schämen und den Hörer aufzulegen.«

»Jeremiah ist vorhin in eine Schießerei geraten. In der U-Bahn. Hat einen sterben sehen.«

»Verarschst du mich?«

»Nein, ich bin nicht der, der hier die Leute verarscht. Ich sage einfach, was passiert ist.«

»Jetzt wirst du doch böse.«

»Mann! Ich habe einfach keine Ahnung, warum du das alles erfindest! Das ist doch krass. Hast du Angst, dass ich dich nicht genug vermisse oder was?«

»Man vermisst den andern nur, wenn man sich Sorgen macht. Du machst dir überhaupt keine Sorgen.«

»Ich mache mir keine Sorgen? Sorgen sind mein einziges Hobby, seit ich dich kenne.«

»Na immerhin, und deshalb rufst du mich an.«

»Nein, ich rufe dich an, weil du tolle Ohren hast.«

»Ich habe tolle Ohren?«

»Fiel mir vorhin ein. Ich will einen Film über Ohren machen, und du weißt, wie super ich deine finde.«

»Endlich sagst du mal was Nettes.«

»Gleich habe ich kein Geld mehr, und sag ja nicht, dass ich das nur so sage.«

»Wieso gibt es denn Schießereien bei euch mitten am helllichten Tag? Was ist denn das für ein Ort? Dein Gastgeber muss ja völlig fertig sein.«

»Nein.«

»Nicht?«

»Du kannst so was ja auch gut wegstecken. Krankheit, Tod, Wahnsinn, alles kein Problem. Stattdessen brichst du zusammen, wenn dein Freund mal für ein paar Tage verreist.«

»Ach Jonas, ich hoffe, dass du kein Scheißkerl bist. Ich muss mehr Vertrauen haben. Mehr Vertrauen in deine Treue. Auch wenn du echt öfter anrufen könntest.«

»Ich hab doch gestern angerufen. Und heute gleich noch mal.«

»Ja, zweimal wegen schlechtem Gewissen. Aber schlechtes Gewissen gibt Punktabzug. Und bei dem schlechten Gewissen, das ich dir mit der Schwangerschaft gemacht habe, hättest du eigentlich viermal anrufen müssen.«

Ich war drauf und dran, den tollen Yogaarsch zu erwähnen, einfach weil ich total sauer war. Wir sagen uns ja eigentlich alles. Aber irgendwie war die Stimmung dafür nicht die beste. Ich habe den Yogaarsch ja auch nur betrachtet. Nicht gerade von weitem, aber man konnte auch nirgendwo anders hingucken. Ich habe ihn nicht ausgeleckt, nicht angefasst, nicht mal an ihm geschnuppert, und auch, wenn das jetzt keine heroische Tat ist: Ich habe aktiven Widerstand geleistet, und zwar gegen mich selbst.

»Limaleh?«

»Hm?«

»Ich überlege ernsthaft, dich da in New York zu besuchen. Soll ich kommen? Ich könnte auch meine Ohren mitbringen. Ach bitte sag doch, dass ich kommen soll.«

»Nein.«

»Nicht?«

»Nein, ich will dich hier nicht sehen.«

»Okay.«

»Du wärst mir too much, Mah.«

»Ist ja gut. Du musst nicht so ’n Arsch sein.«

»Deine Eifersucht macht mich fertig. Echt. Es ist Mitternacht. Ich stehe hier in einer Art Beirut. Da drüben knacken ein paar Arschlöcher gerade einen Chevi. Und meine jüdische Tante hat mir gesagt, dass Apapa ein super Typ war in Riga.«

»Aber das ist doch eine gute Nachricht, dass du mit ihr sprichst.«

»Ich weiß nicht, ob das eine gute Nachricht ist. Ich will nicht mit dir darüber reden. Du bist ein Schlitzauge und hast mit dem Nazischeiß nichts zu tun. Alles fühlt sich so katastrophisch an. Ich gehe jetzt hoch in diese Müllhalde und nehme den Briefumschlag von Mrs. Hertzlieb und gucke nach, was drin ist! Wag es ja nicht, hierherzukommen. Und lüg mich nie wieder an!«

Das Dokument Bis-Mittag

Generalkonsulat
der
Bundesrepublik Deutschland
New York   New York, den 31. 10. 1995

RK 504-85 E/RH 748 IX

Gegenwärtig:

1.) Eric Marder, Konsul,
gemäß § 20 Konsulargesetz ermächtigt
2.) Dr. Jörg von Uthmann, Attaché
3.) Margot Müller, Protokollführerin

In dem vor dem Oberstaatsanwalt in Hannover – 2 Js 291/60 – anhängigen Ermittlungsverfahren gegen den ehemaligen SS-Sturmbannführer R O S E N und andere wegen Mordes und Beihilfe zum Massenmord in Riga, Libau, Windau und Mitau (Lettland) wurde heute die Zeugin,

Frau Paula Hertzlieb geb. Himmelfarb,
wohnhaft: 15 Gramercy Park South,
National Arts Club, New York, N.Y.,

amerikanische Staatsangehörige,
ausgewiesen durch amerikanischen Reisepass Nr. 1279808,
ausgestellt am 31.12.1988,

da sie wegen eines Beinbruchs bettlägerig ist, in ihrer Wohnung im National Arts Club vernommen.

Die Zeugin wurde mit dem Gegenstand der Vernehmung vertraut gemacht und zur Wahrheit ermahnt.
Sie erklärte daraufhin Folgendes:

I Zur Person:

Ich heiße Paula Hertzlieb, bin am 28. Mai 1921 in Bauske/Lettland geboren und seit drei Jahren verwitwet. Ich bin Kunstmalerin und lebe in New York.
Mir ist gesagt worden, dass ich zu einem Ermittlungsverfahren der Staatsanwaltschaft Hannover, betreffend Judenerschießungen in Riga, Libau, Mitau und Windau, vernommen werde. Mir ist bekannt, dass ich aufgrund meiner amerikanischen Staatsbürgerschaft nicht aussagen muss, sondern die Aussage verweigern kann. Ich bin aber bereit, auf Fragen des vernehmenden Beamten zu antworten.

II Zur Sache:

Meine Eltern Julius und Margarete HIMMELFARB sind im Jahre 1925 mit mir von meinem Geburtsort Bauske nach Riga

gezogen, damals die Hauptstadt der Republik Lettland. Dort wurde ich ein Jahr später eingeschult. Danach besuchte ich das Deutsche Mädchenlyceum Riga und erwarb 1938 das Abitur.
Im selben Jahr begann ich auf der Staatlichen Lettischen Kunstakademie eine Ausbildung zur Illustratorin und Graphikerin. Aufgrund des Kriegsausbruchs 1941 blieb mir ein Abschluss versagt. Ich habe bis zum Einmarsch der Wehrmacht im Juli 1941 mit meinen Eltern in der Elisabethstraße 34 gelebt.

Die deutsche Armee erreichte Riga am 1. Juli 1941. Zur gleichen Zeit trafen auch SS und SD ein. Zwei Wochen später wurden alle Juden durch öffentliche Aufrufe aufgefordert, sich behufs Einweisung zur Zwangsarbeit auf den Hauptwachtplatz zu begeben. Wir mussten uns bei den Polizeirevieren registrieren lassen und zwei Sterne anlegen: einen auf der linken Brustseite und einen auf dem Rücken. Auch wurden uns zahlreiche Beschränkungen auferlegt, z. B. das Verbot der Benutzung der Straßenbahn, der Gehwege, der Kinos, der Theater, der Schwimmbäder, der öffentlichen Parks usw.
Auch Segeln wurde uns ausdrücklich untersagt, allerdings wäre auch niemand in der Lage gewesen, segeln zu gehen.
Da ich als Dreivierteljüdin galt, war ich zunächst nicht ghettopflichtig.

Ich selbst wurde im August 1941 einer Lettin namens KRONBERG zugeteilt, die die Geliebte von Untersturmführer KÜGLER war, einem Mitarbeiter des KdS (Kommandeur der Sicherheitspolizei), Abteilung Kripo. In Frl. KRONBERGs Hause in der Birkenallee verrichtete ich die Hausarbeiten, ging aber nachmittags zur Dienststelle des KdS hinüber, wo ich bügelte und Geschirr wusch. Dadurch kam ich in näheren Kontakt mit SS-Offizieren. Die Dienststelle des KdS befand sich Ecke Reimersstraße. Abends begab ich mich in meine Wohnung zurück. Während der Nacht hatten wir Ausgangssperre.

Einige Monate lang arbeitete ich für den KdS weiter. Dort gab es mehrere Dienstabteilungen, so die Kripo (Abtlg. V), die Gestapo (Abtlg. IV) und den SD (Abtlg. III). Ich war auch eingeteilt, die Zimmer der SD-Offiziere zu reinigen.
Bei dieser Gelegenheit lernte ich im August 1941 den SS-Sturmbannführer ROSEN kennen, der die Abteilung III leitete. Er war Baltendeutscher so wie ich.

Auf Nachfrage: Ich empfand mich sehr wohl auch als Baltendeutsche, da meine Eltern ganz in der deutschen Kultur aufgegangen waren, im Reich studiert hatten, die deutsche Sprache akzentfrei sprachen, die »Rigasche Rundschau« abonniert hatten, meine Brüder und mich auf deutsche Schulen schickten und überwiegend baltendeutsche Patienten behandelten. Der jüdische Glaube und jüdische Riten wurden bei uns überhaupt nicht gepflegt. Fast alle meiner Freundinnen waren Baltendeutsche gewesen. Meine Großmutter mütterlicherseits war ebenfalls Deutsche. Sie ist aber noch vor meiner Geburt gestorben.

Sturmbannführer ROSEN fand heraus, dass ich mehrere Semester auf der Kunstakademie Riga studiert hatte. Sein Vater, ein bekannter Maler in den alten Ostseeprovinzen, war dort

vor seiner Umsiedlung Professor gewesen. Bei ihm, den wir Studentinnen nur »den Mejster« nannten, hatte ich auch zwei Semester Unterricht gehabt, nämlich im Aktzeichnen. Meine Arbeiten sind ihm auch aufgefallen, und ich habe ihn sehr bewundert.
Sturmbannführer ROSEN war vermutlich aus diesem Grunde freundlich zu mir. Einmal schenkte er mir ein Paket Butter, obwohl es streng verboten war.

Die Ermordung von Juden begann sofort nach dem Einmarsch der deutschen Truppen. Häufig sah man erschossene Juden auf den Straßen liegen. Es waren vor allem Letten, die die Erschießungen durchführten, unter dem Kommando von Oberst ARAJS. Die Bevölkerung nannte sie die »Arajschen Burschen«. Oder auch »šāvēju vads«: Schießzug. Die Deutschen haben die Tötungen in der Folge übernommen und gut organisiert, so dass die Öffentlichkeit davon kaum noch etwas bemerkte.

Nachdem ich die Stellung im Hause von Frl. KRONBERG angetreten hatte, musste ich mich mit etwa einem Dutzend anderer Juden täglich im Hofe des KdS-Gebäudes einfinden, wo wir dann auf unsere Arbeitsplätze im Haus verteilt wurden.
Mit Herrn WULFSSON und Fräulein RUBIN arbeitete ich beim SD, wobei Herr WULFSSON sich um die Latrinen in allen Stockwerken kümmern musste. Sein Schicksal endete tragisch, da er sich aufgrund einer Blasenerkrankung in der Latrine der Gestapo erleichtert hatte, was für Juden verboten war. Er wurde erwischt und im Innenhof erschossen, mit heruntergelassenen Hosen, was ich selbst beobachtete.

Jahuda GOLDBERG war in der SD-Garage eingeteilt. Weil er ein fähiger Ingenieur war und einst lettische Flugzeugmotoren entwickelt hatte, durfte er den Aktionswagen warten, der drei- bis viermal wöchentlich in die Stadt fuhr, um die Juden aus den Häusern zur Erschießung abzuholen.
Meier STEIN wiederum war Fotograf und musste die Fotos, die der SD von den Erschießungen regelmäßig machte, in einem Labor im zweiten Stock entwickeln.
Manchmal wies mich Sturmbannführer ROSEN an, bei den Abzügen zu helfen und sie anschließend sorgfältig in Sammelalben einzukleben, die offensichtlich zur Erinnerung für die SS-Einheitsführer gedacht waren. Wir machten heimlich zusätzliche Abzüge, von denen ich fünf als Beispiele beifüge.

Im August 1941 wurde mein Vater Julius HIMMELFARB, der ein bekannter Rigenser Arzt war, von der Straße weg ins Frauengefängnis verbracht, wo man ihm ein Auge ausstach. Dies erfuhr ich von Patienten meines Vaters, die im Frauengefängnis arbeiteten. Da er durch die Wunde geschwächt war, kam er nicht wie die anderen jüdischen Ärzte in Sondergewahrsam, sondern wurde im September im Wald von Biķernieki erschossen. Meine Mutter, ehemals Kinderärztin im Lettischen Staatskrankenhaus, kam in der großen Ghettoaktion im Dezember ums Leben, obwohl sie nur Halbjüdin war. Von meinen beiden Brüdern, die vor dem deutschen Einmarsch in die Sowjetunion geflohen waren, habe ich nie wieder etwas gehört. Vermutlich sind sie im Krieg gefallen. Ich bin die einzige Überlebende meiner Familie.

Im Oktober 1941 wurde ich zusammen mit sämtlichen jüdischen Hausbewohnern von einem Letten angezeigt, mit der Begründung, Wertgegenstände in den Wohnungen versteckt zu haben. Wir wurden allesamt verhaftet und in die KdS-Stelle gebracht, auch ich, obwohl ich eigentlich dort arbeitete. Wir mussten uns im Hof mit erhobenen Händen an die Wand stellen.
Der SD-Leiter, Sturmbannführer ROSEN, erschien plötzlich in diesem Hof und fragte den befehlshabenden Unteroffizier, ob er wisse, wer »Das Lob der Torheit« von dem großen Erasmus von Rotterdam illustriert habe. Als der Unteroffizier verneinte, stellte mir Herr ROSEN die gleiche Frage. Ich antwortete, dass dies Hans Holbein gewesen sei. »Und, wissen Sie auch, was wir Menschen der Torheit zu danken haben?« – »Ja, dass wir alleweil heiter und frohgemut sind«, erwiderte ich. Ich kannte die Antwort, da der Vater des Sturmbannführers, der »Mejster ROSEN«, diesen Satz immer im Zeichenunterricht zitiert hatte.
Daraufhin sagte Sturmbannführer ROSEN: »Genau in diesem Zustand sollten Sie jetzt nach Hause gehen!«
Ich begab mich sofort in meine Wohnung. Von den anderen Hausbewohnern ist kein einziger lebend zurückgekehrt.

Nach diesem Vorfall musste ich ins Ghetto umziehen und durfte nicht mehr im KdS-Gebäude Dienst tun. Meine Tätigkeit bei Frl. KRONBERG verlor ich ebenfalls.
Auf Befehl von Sturmbannführer ROSEN wurde ich jedoch Anfang 1942 in die Textil-Vergasungsanstalt in die Kronwaldstraße 9 versetzt. Ich denke, es geschah zu meiner Sicherheit. Dr. BLUDAU war Direktor dieses SS-Instituts, das die Bezeich-

nung »Deutsches Hygiene-Institut Riga« hatte. Wie ich bald feststellen sollte, war Dr. BLUDAU ein ganz anderer Mensch als Sturmbannführer ROSEN. Darauf komme ich noch zurück. Bei der Desinfizierung der Sachen der getöteten Juden arbeiteten noch folgende Personen mit: Hauptwachtmeister DRECHSLER, Oberwachtmeister HOFFMANN, Untersturmführer Karl BECKER, Untersturmführer ZERBUS, Unterscharführer DEIME und noch viele andere, deren Namen ich vergessen habe.

Oben genannte Personen waren bei der Arbeit im Allgemeinen ständig betrunken. In diesem Zustand brüsteten sie sich damit, dass sie im Lager Salaspils unter Gebrauch jüdischer Menschen viel mit Gas experimentierten. Am Deutschen Hygiene-Institut wurden nämlich die Spezialisten für Vergasung ausgebildet. Das Institut versorgte mit diesen Fachleuten das gesamte Ostland, wie sie uns sagten.
Neben mir waren noch andere Juden im Hygiene-Institut tätig: In Erinnerung geblieben ist mir Frau LEVINSON, die einzige weibliche Beschäftigte neben mir. Sie und ich waren bei der Desinfektion, in der Wäscherei und in der hauseigenen Schneiderei eingesetzt. Dort wurde jüdische Kleidung, Hosen, Hemden, Smokings, Fräcke sowie Damen- und Herrenwäsche vor ihrer Desinfizierung aufgetrennt. Teilweise war sie noch blutbesudelt.
Im Besonderen hatte ich mit Jahuda GOLDBERG Kontakt, dem Ingenieur von Flugzeugmotoren, den ich noch aus der KdS-Stelle kannte. Von dort war er abgezogen worden. Er übernahm in seiner neuen Tätigkeit die Pflege der zwei Gaswagen des Instituts, für die eine große, unterirdische Garage

vorhanden war. Auch die Spezialisten der Gaswagen wurden im Hygiene-Institut ausgebildet.

Ich hatte neben den eigentlichen Wasch-, Näh- und Desinfektionsvorgängen der Judensachen zusätzlich die Materialkammer zu verwalten. Dort wurden Seifen, Waschmittel, Putzutensilien etc. verwahrt. Der Raum befand sich nicht im Hygiene-Institut selbst, sondern einen Häuserblock entfernt in einem separaten Gebäude in der Ludsastr. 41 im I. Stock.
Obwohl es gegen die Vorschriften verstieß, ließ mich Oberwachtmeister HOFFMANN meistens bei der Materialausgabe unbeaufsichtigt, da er ungern zwischen den Gebäuden hin- und herpendelte. Dazu händigte er mir auch den Schlüsselbund mit allen Schlüsseln aus. So bekam ich nicht nur Zutritt zur Materialausgabe, sondern auch zu dem dort befindlichen Stahlschrank, den ich nicht ohne Befehl öffnen durfte. Hier wurden die wertvolleren Dinge des täglichen Bedarfs verwahrt, Luxusseife z. B. oder sogar Parfümfläschchen, die offensichtlich den erschossenen Jüdinnen weggenommen worden waren.
In dem Schrank befand sich aber auch die Blausäure. Die Deutschen mochten es nicht, die Lagerung und den Transport der Blausäuredosen selbst vorzunehmen, da dies eine gefährliche Tätigkeit war. Wenn ich Blausäure ausgeben musste, war Oberwachtmeister HOFFMANN stets anwesend, rührte die Dosen aber nie selber an. Das überließ er mir. Er trug meistens eine Atemschutzmaske. Das Tragen von Atemschutzmasken war Juden hingegen nicht gestattet.

Im Sommer 1942 wurden die Blausäurebestände größtenteils ins neu eröffnete Konzentrationslager Salaspils geschafft. In der Ludsastraße verwaltete ich jedoch nie weniger als 5 Kisten Blausäure. In jeder Kiste waren 18 Dosen, jede mit einem Inhalt von 1500 Gramm. Damit konnten 20000 Menschen getötet werden. Das sagte mir einmal Hauptwachtmeister DRECHSLER.
Die Vernichtung der Juden mit Gas ging folgendermaßen vor sich: Es wurde ein isolierter Raum mit Gittern gebaut und in dessen Decke eine Öffnung eingelassen. Durch diese Öffnung wurde dann die Blausäure zugeführt. Danach wurde die Öffnung hermetisch verschlossen, und die Menschen kamen in den entstehenden Dämpfen um.
Als Raum für die Vergasung wollten die Deutschen eine Kammer im Hause Ludsastraße 41 einrichten, in unmittelbarer Nähe zur Materialausgabe. Zu diesem Zweck wurde im Erdgeschoss ein spezieller, recht großer Raum vorbereitet. Dessen Fenster wurden vergittert bzw. vermauert, und in die Decke wurde auch die besagte Öffnung eingelassen. Der Raum wurde »Salon« genannt. Das war im Juli 1942.
Um zu prüfen, wie die Wirkung einer solchen Maßnahme sich auswirkte, wurde eine Probevergasung angesetzt.

Ich musste an dem fraglichen Tag zwei Blausäurebehälter (eine für den eigentlichen Vorgang, die andere zur Reserve) aus dem Stahlschrank entnehmen und im Zuführungsraum über dem »Salon« Untersturmführer KRÜGER übergeben. Dabei sah ich, dass fast ein Dutzend SS-Offiziere des KdS und des BdS zu der Vorführung erschienen waren, unter ihnen auch Sturmbannführer ROSEN.

Zu meinem Schrecken wurde mir befohlen, den SS-Gästen im Vorzimmer Getränke zu reichen.

Bei dieser Tätigkeit stellte ich fest, dass als Probanden meine ehemaligen jüdischen Kollegen der KdS-Stelle ausersehen worden waren, u. a. der Fotograf Meier STEIN, der mir zuwinkte. Sie wussten alle nicht, was sie erwartete. Sie trugen ganz normale Zivilkleidung, Fräulein RUBIN zum Beispiel ein schönes Frühlingskleid mit sonnengelben Punkten. So wurden sie an all den wartenden Offizieren vorbei in den Vergasungsraum geführt, in den man zur Tarnung einen Billardtisch gestellt hatte. Ich hörte sie noch lachen, als die Tür verschlossen wurde. Danach setzten die SS-Offiziere ihre Gasmasken auf. Daraufhin traten sie alle nacheinander an die Tür, in die ein Guckloch eingelassen war. Vermutlich beobachteten sie, was im Inneren der Gaskammer vor sich ging.

Auf Nachfrage: Ich kann unter Eid aussagen, dass es eine solche Probevergasung gegeben hat, auch wenn ich das genaue Datum nicht mehr benennen kann. Es wird Mitte 1942 gewesen sein, ich meine den Juli zu erinnern, vielleicht war es auch schon August. Jedenfalls war die Luft sehr warm. Wieso man dafür die KdS-Juden ausgewählt hatte, ist mir unbekannt geblieben. Womöglich war die SS-Führung der Meinung, dass sie zu viel wussten.
Den Vorgang selbst konnte ich nicht beobachten. Sehr wohl aber hörte ich die gedämpften Laute. Alle Anwesenden hörten diese. Jahuda GOLDBERG, der den Raum später reinigen musste, schilderte mir außerdem die Umstände. Der Billardtisch, auf den sich die Probanden nach Zuführung der Blau-

säure, vermutlich um bis zuletzt Luft zu bekommen, gestellt hatten, musste wegen der Verunreinigungen einen neuen Filz erhalten. Er wurde danach aus dem Vergasungsraum entfernt und dem Offizierskasino zur Verfügung gestellt.

Kurze Zeit später suchte mich Sturmbannführer ROSEN auf. Er wirkte aufgewühlt und gab mir zu verstehen, dass er das Geschehene nicht billigte und dass Vergasungen seiner Meinung nach nicht in großem Stil durchführbar wären. Der Raum war seinem Empfinden nach völlig ungeeignet, weil das Gebäude im Weichbild der Stadt lag. Die Leichen konnten auch nur schwer an Ort und Stelle beseitigt werden, zumal der Ofen im Keller noch nicht fertig war. Sturmbannführer ROSEN sagte, dass er mich aus dem Hygiene-Institut abziehen wolle, da dort mein Leben nicht mehr sicher sei.

Auf Nachfrage: Ich kann die Gründe für Herrn ROSENS offene Worte und seine Handlungsweise nicht benennen. Ich bin nie die Geliebte des Sturmbannführers ROSEN gewesen. Er hat auch niemals körperliche Gefälligkeiten oder andere persönliche Dienste von mir verlangt.
Den Schutz, den er mir zukommen ließ, erkläre ich mir durch meine Bekanntschaft mit seinem Vater, dem »Mejster« Professor ROSEN. Vom »Mejster« hatte auch eine kleine Zeichnung in meinem Besitz überdauert, die er zwei Jahre zuvor von mir angefertigt und mir danach mit einer Widmung geschenkt hatte. Die zeigte ich dem Sturmbannführer ROSEN. In der Widmung stand wörtlich: »Alle Verhältnisse vergehen wie Rauch. Die Kunst aber braucht, um zu überdauern, das Wesentliche. Und wesentlich ist nur der Mensch.«

Diese Zeichnung mit der Widmung füge ich in der Anlage bei.
Ich war, wie bereits gesagt, eine bevorzugte Studentin vom »Mejster« gewesen. Sturmbannführer ROSEN ermunterte mich daher auch, heimlich Karikaturen der SS-Offiziere des Standorts anzufertigen, über die er sich amüsierte. Am meisten lachte er über die Karikatur von Institutsleiter Dr. BLUDAU, der wegen seiner Hakennase auch leicht zu karikieren war.

Hauptsturmführer Dr. BLUDAU war bei allen sehr gefürchtet. Mich konnte er nicht ausstehen, weil ich eine Brille trug. Von seiner Abneigung gegen Brillenträger hatte ich schon früher gehört. In seiner Gegenwart musste ich immer die Brille abnehmen, obwohl ich dann kaum etwas sehen konnte.
Einmal befahl er mir, in diesem Zustand ein Porträt von ihm anzufertigen. Das war schwer, denn weder konnte ich die genauen Züge des Arztes noch die Striche auf dem Papier erkennen. Ich zeichnete mehr oder weniger aus dem Gedächtnis.
Da ich schon mehrere Karikaturen von Dr. BLUDAU für Sturmbannführer ROSEN angefertigt hatte, muss es wohl eine gewisse Ähnlichkeit gehabt haben, denn Dr. BLUDAU ließ mich unbeschadet. Es war direkt auffällig, dass bei späteren Selektionen stets kleine Personen, dicke Personen oder Leute mit Brille gegriffen wurden. Ich war eine kleine und bebrillte Person, aber Gott sei Dank keine dicke. Dennoch ängstigte ich mich ständig.

Als ich wegen der Sommerhitze meinen Pullover mit dem vorderen Davidstern einmal abgelegt hatte und nur den Kittel

mit dem Rückenstern trug, drohte Dr. BLUDAU mir: »Wenn ich Sie noch einmal mit nur einem Stern sehe, hat Ihr letztes Stündlein geschlagen.«
Diesen Satz weiß ich genau, weil ich das Wort »Stündlein« so fehl am Platze fand (das berühmte Goethegedicht betreffend).
Dr. BLUDAU misshandelte sehr überlegt. Er war einer von den ganz Stillen. Im Auftreten war er eigentlich ruhig und akademisch, seine Gangart war gemächlich. Doch wie der Blitz aus heiterem Himmel versetzte er dann dem einen oder anderen einen Hieb mit der Handkante, und zwar heftig. Mich jedoch schlug er nie.
Allerdings hat er mir Schlimmeres angetan.

Etwa zwei Wochen nach der Probevergasung geschah es, dass er mich und Jehuda GOLDBERG beim Verlassen des Instituts kontrollierte. Das machten normalerweise die lettischen Wachen, die uns meist nachlässig durchwinkten. An diesem Tag aber übernahm es Dr. BLUDAU persönlich und sehr scharf.
Ich war in heilloser Aufregung, denn Herr GOLDBERG und ich hatten zuvor eine Wurst aus der Kantine eingesteckt und die beiden Wursthälften unter uns aufgeteilt. Dr. BLUDAU ließ erst mich vortreten, durchsuchte mich genau und tastete mich ab. Als ich zusammenzuckte, sagte er, ich solle mich nicht anstellen, er sei Arzt. Außerdem könne ich froh sein, dass er keine »Mastdarmuntersuchung« vornehme. Die Wurst, die ich mit Klammern in meiner hochgesteckten Frisur verborgen hatte, entdeckte er nicht.
Danach durchsuchte er genauso scharf auch Herrn GOLD-

BERG. Dabei fand er Herrn GOLDBERGS Wursthälfte in dessen Unterhose. Dann sah ich, wie Herr GOLDBERG von dem Kölner Untersturmführer SCHMIDLE Schläge bekam, sicherlich auf Befehl Dr. BLUDAUS. Anscheinend waren die Schläge aber nicht kräftig genug, denn Dr. BLUDAU zeigte dem Untersturmführer, wie man richtig schlagen müsse, d. h., er demonstrierte es an SCHMIDLE selbst, der zu Boden ging, aber sehr schnell wieder aufstand.
Dr. BLUDAU gab GOLDBERG die Wurst zurück und erklärte ihm: »Wenn du bis morgen früh die Wurst weggelutscht hast, dann kannst du hierbleiben. Wenn nicht, dann nicht.«
Die ganze Nacht versuchte Herr GOLDBERG mit der Zunge, die Wurst wie ein Speiseeis wegzulecken. Untersturmführer SCHMIDLE passte auf, dass nicht die Zähne zum Einsatz kamen. Am nächsten Morgen war die Wurst immer noch da. GOLDBERG wurde weggeführt, und ich habe ihn nie wieder gesehen.

Mich selbst hatte Dr. BLUDAU danach unter Beobachtung. Er schikanierte mich immer häufiger.
Erst verstand ich die Gründe gar nicht.
Einmal befahl er mich aber in den Keller des Instituts und zwang mich dort, mich vor ihm zu entblößen. Er forderte mich auf, mich mit dem Gesicht nach vorne über einen Tisch zu beugen. Als ich dies tat, vergewaltigte er mich. Während dies geschah, rief er, dass ich nun auch sehr »witzig« aussehe.
Auf diese Weise erfuhr ich, dass Dr. BLUDAU meine Karikatur von ihm gesehen hatte. Sturmbannführer ROSEN hatte sie ihm offensichtlich bei einem Kasinoabend gezeigt.

Am nächsten Tag versuchte ich, mich in meinem Zimmer im Ghetto mit einer Wäscheleine zu erhängen. Eine Mitbewohnerin fand mich aber rechtzeitig und brachte mich ins Ghetto-Lazarett.

Als ich nach Tagen wieder im Hygiene-Institut auftauchte, befahl mich Dr. BLUDAU sofort auf sein Dienstzimmer. Dort gab er mir Seife und ein Handtuch und sagte, ich solle mich sorgfältig säubern und für den Nachmittag in der Materialausgabe in der Ludsastraße bereithalten. Dort stand auch eine Couch. Die sollte ich mit einem frischen Laken beziehen. Ich wusste also, dass Dr. BLUDAU vorhatte, mich planmäßig zu erniedrigen. Er gab mir auch die Schlüssel zur Materialausgabe, die ich sonst immer von Oberwachtmeister HOFFMANN erhalten hatte.

Ich ging befehlsgemäß in die Ludsastraße hinüber, stieg hoch in die Materialkammer. Dort öffnete ich den Stahlschrank mit meinem Schlüssel und holte einen der Blausäurebehälter hervor. Damit verließ ich die Vergasungsanstalt, ohne kontrolliert zu werden. Ich brauchte zwanzig Minuten, um die KdS-Dienststelle in der Reimersstraße zu Fuß zu erreichen. Hier kannten mich die lettischen Posten, und mit Verweis auf Sturmbannführer ROSEN ließ man mich passieren.
Im Inneren des Gebäudes blieb ich in der großen Eingangshalle stehen. Ich wusste, dass ich ohne Erlaubnis meinen Posten verlassen hatte und deshalb dem Tode geweiht war. Meine Absicht war, den Blausäurebehälter zu öffnen und möglichst viele SS-Leute zusammen mit mir zu vergiften.
Das war jedoch ein unsinniges Unterfangen, da die SS ja

einfach aus den Räumen an die frische Luft hätte spazieren können, was ihren Opfern nicht möglich war. Diese Tatsache hatte ich aber gar nicht bedacht, sondern ganz instinktiv gehandelt. Ich glaube, dass ich zitterte, aber ich merkte es gar nicht, sondern machte mich daran, den Behälter aufzuschrauben.

In dieser Verfassung traf mich zufällig Sturmbannführer ROSEN an, der wohl vom Eingangsposten angerufen worden war. Er sah mich und fragte, was los sei. Dann schossen mir die Tränen hervor. Er führte mich rasch in ein leeres Zimmer im Erdgeschoss, und ich gestand alles, den Vorfall mit Jehuda GOLDBERG und auch die stattgehabte Vergewaltigung im Keller des Hygiene-Instituts sowie die geplante weitere Demütigung. Ich war sicher, dass man mich sofort ins Frauengefängnis überstellen würde.

Es kam aber anders. Sturmbannführer ROSEN nahm den Blausäurebehälter an sich und rief Dr. BLUDAU zum Rapport. Ich musste als Zeugin im Raum bleiben. Dr. BLUDAU nahm Haltung an und wurde gefragt, warum eine Jüdin Zugang zum Blausäurebestand haben konnte. Und ob es wahr sei, dass er mir persönlich die Schlüssel dazu überreicht hätte.

Dr. BLUDAU lief rot an vor Wut und verlangte, dass man mich erschieße.

Sturmbannführer ROSEN sagte aber nur: »Natürlich erschießen wir diese Jüdin. Wenn Sie nicht wollen, Hauptsturmführer, dass dem Kommandeur die Sache zu Ohren kommt und Sie in der Folge vor einem SS-Gericht landen, rate ich Ihnen jedoch, unverzüglich eine Versetzung zur Front zu beantragen. Dem Antrag wird sicherlich stattgegeben.«

Schon drei Wochen später wurde Dr. BLUDAU zur 6. Armee in Marsch gesetzt.
Ich hingegen wurde nicht erschossen.

*

Unterbrechung der Vernehmung behufs Mittagspause.

9. Tag

Mittwoch, 25. 9. 1996

Was Menschen einander zufügen, interessiert mich am wenigsten an New York.

Man lebt hier in einer Arterie von vielen Kilometern Durchmesser, durch die Blut, Müll, Erinnerung und Scheiße fließt.

Ich fühle mich seltsam fern der Welt. Sie erreicht mich, aber ich erreiche sie nicht. Wirkung ohne Gegenwirkung. Und bizarre Gestalten und Dinge um mich herum.

Den toten Schwarzen in der U-Bahn vergesse ich nicht, stelle mir seine weitaufgerissenen Augen vor, wundere mich über den zur Schau gestellten Gleichmut Jeremiahs, der ja für die brechenden Augen das Letzte gewesen sein muss, was sie in diesem Leben gesehen haben.

Aber die Gewalt strömt nicht nur aus den offenen Wunden dieser Stadt, sondern pulsiert unter ihrer Haut, unter der Haut jedes Einzelnen, unter der Häftlingstätowierung jeder jüdischen Passantin, auch unter meiner Haut, die aus der Haut Apapas gemacht ist. Wie viele Tante Paulas mag es geben hinter all den Fensterhöhlen, die bis hoch zum Curaçao-blauen Himmelszelt steigen?

»Kuck dich um, und du wirst in den Lejtchens hier viel

Scheenheit finden«, sagte sie liebenswürdig und in überraschend gutsortiertem Rigenserdeutsch, als ich heute am frühen Morgen im Zustand der Hysterie ihre Tür mit einer solchen Wucht aufriss, dass die Nummer 505 klirrend herunterfiel und Tante Paula sie mit Pattex wieder drankleben musste.

Natürlich beschwichtigte sie. Natürlich versuchte sie abzulenken, griff zu ihrem Zeichenblock und karikierte meine Aufgebrachtheit, so, wie sie vor fünfzig Jahren die von Doktor Bludau karikiert hat. Vermutlich wurde einst auch Apapas Konterfei von ihr zu Papier gebracht, und Sturmbannführer Rosen sah im Ballett ihrer schmissigen Bleistiftstriche so selbstgerecht und lächerlich aus wie ich vorhin. Er hatte auch dasselbe Kinn.

Sie habe mir nur die Wahrheit mitteilen wollen, entgegnete Tante Paula nachdenklich, während sie weiterzeichnete. Apapa sei ein guter Mensch gewesen. Er habe ihr geholfen. Der Rest sei bekannt.

Nein, der Rest ist mir nicht bekannt. Er ist mir sogar vollkommen unbekannt. Wieso ist das Dokument nicht vollständig? Wieso endet es ausgerechnet »behufs Mittagspause«? Was hat es überhaupt in dieser obskuren Mittagspause an Speis und Trank gegeben mit dem hochnäsigen Herrn Konsul? Was die Küche des National Arts Clubs so hergibt? Pasta? Pochierte Kartoffeln? Coq au vin? Und danach Bagels und guten baltischen Kaffee? Soll ich mit Speiseabfolgen in meinen Gefühlen manipuliert werden? Gefühle sind tödliche Waffen. Worte sind Munition. Die Mittagspause ist der Hauptverbandsplatz.

»Bitte Lieberchen, ich mechte einfach nich, dass du und

dejn Vater sich kabbeln, nur wejen Apapa«, seufzte sie bekümmert. »Apapa hat sejn Frien jefunden.«

Sejn Frien jefunden. Erstaunlich, wie sehr einen doch sprachliche Folklore mit Wärme flutet, ja, mit Frieden.

»Was kann man nur froh sein, dass er den Prozess nich mehr erleben muss«, fuhr sie fort. »Nach der Mittachpause hat der Herr Konsul vom Ableben dejnes Großvaters jeheert. Wurde antelefoniert von Deutschland. Ein richtjer Gentleman, der Herr Konsul. Hat die Befragung nich fortjesetzt. Respekt!«

»Und das soll ich glauben?«

»Jenau so ist es jewesen. *Believe me.* Du kennst doch das Todesdatum dejnes Großvaters? Und hier, nu sieh mal ...«, ihr alter Elfenfinger, an dem ein Goldring mit Perle steckte, pochte auf das Vernehmungsprotokoll, das ich ihr auf den Tisch geknallt hatte: »Am nämlichen Tag fand die Vernehmung statt. *Same day.*«

Das stimmte zwar. Aber ich konnte mir, sosehr ich ein Verehrer des Zufalls und seiner dramatischen Möglichkeiten bin, eine solch spontane und noch dazu zwingend richtige Reaktion eines deutschen Spitzenbeamten einfach nicht vorstellen. Natürlich macht es keinen Sinn, eine Zeugin zu verhören, wenn der Angeklagte soeben gestorben ist. Ja, ein Konsul muss Zeit und Steuermittel sparen, wo immer er kann. Aber so unmittelbar? Hat ihm ein schmackhaftes Dessert in diese Entscheidung hineingeholfen? Und wieso wurde dann überhaupt noch das Protokoll ordentlich abgetippt?

Irgendeine Ausschweifung, eine emotionale oder moralische, muss für Tante Paula ausschlaggebend sein, mir die Fortsetzung ihrer Aussage vorzuenthalten, dachte ich erbittert. Ein Schmerz, eine Peinlichkeit, irgendeine Sorge oder ein tiefer Glaube an angemessene Unaufrichtigkeit.

Aber sie hat Krebs und kann machen, was sie will, und das tut sie auch.

»Was mich betrifft«, sagte sie nämlich, »bald werd ich das Leffelchen herjeben, und dann kommt der Kuhlengräber. Wie albern, wenn manche sagen, man könne sich darauf vorberejten. Pustekuchen. Mir blejbt nur das Unbekannte. Aber das Unbekannte muss ja nich schlecht sein. Ich werde packen, das Bild von Mister Hertzlieb küssen, fortjehen und mit ihm gläichziehen.«

Sie legte mir die zerknitterte Hand auf die Wange, die sich kalt und glibberig wie Seetang im Meer anfühlte und genauso schlecht abging.

»Es ist scheen, dass ich dich vor der Abrejse noch einmal sehe, mein Junge. Die Wahrheit ist, dass dejne Familie viel Jescheites hat. Du sollst nich bedripst sein wejen der Vergangenheit. Dejn Leben dampft vor dir wie ein frisch jebrühter Tee am Morjen.«

Sie zwinkerte mir zu – von einem Lächeln entstellt, das nicht das Geringste mit dem zu tun hatte, was in mir vorging – und säuselte mit heller Stimme: »Und wejßt du was? Dejne Filmjenossen können hier unterkriechen. Sie sind im Club willkommen. Und du erst recht.«

»O nein, Tante Paula, ich werde ganz bestimmt nicht hier wohnen!«

»Aber natierlich!«

»Auf keinen Fall.«

»Ich habe mit dem Manager jesprochen. Dejn Professor hat ihn ehmfalls antelefoniert. Ist das nich wunderbar? Und halt mal stille, Jonaslieberchen, beim Porträt muss man heftig stillehalten.«

»Ich werde nicht bei dir einziehen und mir die ganzen Wochen irgendeinen Quatsch über Apapa anhören.«

»Aber das musst du doch nich.«

»Genau, das muss ich doch nicht.«

Ich floh.

Direkt von Tante Paula führte ich meinen Jammer unter einem matschigen Himmel durch die ganze Fifth Avenue spazieren, drei Kilometer weit, bis hoch zum Goethe-Institut. Die Knochen schwer. Die Augenlider in den Kniekehlen.

Ich werde dem National Arts Club fernbleiben. Ich werde dem Impuls entkommen, meine Kamera aufzustellen, den 800-Kinoflo-Lampenkoffer auspacken und der gut ausgeleuchteten Tante Paula jene Fragen stellen, die so naheliegend scheinen: *Warum wurdest du nicht erschossen, Tantchen? Wieso hat Sturmbannführer Rosen dich gerettet? Wie wurdest du das Kindermädchen meines Papas?*

Beruht nicht jeder gute Film auf UNERHÖRTEN FRAGEN?

Will uns Lila von Dornbusch nicht vor allem beibringen, persönliche, das eigene Ich zerwühlende Filme zu drehen, indem man UNERHÖRTE FRAGEN stellt? UNERHÖRTE FRAGEN IN GROSSBUCHSTABEN, so wie Mah und Lila es mögen. Und ist die Maßnahme, diese UNERHÖRTEN FRAGEN zunächst um Geschlechtsteile kreisen zu lassen, und zwar um die eigenen, nicht nur ein erster Schritt, sich peinlichen, schmerzhaften ERKENNTNISSEN auszusetzen? Könnte ich also mit Lilas Fokussierung auf das Kreatürliche und mit der von ihm geforderten Rücksichtslosigkeit nicht auch Tante Paula AUF DEN GRUND gehen?

Was für ein Dokumentarfilm wäre das: *»Junger Regiestudent stößt auf Familiengeheimnis um mysteriöse Holocaust-Überlebende!«; »Erschütternde Mord-Details aus verruchter NS-Zeit!«; »Sich selbst bemitleidender Filmemacher wird mit Max-Ophüls-Preis getröstet!«*

Aber das ist unmöglich.

Genau diesen Nazischeiß werde ich auf keinen Fall machen. Die einzige Rettung vor dem Selbstekel, der mich flutet, die einzige Selbstliebkosung, die mir einfällt, ist das Ohr.

Das Ohr, das für nichts anderes als sich selbst steht: zwanzig Gramm Fleisch und Knorpelmasse.

Ich sage mir: Mach diesen großartigen oder weniger großartigen, vom Meisterdilettanten Lila von Dornbusch inspirierten Film über das menschliche Ohrläppchen, widme dich dem kompletten, weit über das Ohrläppchen hinausreichenden Mysterium eines fatal unterschätzten Sinnesorgans. Schildere deine persönliche sexuelle Freude daran. Überlasse dich dem Glück, nicht dem Unglück. Dem Guten. Nicht dem Bösen. Dem Menschlichen. Nicht dem Unmenschlichen.

Man macht doch keinen Film, um Kopfschmerzen zu kriegen oder sich zu übergeben.

Ab jetzt werde ich jede Minute in New York nur noch an Ohren denken.

Und natürlich an Sex mit Ohren.

Auch wenn es schwerfällt.

Deshalb also rettete ich mich ins Goethe-Institut. Irgendwo muss man ja anfangen mit den nötigen Recherchen. Und dies war der einzige Ort, der einem deutschen Filmstudenten mit Interesse an bizarren Informationen zur Verfügung stand.

Ich stieg hoch in den zweiten Stock und betrat den kleinen Raum der Filmabteilung.

Die Meerjungfrau saß alleine in dem Zimmer, über ihren Schreibtisch gebeugt, inmitten eines frischen Apfelshampoo-Duftes, der ihrem Haar entströmte. Als ich hereinkam, schob sie eilig etwas unter einen Stapel Papier und hoffte, dass ich es nicht gesehen hatte.

Ich deutete auf das GERMANY-ROCKS-Plakat mit dem im Schnee glitzernden Neuschwansteinschloss und teilte ihr mit, dass die Unterkunftsfrage der Dornbuschler, wie sie uns alle nennt, geklärt sei. Und zwar auf ganz ähnliche Weise, wie König Ludwig II. sie geklärt hätte.

»Der National Arts Club?«, freute sie sich, als ich die Adresse nannte. »Das ist doch schön, dann kommst du endlich aus diesem Loch raus mit der unglaublichen Kloschüssel.«

»Nein. Ich bleibe dort.«

»Bei diesem Freak und seiner Kakerlakenfamilie?«

»Im Neuschwanstein-Club wohnt ein noch größerer Freak, das kannst du mir glauben.«

»Wer denn?«

»Meine Tante.«

»Hast du ihren Brief gelesen über deinen Großvater, von dem du …?«

»Ja.«

Ich setzte mich. Es ging nicht anders. Dann merkte ich, wie mir die Tränen hochstiegen. Man muss sich von innen in die Wange beißen, das lenkt den Schmerz auf einen anderen.

»Geht es dir nicht gut?«

»Doch, alles in Ordnung.«

»Soll ich dir einen Tee bringen, oder willst du lieber alleine sein?«

»Es tut mir leid, wirklich, es geht schon.«

»Okay.«

»Echt ein interessanter Tag.«

»Bleib einfach sitzen. Hollie ist heute nicht da. Niemand sieht dich. New York hat mich auch völlig fertiggemacht am Anfang.«

Wir saßen uns gegenüber. Sie griff zum Telefonhörer und führte ein nichtiges Gespräch, um mich nicht mit ihrer Aufmerksamkeit verlegen zu machen. Ich schien sie nicht zu stören. Sie kann einem so was mitteilen, ohne Worte zu benutzen oder Augen.

Als sie aufgelegt hatte, erklärte ich ihr, dass ich Auskünfte über das menschliche Ohr bräuchte, und zwar medizinische, biologische, ästhetische und philosophische, jedenfalls fundierte, am besten aus einschlägiger Fachliteratur.

»Unsere Hausbibliothek führt so was nicht«, erwiderte sie nach einigem Nachdenken. »Aber du könntest ins Museum of Natural History gehen. Die haben alles.«

»Ist das weit?«

»Nein. Liegt unserem Haus direkt gegenüber. Auf der anderen Seite des Parks. Upper West Side. Toller Blauwal an der Decke. Ist eine Viertelstunde von hier.«

Sie wedelte mit ihrer Winzhand irgendwohin Richtung Fenster.

»Da hat man einen wunderbaren Blick auf den Central Park und die Skyline der 59. Straße. Da gehen wir jetzt hin, ja?«

»Ich will dich nicht von der Arbeit abhalten.«

»Du bist doch meine Arbeit. Und außerdem ist sowieso gleich Mittagspause.«

Ich konnte ihr schlecht erklären, warum ich dem Konzept der Mittagspause derzeit keine großen Sympathien entgegenbringe, aber sie zeigte auf den Schreibtisch ihrer abwesenden Chefin und fügte hinzu: »Hollie hat mich dir zugeteilt als Betreuerin.«

»Ich brauche eine Betreuerin?«

»Die ganze Gruppe«, nickte sie. »Es gibt doch eine Veranstaltung von den Dornbuschlern am 10. Oktober in unserem Kino. Da zeigt ihr eure Filme, oder?«

»Kann sein, hab ich vergessen.«

»Ich organisier das.«

Stimmt, wir sollen den New Yorkern, gewissermaßen als Visitenkarte, unsere Zweitjahresfilme präsentieren, die Professor von Dornbusch allesamt »spießig«, »furchtsam« und »kacke« findet. Lila will zuvor gemeinsam mit uns auf der Bühne *O Tannenbaum* schmettern, am liebsten nackt, um das amerikanische Publikum gnädig zu stimmen. Die uns betreuende Meerjungfrau hat noch keine Ahnung, welch hypnotische Peinlichkeitspower auf sie wartet. Entsprechend unbefangen führte sie mich durch den Central Park hinüber zum wirklich beeindruckenden Museum of Natural History.

Der Anblick all dieser Dinoskelette, die in der monumentalen Eingangshalle rumstanden, munterte mich allerdings nicht gerade auf. Um ihren Unterhaltungswert zu steigern, hatten die Restauratoren sie in Kämpfe miteinander verwickelt: Ein Barosaurus-Skelett verteidigte sein Baby-Barosaurus-Skelett gegen ein hungriges Allosaurus-Skelett, eine schöne Allegorie ewiger Vergeblichkeit. Wo ich auch hinsah: nichts als Knochen.

Die ratlose dicke Schwarze am Informationsschalter, die ich um Auskunft bat *(»Where can I find the whole human knowledge about ears in New York?«)* schickte uns in die Abteilung »Human Biology«. Da gibt es aber nur ein sehr gutes Diorama mit Neandertaler-Skeletten, die vor einem Fernseher sitzen.

Aber nirgendwo Ohren, Ohrmuscheln, Mittelohrentzündungen, Trommelfell, Hammer, Amboss, Steigbügel oder wenigstens Gehör.

Was wir stattdessen erfahren: Eine Blauwalmutter produziert täglich 200 Liter Muttermilch, um ihr Baby zu säugen. Gorillas hingegen trinken nicht. Noch kein Mensch hat in freier Wildbahn einen Gorilla trinken sehen.

Die haben hier tatsächlich einen ganzen Blauwal in die große Ausstellungshalle gehängt. Typisch Amerika.

Die Erklärungstafeln sehen ganz anders aus als in Deutschland, wie Comics, so dass auch die wissensdurstigen Analphabeten aus den Ghettos orientiert sind, wenn sie in Scharen ins Museum strömen. Bei den Eisbären steht zum Beispiel: »Eisbären essen gerne Fisch, Robben, Vogeleier und Eskimos.«

Die Meerjungfrau fand heraus, dass die Museumsbibliothek erst eine Stunde später öffnete. Zum Trost wollte sie mir unbedingt ihren Lieblingssaal zeigen, den Alexander-von-Humboldt-Saal, der logischerweise dem großen Naturforscher Alexander von Humboldt gewidmet ist.

Sie erklärte mir eifrig den Nutzen all der in Vitrinen aufgereihten Sextanten, Inklinatorien, Fernrohre, Längenuhren, Barometer und Thermometer, die Humboldt einst bis ins Amazonasbecken geschleppt hatte, wenn auch nicht persönlich, sondern mit Hilfe der wie Fliegen sterbenden Sklaven, deren erotische Gefälligkeiten er die Muße hatte, im Fieberwahn entgegenzunehmen. Auch das erklärte sie mir in der Überzeugung, dass ich Erklärungen von ihr erwartete, obwohl ich gar nichts von ihr erwartete, außer dass sie sehr bald aufs Klo gehen würde, das erwartete ich, denn dass sie eine schwache Blase hat, ist das Einzige, was ich mit Sicherheit weiß.

Sie hatte ein Butterbrot mitgebracht, packte es aus, teilte es mit mir, und wir setzten uns in eine kleine Nische, gegenüber von einem ausgestopften Humboldt-Pinguin.

»Mein Vater ist Zoologieprofessor«, sagte sie kauend, obwohl mir das bereits bekannt war, »er weiß alles über Pinguine.«

»Du musst hier wirklich nicht mit mir rumhängen«, versicherte ich gütig, »ich komme schon alleine zurecht.«

»Ach, es fällt mir so schwer, mich zu motivieren.«

Eine eigenartige Bemerkung. Außerdem hätte ich ihr einen starken Willen unterstellt. Aber sie sagte, sie brauche »eine Aufgabe«. Und nun habe sie eine, und ob ich ihr bitte erklären könne, wer Dieanderenfünf seien, was für Vor- und Nachteile sie hätten, sowohl filmkünstlerisch als auch charakterlich, und wie sie sich am besten auf sie einstellen könne.

»Bist du eine Streberin?«, fragte ich.

Nele Zapps schmales, verwöhntes Meerjungfrauengesicht zog sich wie ein ausatmender Fisch zusammen. Sie war verletzlicher, als ich gedacht hätte. Ihre vollen Lippen spitzten sich, und ihre Finger griffen zur Brille (nicht die Slumbrille, sondern die andere), um sie nervös zurechtzurücken.

»Na und?«, sagte sie spitz, »ich bin halt furchtbar neugierig und will alles über dich wissen.«

Danach erfuhr ich, dass sie lange in Frankfurt studiert hat. Sieben Jahre Germanistik. Ist jetzt neunundzwanzig. Weiß aber, dass sie viel jünger aussieht. Liebt Emily Brontë. Hat Aufbaustudium Journalistik absolviert. Isst gerne Butterbrote. Sie war mal ein unglückliches, unstetes Mädchen, das oft in unerklärliche Stimmungen verfiel, nimmt jetzt aber viel Aspirin. Sie geht oft ins Naturkundemuseum, weil ihr Vater Zoologieprofessor ist. Dass er Zoologieprofessor ist, sagte sie insgesamt viermal. Vielleicht auch fünfmal. Sie hat deshalb auch eine Dauerkarte für jedes Naturkundemuseum jeder Stadt, in der sie lebt, um ihn nicht zu enttäuschen. Viele halten sie für aufdringlich und übergriffig, dabei wird sie nur von der unschuldigen Gier nach Anerkennung angetrieben. Leider hat sie nicht die geringste Ahnung, wer ich bin und was ich möchte.

»Aber entschuldige, du hast mich nichts gefragt. Seit zwanzig Minuten redest du ohne Unterlass.«

»Echt? Und warum unterbrichst du mich nicht?«

Dann musste sie, wie ich das schon geahnt hatte, wieder mal aufs Klo. Sie bat mich, auf ihre Handtasche aufzupassen, schaute mir dabei mit ihrem grün veralgten Blick in die Augen.

Kaum war sie davongestoben, nahm ich ihre Tasche in Augenschein, spielte an dem Verschluss herum und konnte selbst kaum glauben, mit welcher Selbstverständlichkeit ich ihn schließlich öffnete.

Ich fand: Haarklemmen, einen weißen Kamm mit jeder Menge dunkelblonden Haaren dran, kleine Holzkästchen für Haschisch, in denen aber Sicherheitsnadeln, billiger Indianerschmuck und drei Tampons lagen (mittlere Größe), Creme für Lippen und Creme für Augen, eine Musikkassette mit Walgesängen, jedenfalls stand das auf der Kassette (*»Pott- und Blauwale, in Liebe Deine Merschi«*), zwei Kamillenteebeutel, mehrere Fotos von abscheulichen südamerikanischen Spinnen, frische Unterwäsche und andere Teile, die zur Grundausstattung einer mobilen jungen Frau gehören, aber auch, sehr überraschend, einen einzelnen Herrenschuh.

Es ist ein warmer Trost, in die Intimsphäre von jemandem vorzudringen, der dich am Boden sah. Vielleicht, dachte ich, ist es sogar die Absicht einer Betreuerin, ihrem Betreuten die persönlichsten Abdrücke ihres Daseins zu präsentieren. Mir fiel tatsächlich kein anderer Grund ein, wieso eine Meerjungfrau einem Fremden ihre Handtasche anvertrauen könnte, anstatt sie mit aufs Klo zu nehmen.

Ich glaube, Nele Zapp will sich interessant machen. Interessant und mysteriös. Aber damit das wirklich funktioniert, hätte in dem Herrenschuh schon ein abgesägter Fuß stecken müssen.

Als sie zurückkehrte, erhielt sie ihr gefleddertes Eigentum von jemandem mit undurchdringlicher Unschuldsmiene zurück, dessen wie nach einem Fünftausend-Meter-Lauf ausgetrockneter Mund sagte: »Hör mal, ich glaube, ich geh jetzt mal hoch in die Bibliothek und suche die Ohrenbücher.«

Sie antwortete, dass es sie sehr gefreut habe, mit mir die Mittagspause zu verbringen, und wie sehr sie hoffe, dass es mir ein wenig besser ginge als zuvor. Sie lächelte mich bezaubernd an, nahm ihre Handtasche wieder an sich, schaute hinein, runzelte die Stirn und summte beiläufig: »Willst du wissen, wie du mich erreichen kannst?«

In ihrer Stimme steckte sowohl Routine als auch etwas kreidig Lauerndes. Ich nahm meinen Kuli, zog die Kladde hervor, und sie diktierte mit weichem Frankfurter Duktus. Sicher war es nicht das erste Mal, dass man ihre Nummer notierte, und in ihrem spöttischen Blick lag die Frage, was wohl diesmal daraus werden würde.

Ich bin ein wenig beunruhigt. Nele Zapp entspricht geradezu idealtypisch den Kriterien einer Sommerfrau.

Ich schiebe es aber auf sexuelle Unterversorgung, dass ich mich nach dem Goodbye erleichtern musste. Besorgte mir eine schöne Toilette unten im Museum und nahm mich mit Langmut meines vereinsamten Schwanzes an.

So wurde ich auch für ein paar Minuten meine Verzweiflung los.

9. Tag (Nachtrag)

Mittwoch, 25. 9. 1996, Mitternacht

Als Mah und ich einander noch ganz frisch kannten, erst am Beginn der Reise zu dem jeweils anderen waren und unsere Körper und Seelen erforschten wie, so darf man nach dem gestrigen Tag wohl sagen, Alexander von Humboldt den Orinoco (neugierig, aber auch gewissenhaft, erobernd, ab und zu natürlich auch tropenkrank), musste ich erzählen, wie viele Frauen ich vor ihr gehabt hatte.

Es waren nicht sehr viele gewesen, denn meine Schülerehe mit Mona hatte die Möglichkeiten begrenzt.

Dennoch war Mah fassungslos, weil sie fand, dass ich bis zu ihr nur Sommerfrauen geliebt hätte.

Eine Sommerfrau ist schwierig zu erklären. Es gibt sie ja auch nur, weil Mah Verallgemeinerungen und Vereinfachungen für eine ausgezeichnete Möglichkeit hält, die verwirrende Vielfalt des Lebens in den Griff zu bekommen.

»So arbeitet doch jeder Wissenschaftler«, verwarf sie meine Skepsis. »Einstein hat seine Erkenntnisse auch so lange vereinfacht, bis für die gesamte Relativitätstheorie eine Formel aus zwei Buchstaben heraussprang. E ist gleich m mal c hoch 2.«

»Das sind drei Buchstaben.«

»Ich meine die Buchstaben hinter dem Gleichheitszeichen.«

»E ist gleich Sommerfrauen mal Winterfrauen hoch zwei?«

»Willst du dich über mich lustig machen?«

Ich mache mich nie über Mah lustig. Diese Art Herabwürdigung der humanoiden Weiblichkeit auf zwei Buchstaben (noch dazu Konsonanten) ist aber in meinem sonstigen Bekanntenkreis eher Leuten wie Markus Silberschmidt vorbehalten, unserem Torwart in der Avanti-Dilettanti-Mannschaft. Er ist Mathematiker und liebt binäre Modelle, vor allem in der Umkleidekabine. Dort teilt er alle Frauen, die er grundsätzlich »Damen« nennt, in »Ziegendamen« oder »Kuhdamen« ein. Das einzige Kriterium, in welche Kategorie eine Dame fällt, ist ihre Körbchengröße.

Dennoch ist Markus Silberschmidt für Mah kein Sommermann oder Wintermann, sondern ein sexistisches Arschloch. Die Kategorisierung nach Jahreszeiten behält sie dem eigenen Geschlecht vor. Sie nennt das Abstraktion.

Nach Mahs Meinung ist eine Sommerfrau gar keine richtige Frau, sondern die Projektion von Typen wie Markus Silberschmidt. Eine Art lebender Wichsvorlage, die sich selbst zur Inkarnation von Männerphantasien macht. Eine Sommerfrau braucht Anbetung, männliche Hege und Pflege, eine Gartenschere, weil sie wie wilde Hecken wächst und geschnitten werden will, nach ihren Vorstellungen, aber gedüngt mit den Exkrementen des Mannes (oder zumindest seinem Geld).

Sie erwartet, dass man sich an ihr abarbeitet.

Sommerfrauen sind Schönwetterfrauen, kennen den Regen, aber nicht die Kälte. Sie sind gewohnt, dass ihre Träume wichtig sind. Niemals zügeln sie ihren Leichtsinn, sind ausgelassen, verschwenderisch und unemanzipiert. Oft haben sie spitze, verlogene Nasen, sind launisch und anspruchsvoll und lieben Handtaschen und sich selbst. Viele leben gerne in Frankreich.

Die Winterfrau hingegen ist autark. Sie wohnt in ewigem Permafrost. Sie ist in einer gewissen Genügsamkeit dem Wetter gegenüber aufgewachsen. Verantwortungsvoll und groß ist sie im Schmieden von kleinen Plänen. Zuverlässig. Eine Gartenschere braucht sie nicht, warum auch, auf ihr liegt immer Schnee. Ihre vielen Ängste bezähmt die Winterfrau alleine, von Psychiatern, besten Freundinnen und Tagebüchern einmal abgesehen. Männer sind Teil der feindlichen Natur. Ebenso Frauen.

Die Winterfrau kann alleine leben, die Sommerfrau niemals.

Für niemanden, der die kurze und schmerzhafte Via Dolorosa des Lebens beschreitet, hat die Schöpfung einen Beglückungsauftrag. Findet die Winterfrau. Die Sommerfrau sieht das ganz anders.

Winterfrauen halten sich für kahle Bäume in einem Wald kahler Bäume. Sie fühlen sich farbloser als ein Novemberhimmel, sogar, wenn sie wahnsinnig schön sind oder wahnsinnig klug oder wahnsinnig temperamentvoll; aber in ihrem Inneren spielt die Musik.

Die Sommerfrau darf jeder bewundern.

Die Winterfrau liebt knallharte Exklusivität. Wen sie einmal in ihr Iglu lässt, den wird sie auf ewig beschützen. Aber man darf sie nicht täuschen und niemals und unter keinen Umständen betrügen.

Wie um Himmels willen soll Tante Paula in diese Frauenzeitschriftsprosa passen?

Kann jemand, der vergewaltigt, misshandelt und jahrelang gedemütigt wurde, dessen gesamte Familie man erschossen oder vergast hat, dessen Jugend in ein explodierendes Armageddon verwandelt wurde und der alle Spielarten menschlicher Niedertracht erlitten hat, kann so jemand eine Sommerfrau sein? Denn nur eine Sommerfrau lässt sich nackt von Balthus malen. Nur eine Sommerfrau heiratet einen Bankier, um ihre Kunst alimentieren und sich für ein Vermögen in den exklusiven National Arts Club einquartieren zu lassen. Und nur eine Sommerfrau, oder eine perverse Heilige, verzeiht meinem Großvater, sie nach Hans Holbein gefragt zu haben, um danach alle ihre Mitbewohner hinzurichten.

Was ich erfahren habe, ist so beängstigend, raubt auf dermaßen nachhaltige Weise den Verstand, ist derart brutal für Geist und Seele, dass ich gerne mit Mah darüber sprechen würde. Und sei es, weil ich auch nur mit ihr darüber schweigen kann.

Aber Mah ruft nicht an. Und ich rufe Mah nicht an. Wir sind zehntausend Kilometer voneinander entfernt. Und zum ersten Mal spüre ich es auch.

Wieso Tante Paula meint, ich könne Apapa als Mutter Teresa der ss betrachten, nur weil er sie von seinen umfassenden Vernichtungsaktionen in Riga ausgenommen hat, verstehe ich nicht.

Vielleicht könnte es Mah verstehen.

Sie kannte meinen Großvater. Als er zum ersten Mal von meiner »neuen Flamme« gehört hatte (Originalsprachgebrauch kapriziöser Balten), fragte er mich am Telefon, wie meine Freundin denn heiße.

Ich sagte: »Sie heißt Mah Kim Namgung.«

Apapa schwieg kurz, erwiderte dann: »Ach wie schade«, und wollte mit meinem Vater reden.

Einmal ist er ihr bei unserem Familientag begegnet, unten am fränkischen Keibelberg, wo Apapa in seiner Version eines rechtschaffenen protestantischen Architekten für die evangelische Landeskirche Bayerns eine Jugendbegegnungsstätte errichtet hatte, schon in den fünfziger Jahren. Da war Mah vielleicht platt, diese ganzen Lieder am Lagerfeuer zu hören, die Geschichten von der Düna, von den baltischen Ordensrittern und unserer erlauchten Abkunft.

Apapa hat ihr einen Handkuss gegeben, und was für einen, denn irgendwie geriet ihr kleiner Finger dabei in seine Mundhöhle. Danach versuchte er, sie auf seinen Greisenstelzen zu einem gichtigen Walzer aufzufordern. Walzer ist aber nicht so ihrs. Sie hat nie eine Tanzschule besucht. Sie hat keine Ahnung, wie ein züchtiger Knicks geht. Natürlich kann sie abhotten. Natürlich weiß sie auch die alten Säcke in ihrem Pater-Rupert-Mayer-Heim mit rhythmischer Gymnastik zu trösten, zu dem Vibrato Zarah Leanders. *Davon geht die Welt nicht unter* kennt sie sogar in- und auswendig, der Tophit im Sterbehospiz.

Mit Apapa aber wollte Mah einen solchen Zirkus nicht veranstalten. Leider hat sie ihm das nicht gesagt. Ihre Scham war zu groß. Sie schämte sich, eine schlechte Tänzerin und eine gelbe Gefahr zu sein. Das sah man schon an der Art, wie sie sich auf der Tanzfläche bewegte, nämlich gar nicht. Sie stand einfach da, mit hängenden Schultern, während mein verdörrender Großvater mit seinem schlechten Atem ihre Gesichtsröte fortblies.

Am nächsten Tag wurde das traditionelle Familienfoto zelebriert. Alle vierundachtzig anwesenden Mitglieder der Familie Rosen stellten sich im Innenhof des Keibelberger Landhotels in unruhigen, aber lächelnden Reihen auf. Es war auch derselbe Fotograf da, der jedes Jahr kommt. Er machte die gleichen Witze wie immer.

Als er aber das Foto geschossen hatte und von seiner Leiter herabgestiegen war, trat Apapa nach vorne, legte ihm die Hand auf die Schulter, drehte sich zu uns um und krächzte, alle sollten bitte stehen bleiben, wo sie stünden, er wolle noch um ein »richtjes« Familienfoto ersuchen.

Daher lächelte er Mah charmant zu und winkte sie beiseite, nicht so, wie man einen Spatz verscheucht, dafür war er viel zu chevaleresk. Er benutzte eher eine Multifunktionsgeste für große Bälle und Stiftungsfeste, mit der man als *maître de plaisir* unerwünschten Korporationsgästen bedauernd signalisiert, dass die *piste de danse* leider voll ist und sie auf den nächsten Tanz hoffen sollen.

Verdattert ließ Mah meine Hand los und trat gehorsam aus dem Glied, um mir verlorenzugehen. Apapa schlurfte zurück zu Amama, als ob nichts wäre, und grinste in die Kamera hinein, als ob erst recht nichts wäre.

Danach wurden nicht vierundachtzig Mitglieder der Familie Rosen abgelichtet, sondern dreiundachtzig. Es hätten natürlich zweiundachtzig sein müssen, aber ich war in Schockstarre gefangen und konnte mich nicht bewegen, obwohl mein Gehirn und das zu einem Kolibri geschrumpfte Herz Mah folgen wollten.

Sie stand ganz alleine außerhalb der Cadrage, in einem extra für diesen Anlass gekauften Kleid, das nicht billig, aber bunt war und einen malerischen Kontrast zu dem stahlgrauen Müllcontainer abgab hinter ihr, in den sie sicher hineingehüpft wäre, wenn irgendjemand aus meiner verfluchten Familie darum gebeten hätte.

Dennoch lächelte sie.

Alle lächelten.

Ich ließ mich inmitten der Meinen ohne Mah verewigen. So fühlte ich mich: ohne Mah verewigt. Und anstatt die Meute zusammenzuschreien, was erst Stunden später geschah, lachte ich über den kleinen Stolperer des Fotografen, den er am Ende absichtlich einbaute, um uns allen aus der Verlegenheit zu helfen, da bin ich sicher.

Mitten in der Nacht weckte ich Mah, beziehungsweise hätte ich sie geweckt, wenn sie geschlafen hätte. Wir packten unsere Sachen und fuhren mit dem kleinen Renault davon, den sie sich vom Krankenschwestergehalt abgespart hat.

Sie hat immer alles mit mir geteilt, was irgendeinen Wert besitzt, ihren Renault, ihr Geld, ihre Sehnsüchte und ihre wunderschöne Furcht vor Veränderung. Was ich mit ihr hätte teilen müssen, die Sekunden an der Mülltonne, ließ ich sie alleine tragen.

Sie hat mir verziehen, weil ich aus der Fototasche des Fotografen, die er vor dem Badezimmer abgestellt hatte, in dem er verschwand, alle belichteten Filme herauszog und zertrampelte, im Beisein meiner blonden Tante Helga.

Ich weiß, dass mich Mah, eine Winterfrau, ansonsten verlassen hätte.

Vietnamesinnen kennen die Festung Familie, ihre Uneinnehmbarkeit, ihre Mauern aus Stahlbetonloyalität.

Feigheit vor den Vätern ist ein konfuzianisches Gebot.

Apapa habe ich den Brief nicht abgeschickt, in den mich die Wut trieb und der heute noch in meiner Schublade liegt und mit *»Lieber Apapa, du wirst diesen Brief womöglich nicht verstehen können«* beginnt.

Drei Monate später war mein Großvater tot.

Ich ging heute in die Museumsbibliothek und konnte mit dem Ausweis der Meerjungfrau vier Bücher ausleihen: *Die sexuelle Reaktion* (von Masters & Johnson). *Was Ohren verraten. Risiken. Chancen. Genialität* (von Peter Moore). *Das Ohr. Anatomie, Pathologie und Physiologie des Ohres für Hörgeräteakustiker* (von drei Ärzten aus Australien, ein Klassiker). Und *Was ist Schall?* (von einem gewissen Dr. Luther Lightinghouse).

Wie freue ich mich darauf, intensiv über das Leben der Ohren nachzudenken.

10. Tag

Donnerstag, 26. 9. 1996

Ich bin doch in diesem Film aufgetreten von Kerstin.

Sie zeigte mir und Redford heute Morgen in der Filmakademie ihre Muster. Am Schneidetisch.

Ich durfte links von ihr sitzen, weil der Hauptdarsteller immer links von der Regie sitzt, wie der Amidozent erläuterte. Er selbst saß rechts von der Regie, wo Gurus, Produzenten und selbstverliebte Amidozenten sitzen.

Der Kameramann gehört zum Fußvolk, und Redford, das arme Schwein, musste daher irgendwo im Hintergrund Platz nehmen. Von dort warf er ab und zu Fussel seines Pullovers auf den Amidozenten und schaute mit Bittermiene auf den Monitor, über den seine schönen, stummen Bilder ratterten.

Ich war beeindruckt, wie sehr ich auf Zelluloid nicht nur Papa, sondern auch Apapa ähnele. Die Falten unter den Augen. Das Doppelkinn. Der deutliche Überbiss, der uns dreien, vor allem im Profil, ein kaninchenhaftes Aussehen gibt. So muss Apapa einst vor Tante Paula gestanden haben, die Totenkopfmütze leicht in den Nacken geschoben, fast wie ein Basecap.

Ich fragte die Regisseurin, was sie sich bei dem Film

gedacht hat und wie sie ihn schneiden will. Kerstin ist ein rustikaler, lauter Typ. Sie redet gerne, kann aber auch mit zweihundert Worten pro Minute nicht erklären, warum sie einen SS-Offizier durch New York rennen lässt. Sie sagte irgendwas von »nötigem Schockeffekt«. Vielleicht wollte sie den für Deutsche einfach naheliegendsten Kulturfilm machen (der zweitnaheliegendste wäre über einen Urbayern in Lederhosen gewesen, der hätte aber keine Luger-Parabellum in der Hand halten können).

Erst in den Mustern war zu erkennen, dass im zweiten Take ein NYPD-Cop auf der anderen Straßenseite instinktiv zu seiner Waffe greift, als er mich mit der Knarre rumfuchteln sieht.

»You're a lucky guy«, knurrte der Amidozent und fixierte mich, *»you could have been shot that day.«*

Er war ziemlich sauer und hielt Kerstin eine Standpauke, bis ihre Ohren so rot waren, dass sie mich auch beruflich interessierten. Ohne Drehgenehmigung einen vollbewaffneten Sturmbannführer auf dem Broadway rumschreien zu lassen, zischte er, das sei *»flirting with disaster«*.

Auch der Hinweis auf die Originaluniform von Hugo Boss konnte ihn nicht besänftigen.

Kerstin ist wirklich nett, warmherzig und leichten Sinnes, nascht gerne Süßigkeiten und nimmt statt Hustensaft immer Strawberry Daiquiri (ein rotes Eisgetränk).

Wir unterhielten uns später über ihre roten Ohrläppchen, und sie musste lachen, weil sie sich noch niemals mit jemandem über Ohrläppchen unterhalten hatte.

Ein wenig erinnert sie mich an die Gattin von Humbert

Humbert aus Nabokovs *Lolita,* die ja dann leider vor ein Auto rennt.

Kerstin ist mal mit zwei Strohhüten auf dem Kopf und einem Aborigines-Speer in die USA eingereist. Als die Zollbehörden wissen wollten, was in diesem langen, mit Plastik umhüllten Köcher stecke, und sie *»Oh, it's just a spear!«* sagte, nickten sie nur und ließen sie ohne weitere Kontrolle durch, diese witzige Deutsche.

Ich nahm Kerstin und Redford beiseite und erklärte beiden, dass ich unglaublich gerne bei ihnen wohnen würde. Ob das irgendwie möglich sei.

»Du willst bei uns wohnen?«, fragte Kerstin verblüfft, mit einem Hilf-dir-selbst-Glimmen in den Augen.

»Ja«, wunderte sich Redford, »ich dachte, du kommst in diesem Millionärsclub unter?«

»Nur Dieanderenfünf. Ich kann da nicht hinziehen.«

»Wieso nicht?«, wollte Kerstin wissen.

»Da lebt meine Tante. Das geht nicht. Es gibt ein Problem mit ihrer Aura.«

Und am Ende drehe ich Nazischeiß, so wie du, hätte ich fast zu Kerstin gesagt, konnte mich aber bezähmen. Zauberworte wie »Aura«, »Chakra« oder »erleuchtete Momente des Seins« zeitigen bei ihr eine weitaus bessere Wirkung als Konfrontationsstrategien.

»Hör zu, Jonas«, hauchte sie seufzend. »Ich mag dich voll, echt jetzt. Aber ich weiß nicht, ob du bei uns wohnen kannst.«

»Ich würde auch auf dem Boden schlafen«, bettelte ich. »Oder im Klo, wenn es nicht anders geht.«

»Wir haben kein Klo.«

»Ihr habt kein Klo?«

»Na ja, wir haben eine Art Las-Vegas-Bäderlandschaft, mit Whirlpool und Bidet und zwei Toilettenschüsseln aus Marmor und so, weil der Vermieter einen Waldorf-Astoria-Fimmel hat. Er lebt im selben Loft wie wir, also ein Stockwerk drüber. Wir können dich nicht mit einziehen lassen, wenn er dagegen ist.«

»Ja«, pflichtete Redford bei, »da wohnen ja nicht nur Kerstin und ich, sondern auch noch Kerstins Schwester mit ihrem Lover. Und damit ist eigentlich die Bude voll.«

»Du musst Jerry kennenlernen, Jonas.«

»Wer ist Jerry?«

»Jerry ist der Vermieter.«

»Okay.«

»Jerry ist leider ein sehr spezieller Vermieter, aber ich denke, er wird dich mögen. Du solltest jedenfalls die Bilder loben, die an seinen Wänden hängen.«

»Sind es gute Bilder?«

»Na ja«, stöhnte Redford, verdrehte die Augen und machte mit den Fingern vor seinem Mund ein Salvador-Dalí-Bärtchen nach.

»Willst du nicht zum Abendessen kommen übermorgen?«, schlug Kerstin vor. »Ich koche für alle. Ich kann echt super kochen, vor allem den Fisch, den Jerry aus dem Hudson holt. Was hältst du eigentlich von dem Titel?«

»Von dem Titel?«

»Von unserem Film der Titel.«

»Wieso, wie heißt er?«

»Die unerträgliche Leichtigkeit der Luger.«

Gestern Abend waren meine Nerven zum Zerreißen angespannt. Ich war so frustriert und traurig und einsam gewesen, dass ich mich in der deprimierenden Küche von Jeremiah mit vier Boston-Lager-Bieren vollknallte.

Aber was machte Professor Fulton angesichts meines Zustandes, der jeden Geizhals großzügiger, jeden Sadisten sanfter gemacht hätte? Er ignorierte alle Anzeichen meiner Niedergeschlagenheit und wollte über nichts anderes als über Isadora Duncan und Vaslav Nijinski reden.

Jeremiah behauptete (nachdem er sich eine Flasche von meinem Bier gekrallt und reingezogen hatte, ohne auch nur um Erlaubnis zu bitten), dass Isadora Duncan und Nijinski sich nach einem Ballettsprung, der kurz nach dem Ersten Weltkrieg in der Pariser Oper stattgefunden haben soll, minutenlang in der Luft hätten halten können, weil sie so leicht gewesen wären. Das hätten mehrere Beobachter unabhängig voneinander bezeugt. Er wurde sehr ernst, als ich das, vielleicht nur durch Zucken meiner betrunkenen linken Augenbraue, anzuzweifeln wagte.

Er meinte, es gebe ungewöhnliche Menschen mit ungewöhnlichen Begabungen.

Er sei dafür das beste Beispiel.

Danach ging ich rüber auf meine Couch und versuchte, in dem Buch von Dr. Lightinghouse was über den Schall zu lernen. Das ging aber nicht, weil Jeremiah mich daran hinderte, beziehungsweise seine Stimme, beziehungsweise ihr Schall, der durch den Alkohol in meinem Blut potenziert wurde. Im Hintergrund telefonierte er mit seinem Boyfriend, und es stimmt schon, was Dr. Lightinghouse schreibt: Stimmen sind gefährliche Resonanzkatastrophen, sonst könnten sie ja auch keine Gläser zersingen.

»Hi!«, rief Jeremiah dröhnend in den Hörer. »Du kannst dir gar nicht vorstellen, wie sehr ich deinen schönen Schwanz vermisse. Ja, ich habe deine letzten Fotos erhalten. Ja, ich schicke dir etwas Geld. Ich weiß, du brauchst es. Ach was, du vermisst mich? Du vermisst mich nicht! Du wirst eine nette Frau und Kinder haben. Du wirst dein Leben leben, wenn du da raus bist. Klar schicke ich dir Geld. Hör mal, die letzten Fotos haben mir gut gefallen. Sie haben dich noch nicht ganz fertiggemacht, wie? Noch alles dran! He, ich weiß, du wirst es schaffen! Lass dich nicht unterkriegen!«

Er legte auf. Sein neuer Boyfriend ist Puertoricaner. Er sitzt im Gefängnis, weil er jemandem einen Eispickel in den Nacken gerammt hat.

Ich kann hier nicht wohnen bleiben. Es ist zu viel Abscheu im Spiel.

Ich weiß nicht, warum Mah mich nicht anruft.

Sie hat doch diesen Scheiß mit der Schwangerschaft inszeniert, nicht ich.

Kann sie sich nicht mal anständig entschuldigen?

Nele rief heute Morgen an, aber ich war ungehalten, weil sie nicht Mah ist.

Ihre Stimme schwebte zugewandt und voller Erwartung, gar nicht so bemüht ironisch wie sonst. Aber das lag vielleicht nur an unserem Termin morgen.

Sie muss mich ja betreuen.

Ich schreibe jetzt Tante Paula einen Brief.

Dass ich sie nicht mehr sehen möchte.

Den National Arts Club schaffe ich nicht.

Die Erinnerungen an Apapa schaffe ich nicht.

Die Erinnerungen an den, der ich einmal war, schaffe ich erst recht nicht.

Ich war einmal Apapas Liebling.

Tante Paula mag ein großes Herz haben.

Aber wir würden einander nur unglücklich machen.

Ich muss ihr schreiben.

Sie braucht Gesundheit, Gesundheit, Gesundheit.

Mich braucht sie nicht.

11. Tag

Freitag, 27. 9. 1996

Heute ist Freitag.

Eben habe ich Nele Zapp getroffen, weil wir die Details der Veranstaltung besprechen wollten. Der Veranstaltung der Dornbuschler.

Wir hatten eine Verabredung um 14.00 Uhr am Brunnen vom Washington Square Park. Natürlich war da gar kein Brunnen, nur ein riesiger Platz voll mit Gitarrenspielern und einer Fontäne, die nicht funktionierte.

Ich kam zu spät, und sie kam auch zu spät. Das Gute war: Wir kamen beide zur gleichen Zeit zu spät. Ich sah sie, bevor sie mich sah, und was ich sah, gefiel mir.

Ich sah sie von hinten.

Sie trug wieder diesen karierten grünen Mini-Schottenrock und schwarze Nylonstrümpfe und schwarze Clogs. Sie hatte eine giftgrüne Jacke an, und das Erste, was mir auffiel, war ihre Wespentaille darunter. Ich glaube, sie hat auch ein ziemlich wespenhaftes Gesäß, und mir ist unklar, ob sie es durch den Rock verstecken oder eher zur Geltung bringen möchte. Beides wäre möglich.

Als sie sich umdrehte, bemerkte ich zunächst ihr enorm langes Haar am Kinn. Dort wächst ein einzelnes, mindestens zwei Zentimeter langes Haar, dessen Existenz mir bisher entgangen war. Sie ließ sich nicht davon beirren, dass ich ständig drauf starrte. Später zwirbelte sie sogar verspielt daran herum, als wäre es ein Kettchen oder ein Glücksbringer.

Wir lachten viel.

Das war in einem Café an der Südseite des Platzes, und die Serviererin schien zuvorkommend zu sein. Sie brachte aber nicht, was wir bestellten. Ich wollte einen Café de cacao, bekam aber einen Kaffee mit Zimtstreuseln. Nele bekam einen Espresso statt einem Cappuccino und nicht mal das Wasser, das sie dazu bestellt hatte, dafür aber doppelt so viel Kuchen wie gewünscht.

Ich finde ihre etwas ruckigen Bewegungen attraktiv und auch ihren merkwürdigen Kopf: Sie hat dunkelblondes, rötlich schimmerndes Giraffenhaar, im Nacken sehr kurz geschnitten, an den Seiten halblang, vorne sehr lang, so dass ihr immer Strähnen auf die Nase und fast bis zum Kinn fallen, die sie dann aus dem Mundwinkel wegpustet.

Sie ist desorganisiert und schusselig, was ein paar Extrapunkte gibt. Sie ließ gleich die Dose mit dem Zucker fallen, so dass sie ihn vom Boden löffelte, zusammen mit zwei Ameisen, die sie in ihren Kaffee schüttete, wo sie noch eine Weile unbemerkt herumzappelten.

Sie weiß ihre Telefonnummer nicht auswendig und nicht mal ihre Adresse. Ihre Art aufgesetzter Ängstlichkeit erinnert mich an Jessy. Außerdem mag sie Männer, deren Beschützerinstinkt ausgeprägt ist, und sie schaute mich erwartungsvoll an, als sie das sagte.

Wir kamen recht schnell auf persönliche Dinge zu sprechen, und Nele erklärte mir, dass ich voller Geheimnisse sei und wie deutlich man spüre, dass ich meine Geheimnisse nicht preisgeben wolle. Ich widersprach, und als sie mich aufforderte, doch einmal zur Abwechslung etwas von mir zu erzählen, etwas, was ich ansonsten für mich behalten würde, sagte ich: »Ich habe in deine Handtasche geguckt.«

»Was?«

»Vorgestern im Museum. Du warst auf dem Klo, und ich habe in deine Handtasche geguckt.«

Sie blickte mich an, und ich wusste, dass wir nun nicht mehr ganz so viel lachen würden. Auch ihre aufgesetzte Ängstlichkeit war wie weggewischt. Stattdessen riss sie die Augen auf.

»Warum?«

»Na ja, ich weiß nicht.«

»Willst du mich für blöd verkaufen?«

»Nein, gar nicht, da war ein Schuh drin von einem Typen, so groß.«

Ich zeigte es mit meinen Händen, obwohl sie natürlich selber wusste, wie groß der Schuh war. Die Strähne auf ihrer Nase platzierte sie nun mit Bedacht hinter ihrem Ohr, dessen Form ich ganz anders in Erinnerung hatte.

»Warum erzählst du mir das?«, fragte sie mit fast versonnener Bestürzung.

»Na ja, ich denke, ich muss mich bei dir entschuldigen.«

»Hast du was geklaut?«

»Nein, natürlich nicht.«

»Ist das irgendeine Krankheit oder so?«

»Was meinst du?«

»Na ja, so wie Angst vor Spinnen oder Spielsucht. Irgendwas Zwanghaftes, was ich verzeihen könnte?«

»Nein.«

»Also du guckst nicht in jede verdammte Handtasche, die rumliegt, so wie ein Fußfetischist, der an allen Frauenschuhen rumschnuppert, die er kriegen kann?«

»Nein, ich habe auch nicht an deinem Herrenschuh geschnuppert, falls du das glaubst.«

Die Strähne riss sich wieder vom Ohr los und kehrte auf ihre Nase zurück, wie ein Taschenkrebs, der auch immer sofort ins Meer zurückkrabbelt.

»Soll ich dir eine scheuern?«

»Das wäre nicht gut. Ich habe eine Schädelverletzung.«

»Anders kann man dein Verhalten auch nicht erklären.«

»Nein, es stimmt. Ich habe keine hohe Lebenserwartung und soll auch nicht in Schlägereien geraten. Wenn du an meinen Kopf fasst, spürst du die Narbe.«

»Ich fasse ganz bestimmt nicht an deinen Kopf. Du spinnst ja.«

»Wir könnten ja jetzt einfach mal anfangen, über die Veranstaltung zu sprechen.«

Wieder rollte ihr Finger sich um das Haar am Kinn, diesmal hatte ich Sorge. Sie schnaubte und schüttelte den Kopf. Das Haar war in Gefahr. Ich fragte mich, ob ich den ganzen Blödsinn vielleicht nur veranstaltete, um eine Art von Nähe zu spüren, die mit jeder Empörung einhergeht. Und ehrlich gesagt stand ihr Empörung einfach gut, weil sie dadurch unverstellt wirkte, beinahe echt, und beinahe traurig.

»Ich kapier es einfach nicht. Nur mal so: Du hast mein Vertrauen missbraucht, das ist dir doch wohl klar, oder?«

»Ja, und es tut mir leid.«

»Ich habe gesehen, dass es dir schlechtging. Ich bin mit dir ins Museum gegangen. Ich habe dir meine Bibliothekskarte geliehen. Also ich finde, ich war ziemlich nett zu dir. Und du hintergehst mich? Glaubst du denn, dass uns das einander näherbringt, wenn ich jetzt weiß, dass du ein Idiot bist?«

»Vielleicht will ich ja nicht, dass uns irgendwas einander näherbringt?«

»Ist das eine ganz besonders kranke Art der Anmache?«

»Nein, das Gegenteil, wirklich.«

Sie starrte mich an. Hinter ihrer Moby-Dick-Stirn arbeitete es. Dann blies sie ihre Backen auf, ließ ganz langsam die Luft ab, und als ihr Atem rückstandslos entwichen war, sagte sie: »Okay, du hast doch sicher ein Portemonnaie?«

»Warum?«

»Hast du eine Damenhandtasche, in die ich reinschauen könnte?«

»Nein.«

»Also hast du ja sicher ein Portemonnaie.«

»Ach so, ja klar.«

Ich schob ihr meinen unförmigen Geldbeutel rüber, der einst ein Brustbeutel gewesen war und daher breit ist wie ein Frühstücksbrettchen.

Sie zog alles raus, was drin war. Meinen Personalausweis. Meinen Studentenausweis. Die Medikamente gegen die Hammerkopfschmerzen, auf die ich seit Tagen warte. Die Kondome, die ich mir reingepackt hatte. Nicht zu vergessen die 212 Dollar, die jeder im Café mit Interesse betrachtete, weil der Wind an ihnen rüttelte und sie jede Sekunde wegzufliegen drohten.

Nele rief die zuvorkommende Serviererin, drückte ihr erst fünfzig, dann noch mal fünfzig meiner Dollars in die Hand, sagte »Stimmt so« und fragte mich, nachdem die reich gewordene Kellnerin längst beseelt auf und davon war, ob ich was dagegen hätte, mich auf diese plumpe Art zu rehabilitieren. Ich hatte schon was dagegen, andererseits war es Sendergeld, so dass ich mir die Strafe für meine Charakterschwäche gewissermaßen subventionieren ließ.

In dem Augenblick fiel der Meerjungfrau was in meinem Papierhaufen auf.

»Was ist damit?«

»Lass das.«

Sie nahm das zusammengefaltete dicke Bündel, krempelte es auseinander und wunderte sich über das Vernehmungsprotokoll von Tante Paula. Dann begann sie zu lesen.

»Ich möchte wirklich nicht, dass du das liest.«

»Ich lese es aber trotzdem.«

Ich griff über den Tisch und riss ihr die Papiere aus der Hand. Ich fand es nicht mehr lustig.

»Du bist vielleicht ein komischer Typ.«

Ich erwiderte nichts, sah nur, wie die Touristen vom Nebentisch herüberglotzten, die sehr deutsch und feist aussahen, so als wären sie von der Steubenparade übriggebliebene Mitglieder eines bayerischen Trachtenvereins.

Nele rückte nach vorne und senkte die Stimme.

»Hör mal«, begann sie sanft, »ich versuche gerade, mir deine Übergriffigkeit damit zu erklären, dass du mich nicht supertodeslangweilig findest. Sondern du willst wissen, wer ich bin und welche Makel ich habe. Das schmeichelt mir, zumal ich echt die schrecklichsten psychischen und körperlichen Makel habe. Außerdem bin ich nicht besonders intelligent, sonst würde ich einfach aufstehen und gehen, anstatt darüber nachzugrübeln, was an deiner unerträglichen Selbstgefälligkeit mit Sympathie für mich zu tun haben könnte. Weißt du, was ich aber wirklich total verwerflich finde?«

Ich hatte nicht die geringste Ahnung, was das sein könnte, und das sagte ich ihr.

»Dass du tatsächlich glaubst, dass deine Geheimnisse so viel geheimer sind als meine.«

Die Sonne floss über ihr sich vor mir zurückziehendes Gesicht, wie flüssiges Metall, ich will jetzt nicht gerade Gold sagen, aber doch, die prachtvolle und aufmerksame Gleichmütigkeit ihrer Züge, ihre Honigstimme, ihr ungewohnter Ernst und das lähmende Gift ihrer Worte besänftigten mich. Könnte es sein, dass sie gar nicht so übel ist?

Es dauerte eine Weile, aber dann schob ich ihr das Protokoll zu. Nele nahm es und setzte sich zurecht. Dabei trat eine erstaunliche Disposition ihrer nixenhaften Glieder zutage, eine spontane Kunst des Erhabenseins, eine Eigenart, sich den Ausdruck völliger Behaglichkeit zu geben, der überhaupt nicht zu ihrer Lektüre passte. Wie ein Fakir saß sie auf dem Nagelbrett von Tante Paulas beschissenem Leben, und ich wartete, bis sich der erste Nagel in ihr Fleisch hineinbohren würde.

Aber das geschah nicht.

Nach einer ganzen Weile, die mir wie eine Ewigkeit vorkam und die ich damit verbrachte, meinen Geldbeutel mit allem vollzustopfen, was mir gehörte, bis auf mein Geld natürlich, das futsch war, nach einer ganzen Weile also blickte die Meerjungfrau auf und blinzelte.

»Das ist das traurigste …«, begann sie benommen einen Satz, den sie unvollendet ließ, ohne ihre Stimme in jene Form der Betroffenheit zu krümmen, die ich am Nazischeiß ganz besonders verachte.

Ich sagte nichts, stand nicht auf, ging nicht weg und hatte auch nicht den kleinsten Impuls, sie nie wiedersehen zu wollen.

Es dauerte, bis sie sich gefasst hatte.

»Das ist doch nicht die vollständige Vernehmung. Da fehlt doch was«, sagte sie in einem anderen Ton.

»Das mag sein. Es geht dich aber nichts an.«

»Und dieser Sturmbannführer Rosen?«

»Geht dich auch nichts an.«

Sie nickte. Dann schüttelte sie den Kopf. Dann nickte sie wieder und gab mir Tante Paulas konsularische Aussage zurück.

Obwohl sie der Sonnenschein störte, wie man an ihren flatternden Lidern sah, half er ihrem Teint doch aus dem Schrecken.

»Gott sei Dank gibt's so was Krasses nicht in meiner Familie«, sagte sie schließlich.

»Ach ja? Alles Antifaschisten?«

»Zoologieprofessoren.«

»Stimmt, das waren ja die ganzen Zoologieprofessoren, die Hitler damals in die Luft sprengen wollten.«

Ein Gitarrenspieler stromerte vorbei, zupfte dabei die Saiten und sang gleichzeitig *As time goes by.* Als er bei *»It's* *still the same old story, a fight for love and glory, a case of do or die«* war, beugte sich die Meerjungfrau langsam vor zu mir, stützte die Ellenbogen auf den Tisch und fasste mit ihren Hühnerknochenzeigefingern, dem linken und dem rechten, doch noch an meinen Kopf. Ich spürte, wie mir von beiden Seiten gleichzeitig über die wulstige Schädelnarbe gestrichen wurde, und das ganze zoologische Erbe der Familie Zapp steckte in dieser Berührung.

»Na gut«, sagte sie leise, mit überquellenden Augen, ohne die Erkundung zu unterbrechen. »Jetzt sind wir quitt. Jetzt machen wir noch was Schönes.«

Weil es ihr Wunsch war, besuchten wir das Guggenheim-Museum in Soho, das nicht weit weg liegt vom Washington Square. Da ich ihr einen Hundertdollarkaffee spendiert hatte, wurde nun ich eingeladen.

In der Ausstellung gab es Videoinstallationen zu sehen, alle aus Karlsruhe. Bruce Nauman, Bill Viola, Marie-Jo Lafontaine und so ein Unsinn.

Wir kamen an ein Kunstwerk von Bill Viola. *Threshold* oder so ähnlich. Ein Schrein. Von außen führt nur ein total schwarzes kleines Loch ins Innere eines dunklen Raumes, geformt wie ein Höllentor. Nele traute sich nicht hinein. Sie weigerte sich tatsächlich, die Installation zu betreten, was gar nicht zu ihrer zoologischen Unerschrockenheit passt.

Ich musste als Erster durch den schweren Vorhang schlüpfen.

Innen sah man auf drei riesigen Leinwänden schlafende Menschen. Die Großaufnahmen ihrer Gesichter. Nele stellte sich schließlich genau vor mich, weil sie so klein ist, dass ich locker über sie drüber gucken kann, und so schauten wir gemeinsam mit zwanzig anderen still atmenden Besuchern dem Menschenschlaf zu.

Ich spürte ihre Körpertemperatur sich mit der meinen vermengen, und zwar in dem winzigen Zwischenraum, den es zwischen ihrem grünen Rock und meiner Jeans noch gab.

An ihrem Nacken war zu sehen, dass sie im Schutz der Dunkelheit ihren Tränen freien Lauf ließ.

Als wir aus dem Guggenheim rauskamen, war sie wieder die Alte. Sie grimassierte in die Sonne, die ihre Lider nun nicht mehr störte, die außerdem tiefer stand und ihr mehr Plastizität gab als zuvor.

An ihrer Unterlippe, gar nicht weit entfernt von ihrem Kinnhärchen, klebte ein kleiner Leberfleck, wie ich erst jetzt sah. Wahrscheinlich finden sich an ihrem Körper noch weitere Leberflecke. Das ist ja meistens so.

»Du bist ziellos und lässt dich gerne treiben!«, sagte ich zum Abschied.

»Genau«, lachte sie unbekümmert, »das macht mich so jung!«

Sie gab mir ganz förmlich die Hand und will mich morgen wieder anrufen.

Wir haben keine einzige Sekunde über die Veranstaltung gesprochen, wegen der wir uns getroffen hatten.

11. Tag (Nachtrag)

Freitag, 27. 9. 1996, nachts

Jeremiah weckte mich und sagte, meine Freundin sei dran. Also eigentlich sagte er es nicht, sondern er brüllte es, von seinem Bett aus. Der Schalldruck seines Gebrülls hämmerte sich durch den Miniflur bis hinüber in meinen lärmempfindlichen Traum (um mit Mister Lightinghouse zu sprechen).

Ich rüber in Jeremiahs Müllhalde, über seinen fetten Arsch geklettert und zum Hörer gegriffen. Der Apparat fiel von der Fensterbank, weil ich nichts sehen konnte. Teile von mir schliefen ja noch, die Augen zum Beispiel, und auch das Gleichgewichtsgefühl.

»Was'n?«

»Ich bin's.«

»Moment, Mah!«

»Ist was passiert?«

»Das Telefon ist runtergefallen, auf Jeremiahs Fuß.«

»Nein, das meine ich nicht.«

»Was sollte passiert sein?«

»Ich denke sofort, irgendwas ist mit deinem Kopf, du liegst in der Gosse und hast epileptische Anfälle, wenn du mich nicht anrufst.«

Ihre Sorge glitt in mich wie ein Schlüssel ins Zündschloss, aber dann sprang mein Motor an, und ich erinnerte mich, dass es einen Grund gibt, warum ich sie nicht angerufen hatte.

»Mah, ich bin sauer.«

»Ich weiß, Limaleh. Es tut mir leid.«

»Das ist gut.«

»Ich hätte dir diesen Quatsch von der Schwangerschaft nicht erzählen sollen.«

»Und das von Frau Irrnich auch nicht.«

»Nein, das von Frau Irrnich auch nicht.«

»Schön, deine Stimme zu hören.«

»Na ja, ich bin erkältet.«

»Ist ja trotzdem deine Stimme.«

»Vermisst du mich?«

»Klar.«

»Bist du alleine?«

»Ob ich alleine bin?«

»Das war die Frage.«

»Du hast doch mit Jeremiah selbst gesprochen. Er liegt hier neben mir und starrt mich an wie ein Geisteskranker, weil ich um zwei Uhr nachts mit Deutschland telefoniere. Nein, ich bin nicht alleine.«

»Du weißt schon, was ich meine.«

»Du bist zu eifersüchtig, Schatz.«

»Okay, ich versuch's zu unterdrücken. Du darfst mich aber echt nicht verarschen.«

»Natürlich nicht.«

»Gibt's irgendjemanden?«

»Nein.«

»Es gibt nichts und niemanden in dieser phantastischen Stadt, den du attraktiv findest?«

»Na ja, hin und wieder auf der Straße ein nettes Gesicht oder ein sekundäres Geschlechtsmerkmal oder so ...«

»Du starrst auf sekundäre Geschlechtsmerkmale?«

»Das gehört nun mal zum Leben, oder?«

»Klar, das sagt man immer bei unangenehmen Dingen: *Ach, in diesem Film werden jemandem die Eingeweide aus dem Nasenloch rausgezogen. Aber das gehört nun mal zum Leben.* Ich sage dir, was zum Leben gehört: Verlässlichkeit.«

»Na ja, im Film will Verlässlichkeit aber niemand sehen, du schon gar nicht.«

»Es geht um uns, Jonas, nicht um Filme. Einen Film über Ohren will auch keine Sau sehen, und du machst den ja trotzdem.«

»Warum habe ich das Gefühl, dass der Ton schon wieder rauher wird?«

»Weil du dich gar nicht entschuldigt hast! Du hast ›Schlitzauge‹ zu mir gesagt! Du willst nicht, dass ich dich besuchen komme! Du hast geschrien, ich sei dir *too much*! Du hast mich echt gekränkt, Limaleh, und jetzt warte ich darauf, dass du es wieder heile machst. Ist das zu viel verlangt?«

»Nein.«

»Mir geht es nicht gut.«

»Wenn ich zurück bin, werden wir ins Reddick gehen.«

»Echt?«

»Und wir nehmen die große *Glück-in-Venedig*-Platte.«

»Mit zwei frischgepressten Orangensäften?«

»Genau. Und den Platz am Fenster.«

»Ich sitze diesmal aber links, mit Blick zum Wasserturm.«

»Okay, und dann schauen wir gemeinsam nach sekundären Geschlechtsmerkmalen.«

»Ich denke so oft, dass du einfach sterben kannst, einfach so.«

»Ich sterbe nicht, keine Sorge.«

»Ich mag dich sehr gerne, weißt du. Du hast immer zu mir gehalten, auch damals auf dem Familientag.«

»Bitte Schatz, was ist los?«

»Dein Vater hat mich angerufen.«

»Mein Vater?«

»Vor einer Stunde, ja.«

»Scheiße.«

»Ja, ich hab ihm aber deine Nummer nicht gegeben, keine Angst.«

Jeremiah drehte sich zu mir um, rot vor Zorn, rief *»fucking asshole!«* und schleuderte einen Stiefel in meine Richtung. Er traf mich mit der Sohle an der Stirn, exakt an der Stelle, wo sich nicht mal ein Zitronenfalter hinsetzen darf, ohne meine Gesundheit zu gefährden.

Ich verlor nicht die Besinnung, sondern wurde augenblicklich ganz klar, wie bei meiner ersten Drogenerfahrung. Dann kippte ich aber doch um und fiel Gott sei Dank nicht in das rostige Fonduebesteck, das auf der Bettdecke lag, sondern auf die Bettdecke selbst, die nur unerfreulich roch.

Dort lag ich dann regungslos, wie Batman, der von Joker

aus tausend Metern Höhe in einen Vulkan geworfen wird und in der flüssigen Lava steckenbleibt, Gesicht nach unten, die Arme seitlich an den Körper gepresst, total überzeugt, dass Rettung naht.

Leider nahte nur Jeremiah, der mich hilflos zu massieren versuchte, etwa so, wie er Chérie immer massiert. Mein Rücken fühlte sich an, als hätte man ein Nervengift in die Wirbelsäule injiziert. Ich konnte mich nicht rühren, kriegte aber alles mit um mich rum, wie draußen ein Hubschrauber vorbeiflog zum Beispiel, oder wie Jeremiah neben mir zu heulen begann, dieser Vollpfosten, oder wie Mahs Panik aus der Hörmuschel sickerte.

Ich musste erst mal verhindern, dass sie durchdreht. Ich gab Jeremiah mit den Augen Zeichen, mir den Hörer an Ohr und Mund zu halten. Er schniefte, während er auf Knien heranrutschte und sein Mögliches tat. Ich versuchte, was zu sagen, aber man kann natürlich nur diejenigen Laute benutzen, die einem das Sprachzentrum zur Verfügung stellt, und das waren in meinem Fall so wenige, dass sie nicht mal einem Schimpansen genügt hätten.

»Hm?«, stieß ich schließlich hervor.

»Was ist los, Liebster? Bist du gefallen?«

»Mhm.«

»Ist alles in Ordnung?«

»Mhm.«

»Das klang schrecklich.«

»Papa?«

»Ja, ich … er will wegen deiner Tante mit dir sprechen.«

»Ah.«

»Er sagt, sie hat … nun, sie war wohl sehr aufgewühlt.

Sie hat gesagt, du möchtest nicht zu ihr kommen und sie auch nicht mehr besuchen.«

»Hm.«

»Ihr ist es sehr wichtig, dass du sie besuchst. Ich glaube, das wollte dein Vater sagen.«

»Ui. Ah. Okay.«

Jetzt ist es zwei Stunden später.

Die Sonne geht bald auf.

Ich liege immer noch in Jeremiahs Bettstatt und werde von ihm gepflegt. Das, was er halt unter Pflegen versteht.

Er hat mir einen Kaffee gemacht aus irgendwelchen vertrockneten Substanzen und hat die Nerven, mich zu Sprechübungen zu animieren. *I scream, you scream, we all scream for ice cream! Tuesdays, Mondays, we all scream for Sundays!*

Auf die Idee, mich ins Krankenhaus zu fahren, kommt er nicht, weil er Schiss hat, dass es dann auf seine Kappe geht. Auch finanziell gesehen.

Dafür hat er Puppy und Lucy gebeten, sich um mich zu kümmern. Sie lecken auch artig meine Hände und mein Gesicht ab, und Jeremiah sagt, die süße Zunge eines Chihuahua hätte mehr medizinische Kompetenz als das ganze Saint Patrick Hospital.

Mir ist es recht.

Ich habe keine Angst vor einem Gehirnschlag.

Schlimmer wäre, wenn Jeremiah das Licht löschen, seine Bäckereifachverkäuferinnenarme um mich schlingen und dann neben mir liegen bleiben würde.

Er hat inzwischen seine Matratze, auf der ich mich

erhole, von allen Joghurtbechern, abgenagten Hühnerknochen, Weinflaschen, Fonduegabeln und VHS-Kassetten befreit. Auch die Vorhänge, die er sich von der Stange gezogen hat und in die er seine Füße gerne einwickelt (das Einzige an ihm, was frieren kann), hat er rausgefummelt und auf den Balkon getragen.

Es ist wirklich erstaunlich, wie langsam Jeremiah etwas tut und was für Pausen zwischen kleinen Hilfsaktivitäten damit verbracht werden, ins Leere zu starren.

Neben dem Bett stand zum Beispiel ein Halbliterglas mit Jeremiahs Pisse drin, weil er offensichtlich nachts nicht gerne aufs Klo geht. Also hat er es sich gegriffen, um es wegzuschütten, blieb aber dann in der Tür stehen, betrachtete seinen Urin, als würde er selbst nicht glauben, was er gerade tut, das Gesicht von Erinnerung, aber auch Bedauern überzogen.

Dann brauchte er ungelogen zehn Minuten, um das Glas in die Toilette zu gießen, es auszuspülen und zurück neben das Bett zu stellen, damit ich selbst hineinpinkeln kann.

Wenn Jeremiah was falsch gemacht hat, nein, das ist eine ungenaue Prämisse, denn er macht praktisch alles falsch. Wenn Jeremiah also WEISS, dass er was falsch gemacht hat, bevorzugt er das Prinzip der sentimentalen Selbstbetrachtung. Das hat er sich von Augustinus geliehen. In seinem Fall bedeutet es, zum Beispiel mit dem Stiefel ins Gericht zu gehen, der mich am Kopf verletzt hat. So, als hätte der Stiefel aus purer Bosheit und aus eigenem Willen beschlossen, sich auf mich zu stürzen, und Jeremiah hätte alles getan, um ihn zurückzuhalten, aber vergeblich. Deshalb redet Jeremiah sehr traurig und enttäuscht mit dem unartigen

Stiefel, sagt aber, dass auch er selbst Fehler gemacht habe, er hätte den Stiefel besser erziehen müssen.

Ich lenke mich mit den Fotos ab, die hier zu Hunderten neben dem Bett liegen, uralte Schwarz-Weiß-Fotos. Sie stammen aus dem Nachlass Hunckes, den Jeremiah geerbt hat und der aus einem umgekippten Karton mit Briefen, Notizen und eintausend Schwarz-Weiß-Fotografien besteht.

Auf einer dieser Fotografien ist Tante Paula zu sehen.

Zumindest sieht die junge Frau auf dem Bild exakt aus wie Tante Paula. In hellem amerikanischen Kleid. Zum Fotografen lächelnd. Als hätte sie einen Straußenmagen statt eines Herzens. Als könne sie Gas, Gewehrkugeln und die ganze Neue Welt verdauen. Sie steht mit windzerzaustem Haar vor einem New Yorker Restaurant in einem Kreis von Männern, die wie Hafenarbeiter herumlungern. Einer von ihnen scheint Huncke zu sein.

Hätte ich sprechen können, hätte ich Jeremiah gefragt.

Da ich nicht sprechen kann, nehme ich das Foto an mich und schreibe und schreibe und schreibe, an dieses Bett gefesselt, in die Kladde hinein, damit der Professor den Lichtschalter in Ruhe lässt und nicht wer weiß wo und wie und wann neben mir landet.

Er ist total in mich vernarrt.

Ich würde so wahnsinnig gerne zu Kerstin und Redford in die Bleecker Street ziehen.

Am besten sofort.

Aber das geht ja nicht.

Halleluja, war das ein Tag heute.

Es geht ja nicht.

12. Tag

Samstag, 28. 9. 1996

Kein Eintrag.

Nachtrag zum 12. Tag, verfasst am 13.

Sonntag, 29. 9. 1996

Gestern Abend war ich bei Redford und Kerstin zum Abendessen eingeladen.

Natürlich wollte ich auch zum Wohnen eingeladen werden. Deshalb überwand ich mich und schleppte meine Schmerzen hin.

Ich kam aber erstens zu spät und hatte zweitens die Telefonnummer vergessen. Beides hatte mit meiner physischen Verfassung zu tun. Ich musste mich alle paar Meter an einer Laterne festhalten.

Also stand ich schließlich auf der Bleecker Street und schrie mir die Kehle aus dem Leib, was aber nicht sehr laut war. Gott sei Dank hörte mich Redford.

Ich sah seine mittlerweile vertraute Tennisspieler-Silhouette am Fenster, das Heben seiner Arme.

Er schloss die Tür auf und fragte, wieso ich so spät käme. Wir stiegen die Treppe rauf, ohne dass mir eine gute Antwort einfiel. Er merkte, wie viel Mühe mir die Stufen machten. Aber ich sagte ihm nicht, was geschehen war.

Ich kann wieder sprechen, etwa so tastend, wie man im Neolithikum gesprochen hat oder wie noch heute in der Schweiz. Den Konsonanten fehlt die Trennschärfe. Ich benutze ungewohnte Frequenzen. Auch eine ungewohnte Geschwindigkeit. Ab morgen aber wird alles wieder gut sein. Da bin ich sicher.

Ein Logopäde braucht diesmal nicht hinzugezogen zu werden. Lähmungserscheinungen habe ich keine, sehe nur etwas kaleidoskopisch. Dreimal musste ich gestern kotzen, was ja normal ist.

Heute auch einmal.

Aber ich hatte dennoch Appetit, freute mich auf das Dinner.

Als ich in das riesige Loft trat, saßen da ungefähr zehn Leute um einen riesigen Tisch herum und aßen Fisch. Ich bekam das letzte Tierchen und einen kurzen Applaus, als Redford allen sehr männlich mitteilte, dass ich Sexualtherapeut sei. Er verbesserte sich: Nachwuchssexualtherapeut. Wir haben eine hübsche Art entwickelt, uns zu frotzeln, und allmählich fühle ich mich mit ihm befreundet.

Aber dieser Nonsens war mir nicht recht.

Ich fühlte mich keiner Art von Anstrengung gewachsen, auch nicht einer unsinnigen.

Das konnte Redford allerdings nicht ahnen. Tatsächlich glaubten alle den Quatsch, den er vergnügt blinzelnd über mich behauptete.

Mein Nachbar wollte gleich wissen, worauf *Doktor Rosen* denn spezialisiert sei, und der Nachwuchssexualtherapeut in mir erklärte in seiner schleppenden, posttraumatischen Artikulation: »Ohrläppchen und Klitoris«, was ja in etwa auch stimmt.

Alle guckten ganz aufgeweckt, und ich packte das Corona-Bier aus, das ich statt des Weins mitgebracht hatte, und hoffte, dass das Thema damit erledigt war.

Ich saß neben einem Schwarzen, der aus dem Allgäu stammte. Hatte es zum Dozent für amerikanische Literatur gebracht.

Dann gab es da noch Doris Day alias Kerstin, die zwei Stunden lang unbarmherzig und mit aller Kraft auf einen angehenden Facharzt einredete.

Daneben saß die sehr britisch aussehende Freundin des Schwarzen.

Auf der anderen Tischseite hockte Kerstins Schwester Janne mit ihrem Freund Harald Unterbier, einem lethargischen Maler aus Sachsen, der aussieht wie ein abgearbeiteter südfranzösischer Olivenbauer.

Interessant fand ich Haralds Schwester. Sie heißt Susanne, hat beinahe schwarze, glatte Haare, ein hübsches rundes Gesicht mit einer kleinen Nase und einem hinreißenden Lilo-Pulver-Lächeln. Sie ist verheiratet und trägt einen riesigen Ehering. Faszinierend ist ihre Mischung aus Jungmädchencharme und der Energie und Kraft, die sie ausstrahlt. Ihr Kinn trägt sie wie eine Massai. Sie hat kräftige, muskulöse Hände mit kurzen Stummelfingern, und sie liebt es, über das Goethe-Institut zu schimpfen. Sie trug ein blaues Herrenhemd mit aufgekrempelten Ärmeln, dazu eine Jeans.

Wir hatten uns wegen nichts gestritten.

Während ich in dieser Runde von hochbegabten Angebern den schnöseligen Sexualwissenschaftler markieren musste, wurde mir plötzlich die ganze Absurdität klar.

Wir waren alle so deutschlandmäßig artig und durchschnittlich und unter allem Getue furchtbar angepasst. Dennoch ging allein durch die Worte, die ich in schöner Dornbusch-Tradition wie Blümchen um mich streute (»Schamlippen innen«, »Schamlippen außen«, »Rektalorgasmus«) eine Veränderung in uns vor, und zwar in unserer Phantasie. Das ist das Merkwürdige am Thema Sex, dass alle, die darüber reden, ihre Gesprächspartner ausziehen, im Geiste. Wir saßen da und überlegten, wie wir wohl so sein mögen im Bett, stellten uns unsere Geschlechtsteile miteinander und ineinander vor, ohne jedes Begehren, sondern aus dem gleichen Reflex heraus, wegen dem Hunde aneinander schnuppern.

Genau so kam ich mir auch vor: ein schnuppernder Hund unter schnuppernden Hunden, die aus ihrem Programm nicht rauskommen. Irgendwie an der Leine, eine vorgegebene Aufregung, eigentlich unsinnlich und leer.

Und ich bekam, während mein sichtbares Äußeres mit dünnem Stimmchen dummes Zeug daherplapperte, ziemlich schlechte Laune. Denn ich wollte eigentlich nur, dass alle verschwinden und ich meine Zelte in dieser phantastischen und von Kerstin hingebungsvoll gewienerten Wohnung aufschlagen kann.

Tatsächlich kam dann auch Jerry nach unten, der Vermieter von Kerstins Loft.

Und mit Jerry wurde alles anders.

Jerry war immerhin betrunken und roch nach demselben Johnson's Babypuder, das auch Jeremiah benutzt. Er war auch im selben Alter und hieß auch noch fast genauso.

Er redete und redete und forderte mich auf, ihm zuzuhören.

Ich hatte keine Lust. Ich weiß gar nicht, wieso er sich sofort auf mich warf. Vielleicht witterte er meine Schwäche. Vielleicht hatten Kerstin und Redford auch schon was erzählt von meinem Wohnbegehr.

Jerry erfuhr jedenfalls von den anderen, was über *Doktor Rosen* und seine Sexualkompetenz berichtet wurde. Er hörte sich das in Ruhe an und behauptete, ich hätte keine Ahnung vom Ficken. Er würde das in meinen Augen sehen.

Sofort waren die Hündchen schockiert, gingen innerlich Gassi, schwiegen aber. Nur Kerstin plapperte weiter, während sie ihre Barbengräte abknabberte und dem Facharzt neben ihr mit Themenwechseln im Minutentakt die Konzentration zertrümmerte.

Um mich zu wehren, fragte ich Jerry, ob er die Geschichte von Ernest Hemingway kenne, der erst impotent wurde und sich dann erschossen hat, als er nicht mehr schreiben konnte.

Jerry sagte daraufhin milde lächelnd, dass er Maler sei, aber nicht mehr malen könne. Außerdem sei er zwar ebenfalls impotent, habe aber eine große Sammlung Pornofilme, während Hemingway nur eine große Sammlung von Elchgeweihen gehabt habe. Früher habe er aber sehr viel Sex gehabt, jetzt nicht mehr.

»Was denkst du, bevor du einschläfst?«, fragte er mich.

»Ich denke an den Tag, der hinter mir liegt, ob es ein guter oder ein schlechter Tag war.«

»Du denkst nicht an den nächsten Tag?«

»Nein. Ich lasse mich überraschen. Denkst du an den nächsten Tag, bevor du einschläfst?«

»Nein. Willst du wissen, was ich denke?«

»Ja«, sagte ich.

»*Well.* Ich denke: Was habe ich nur für ein wundervolles Schlafzimmer! Ich liege in meinem Bett und denke, dass ich ein wundervolles Schlafzimmer habe! Das denke ich, wenn ich einschlafe, und das denke ich, wenn ich aufwache!«

Er zeigte mir sein Schlafzimmer. Es war mindestens 20 Meter lang, die Decke war 5 Meter hoch. Die Wände waren behängt mit schrecklichen Gemälden aus den Siebzigern und Jerrys Maskensammlung. Ich lobte alles, so wie Redford es mir aufgetragen hatte.

Jerry war zweimal verheiratet gewesen. Jeden Tag geht er ans Meer und angelt Barben und Bluefish. Arbeiten muss er nicht mehr. Seine Pension bringt ihm genug ein.

Er sieht ein bisschen aus wie Jerry Lewis, nur noch trauriger. Zurück am Tisch, schüttete er mindestens eine Flasche Weißwein in sich hinein und redete und redete.

Am Ende bat er mich, ihn zu schlagen.

Ich sagte, dass ich darauf keine Lust hätte, es gäbe keinen Grund, ihn zu schlagen.

Er lachte höhnisch und beschimpfte mich als saftlosen Eunuchen, der nur kräftig aussieht, aber nicht mal den Mumm hätte, zuzuhauen im richtigen Moment.

Er beschimpfte uns alle und unsere ganze Generation, und wir schauten ihn nur an.

Dann brachte ihn Kerstin, immer noch mit einem Stück Fisch in der Hand, in sein wunderschönes Schlafzimmer.

Er war einmal berühmt vor zwanzig Jahren.

Übrigens hat er ein Doppelbett mit zwei Kopfkissen und zwei Daunendecken, alles in grünem Satin mit aufgestickten knallgelben Bananen. Ich weiß nicht, ob er auf der linken oder der rechten Seite des Bettes liegt. Ich würde ihm jede Sehnsucht zutrauen. Womöglich spricht er abends immer noch mit dem benachbarten Kopfkissen. Einsamkeit ist schrecklich im Alter.

Aber ist fünfzig überhaupt schon alt?

Ist da echt das Leben vorbei?

Vielleicht ist es mein Schicksal, hier in New York auf sterbende Siebziger-Jahre-Heroen zu stoßen. Vielleicht sollte ich keinen Film über Sex, sondern über den Tod der Hippies machen, das absolute Gegenteil von Nazischeiß.

Was mir an Jeremiah und auch an Jerry gefällt, ist deren rückhaltlose Missbilligung unserer Lebensweise, die sie mit unserem Alter, in dem sie zu ihrer besten Zeit auch einmal waren, nicht in Einklang bringen können. Ihre Liebe gehört einigen wenigen, die meistens schon tot sind, und darüber hinaus gehen sie mit ihrer Zuneigung nicht hausieren, nur um nichtsnutzige Arschgeigen wie uns zu beschwichtigen.

Sie sind unerträglich, denn sie leben so sehr in ihrer transzendenten Vergangenheit, dass sie sie von all den Schmerzen freihalten, die sie der Gegenwart und sich selbst zufügen. Bei Jeremiah habe ich das noch nicht in ganzer Tragweite begriffen. Er kam mir nur skurril vor, nicht als monumentaler Abgesang auf eine Epoche, eine kurze Epoche der Hoffnung und Zuversicht, die nun zu Ende ist.

Beim Abschied sagte Kerstin betrübt, dass Jerry wütend sei. Er würde eher alle Kakerlaken New Yorks bei sich einziehen lassen als *Doktor Rosen*. Hätte nichts mit mir zu tun. Aber seine Frau ist mit dem Sexualtherapeuten durchgebrannt.

Nicht mit ihrem, sondern mit seinem.

Redford war geknickt und machte sich Vorwürfe.

»Das wusste ich doch nicht. Das wusste ich nicht«, stammelte er.

Jeremiah bekommt heute Besuch von einem Stricher. Um fünf. Muss mich den Abend über irgendwo rumtreiben. Wahrscheinlich gehe ich ins Kino. Der beste Platz für so was. Da kann man auch nachdenken, was jetzt zu tun ist.

Übermorgen kommt Lila. Um fünf Uhr. Dieanderenfünf werden erst spätnachts eintreffen, mit einem anderen Flieger.

Mir wird bewusst, dass die Hälfte der Zeit schon vorbei ist.

Tante Paula, über deren Foto in Hunckes Nachlass ich immer noch beunruhigt bin, sitzt mir im Nacken und brennt mit ihren Zigaretten Löcher in mein gutes Gewissen.

Das, was davon noch übrig ist, verschattet Mah mit ihrer wohlmeinenden, bekümmerten, reizenden, ein wenig geschlechtslos wirkenden Sorge.

Mit Redford und Kerstin fühle ich mich befreundet, spüre diese beglückende Nähe, die man nur auf Reisen erfahren kann. Wenn man mit Fremden die Fremde erobert, schießt es einem ins Blut.

Bei Nele ist es wohl dasselbe, bereichert um die Komponente quälender sexueller Anziehung.

Sie war gestern auf einer Filmparty. Die Leute fragten sie, was sie beruflich mache. Sie sagte, sie sei Praktikantin im Goethe-Institut. Die Leute spitzten den Mund und machten »Oh«, als hätte sie ihnen gesagt, dass sie Aids habe. Es wurden Freundlichkeiten getauscht.

Dann trank Nele ein paar Glas Wein, verwandelte sich in die soeben dem Atlantik entstiegene Meerjungfrau und schleuderte jedem entgegen: *»Oh, I'm the biggest movie star in Germany!«*

Sie bekam Dutzende von Visitenkarten ausgehändigt und gab drei Autogramme.

Sie macht gerne Verbotenes, aber nur, solange es nicht gefährlich ist, die typische Kompensation. An Drogen hat sie so ziemlich alles durchprobiert. Nur Koks findet sie wirklich erfreulich.

Die Eichhörnchen hier sind hässlich. Sehen aus, als hätte man sie mit Ratten gekreuzt. Manche sind pechschwarz und haben lange, dünne Schwänze. Ich frage mich, ob Ratten Eichhörnchen begatten können.

Heute war ein Artikel in der *New York Times.* Dass in der ganzen Welt Baseballkappen der Brooklyn Dodgers getragen werden. Dass jeder Kapitalist sein will. Dass die Idee des Sozialismus vorbei ist. Und wie es in hundert Jahren sein wird.

14. Tag

Montag, 30. 9. 1996

Lila wird mir die Ohren langziehen, wenn er morgen landet.

In zehn Tagen findet die Kinoveranstaltung der Dornbuschler statt. Noch wurde nichts vorbereitet, keine Einladungen, kein Programm, gar nichts.

Ich hastete ins Goethe-Institut. Ich war mit Nele Zapp verabredet, um die Dinge endlich in Angriff zu nehmen.

Als ich in ihr Büro im zweiten Stock trat, war ihr Platz leer. Hollie Lehmann goss mal wieder die hochintelligenten Topfpflanzen und starrte mich merkwürdig an, als ich fragte, wo ihre Praktikantin zu finden sei. Dann erklärte sie in ihrem Vorarlberger Dialekt, dass es »Fräulein Zapp« heute nicht gutgehe und sie daher keine Zeit habe für mich. Leider, leider, Herr Rosen.

Unten im Foyer, schon auf dem Weg nach draußen, hörte ich plötzlich, wie mir jemand hinterherrannte. Als ich mich umdrehte, stand die Meerjungfrau vor mir, wieder in ihrem unmöglichen Rock. Sie hatte geweint. Der schwarze Securitymann starrte erst sie an und dann mich.

»Das ist mir total peinlich«, schniefte sie, »dass ich immer zu spät komme.«

Das sagte sie wirklich, während ihr ein glitzernder Faden Nässe aus der Nase troff. Ich muss gestehen, sie hat echt Sinn für unfreiwillige Komik.

Ich bin dann mit ihr rüber zum Metropolitan Museum geschlurft, und wir haben uns auf die Treppenstufen vor den Haupteingang gesetzt, und jeder hat einen Hotdog gegessen. Obwohl sie so verheult aussah, hatte sie einen unerwartet guten Appetit, so dass ich ihr die Hälfte meiner Wurst abgab, die sie geradezu verschlang.

»Bitte frag mich nicht, was los ist«, sagte sie.

»Okay«, sagte ich.

»Ich hatte eine blöde Affäre«, sagte sie und leckte ihre Finger ab.

Ich musste natürlich wieder lachen.

Erst starrte sie mich entgeistert an. Aber dann fiel ihr wohl selbst auf, was sie gerade gesagt hatte.

Damit sie ihre Verlegenheit und ich den leichten Stich im Herzen loswerden konnte, redeten wir über Würste, und dass sie, gerade als Frankfurterin, sich bei Würsten besonders gut auskenne. Nürnberger Würstchen sind ihre Lieblingsspeise. Currywurst mag sie gar nicht. Weil sie Würste gerne selbst zerbeißt. Das sei das beste dran, das Geräusch des Knackens und der kleine Spritzer danach in der Mundhöhle.

Als ich fragte, ob wir nicht die Veranstaltung durchsprechen sollten, winkte sie ab und forderte mich auf, sie aufzuheitern.

»Wie soll ich dich denn aufheitern?«, fragte ich ratlos.

»Bleib einfach sitzen«, sagte sie.

Sie kann wirklich charmant sein.

Da mir nichts anderes einfiel, erzählte ich ihr alles, was ich in den letzten Tagen über Ohren rausgekriegt hatte.

Dass Ohren die ersten unserer Organe sind, die voll entwickelt sind.

Dass Ohren aus unterschiedlich durchhärteter Knorpelmasse bestehen und gut durchblutete, hocherogene Zonen darstellen.

Beim Sex werden viele Ohren daher rot oder rosa. Manche Ohren verändern sogar ihre Form. Meine Ohren zum Beispiel erigieren, wenn ich Geschlechtsverkehr habe. Sie fühlen sich dann an wie gummibärchenhafte Tropfen.

Die meisten Frauen, in die ich verliebt war, wollten, dass man ihre Ohren anknabbert, ansaugt, befeuchtet wie eine Briefmarke, umdreht, zwischen Daumen und Zeigefinger zärtlich knetet und versucht, durch die Löcher zu schauen, die sie sich als 13-Jährige von fremden Friseuren durch die Ohrläppchen haben bohren lassen. Kommt übrigens von den Piraten. Die Piraten des Mittelalters haben die chinesische Akupunktur nach Europa gebracht. Sie trugen immer große goldene Ohrringe, weil das Ohrläppchen mit dem Sehzentrum verbunden ist.

Wenn man einen großen goldenen Ohrring trägt, kann man viel besser erkennen, ob zum Beispiel am Horizont ein schwerbewaffnetes englisches Geschwader aufkreuzt.

Kurzsichtige Frauen sehen beim Geschlechtsverkehr auch ohne Brille gut, wenn man in ihre Ohrläppchen kneift.

Kurzsichtige Frauen fassen sich beim Sex auch viel häufiger ans Ohr als andere Frauen.

Menschen mit angewachsenen Ohrläppchen sind eher analfixiert.

Menschen mit fleischigen, frei hängenden Ohrläppchen sind eher oralfixiert.

Das haben nicht die Chinesen entdeckt, sondern diese Theorie beruht auf Beobachtungen meinerseits.

Natürlich gibt es viele Mischformen.

Aber mit Frauen, deren Ohrläppchen angewachsen waren, habe ich mich sexuell leider nie gut verstanden.

Menschen mit frei hängenden Ohrläppchen sind eher laut beim Sex. Sie machen gerne Krach.

Menschen mit angewachsenen Ohrläppchen hingegen sind auffallend häufig musikalisch begabt.

Das ist merkwürdig. Ich habe dafür keine Erklärung.

Sexuelle Kontakte zwischen Ohren und Geschlechtsorganen sind relativ selten.

Masters & Johnson behaupten, dass es erstaunlich viele Frauen mögen, wenn man ihnen ins Ohr ejakuliert.

Das kann ich jedoch nicht bestätigen.

Es ist auch nicht einfach, eine Klitoris mit einem Ohrläppchen zum Orgasmus zu kitzeln.

So wie Penis und Vagina eine sexuelle Einheit bilden, so sind auch Ohr und Mund zueinander symbiotisch. Von allen erotischen Kreuzungen hat diese die größte Poesie.

Ein Ohr ist zart und verletzlich und voller Würde.

Es wartet auf eine Perle oder auf Gesang.

Es ähnelt einer fleischfressenden Pflanze, einem Mondkrater, einem Notenschlüssel.

Ein Ohr braucht Schutz und Wärme.

Wenn es erfriert, fällt es ab.

Das Ohr ist ein Gleichnis.

Nele hatte meinem Monolog zugehört.

Sie hat nichts gesagt.

Sie hat mit der Hotdog-Serviette ihre Nase geputzt, immer wieder, und sie immer kleiner geknüllt, bis sie einen großen, weißen Knubbel zwischen Daumen und Zeigefinger hielt, den sie unablässig betrachtete.

Als sie damit fertig war, schaute sie mich an und fragte, ob ich eine Freundin hätte. Es kam so unerwartet, dass ich einfach nur »Ja, sie heißt Mah« sagte, worauf sie lächelte und den Papierknubbel in die andere Hand nahm.

»Dann ist ja gut«, sagte sie.

Sie erklärte, dass ihre Unterlagen im Büro seien, und wir gingen in dieses Büro zurück, besprachen unter dem Plakat von Schloss Neuschwanstein das Screening vom 8. Oktober und entwarfen gemeinsam den Einladungstext, ohne auch nur noch ein einziges persönliches Wort zu wechseln, so, als wären jeweils andere Teile unseres Ichs nach vorne getreten und hätten die verwirrten, ineinander verzahnten Teile nicht ersetzt, aber überlagert, in der Gewissheit, dass diese sich in Bälde lockern werden.

Als ich nach Hause kam, gab mir Jeremiah ein Fax, das mir Mah an seine Uniadresse geschickt hatte. Auf dem Fax stand:

Liebstes Limaleh!
Ich hoffe, es geht Dir gut. Unser letztes Telefonat hat mich etwas bange gemacht, weil Du gefallen bist und am Ende so komisch gesprochen hast. Alles in Ordnung? Bitte lass uns bald wieder reden, ja?

Ich kann Dich leider nicht erreichen.
Deine Tante Paula hat sich nun bei mir gemeldet, weil Du sie nicht anrufst. Dein Vater hat ihr wohl unsere Nummer gegeben. Sie klang verzweifelt. Sehr. Sie macht sich um Dich große Sorgen. Magst Du nicht doch in ihrem Heim einziehen? Es ist wohl alles geregelt. Dein Prof hat mit ihrer Hilfe die ganze Truppe dort untergebracht. In Zimmern von verstorbenen Künstlern. Ich denke, man muss vor den Seelen der Toten keine Furcht haben, vor ihren Zimmern erst recht nicht, das sage ich Dir auch als Profi.
Ihre Stimme klingt nett. Was heißt eigentlich »aufpinkern«? Sie sagt, sie will alles mit Dir aufpinkern. Lustig, dass sie so altehrwürdig spricht und einen amerikanischen Akzent hat. Sie wird Dich nicht bedrängen, glaube ich. Es gibt aber wohl von diesem Dokument, das Du von ihr erhalten hast, noch eine zweite Hälfte. Ich weiß, wie sehr Du davor Angst hast.
Ich liebe am meisten Deine Ängste, das weißt Du ja. Warum ziehst Du denn nicht in diesen Kunstclub? Warum redest Du nicht mit Deiner Tante? Es ist, als würde man seinen Ängsten guten Tag sagen. Danach sagt man dann auf Wiedersehen.
Ich vermisse Dich sehr und habe Dich ungeheuer lieb. Es ist ganz leer hier ohne Dich. Bis bald, alles alles Gute.

Von ganzem Herzen
Deine Mah

15. Tag

Dienstag, 1.10.1996

Es roch nach verbranntem Tabak, als ich nach zweimal Klopfen eintrat gestern, mit Nele im Schlepptau.

Hinter ihrer Staffelei saß mit ausdrucksloser Miene Tante Paula, eingehüllt in eine Wolke aus blaugrauem Dunst und schlechter Laune. Sie hatte eine Fluppe im Mundwinkel, zeichnete sich selbst und starrte daher in einen Spiegel, über den sie unser Eintreten musterte. Sie hatte nicht *»Come in!«* oder *»Yes!«* gerufen, sondern nur gestöhnt, vielleicht wegen der Kippe, die ihre Lippen verklebte, vielleicht auch wegen des Tumors.

Von weitem sah ihr Selbstporträt wie ein Fahndungsbild aus: Böse Königin gesucht, 10000 Dollar Belohnung!

In einer Ecke stand mit dunklem Gesicht eine Plastik aus grauem Lehm, die das letzte Mal noch nicht da gewesen war. Es handelte sich um eine nach Art Modiglianis stilisierte Büste. Sah aus wie eine afrikanische Maske ohne Mund, hatte aber die Nase von Apapa, von Papa oder von mir.

Die Vorstellung, dass meine genetische Ausstattung, zumindest jedoch meine Nase und ihre Backform, irgendwann vor 200 Jahren in den Sümpfen und Kiefernwäldern des Baltikums vollendet worden sein könnte, war mir noch unangenehmer als der beißende Qualm.

Tante Paula erhob sich, ohne die Zigarette aus dem Mund zu nehmen. Sie zog den Gürtel um ihren blauen Schlafrock fest, kam auf ihren kaputten Beinen herangetaumelt, zeigte uns ihre kreidigen Hände und machte ein Ich-berühr-euch-lieber-nicht-Gesicht.

»Nu, wen hast du denn da herjeknuddert, *my dear?*«, stieß sie in ihrem Kauderwelsch hervor und ließ die Kippe auf der Unterlippe tanzen.

»Ich heiße Nele Zapp, schönen guten Tag«, kam mir die Meerjungfrau zuvor. Sie machte den Ansatz zu einem Knicks, glaube ich, beeindruckte damit aber niemanden. Deshalb fuhr sie fort: »Ich bin vom Goethe-Institut und betreue die Dornbuschler, die von Ihnen eingeladen wurden. Da dachte ich, ich sag mal danke.«

»You are from Frankfurt?«

»Das hört man, wie?«

»Ja, ein ss-Offizier, der mich jefoltert hat, sprach jenauso.«

Sie war wirklich *malcontent,* wie man im Baltikum sagt. Die Meerjungfrau blinzelte irritiert. Tante Paula ließ ihre Zigarette kurz frei, stippte die Asche in eine Teetasse, die halb voll war, und wandte sich mir zu. »Du ziehst also hier ein, *honey*? Warum nur hast du dich nich die ganze Zeit jemeldet? Wai Gottchen, was für ein schlechter Satzbau!«

»Ich bin doch da.«

»Aber warum nich allejne?«

»Ich kann auch wieder gehen«, sagte Nele hastig.

»Nein«, bat ich, drehte mich Tante Paula zu und hielt

meinen Kopf schief, weil ich mal gelesen habe, dass einen das sympathischer macht: »Ich habe Frau Zapp ausdrücklich gebeten, mich zu begleiten. Mein letztes Treffen mit dir hat mich etwas mitgenommen, weißt du. Vor allem wegen des Dokuments.«

Sie nickte und warf dann Nele einen Blick von der Seite zu. In diesem Moment war ihre Augenhaut wie die eines Reptils gleichsam zurückgeschoben, so dass ihre Augen in die ihres Opfers eintauchten, während sie sagte: »Haben Sie auch jelesen das Dokument, *little Lady from Frankfurt*?«

Nele wusste nicht, was sie machen sollte, außer alle Gesichtsmuskeln zu kontrollieren.

»Ja, sie hat es auch gelesen«, erklärte ich und schob hinterher: »Sonst hätte ich sie nicht mitgebracht.«

Erst kehrte die Augenhaut zurück und verdunkelte den Blick. Dann hatte die Kippe ihre Schuldigkeit getan und verzischte im Tee.

»Klunkert ihr miteinander?«

»Klunkern?«

»Poussieren!«

»Tante Paula, sie ist meine Betreuerin! Wir kennen uns kaum. Und du hast doch mit Mah telefoniert gestern!«

»Ich würde niemals jemandem trauen, den ich kaum kenne, und ich kenne jemanden kaum, wenn ich mit ihm nich poussiert habe.«

»Oh«, sagte die Meerjungfrau mit spitzem Mund, »der Satz könnte echt von mir sein.«

Ich weiß nicht, wieso sie manchmal ihr Gehirn nicht einschaltet beim Reden, echt verrückt.

Tante Paula pulte sich jedenfalls als Reaktion einen Tabakkrümel von der Lippe und ließ ihn auf den Teppichboden fallen, direkt vor Neles hübsche Clogs. Die Dreierkonstellation war womöglich doch keine gute Idee gewesen.

Um die Situation zu retten, hob ich meinen Rucksack in die Höhe und öffnete ihn.

»Ich habe dir ein Foto mitgebracht, das ich bei meinem Vermieter gefunden habe«, sagte ich in anderem Ton. »Ein Foto, das mich ganz schön beschäftigt.«

»*Show me,* Lieberchen.«

Sie zündete sich schon wieder eine neue Zigarette an.

Ich öffnete den Rucksack, zog *Was ist Schall?* von Mister Lightinghouse hervor, blätterte es auf, fand auf Seite 233 das dort wohlverborgene Foto und überreichte es ihr. Sie musste sich eine andere Brille holen, mit Gläsern so dick wie Whiskyglasböden, und hielt sich das Bild ganz dicht vor die Nase.

»*Where did you find that?*«

»Im Nachlass von Herbert Huncke. Diese ganzen Fotos fliegen in der Wohnung rum. Mein Wohnungsvermieter kannte ihn gut. Deshalb hat er die Sachen gekriegt.«

»*His name?*«

»Jeremiah Fulton.«

»*Never heard of him.*«

»Er hat auch jede Menge Briefe von Huncke.«

»*So sorry that he passed away.*«

»Du kanntest ihn?«

»Huncke? Ja natierlich.«

Ihr Finger blieb neben dem Kopf Hunckes liegen, der auf dem Bild die gleiche Größe hatte wie ihr Fingernagel, so dass sie ihn glatt hätte ausschneiden und draufkleben können.

»Als ich in New York einjetroffen war, studierte ich zunächst an der Columbia. Ginsberch war dort, die ganze Bagage war dort. *They were all my age, travelling around the country.*«

Ich deutete auf ein anderes Gesicht auf dem Foto.

»Was ist mit Kerouac?«

»Ich war drei Tage am Poussieren mit ihm.«

»Du warst mit Jack Kerouac zusammen?«

»Oder vier, ja. Das Foto muss unjefähr in der Zeit entstanden sein. War an der Third Avenue. Hieß Hamilton, die Bar.«

»Du willst damit sagen, dass du das bist auf dem Bild?«

»Sure, honey.«

Während ich mich mit ihr zu dem Foto herunterbeugte, während ich sie als junge, magere, wie Giulietta Masina in *La Strada* grinsende Frau bestaunte, während ich den neben ihr stehenden, holzfällerhemdtragenden, aufgrund seiner Winzigkeit mürrisch dreinblickenden Zampano Kerouac beargwöhnte, während ich mich über Allen Ginsberg wunderte, der damals noch eine dichtgeringelte schwarze Mähne hatte, aber die gleiche Brille trug wie auf Hunckes Beerdigung, während ich Lucien Carrs Hochmut erforschte, den Hochmut eines blonden, wunderschönen Totschlägers, während ich mich über die anderen Mädchen wunderte, die an den Hipstern lehnten wie an ganz normalen jungen Männern (sogar an Herbert Huncke, der dürren, lippenlosen Tunte, die mit Ginsberg Händchen hielt, lehnte sich eine dralle Italienerin), während ich also diese ganze ausgestellte Jugendlichkeit bewunderte, die Mah unfassbar langweilig gefunden hätte wegen der bescheuerten Jugendlichkeit eben, dachte ich mit einem Schuss Wehmut daran, wie sehr ich mich selbst nach dem zügellosen Leben sehnte, nach dem hemmungslosen Vergnügen, das meine Tante so offensichtlich genossen hatte, kurz nach dem Entkommen aus der Hölle aller Höllen.

Die Leute wollen nicht, dass man zu viel Vergnügen hat. Sie glauben, das sei schlecht für einen, vor allem, wenn man das Gegenteil erdulden musste. Sie wollen auch dieses Gegenteil nicht, dass der Mensch also zu viel Leid erfährt, das will niemand. Beunruhigend ist sowohl das grenzenlose Verlangen als auch das grenzenlose Leid. Das Grenzenlose macht uns Angst. Wir sollen schlafen, stillhalten, konsumieren, nach Besitz streben und uns dem Los aller anderen Begrenzten anpassen, nämlich in Sardinenbüchsen liegen und mit all den Nachbarsardinen von einem langen ruhigen Fluss träumen, in den wir in diesen Träumen wieder hineingeworfen werden und munter davonschwimmen.

»Ich kann nicht begreifen, Tante Paula, dass du diese ganzen Leute kanntest.«

»Ich kannte sie nur ein winzjes Stück. Bis Mister Hertzlieb wie ein Schmetterling in mejnem Bauch herumflatterte.«

»Wieso warst du nicht auf Hunckes Trauerfeier?«

»Ich wäre bestimmt da jewesen, wenn ich jekonnt hätte, anstatt mejnen Krebs im Hospital herzuzeijen. Ginsberch hatte mich ja einjeladen. Wir haben eine Ewigkeit nicht die jeringste Beriehrung jehabt, *no contact at all.* Er findet meine Zejchnungen klintschig, dieser Knot. Aber mit

Todesnachrichten, o wirklich, er hat mich immer gut versorcht. Zu Jacks Grab bin ich zweimal jefahren. Jack wurde später ganz schejßlich, ein Antisemit, *you can imagine that?*«

Ich fragte mich, wie Tante Paula und Jeremiah Fulton wohl miteinander auskommen würden, wenn sie dazu gezwungen wären. Würde sich ihre Unerträglichkeit halbieren oder verdoppeln oder in etwas Zartes verwandeln?

»Diese Zeit mit den Beatniks und die Zeit davor, wie passt das zusammen?«, fragte ich.

Sie blinzelte kurz und sagte, ohne auf meine Frage einzugehen: *»Do you want to see it?«*

Mir war sofort klar, was sie meinte. Mein Magen machte eine kleine Faust. Für eine Millisekunde wurde mir schlecht, aber ich konnte es durchstehen, indem ich langsam einatmete und dabei die Finger ans Schlüsselbein presste, so wie es mir Mah gezeigt hat. Mah weiß genau, wie man die Schwindelanfälle, die mein Kopf verursacht, wieder schnell in den Griff bekommt.

»Wenn du willst, nu, ich kram dir raus die andere Hälfte«, hörte ich Tante Paula sagen, »also das Dokument ab Mittach.«

Die Meerjungfrau erklärte, sie würde gerne dabei sein, wenn ich das Dokument Ab-Mittag lese, sie müsse aber vorher noch aufs Klo.

Das Dokument Ab-Mittag

Die Vernehmung der Frau Hertzlieb geb. Himmelfarb wird nach der Mittagspause fortgesetzt.

Frau Hertzlieb äußert den Wunsch, eine Erklärung abzugeben:
Nachdem ich behauptet habe, dass es keine persönliche Beziehung gegeben habe zwischen Sturmbannführer ROSEN und mir, möchte ich dies korrigieren. Das Gegenteil ist wahr.

Meine Gründe, diesen Umstand bis heute für mich behalten zu haben, sind privater Natur. Niemand hat bisher davon erfahren. Ich möchte die Ehe des Herrn ROSEN nicht beschädigen, der mir einst das Leben gerettet hat, und zwar mehrmals.
Andererseits beunruhigt mich der Gegenstand des Verfahrens. Deshalb will ich nun nach reiflichem Überlegen und ohne Rücksicht auf Schicklichkeit vollumfänglich aussagen.
Ich bitte aber darum, diese Angaben nicht in einen womöglich stattfindenden Prozess einfließen zu lassen, da sie mit der Sache selbst nichts zu tun haben.

Zu den zahlreichen Vorwürfen, die gegen Herrn ROSEN von verschiedener Seite erhoben werden, kann ich mich nicht äußern.

Wenn Zeugen aussagen, dass Sturmbannführer ROSEN in Riga für diverse Verbrechen verantwortlich war, ja sogar viel Furchtbareres getan haben soll als Dr. BLUDAU, so kann ich dazu wenig beitragen. Ich habe von diesen Vorfällen nie etwas erfahren. Folterungen von Juden durch Herrn ROSEN oder gar eine durch ihn befohlene Verbrennung eines Häftlings bei lebendigem Leibe kann ich mir ganz und gar nicht vorstellen.
Mir wurde die Aussage von Frau HERSCHEL vorgelesen, aber ich möchte sie nicht kommentieren.

Dass Sturmbannführer ROSEN über Leben und Tod herrschen konnte, möchte ich nicht in Abrede stellen. Das konnte in der fraglichen Zeit jeder SS-Offizier in Riga. Der KdS bzw. der SD war in Lettland sogar wie ein Staat im Staate. Diese Behörde arbeitete völlig unabhängig von allen anderen Instanzen der Zivilverwaltung in Lettland und handelte nach eigenem Ermessen. Befehle erhielt der KdS nur von seiner Zentrale in Berlin. Unterstellt war er, soweit ich weiß, direkt Heinrich HIMMLER.

Solange der Kommandeur des KdS von der entwendeten Blausäure nichts erfuhr, konnte Sturmbannführer ROSEN, dritthöchster Offizier dieser Dienststelle, in meinem Fall verfahren, wie er wollte. Er entschied sich, mir zu helfen.
Das war mit einem persönlichen Risiko für ihn verbunden.
Wohl um sich nicht zu stark zu gefährden, teilte er mir unmittelbar nach den Vorfällen mit, dass ich aus meiner Kolonne, mit der ich morgens immer aus dem Ghetto zur Arbeit abmarschierte, auf eigene Verantwortung zu entlaufen hätte. Er

könne mir lediglich die Adresse für eine Unterkunft nennen. Alles Weitere läge in meiner Hand.

Ein alter lettischer Freund von Sturmbannführer ROSEN, vielmehr seines Vaters, des »Mejsters« Professor ROSEN, war Professor KRUMINS. Er gehörte zur lettischen Opposition und wurde vom SD drangsaliert.
Sturmbannführer ROSEN bot Professor KRUMINS an, die Repressalien einzustellen. Als Gegenleistung sollte er einstweilen mich in seiner Wohnung in der Marienstraße unterbringen.

Der Samstag, an dem ich zu Herrn KRUMINS flüchten sollte, kam heran. Es gab keine Vorbereitungen zu treffen, da ich nichts besaß. Allerdings trennte ich von meinem Mantel die Davidsterne ab, so wie es mir Sturmbannführer ROSEN empfohlen hatte. Dann heftete ich sie ganz locker wieder an. So konnte man sie mit einem Ruck leicht abreißen.
Am nächsten Morgen stellte ich mich wie gewöhnlich in meiner Kolonne auf. Die Soldaten erschienen und nahmen uns in Empfang. Die Ghettopforte öffnete sich. Wir verließen das Lager. Die Dünaburger Straße, die es hinaufging, war noch dunkel und menschenleer.
Nach einigen hundert Metern erreichten wir den Zeitungskiosk Ecke Jakobstadtstraße. Er war nur spärlich erleuchtet. Viele der Juden und Jüdinnen verließen unter Duldung der Wachen die Kolonne, um sich die Morgenzeitung zu kaufen, was die deutschen Begleiter niemals beanstandeten. Die hierbei entstehende Unordnung in den Reihen der Kolonne nutzte ich, um mir den Stern vom Rücken zu reißen, worauf ich scheinbar ebenfalls nach einer Zeitung lief und mir dabei

auch den zweiten Stern von der Brust riss. Nur den Bruchteil einer Sekunde stand ich am Kiosk, drehte mich um und tat, als eilte ich in meine Reihe zurück. In Wirklichkeit lief ich aber nur die Kolonne entlang und verschwand, ohne mich auch nur einmal umzublicken, im Dunkel einer Parkanlage, die dort zwischen zwei russischen Kirchen liegt. Niemand hatte etwas bemerkt.

Als ich bei den KRUMINS, die in der Marienstraße wohnten, anlangte, begann bereits der Morgen zu grauen. Ich stieg die Treppe zu ihrer Wohnung hinauf und ahnte nicht, dass ich sie erst zwei Jahre später wieder hinuntergehen würde.
Niemand sah mich im Treppenhaus. Als ich den Absatz der Krumins'schen Wohnung erreichte, öffnete sich die Tür leise, und der Professor selbst empfing mich mit einem warmherzigen Lächeln. Er war ein hochgewachsener, schlanker Herr mit einem angegrauten, schmalen Musketierbart. Er sah dem »Mejster« sogar ein wenig ähnlich.
Professor KRUMINS war Architekt und Künstler und ging jeden Morgen an die Universität. Trotz der Besatzungszeit blieb sie in den Kriegsjahren geöffnet. Herr KRUMINS hatte in Karlsruhe und Berlin studiert und sprach fehlerlos Deutsch. In der Wohnung hingen viele seiner Arbeiten, hauptsächlich Landschaften. Zudem war er sehr geschickt mit Bleistift und Feder. Bald gab er mir auch Unterricht in vielen Techniken, die ich noch heute beherrsche.
Er besaß Humor und erzählte gerne von allerlei kuriosen Zwischenfällen mit Studenten. Er gab auch den letzten politischen, meist antinazistischen Witz zum Besten. Wir thematisierten nie, wer mich an seine Adresse verwiesen hatte.

Sturmbannführer ROSEN kam mich zweimal im Monat heimlich besuchen. Das war sehr diskret, da man meine Kammer, das ehemalige Dienstmädchenzimmer, über einen separaten kleinen Eingang im Hausflur betreten konnte.
Ich muss erklären, dass ich zur damaligen Zeit Gefühle für Sturmbannführer ROSEN hegte. Mir gegenüber trat er ritterlich auf. Er sagte mir allerdings, dass ich auf keinen Fall schwanger werden dürfe. Ich erschrak, als er dann ganz tonlos und düster hinzufügte, dass er in diesem Falle nichts mehr für mich tun könne.

Professor KRUMINS mochte die Deutschen nicht. Er hasste das NS-Regime auch deshalb, weil er in ihm die Wiedergeburt jenes Kolonialreiches sah, das die Letten achthundert Jahre lang versklavt hatte.
Gegen Sturmbannführer ROSEN sagte er aber niemals etwas Negatives. Dessen Vater, den »Mejster«, bezeichnete er gar als seinen »liebsten Jugendfreund«. Beide hatten in der Zarenzeit einige Semester zusammen in Berlin studiert.

Der Professor war seit einigen Jahren verwitwet. Seine beiden Töchter, beide Ende zwanzig, lebten aber noch im Haus. VELTA, die ältere Tochter, studierte Architektur und war die Ehefrau eines Künstlers, mit dem sie eine kleine Wohnung im dritten Stock bezogen hatte.
ILGA war nur wenig älter als ich. Sie arbeitete als Journalistin für die lettische Zeitung »Latvija« und berichtete vor allem über Mode. Sie hatte das Arbeitszimmer ihres Vaters bezogen und mir die Kammer überlassen. Sie war hübscher als ihre Schwester, sehr lebhaft und temperamentvoll. Außer-

dem war sie eine Lesbierin, was ihr Vater aber nicht erfahren durfte.
ILGA vertraute mir ihr kompliziertes Liebesleben an. Wir befreundeten uns eng. Vielleicht hegte sie für mich romantische Gefühle.

In das Geheimnis meiner Anwesenheit war bis auf diese drei Letten und den Sturmbannführer ROSEN niemand eingeweiht. Auch nicht der Ehemann von VELTA.
Wenn Besuch kam (und es kam häufig Besuch, es fanden auch Künstlerfeste statt), musste ich in meiner Kammer verschwinden, die Tür abschließen und darauf achten, keinen Laut zu geben.
Mein einziger Zugang zur Außenwelt war die BBC. Einmal am Tag hörten wir gemeinsam den »Feindsender«, und ich wunderte mich, dass mir die ganze Familie vertraute, obwohl ich ja Sturmbannführer ROSEN so gut kannte und ihn regelmäßig sah. Wir alle fieberten dem Tag entgegen, an dem die Rote Armee Riga einnehmen würde.

Im Sommer 1944 teilte mir Sturmbannführer ROSEN mit, dass der Krieg sich für die Deutschen schlecht entwickele und die Wehrmacht womöglich bald aus Lettland würde abziehen müssen. Er war sehr niedergeschlagen, weil er mich nicht ins Reich mitnehmen zu können glaubte.

An einem Abend Anfang Oktober 1944, als die sowjetischen Truppen schon vor den nördlichen Rigaer Vorstädten standen, wurde, als ich gerade zu Bett gehen wollte, stürmisch an der Wohnungstür geklingelt. Alles, was ich denken konnte, war:

»Nun ist es aus.« Ich hörte deutsche Stimmen, Gebrüll. Es schien die Gestapo zu sein.
Ich stand wie versteinert in meinem Zimmer, anstatt in den Verschlag zu steigen, den mir Professor KRUMINS geschreinert hatte. Die Tür zu meiner Kammer wurde aufgerissen. Es war Sturmbannführer ROSEN. Er war alleine, legte einen Finger auf seine Lippen, deutete wütend auf meinen Verschlag, rief laut nach hinten zu seinen Leuten »Hier ist nichts!«, schlug die Tür wieder zu.
Ich konnte mich dennoch nicht rühren.

Nach zehn Minuten verstummten die Stimmen. Die Wohnungstür im Erdgeschoss ging auf und knallte zu.
Ich eilte zum Fenster, schlug die Verdunkelung zurück und sah, dass erst ein SS-Mann und ein mir unbekannter Gestapo-Kommissar (es könnte KÜGLER gewesen sein) aus dem Hause traten, danach folgte Professor KRUMINS mit einem Köfferchen in der Hand.
Schließlich trat als Letztes Sturmbannführer ROSEN hinaus. Ich weiß noch, dass ich mich wunderte, wieso dieser seine Pistole aus der Pistolentasche zog. Ich verstand nicht, was vor sich ging. Jedenfalls rief Sturmbannführer ROSEN plötzlich: »Stehen bleiben!«
Professor KRUMINS blieb sofort stehen und drehte sich um. Dennoch wiederholte der Sturmbannführer seinen Befehl. Herr KRUMINS erwiderte mit einem Lächeln, dass er doch stehe. Er sagte wörtlich: »Ich stehe doch, mein Lieber.«
Dann schoss Sturmbannführer ROSEN zweimal, und der Professor sank in den Schnee.
Ich glaube, ich schrie im Reflex auf, denn der unbekannte Ge-

stapo-Beamte schaute zu meinem Fenster hoch. Ich drehte mich weg, konnte nicht mehr sehen, was geschah, hörte aber, dass die Männer ganz ruhig miteinander sprachen. Dann ertönte die helle Stimme von ILGA KRUMINS, wie Wolfsgeheul. Sie rannte auf die Straße, immer noch schreiend, und die SS-Männer sagten ihr schroff, sie solle ins Haus hineingehen, sonst würden sie sie mitnehmen.

Am anderen Tag erschien Sturmbannführer ROSEN in meiner Kammer. Er erklärte mir, dass die Gestapo den Professor KRUMINS ohne sein Zutun ins Visier genommen habe, da man keine Opponenten den Russen lebend in die Hände liefern wollte. Um zu verhüten, dass mein Gastgeber unter Folter das Versteck von mir preisgeben und damit auch den Sturmbannführer in Schwierigkeiten bringen würde, habe Herr ROSEN den Professor zu seinem großen Bedauern »auf der Flucht« erschießen müssen. Ihm sei keine Wahl geblieben. Herr ROSEN verabschiedete sich von mir.
Ich konnte ihm aber nicht die Hand reichen.

Am Abend des 11. Oktober 1944 stand ich lange am Fenster und beobachtete den Rückzug der Deutschen. Den gesamten Fahrdamm nahmen mit Kisten und Schränken, Tischen und Kästen beladene Lkws ein. Ab und zu tauchten berittene Landser auf, die sich vor Müdigkeit kaum noch im Sattel halten konnten. Auf dem Bürgersteig wankte die Infanterie. Das waren alles geschlagene, verdreckte Gestalten. Auf den Lkws brannten Fackeln und beleuchteten mit ihrem gelben Licht den Untergang. Die Deutschen waren tatsächlich auf der Flucht.

Nach dem Einmarsch der Sowjets zwei Tage später wurden wir endgültig befreit. VELTA KRUMINS und ILGA KRUMINS aber waren ganz niedergeschlagen. Vor allem ILGA konnte den Verlust ihres Vaters nicht verkraften. Sie soll ein Jahr später gestorben sein, wie ich erfuhr. Die näheren Umstände kenne ich nicht.

Der NKWD nahm mich im Januar 1945 in Haft, nachdem jüdische Überlebende berichtet hatten, dass ich für die Deutschen in der Vergasungsanstalt gearbeitet hatte. Mein Überleben konnte man sich nicht erklären. Das, was ich über den Sturmbannführer ROSEN berichtete, klang in ihren Ohren unglaubhaft.
Ich wurde der Kollaboration beschuldigt und zu fünf Jahren Gefängnis verurteilt.
Noch im Herbst 1945 kam ich aber im Zuge der Kontingentverschickung frei, und man erlaubte mir die Ausreise nach Palästina. Dazu begab ich mich zunächst nach München und wurde in das DP-Lager Wolfratshausen eingewiesen.

Zufällig begegnete ich in München auch Sturmbannführer ROSEN auf dem Marienplatz. Er brauchte für seine Entnazifizierung Zeugenaussagen, und ich erklärte mich bereit, ihm zu helfen. Ohne seine wahre Funktion in Riga zu nennen, sagte ich für ihn aus, dass er im Krieg allen jüdischen Menschen immer nach Kräften geholfen habe, vor allem natürlich mir.
Aus diesem Kontakt ergab sich eine längere Bekanntschaft mit den Eheleuten ROSEN.
Die einstige emotionale Beziehung zu Herrn ROSEN, an die er zeitweise anzuknüpfen wünschte, nahm ich nicht mehr auf.

Allerdings kümmerte ich mich als Kindermädchen um seine kleinen Söhne. Das war von 1946 bis 1948. Zeitweise wohnte ich auch in dem Haushalt von Herrn ROSEN.
Im Mai 1948 erhielt ich die Einreiseerlaubnis in die USA und bin seitdem amerikanische Staatsbürgerin.
Ich setzte mein 1939 unterbrochenes Kunststudium ab dem Wintersemester 1948 an der Columbia University fort, mit Hilfe eines Rockefeller-Stipendiums.

Auf Nachfrage: Ich wiederhole, dass ich, was mich betrifft, nichts Schlechtes über den ehemaligen Sturmbannführer ROSEN berichten kann. Zu der Liaison mit ihm bin ich nicht gezwungen worden.
Der »Mejster« sagte immer, das Herz sei das Gehirn der Engel und der Idioten. Ich habe nie vergessen, was Sturmbannführer ROSEN dem Herrn KRUMINS angetan hat. Ich konnte aber auch nicht vergessen, was er für mich zu wagen bereit war.
Ich kann mir selbst nicht erklären, warum ich nach dem Krieg eine solche Nähe zur Familie ROSEN zuließ. Ich mochte die Kinder, das allerdings. Ich selbst habe keine. Mein Mann hat immer gesagt, dass man keine Kinder in diese Welt setzen soll.

Selbst gelesen, genehmigt, unterschrieben
Paula Hertzlieb

16. Tag

Mittwoch, 2.10.1996

Jeremiah reagierte nicht gut auf die Nachricht. Er fragte mich, warum ich ihn verlassen wolle.

»Aber Jeremiah, hier ist es doch sehr eng.«

Er fand nicht, dass es in seiner Wohnung sehr eng sei, höchstens sehr gemütlich. Er rechnete mir vor, was in den letzten zwei Wochen alles für gastfreundliche Anstrengungen unternommen worden seien bezüglich seiner Küche, seinem Bad, seinem Wohnzimmer, seiner nahezu leergefegten Schlafgrotte. Sogar sämtliche dafür angeschaffte Reinigungsmittel wurden vor mir aufgebaut, darunter der Blue Tool Bowl Cleaner und eine Duftkerze im Glas mit Maulbeernote, über die ich meine Nase halten musste. Aber auch die neue Klobürste, die er mir zum Dran-Zupfen in die Hand drückte, konnte mich nicht umstimmen.

Jeremiah ließ sich auf den elektrischen Stuhl plumpsen, lockte Lucy und Puppy auf seinen Schoß, und sie versuchten zu dritt, mich zu hypnotisieren.

»Du hast mich fast umgebracht, Jeremiah«, sagte ich unempfänglich. »Ich weiß, dass du es nicht böse meinst, aber ich glaube eben, das hat unheimlich viel mit dem wenigen Platz hier zu tun, dass das passiert ist.«

Er fragte mich, ob ich ihm einen Strick daraus drehen wolle, dass ich nachts um zwei Uhr Anrufe aus Deutschland erhalte und er davon aufwache.

»Aber du bist doch nicht nur einfach aufgewacht! Du hast deinen Stiefel genommen und ihn mir an den Kopf geworfen. Aus zwei Metern Entfernung! Genauso gut hättest du aus zwei Metern Entfernung mit einer Bazooka auf mich schießen können.«

Er erwiderte, wenn zu seiner Zeit Genies wie Allen (Allen Ginsberg war gemeint) oder Neal (Neal Cassady war gemeint) oder Carl (keine Ahnung, wer gemeint war) die gleiche kaputte Stirn wie ich gehabt hätten, dann hätten sie mit Begeisterung selbst ihre Stiefel dagegen gehämmert und das Ganze »Bewusstseinserweiterung« genannt, statt kindisch zu klagen.

Dennoch schlage er als Zeichen seines guten Willens vor, dass ich künftig sein schönes Bett nehmen dürfe und er auf der Couch drüben schlafe.

»Aber Jeremiah, es geht doch nicht ums Bett«, rief ich entnervt. »Es ist doch einfach auch eine verfluchte Scheißgegend hier. Mein Gott, ich bin unten in deinem Hausflur überfallen worden! Man hat mich mit einem Messer bedroht! Dein Freund wurde vor einem Jahr abgeknallt! Draußen fackeln Arschlöcher Autos ab, die ihnen nicht gefallen!«

Er lachte rauh und sagte, ich sei eine Person ohne jede erkennbare Ungewöhnlichkeit, ohne jeden Willen, mein Leben hienieden herauszufordern, die Wildnis in mir zu entdecken, den inneren *Wild Bear Mountain* (wie er die Wildnis nennt nach dem einzigen Berg, den er je mit eigenen Augen gesehen, aber natürlich nie bestiegen hat). Ich sei ein einziges Gähnen und Jammern, ich sei eine schreckliche Belastung für ihn, auch psychisch, vor allem für seine Tiere, da ich offensichtlich deren ganze extrabrillante Menschlichkeit nicht recht zu würdigen wisse.

Dennoch müsse er mir nun zumindest die Lower East Side zeigen, er müsse mir die Lower East Side zeigen beziehungsweise das, was von der Lower East Side übriggeblieben ist, damit ich nicht ohne Chance bliebe, mein uninspiriertes, von heterosexuellen Normen gefesseltes Dasein zu hinterfragen.

Er bestehe darauf.

Dann führte mich Professor Fulton also durch die Lower East Side. Zeigte mir die Straßen und Plätze. Zeigte mir den Tompkins Square, wo Ginsberg, Kerouac, Cassady und all die anderen in den Vierzigern rumhingen. Zeigte mir, wo er gestanden hat bei der letzten großen Straßenschlacht vor acht Jahren, als Kompanien von Cops die ganzen Obdachlosen und Gangster und Hippies und Pipimädchen und Junkies und Puertoricaner einkesselten und mit Gummiknüppeln zu Brei schlugen. Zeigte mir, wo sie ihn hingelegt hatten mit seiner Nasenbeinfraktur, nämlich genau neben die heilige Ulme.

Da er es nicht gewohnt ist, mehr als zweihundert Meter am Stück zu laufen, gingen wir in ein Café in der Avenue A, und ich lud ihn zu einem Bier ein, damit er wieder zu Kräften kommen konnte. Mir ist wichtig, dass wir im Guten auseinandergehen.

Ich sagte ihm, dass ich noch ein paar Tage in seiner Wohnung bleibe und erst am Nachmittag erführe, wann ich in den National Arts Club umziehen könne.

Wir saßen draußen auf dem Gehsteig. Die Sonne schien, und er fing zum Ärger der anderen Gäste an, Spatzen anzulocken, die er mit Kuchenkrümeln aus dem Aschenbecher fütterte. Er strahlte das Gefühl von Verlust und Trauer aus und wirkte nur halb so fett wie sonst.

Plötzlich zeigte er hoch zu einem Fenster im ersten Stock des geduckten Kaffeehauses. Der Fensterrahmen war feuerrot gestrichen, und Jeremiah erwähnte, dass Bill Burroughs nach dem Krieg genau hinter jenem roten Fenster über dem Café gewohnt hätte, vor dem wir saßen.

»The wonderful motherfucker«, grunzte er unvermittelt.

Und ich erfuhr, dass vor Jahrzehnten, als Jeremiah spindeldürr und schön und Burroughs spindeldürr und hässlich gewesen war, sich die beiden durch eine freudlose Affäre miteinander verbunden hatten. Aber Burroughs' langjähriger Geliebter (mit dem schönen Namen »Grauerholz«, ich glaube Jim Grauerholz) hat eine Menge dagegen gehabt, und seitdem ist Funkstille, von ein paar Briefen abgesehen.

Ich habe *Naked Lunch* nie gelesen und kenne auch die Verfilmung von Cronenberg nicht.

Ich weiß nur, dass Burroughs seine Gedichte mit eigenem Blut geschrieben hat und so'n Quatsch, dass er sich mal bei vollem Bewusstsein mit einer Gartenschere den Finger abschnitt, um eine authentische Kurzgeschichte über das Fingerabschneiden verfassen zu können.

Aber die kaputte Geschichte seiner Ehe kannte ich nicht.

Jeremiah erzählte sie mir, um mir klarzumachen, was

zwei Meter tatsächlich anrichten können. Genau das sagte er.

»Two meters!«, sagte er.

Und dann legte er los mit der ganzen Wucht seiner kaum funktionierenden, nur auf das Wesentliche fokussierten Erinnerung, während die Spatzen um uns flogen.

Burroughs' Frau hieß Joan und war eine superkluge, promiske Intellektuelle, die Exzesse liebte und den Drogenscheiß ihres Mannes teilte. Das Foto von ihr, das Jeremiah aus seiner Arschtasche zog und mir zeigte, war nichtssagend und passte nicht wirklich zu seinen Schilderungen. So eine recht brave Eva Braun, würde ich sagen, vielleicht wegen der Frisur.

Burroughs hingegen war ein schrulliger, magerer Morphinist, der mit seiner Gattin, obwohl stockschwul, zwei Kinder gezeugt hatte.

Im Sommer 1950 oder so wohnte die Familie, völlig pleite und ohne Aussicht auf irgendwas, auf einer Farm bei Mexiko City und züchtete Zitronen und Marihuana.

Joan und Bill Burroughs gaben eine Party, die im Wesentlichen darin bestand, ihre vier oder fünf Möchtegern-Künstler-Freunde mit Gin abzufüllen. Als die Gesellschaft lallend in den Polstersesseln hing, fläzte sich Burroughs seiner Frau gegenüber auf die einzige Couch. Sie saßen etwa in zwei Metern Abstand voneinander. (Jeremiah sagte immer wieder *»two meters«*! Der Abstand ist wichtig, wie man gleich sehen wird, und er entspricht ja exakt jener Distanz, die der verfluchte Stiefel zu meiner Stirn hatte, bevor er sich auf den Weg machte.)

Also Burroughs erzählte Joan von seinem neuen Plan. Er wollte in die Wildnis nach Südamerika ziehen, um seine Familie durch die Jagd auf Opossums und Tapire zu ernähren. Wie gesagt, es war 1950.

Sie würden im Urwald verhungern, sagte die halbwegs realistische Joan, weil Burroughs viel zu zittrig sei, um irgendwas zu treffen. Darauf Burroughs: »Ich nehme an, es ist Zeit für unsere Wilhelm-Tell-Nummer, was?«

Da kein Mensch in Mexiko Wilhelm Tell kennt, irgendeinen Schweizer Terroristen aus dem Mittelalter, wusste auch niemand im Raum, was damit gemeint war. Bis Joan ein Wasserglas auf dem Kopf balancierte. Ein richtig volles.

Sie kicherte. Erst durch das Kichern (es muss ein eindrückliches Kichern gewesen sein) wurde den anderen in ihren Sesseln klar, dass Joan und Bill irgendwas vorhatten. Es war aber zu spät, noch dazwischen zu gehen.

Burroughs, ein Waffennarr, zog seinen Revolver aus der Tasche, zielte ganz genau aus der tragischen Entfernung von zwei Metern auf den oberen Rand des Glases. Der Schuss war laut. Es war ein sehr kleiner Raum. Sie hatten kein Geld für große Räume.

Joan kippte in ihrem Sessel erst nach hinten und dann nach vorne. Das Glas fiel auf den Teppich, blieb intakt und rollte im Kreis über den Boden. Jemand sagte nach etlicher Zeit: »Ich glaube, du hast sie getroffen!«

Der älteste Sohn stand im Schlafanzug in der Tür und hatte alles mitangesehen.

Sie fanden ein kleines Einschussloch in der Stirn von Frau Burroughs. Die Kugel war nicht ausgetreten, sondern blieb in ihrem klugen Kopf stecken. Das machen Projektile eher selten. Vor allem, wenn sie aus zwei Metern Entfernung abgefeuert werden (*»Two meters, you got that?«*, keuchte J. immer wieder).

Joan wurde später mitsamt dieser Kugel begraben, auf dem amerikanischen Friedhof von Mexico City, den Jeremiah unheimlich toll und festlich findet und der auch in dem Prachtband abgebildet ist, den er mir geschenkt hat. Er war mal dort und behauptet seitdem, die Anglikaner hätten versucht, mit den wundervollen mexikanischen Friedhöfen mitzuhalten, und deshalb diese halbtropische Fülle geschaffen.

Jedenfalls, William Burroughs stammt aus einer der reichsten Familien Amerikas, denn sein Großvater hat die *Burroughs Corporation* gegründet und neben IBM die ersten Computer der Welt gebaut. Also war genug Kohle vorhanden, um den schwarzen Schafspelz der Familie gehörig zu bleichen. Tausende Dollars flossen nach Mexiko, Ballistiker wurden bestochen, die Zeugen schworen Meineide, und die Justiz war derart korrupt, dass Burroughs bereits nach dreizehn Tagen aus der Haft entlassen wurde.

Er war frei, sah seine Kinder nie wieder, floh in die Staaten und bekam dort so starke Hämorrhoiden, dass er schließlich nur noch dunkelbraune Hosen trug.

Jeremiah Fulton trank sein Bier aus, sein inzwischen drittes, und sagte, ich hätte von der Lower East Side nun genug gesehen und gehört. Meine Augen hätten die falsche Farbe, ihnen fehle das Blutunterlaufene. Ich sei offensichtlich innerlich tot und unerreichbar für die goldenen Fäden des Geistes, die er auf dem Webstuhl des Zen für mich zu weben gedachte. Ich hätte den National Arts Club wahrlich verdient.

Eigenartig, dass er mir ausgerechnet jetzt so ein Liebesdrama macht.

Ich bedankte mich höflich für die interessante Geschichte. Er fragte, ob ich ihn wenigstens zurück in die Wohnung begleiten würde. Aber ich blieb in der Sonne sitzen und äugte hoch zu dem roten Fenster, von dem aus ich bis zur Avenue C Jeremiah hätte nachschauen können, dessen Seele rückwärts blickte wie Lots Weib, so dass er sich als dicke, in seinen Trenchcoat gewickelte Salzsäule nach Hause schob, erstarrt in Erinnerung und Trunkenheit.

16. Tag (Nachtrag)

Mittwoch, 2. 10. 1996

Ankunft Lila.

Er stieg aus einem Yellow Cab, zusammen mit seinem Adlatus Josef Heiger, der ihm die ganzen Koffer schleppen musste.

Seventh Avenue, Kreuzung Christopher Street.

Am Zeitungshäuschen.

Wir umarmten uns im warmen Geniesel, das seit dem späten Nachmittag über die Stadt gesprüht wurde, wie aus einem riesigen Flacon aus schwarzen Wolken, die vom Meer kommend über uns hinwegzogen.

Lila wirkte dünner, als ich ihn in Erinnerung hatte, auch unzufriedener. Trug ein Basecap und ein schwarzes T-Shirt. Fand, ich wäre faul gewesen, eine »Hängematte«, was er daran zu erkennen meinte, dass ich noch nichts gefilmt habe.

Da er der schlechteste Zuhörer der Welt ist, vor allem, wenn es um Fakten geht, die seine Meinung zerstampfen (was ihn umso stärker zwingt, auf ihr zu beharren), sagte ich erst mal wenig dazu und ließ mich ein bisschen beleidigen. Er konnte nicht wissen, was mit mir los ist.

Wir setzten uns in ein nahegelegenes Diner auf rote Plastikbänke vor ein großes Fenster, auf dem sich der dünne

Regen zu einem Jackson-Pollock-Gemälde niederließ, so wie Pollock es am liebsten gehabt hätte: ohne Leinwand, ohne Farbe, ohne Pinsel, ohne Titel, ohne Bedeutung.

Josef Heiger musste am Eingang stehen bleiben und die Koffer bewachen. Ich glaube, Lila hat ihn nur deshalb mitgenommen. Ein freundlicher, knochiger Kuli, der wie ein Talkmaster spricht.

Ich trank eine Cola mit Eiswürfeln, hätte aber lieber zehn in Flammen stehende Whiskys runtergekippt, und Lila aß nichts, weil es keine Salatblätter gab. Er sagte, er ernähre sich wie ein Meerschweinchen. Er war unruhig und erklärte, dass es mit Denanderenfünf Ärger gegeben hätte.

Die gesamte Idee, Filme über Sex zu machen, sei erledigt.

»Ihr seid einfach zu spießig und zu wenig radikal. Macht lieber Filme über Klempner oder Taxifahrer.«

Er fand meine Idee, einen Filmessay über Ohren zu produzieren, »einfach Pipifax«. Hochmütig gab er mir eine Liste seiner zahlreichen New Yorker Homo-Freunde, die seiner Meinung nach für ein filmisches Porträt in Frage kämen.

Er riss sich zwei Nasenhaare aus und schlug mir gleichzeitig ein Paar namens Bob Heide und John Gilman vor. »Das sind zwei alte, kauzige Schwule, die in einem Sechziger-Jahre-Museum in der Christopher Street leben und dir sagen können, wo James Dean betrunken war und Elizabeth Taylor hingeschissen hat.«

Dass ich bereits in einem Siebziger-Jahre-Museum lebe, mit einem kauzigen, alten Heterohasser, der mich über die einschlägigen Kotz-, Fick- und Saufriten der Hollywoodstars allein schon deshalb nicht im Unklaren lassen kann, weil er selbst Teil davon ist, ließ Lila nicht als Einwand gelten.

»Du musst ein Porträt über Menschen drehen. Echte Menschen. Der Ohrenfilm ist blöd. Wir haben Geld von 3sat bekommen, da müssen wir auch was Gutes abliefern.«

Ich war sprachlos.

Seit ich in der Stadt bin, denke ich an nichts anderes als an diesen blöden Sexfilm.

Natürlich denke ich auch an Tante Paulas tragischen Nazischeiß, denke an ihre verrückte Verbindung zu den Beat-Poeten, denke an meine Familienhölle, von deren Existenz Professor von Dornbusch nie etwas ahnen wird: eine glühende Unterwelt voll lärmender Dämonen, die alle Apapas Nase haben oder Papas Nase haben oder meine Nase haben oder die Nase meiner ungeborenen Kinder haben, also die immer gleiche Nase haben, und womöglich die immer gleiche Wut, den immer gleichen Hass in sich tragen, einen transgenerationalen Hass, den uns irgendein keltischer Druide während der Völkerwanderung in den Genpool gepflanzt hat.

Ja, daran denke ich.

Aber daran denke ich nicht gerne.

Gerne denke ich nur an den blöden Sexfilm. Unter den gegebenen Bedingungen liebe und brauche ich es, an Ohren zu denken.

Und da dies zur Disposition zu stehen scheint, frage ich mich, ob es nicht doch klug wäre, mit meiner Kamera lieber den Verknüpfungen zwischen Paula Hertzlieb, Apapa, einer Vergasungsanstalt, Kreidezeichnungen, der Beat-Generation sowie Vagina, Liebe, Schuld und Hörigkeit auf den Grund zu gehen als einem New Yorker Klempner oder Taxifahrer.

Tante Paula hatte mich zum Abschied geküsst, hatte auch Nele Zapp mit ihren Händen Kreidespuren auf das schwarze Jäckchen geklopft und ganz sanft in ihr Ohr gewispert: »Sie sind so unglaublich attraktiv, weil über Ihnen kein bisschen Unglück schwebt.«

Der Horror hat angefangen.

Das Dokument Bis-Mittag war ein winziges Samenkorn in meinen Kopfscherben, und das Dokument Ab-Mittag lässt es nun in mir aufkeimen. Wie eine wild mutierende Pflanze beginnt es, ins Kraut zu schießen, um den ganzen Boden meines Bewusstseins zu überwuchern.

Mich bestürmt das alte Kind, das ich einst war und das Apapa erlebt hat.

Der weiche Nürnberger Rosshaarsessel, in den Apapa immer einsank, mit mir auf dem Schoß, während er mich mit Weintrauben fütterte.

Die Art, wie er speiste, sich den Mund mit der weißen Serviette abzutupfen wusste, und von König Artus erzählte.

Die kräftige, altersfleckige Hand auf meiner Schulter.

Die Servietten, die diese Hand kunstvoll bemalte, mit dahingaloppierenden Pferden.

Das Nürnberger Parteitagsgelände und die Stelle, wo Adolf Hitler ihm einst gegenübergestanden hatte und auf die er mit ausgestrecktem Arm deutete, sich erfreuend an meinem glasigen Blick.

Kräutertee und Erdbeerkuchen am sonnigen Nachmittag auf der Veranda.

Ich stelle mir vor, Kräutertee und Erdbeerkuchen über Apapa auszukippen und ihn danach zu erwürgen, und diesem Gedanken schließen sich andere an, jeder abstruser und brutaler als sein Vorgänger. Ich schlitze meinem Großvater mit einer Rasierklinge die Kehle auf. Ich trete ihn mit seinen Skistiefeln tot, die immer noch in Papas Garage stehen. Ich nehme seinen Kopf und schmettere ihn an einen Stein. Ich brauche wirklich Ablenkung.

»Was ist, Faulpelz«, sagte Lila, »wovon träumst du?«

Ich träumte davon, meinem Filmprofessor die Gabel in die Hand zu stechen, einfach so, ähnlich wie der Typ am Tisch neben uns Salz auf seine Pommes streute. Alle meine in mir tobenden Aggressionen lenkten sich auf Lila, innerhalb von Sekunden. In meinem Magen war ein warmes Gefühl, denn er wollte mir meine einzige Ablenkung nehmen, nämlich die ursprüngliche Idee, Filme über Sex zu machen, die im Übrigen von ihm selbst stammte (»Pimmel, Mösen und Arschlöcher halten die Welt zusammen«).

Die Vorstellung, am Tisch für Schreierei zu sorgen, war elektrisierend.

Aber ich riss mich zusammen, lächelte Lila an und erklärte mich bereit, auf seine schwachsinnige Forderung nach einem neuen Vorhaben einzugehen, unter der Bedingung, dass ich beide Projekte realisieren dürfte: die Ohren und seinen Quatsch.

Lila war einverstanden und bat mich, nicht so mit der Gabel rumzuspielen.

Seine neunzigjährige Mutter, die mit ihm in seiner Wohnung lebt, hat mir mal gesagt, sie habe zwei Weltkriege überlebt. Er sei der dritte.

Wir einigten uns auf das Filmporträt über Eike Birk, einen deutschen Schriftsteller, der ganz oben auf Lilas Liste der Begnadeten steht und den er sehr bewundert.

Ich hatte noch nie zuvor von ihm gehört.

Lila rief ihn sofort an, hektisch, panisch, man kann es auch spontan nennen. Das ist wohl sein größtes Talent, diese unglaubliche Energie, die er aus dem Nichts holt.

Seine Stimme war zuckersüß, als er Birks Frau an den Apparat bekam. Er sagte ihr, ich sei »genial«, »bildschön«, das »größte Talent dieses Jahrhunderts« und würde dafür sterben, einen Film über ihren hinreißenden Gatten machen zu dürfen. Das ist in etwa Lilas Art, Termine zu vereinbaren.

Frau Birk sagte, ich solle am nächsten Tag vorbeikommen und mich der Familie vorstellen.

Mittwoch, 2.10.1996, 2 Uhr morgens

Als ich in der Nacht im National Arts Club eintraf, um die Filmgruppe zu begrüßen, war ich immer noch auf hundertachtzig. Ich sah durch eine Kristallglastür Dieanderenfünf. Eine Gruppe derangierter Unbekannter, an deren Gesichtszüge und Gesten ich mich kaum noch erinnerte. Alle übermüdet nach dem Vierzehnstundenflug. Alle verängstigt von der Stadt, die jedem erst mal durch Mark und Bein geht.

Cosima, Hans-Jörn, Thommie standen bleich und tapsig in der Mitte der Art-déco-Halle. Die anderen (Aisosa, Heidi mit blödem Freund und der Produktionsleiter Tim Schöffel) hatten sich an ausladende Fauteuils gelehnt. Lila und Josef Heiger waren nicht gekommen. Dieanderenfünf sind eigentlich sieben oder neun, je nachdem, was man von Zahlen hält.

Es gibt unter der sechs Meter hohen Decke eine Kuppel aus Glas, bunt wie ein riesiger Tiffanyschirm, die nur dazu da ist, um sich darunter großartig vorzukommen. Die Wände sind holzvertäfelt und mit wertvollen Bildern behängt. Überall stehen Marmorskulpturen, und die Teppiche sind so weich, dass man seine eigenen Schritte nicht hört.

Und so hörte ich auch die Schritte nicht, die Nele machte, als sie hinter einer Säule auftauchte, vom Klo kommend mal wieder.

Unsere Blicke trafen sich kurz, und mir fiel der riesige Rotweinschwenker in ihrer Hand auf. Sie setzte das Glas an den Mund und kippte sich einen Viertelliter rein. Ein Lakai erschien und schenkte ihr Bordeaux nach. Sie grinste leicht debil, und mir fiel ein, dass sie die Leute vom Flughafen abgeholt hatte.

Aldon Ruby, einer der korrupten Managerzwillinge des Clubs, hielt eine Begrüßungsrede. Er hatte die tadellosen Manieren eines Alkoholikers, trug eine goldene Fliege und eine Brille mit blauen Gläsern. Alle lauschten angestrengt.

Aldon ist ein geistreicher, schwuler Jude, der in jedem Satz mindestens zwei Witze unterbringen muss. Mich fragte er als Erstes, ob ich in einem U-Boot gekommen wäre. Er meinte meinen Haarschnitt. Vielleicht ahnt er meine Stimmung.

Während meine Kommilitonen um ihn herum vor Erschöpfung zusammenbrachen, sprach Aldon unermüdlich von Christos Reichstagsverpackung (Christo ist ein Mitglied des Clubs). Sein guter Freund Bill Clinton wurde ebenso erwähnt wie sein noch besserer Freund Martin Scorsese, der hier *Zeit der Unschuld* gedreht hatte.

Geradezu absurd oft fiel der Name von »Miss Holtzbrinck«.

»Miss Holtzbrinck hat gerade ein Buch geschrieben und, man mag es kaum glauben, sogar einen Verleger gefunden, hihihi.«

Den Holtzbrincks gehört das größte Verlagsimperium der Bundesrepublik, fiel mir ein.

Auch Lila von Dornbusch wurde oft erwähnt: »Lila kommt nicht aus Deutschland, er kommt (hihihi) aus einem Mikrokosmos.« Oder »Lila weiß alles, hihihi … aber er weiß es von mir.«

Die Meerjungfrau war die Einzige, die mit Aldon mitkicherte. Sie verkostete in der halben Stunde, die die Rede dauerte, etwa eine Flasche Wein.

Erstaunlich, dass sie sich auf den Beinen halten konnte.

Schließlich wurde auch Tante Paula von Aldon vorgestellt, als Letzte, weil sie der Ehrengast war. Sie trug ein Mandschu-Kleid, ein in Orange und Rot gewirktes Satin-Mohair-Irgendwas, knöchellang, kurzärmelig, mit hochgeschlossenem Kragen und zwei Drachen auf der Brust, die sich gegenseitig den Kopf abbeißen. Wie eine kleine chinesische Kaiserin lächelte sie uns aus ihrem Ohrensessel huldvoll zu.

»Mrs. Hertzlieb, unser liebes Mitglied«, fabulierte Aldon, »hat ein gutes Wort, ach was sage ich, ein gutes Herz für Sie alle eingelegt, jedenfalls ein besseres als Lila von Dornbusch, hihihi. Wir haben Ihnen daher alle zuletzt frei gewordenen Betten – ich denke da, verehrte Mrs. Hertzlieb, an Ihre gute Freundin Miss Cartwright, was für ein trauriges Ende –, also wirklich alle frei gewordenen Betten haben wir Ihnen reserviert und hoffen, dass Ihre prachtvollen jungen Körper sich bei uns wohl fühlen.«

Er klatschte in die Hände, begeistert von sich selbst, und rief Tante Paula zu: »Sie sehen wunderschön aus, meine Liebe, wie eine Vase aus der Tang-Dynastie, und Ihr wunderschönes Zimmer wird niemals frei werden!«

Offensichtlich traf er Tanta Paulas Sehnsucht nach Unsterblichkeit, da sie sich mit einer zum Fächer geöffneten Hand von ihm wie von uns schweigend verabschiedete.

Ich blickte mich um. Das Anwesen ist dermaßen elitär, dekadent und aristokratisch, dass es schwer wird, auf Dauer nicht überzukochen.

Die blöde Heidi hat im 11. Stockwerk ein riesiges Apartment bekommen, in dem sich ein Opernsänger-Ehepaar gleichzeitig umgebracht hat, weshalb es auch so geräumig ist. Zwei wundervolle Zimmer, ein *Great-Gatsby*-Bad, Telefon. An den Wänden Damastseide. Auf dem Boden Perserteppiche. Da will sie jetzt ihren Freund einschleusen. Gratis.

»Also ein Produktionsbüro müssen wir hier ja nicht einrichten.«

Sie war ganz aufgeregt, weil sie ihren Besitzstand gleich verteidigen musste. Mehrhabenwollen ist keine schöne Eigenschaft. Mehrseinwollen auch nicht.

Sie verschwand in höherem Tempo als alle anderen, gleichzeitig auch freudiger erregt als alle anderen, deren Vormieter offensichtlich nur in kleinen Einzelzimmern gestorben waren.

Zurück blieben Nele und ich und Leute aus Marmor.

»Wollen wir spazieren gehen?«, fragte sie.

»Es ist Mitternacht.«

»Ja, eben.«

»Du bist betrunken.«

»Ja, eben. Ich halte mich mal fest.«

Sie hakte sich mit der linken Hand bei mir ein, hielt mit der rechten ihr leeres Glas dem Lakaien hin, der neben ihr stand und nachfüllte.

Wir gingen hinaus, sie, ich und das bis oben randvolle Glas, das Beinchen zu haben schien und zwischen ihren Fingern unruhig tänzelte.

Der Nieselregen hatte die Luft erfrischt, eine erste herbstliche Anmutung half der Nacht in den Schlaf. Kaum jemand war noch auf den nassen Straßen außer vielleicht ein paar einsamen Serienmördern. Der aus den Wolken plötzlich hervorbrechende Mond hing bleiweiß über Manhattan, schwer wie ihre Zunge.

Sie sprach: »Warum schreist du nicht?«

Ich blickte sie verwirrt an.

»Du siehst aus, als ob du die ganze Zeit schreien möchtest und es nicht hinkriegst.«

Mir fiel nichts ein, was ich dazu sagen konnte.

Sie sprach: »Oder schreist du nach innen?«

Sie seufzte, nickte traurig, als hätte ich geantwortet, und

murmelte: »Deshalb verstehe ich auch gar nicht, wieso du nicht diesen Bordeaux probierst, den ich probiere, mir geht es nämlich genauso.«

Sie hielt mir das Glas hin, aber ich wollte nicht.

Sie sprach: »Magst du diese Leute?«

Ein Polizeiauto fuhr vorbei.

Sie sprach: »Einer von ihnen roch nach Kotze, ich glaube sogar, es war diese Frau mit dem großen Zimmer.«

Ja, Heidi, ich hatte es auch gerochen.

Sie sprach: »Künstler, die tot sind, sind angenehmer. Hollie Lehmann hat sich deshalb aufs neunzehnte Jahrhundert spezialisiert. Da kommt niemand mehr, der ein besonders schönes Bett braucht.«

»Mah hält auch nichts von Filmstudenten.«

Ich merkte an ihrer Hand in meiner Armbeuge, einer Hand, die leichten Druck ausübte, dass mein kleiner Satz nicht ohne Wirkung blieb.

Sie sprach: »Musst du die ganze Zeit über deine Freundin reden?«

»Ich muss gar nicht reden.«

»Außerdem bist du selber Filmstudent.«

»Ehrlich gesagt bist du es, die die ganze Zeit redet.«

Sie blieb eine Minute lang still. Die Mauern warfen das Echo unserer Schritte zurück.

»Weißt du, wie ich mich fühle, wenn du so was sagst?«

Es war ihr egal, ob ich es erfahren wollte.

»Wie ein Ameisenhaufen, in den jemand reintritt.«

Sie ließ meinen Arm los, ich glaube, es war als Strafe gemeint, und wir liefen nur noch nebeneinander her.

Sie sprach: »Nach allem, was du von deinem Großvater

erfahren hast, ist es ja auch kein Wunder, dass du dich wie ein Arsch aufführst. Was er getan hat, das passt überhaupt nicht zur Geschichte des Universums, das ist –«

»Wir müssen echt nicht über meinen Großvater reden«, unterbrach ich sie. »Mein Leben ist gerade durcheinander. Diese ganzen Studis, die du gesehen hast, oder mein Filmprofessor oder all diese Lichter und Häuser und Vergnügungen dieser Stadt, die sind es, die nicht zur Geschichte des Universums passen. Die Geschichte des Universums ist nämlich immer gleich beschissen. Und eigentlich will ich gar nicht spazieren gehen.«

Sie blieb stehen, wankte ein bisschen, als hätte ich sie geschubst. Dann leerte sie das Glas in einem Zug, schmiss es in einen kaputten Einkaufswagen und lief los. Sie mag es, dass man ihr folgt. Noch mehr mag sie, wenn man sie einholt.

»Weißt du eigentlich, wie unglaublich negativ du bist?«, fragte sie, als ich wieder neben ihr herlief.

»Ja natürlich, deshalb bin ich so talentiert.«

»Vielleicht kann es in der Geschichte des Universums ja auch mal eine Überraschung geben.«

»Was meinst du, eine Sonnenfinsternis?«

»Nein, einfach mal Glück. Siehst du nicht, dass jeder Mensch immer wieder großes Glück geschenkt bekommt? Weißt du, wie viel Glück ich geschenkt bekomme?«

»Du bist echt eine Sommerfrau.«

»Was?«

»Du bist echt betrunken, wollte ich sagen.«

»Ich finde zum Beispiel, dass du eine gigantische Portion Glück für mich bedeutest. Und du denkst, dass ich eine gigantische Portion Unglück für dich bedeute. Weil ich deine, Anführungszeichen unten, ›Beziehung‹, Anführungszeichen oben, gefährden könnte. Huhuh!«

Sie schlenkerte bei diesem Huhuh wie eine Magierin mit ihren Armen in der Luft herum, und wir bogen in die Fifth Avenue ein und stromerten weiter Richtung Central Park.

»Ich finde echt süß, dass du deiner langweiligen Freundin treu sein willst, und es ist ein Kompliment, dass ich eine Bedrohung für deine Treue sein könnte, das macht mich sogar ein bisschen scharf. Aber glaub mir: Es wird nichts passieren.«

»Sie ist nicht langweilig.«

»Es wird garantiert nichts passieren. So süß bist du auch wieder nicht, echt nicht.«

Sie blieb stehen und küsste mich. Während ihre Worte alle verfälscht geklungen hatten, fühlte sich der Kuss nicht verfälscht an, aber wer kann schon einen Kuss verfälschen.

Danach hakte sie sich wieder bei mir unter, offenbar besser gelaunt. Ich hatte das Gefühl, sie hätte mir eine Million schwarze Fliegen aus der Seele gesaugt, in nur einer einzigen Sekunde.

Nach zwanzig Minuten, in denen wir beide kein einziges Wort sagten und uns auch sonst wie ein altes Ehepaar benahmen, erreichten wir den Central Park. Sie zog mich ein paar Meter hinein, obwohl in allen Reiseführern steht, dass man das nicht tun soll um diese Zeit.

Es war auch kein Mensch zu sehen.

Erst musste ich, weil sie schon wieder pinkeln wollte und sich dazu vor einem botanisch bedeutenden Strauch mit Erklärungstafel niederließ, galant aufpassen, dass niemand sie sieht.

Dann sollte ich ihr weiter in den Park folgen, was ich bescheuert fand.

Aber als wir die Laternen hinter uns gelassen hatten und um ein großes, dichtes Gebüsch aus schwarz schillerndem Laub bogen, stand da das Pferd. Es stand mitten auf dem Weg, gesattelt und ratlos und einsam und schimmelweiß, wie von innen beleuchtet. Es war nicht angebunden. Die Zügel hingen durch. Die Augen glänzten, als hätte man Motorenöl hineingegossen. Auf der dunklen Satteldecke stand in gelb gestickten Buchstaben »NYPD«. Ein Polizeipferd ohne Polizeireiter.

Ich blickte mich um. Niemand war außer uns zu sehen.

Nele ging langsam und mit ausgestreckter Hand auf das Pferd zu, das ruhig stehen blieb. Sie ließ sich den Handrücken beschnuppern, streichelte die Nüstern des Tieres, klopfte ihm an den Hals, nahm den Zügel, stemmte den linken Turnschuh in den Steigbügel und stieg grinsend auf.

»Komm da sofort runter!«, sagte ich mit kreidiger Stimme.

»Mann, bin ich betrunken.«

»Vielleicht pisst der an den nächsten Baum, der Bulle.«

»Ich kümmer mich doch nur.«

»Du sollst da runterkommen!«

»Siehst du, schon wieder eine riesige Portion Glück für mich!«

»Wenn der Typ zurückkehrt, knallt er dich nieder.«

»Nein, er knallt dich nieder, denn du ziehst das Unglück an. So, und jetzt galoppier ich ein bisschen.«

Sie strich sich ihren Rock glatt, wendete das Polizeipferd sanft, zwang es mit ihren hübschen Schenkeln zum Gehorsam, schnalzte leise mit der Zunge und trabte los, als sei es das Selbstverständlichste der Welt. Ich betrachtete Neles Gestalt, die mit leuchtendem Haar in den Galopp wechselte. Sie war schon oft geritten, das sah man. Schon waren sie weggeweht, Pferd und Reiterin, verschluckt von der pittoresken Fülle und undurchdringlichen Dunkelheit des Central Park.

Irgendwo musste diese Frau Koks hergekriegt haben. Kein Bordeaux der Welt richtet so was an.

Ich ging ein paar Schritte, bis ich Lichter sah, eilte rüber zum Taxistand und rief die Polizei.

17. Tag

Donnerstag, 3. 10. 1996

Heute habe ich Eike Birk getroffen.

Vorgespräch.

Sehr ergiebig war es nicht. Birk benutzt tadellose Worte, die aber an mich vergeudet sind wie an Jeremiah seine Duftkerze mit Maulbeernote. Birks Geist spaziert nicht über taufrische Wiesen, sondern über Metaebenen aus Mondgestein. Ein störrischer Querkopf, eigen. Trägt schönen Hut. Aber mir würde er besser stehen. Kopf zu eiförmig. Hat keine Gewohnheiten. Macht angeblich nichts regelmäßig, nicht mal Biertrinken. Geht manchmal spazieren. Bluthochdruck.

Seine Töchter würden mich mehr interessieren.

Er sei ein großer, äußerst talentierter Schreiber, sagt Eike Birk. Ja, eigentlich der talentierteste. *Kolonie Germany* sei absolut authentisch, er hätte kein einziges Wort dazugedichtet, höre ich.

Das ist allerdings unvorstellbar. Die Referentin von Ministerpräsident Stolpe redet da in seinem Stück ein Zeug zusammen. Und ein in den Osten entsandter Wessi gibt eine so unvorstellbare Kabarettnummer ab. Der Bürgermeister von Luckau redet von seinen Betonhühnern. Alles umwerfend.

Birk sprach Sätze wie die folgenden: »Es war für mich unmöglich rauszukriegen, was da oben grad vor sich ging. Warum fanden die ersten drei Szenen nicht auf der Bühne statt? Warum war dort Čechovs *Kirschgarten* zu sehen? Was bedeutete der Zug, der hin und her fuhr? Warum war Michail Gorbatschow zwei Meter groß, zwanzig Jahre alt und trug einen Pferdeschwanz?«

Also habe ich jetzt zwei Filme am Hacken. Das Porträt über den talentierten Mister Birk und zur persönlichen Ablenkung den Ohrenfilm, nach dem mich Redford und Kerstin eben fragten. Ich war bei ihnen essen. Es gab Hühnchen mit Curryreis. Kerstin ziemlich schlapp. Die Stadt saugt sie aus.

Redford möchte Lila fotografieren, denn er liebt es, Stars mit der Kamera auf ihren Charakter zu reduzieren.

Und ich bin mit Ghostbuster beschäftigt.

Ghostbuster hieß das Pferd.

Und Sherwood hieß der Cop, der Ghostbuster geritten hatte. Jim Sherwood. Und der Cop Jim Sherwood erlitt, während er um Mitternacht am Reservoir des Central Park befehlsgemäß entlangtrabte, einen Herzanfall. Er wurde ohnmächtig und fiel aus dem Sattel. Ein schwarzer Crackjunkie hat das gesehen, seinen Joint weggeschmissen und den Cop mit Intensivbeatmung wiederbelebt – der Typ wird einen Orden kriegen, obwohl er Sherwoods Lungenflügel mit Marihuana vollpumpte, bis sie wieder flatterten –, aber keiner hat sich um Ghostbuster gekümmert, der Angst vor den Pennern bekam und wiehernd abgehauen ist. Immer tiefer in den Park.

Mir hat man das gestern Nacht auf dieser Central-Park-Wache erzählt, zu der sie mich fuhren. Da war es ein Uhr oder zwei.

Das war vielleicht abgedreht.

Ich war ja in der Gegend schon mal spazieren und fand das so merkwürdig, eine Polizeiwache mitten im Grünen. Und als ich jetzt reinmarschierte durch die Glastür und einen schmalen Flur und ein migränegelbes Vorzimmer hindurch, grüßten sie mich unter den Neonlampen und salutierten und sagten *»Sir«*, und einer erhob sich schnell vom Stuhl, und ich kam schließlich in einen Raum, in dem ich schon drinsaß.

Ich war sechs oder sieben Jahre älter als ich und etwas kräftiger, aber ich hatte mein absolut identisches Berlingesicht und hieß Captain Wollsteen, durfte aber Mike zu mir sagen. Ich sprach erstklassiges Englisch und kam aus Massachusetts, hatte aber deutsche Vorfahren aus dem Odenwald.

Wir sahen uns wirklich extrem ähnlich, die Männer um uns herum staunten nicht schlecht und lachten sogar – obwohl da noch nicht klar war, ob Jim Sherwood überleben würde.

Und mir fiel ein, dass mich vor ein paar Tagen ja schon mal so ein Bulle gegrüßt hatte, ehrfürchtig, unten am Turtle Pond, und er hatte mich also für Mike Wollsteen gehalten, den Captain.

Ich erklärte meinem vor Glück glucksenden Doppelgänger, dass eine volltrunkene Deutsche aus dem Frankfurter Zoologenmilieu, die Dokumentarfilme liebt und harmlos und verrückt ist wie das Gitarrensolo von Jimi Hendrix, das gerade aus dem Transistorradio eines Sergeants schepperte, den fünfjährigen Hengst Ghostbuster gekidnappt hat, mit dem Tier vielleicht derzeit durchs Gestrüpp galoppiert und bitte nicht erschossen werden sollte.

Aber ich musste erst mal ein paar Fotos über mich ergehen lassen mit dem Captain und mir drauf.

Weder Ghostbuster noch Fräulein Zapp wurden gefunden, und der Captain ließ mich um drei Uhr morgens von einem Streifenwagen zu Jeremiah ins Ghetto bringen.

Heute früh rief ich im Goethe-Institut an.

Die Meerjungfrau war nicht da.

Hollie Lehmann hob den Hörer ab, erklärte auf ihre mürrische Art, dass die Praktikantin sich heute krankgemeldet habe. Ja, sie habe mit ihr gesprochen. Nein, Fräulein Zapp habe nicht so geklungen, als ob sie verhaftet worden sein könnte. Fräulein Zapp habe eher so geklungen, als hätte sie sich die Nacht im Cat Club oder im Palladium um die Ohren geschlagen und zu wenig Aspirin im Haus.

Ich solle doch Professor von Dornbusch bitte ganz leiwande Grüße von ihr ausrichten, ganz leiwande.

18. Tag

Freitag, 4.10.1996, 10.45 Uhr

Ich sitze in einem schnuckeligen kleinen Café an der Ecke Avenue A, 9. Straße. Mischung aus Kreuzberg und Côte d'Azur.

Neben mir eine blonde, straßenköterige Liza Minnelli. Einen merkwürdigen Mantel hast du an. Sieht aus wie ein dünnes Oberhemd, das zu lang geraten ist und mit Klarlack übersprüht wurde. Rotbraune Karos auf schwarzem Grund. Unglaublich hohe Pumps. Schmale Augen. Ein etwas ordinärer Mund mit dicker, schiefer Unterlippe. Jetzt gehst du. Enganliegendes Hundehalsband am Hals. Du hast deine Ratten dabei.

Nele Zapp aus Frankfurt am Main.

Wir hatten ein Telefongespräch gestern noch.

Ihre Scham ist grenzenlos, genauso wie die Lücke, die jemand in den kleinen Felsen gesprengt hat, der mal ihr Gedächtnis war.

Mit Ghostbuster, so viel weiß ihre kleinlaut krümelige Stimme, ist sie in der Nacht zuvor zum Great Lawn geritten. Das Auf und Ab und der Rittwind (sagt man Rittwind, so wie man Fahrtwind sagt? Sie sagte jedenfalls Rittwind), der Rittwind also sowie der bestirnte Himmel über ihr brachten sie zur Besinnung. Schlagartig wurde sie nüchtern und bekam einen Panikanfall, als sie mitten im nächtlichen Central Park, vom Rücken des Pferdes eines womöglich erschossenen Police-Officers aus, die Skyline am Horizont betrachtete – das fürstliche San Remo, das königliche Eldorado, das kaiserliche Majestic – und über den Manhattan-Mond erschrak, der weiß und still und unschuldig wie der Schimmel strahlte, der sie trug.

Dann wusste sie nur noch, dass sie mit dem Tier plötzlich auf der 86. Straße auftauchte, weil ein hupender Cadillac an ihnen vorbeizischte. Und sie erreichten die U-Bahn-Station, das Pferd und sie, schon zitternd alle sechs Beine.

Als Nele den uniformierten Gaul an einer Laterne festband, kamen ein paar Typen von der Straßenreinigung die Treppe zur U-Bahn hochgestapft, mit Eimern und Besen in der Hand. Aber keiner sprach das Espenlaubmädchen an, denn schließlich sind wir hier in New York. Sie stieg die Subway runter und fuhr mit klopfendem Herzen mit dem A-Train nach Hause, kaninchenhaft, wie sie beteuerte.

Die Polizei kam heute Morgen zu ihr.

Ich hatte angeben müssen, wie die durchgeknallte Deutsche hieß und wo sie wohnte. Man hat sie aber nicht angezeigt. Sie sollte mich nur grüßen von einem gewissen Captain Wollsteen, der mir zwei Dinge ausrichten ließ.

Erstens: Cop Jim Sherwood hat überlebt.

Zweitens: sein Pferd auch.

Wir wollten beide nicht auflegen.

Ich hatte keine Ahnung, ob sie sich noch an den Kuss erinnerte, den im Park besoffen geküssten. Aber ich spürte, wie sie spürte, was ich spürte.

Stimmen können sich auf immer in dein Gehirn schrauben, ganz egal, was sie sagen. Habe ich von Mister Lightinghouse gelernt. Ich war sicher, sie starrte beim Telefonieren wie ich ins Nichts mit ihren schönen, etwas ironisch glimmenden Augen, die manchmal im Stacheldraht ihrer Wimpern hängenbleiben und dann zerplatzen. Das merkt man ja, wo jemand hinguckt, mit dem man telefoniert. Leider merkt man nicht, was er anhat.

Wieso trägt sie immer dieselben Klamotten? Diesen Minischottenrock und das giftgrüne, enganliegende Jäckchen? Sie sieht aus wie eine Python, die im Begriff ist, sich zu häuten. Wie Kerstin gestern sagte, werden Männer magisch von Frauen angezogen, die Chaos, Unruhe und Zerstörung ausstrahlen. Jemand, der ein Polizeipferd klaut und damit sublunar durch den Central Park New York reitet, strahlt so was von Chaos, Unruhe und Zerstörung aus, egal, wie er sich kleidet.

Gleichzeitig traut sie sich nicht, im Guggenheim-Museum in eine Kunstinstallation zu gehen, in der man auf Bildschirmen Menschen schlafen sieht.

Und sie trägt Herrenschuhe in ihrer Handtasche spazieren.

»Ich wollte dich mit dem Scheiß beeindrucken«, hauchte sie ins Telefon, »ich bin wie ein Mann, weißt du.«

»Du bist eine Bekloppte.«

»Das wollte ich damit sagen.«

Wenn wir uns gehenlassen, werden wir noch in dieser Woche ein Paar sein. Wir werden hier in dem Café sitzen und Händchen halten. Ich und die Wahnsinnige.

Aber das wird nicht geschehen.

Ich freue mich, Mah wiederzusehen.

Aber ich nehme mir auch vor, mich zu freuen, sie wiederzusehen. Habe auch etwas Furcht vor ihrer prachtvollen geistigen Gesundheit.

Wir werden uns bestimmt fremd sein am Anfang. Manchmal riecht sie nach Krankenhaus, wenn sie nach Hause kommt, sich an mich schmiegt, ungeduscht, irgendwie aseptisch, und dennoch ein Geruch.

Sie hat mir erneut einen rührenden kleinen Brief geschrieben.

Auf dem Fax war ein Herz zu sehen.

Ich bin voller Traurigkeit.

Mit Lila hatte ich schon wieder einen Krach, diesmal heftig. Er ist wie eine Laborratte, der man eine Überdosis Amphetamine injiziert hat.

Jeden Tag trommelt er seine Studententruppe zusammen.

Dann sitzt man da, alle sind hektisch, reden durcheinander, und nichts passiert. Dann werden alle noch hektischer, weil nichts passiert und nur durcheinandergeredet wird.

Wir treffen uns morgens in dem Apartment der immer noch nach Kotze riechenden Heidi und palavern über die Filmporträts, die wir drehen wollen.

Kein Mensch beschwert sich, dass die Sexfilmidee gekippt wurde. Ich glaube, sie wollen alle nur New York anglotzen.

Thommie macht was über Friedhöfe und über die alte Frau, die in seinem Bett gestorben ist.

Aisosa findet ihre Leiche langweilig, die noch dazu im Krankenhaus über den Jordan ging. Sie dreht daher einen Film über Hope Lemaitre, eine hippe Action-Painting-Künstlerin, die ungefähr Jeremiahs Kragenweite hat.

Hans-Jörn ist müde. Langhaarig wie Absalon, bevor er im Baum hängenblieb, wartet er aufs Aufwachen, und wir schauen dabei zu, wie sich kleine Gedanken in seinem Mund formen, ohne vorher den Umweg durchs Gehirn genommen zu haben.

Heidi, die sich nie die Zähne zu putzen scheint, schleimt sich mit einem Porträt über Aldon Ruby bei Aldon Ruby ein.

Und Cosima ist ideenlos und will mir mit der Kamera helfen. Das freut mich sehr, zumal wir uns kaum kennen und sie einmal sehr erschrocken war, als ich an der Filmakademie ihren komischen Exfreund bedroht habe vor zwei Jahren.

Dennoch ist es schwer, dieses ganze Gesülze von am Herzen verfetteten, total verwöhnten scheiß Filmstudenten zu ertragen, einer Partei devot Missvergnügter, der man nicht angehören will.

Alle Intensität der letzten Wochen, und es waren intensive Wochen, ist verloren.

Und ich liege im Bett und denke an Ghostbuster, um nicht an Apapa denken zu müssen.

19. Tag

Samstag, 5. 10. 1996

Letzter Morgen bei Jeremiah Fulton.

Wache auf, geweckt von einem bösen Traum.

Jeremiah ist schon im Bad. Ich höre, wie er die Babypuderflasche schüttelt.

Vor meiner Couch stehen Puppy und Lucy, wackeln mit den abgesägten Schwanzstummeln und können es kaum erwarten, bis ich weg bin. Zur Feier des Tages haben sie sogar aufgehört zu husten.

Das Wohnzimmer sieht fast wie eine menschliche Behausung aus. Ich habe ziemlich viel Ordnung hinterlassen. Schon seit Tagen wurden keine Kakerlaken mehr gesichtet.

Ich erhebe mich und gehe auf den Balkon. Im Morgenlicht schimmert der East River unter mir, matt wie eine Bleischürze. Ich bin gereizt und schlechtgelaunt.

Jeremiah tritt aus dem Wohnzimmer, schlurft neben mich an die Brüstung, halbangezogen. Er hat Chérie auf dem Arm, die kleine, bellende Katze. In der anderen Hand sehe ich ein Blatt Papier.

»Are you in trouble?«, fragt er mich. Es ist das erste Mal, dass er mich irgendwas fragt in diesen zwei Wochen.

»I don't know«, sage ich.

»In love?«

»Maybe.«

»Here is a poem for you«, grunzt er und zeigt mir das Papier.

»Oh«, grunze ich zurück, *»thank you.«*

Er nickt.

Bevor ich zugreifen kann, zerknüllt er den Zettel und wirft ihn grimmig auf Manhattan herab. Er, ich und Chérie blicken nach unten, dem fallenden, vom Wind gebeutelten Knäuel nach.

Dann springt die Katze hinterher. Aber Jeremiah kann sie noch im Flug fangen, wie einen Baseball, erwischt sie an den Hinterbeinen und schleudert sie auf den Balkon zurück. Sie landet auf einem verrosteten Grill.

Seine Reflexe sind das Erstaunlichste an ihm.

Er hat mir tatsächlich ein Gedicht geschrieben. Er hat zumindest irgendwas geschrieben.

Was für eine theatralische Pose.

Nun liegt das Papier zerknüllt auf einem mit Stacheldraht gesicherten Parkplatz. Vielleicht findet es einer dieser Latino-Gangster, die nicht mal lesen können, oder wenn er doch lesen kann, ist er vielleicht nach der Lektüre so gerührt, dass er niemanden mehr umbringt oder nur noch Polizisten.

Jeremiah blickt mich an und knurrt: *»It was not a good one.«*

Was für ein Freak.

Habe ich ihn nicht beglückt genug angesehen? Habe ich sein Gedicht nicht stark genug ersehnt? Bin ich es nicht wert?

»Are you ready? We have to go!«, bellt er, dreht sich um und geht.

Er ist verwundbar wie eine Qualle und genauso antriebslos. Unter all dem durchsichtigen Quallenfleisch verbirgt sich das Kind, das er einst war und das vor allem und jedem Angst hat, sogar vor mir.

Was mag er mir geschrieben haben?

Wir gehen aus dem Haus, ich trage meinen großen Seesack.

Er mahlt mit den Zähnen und sagt kein Wort.

Samstag, 5. 10. 1996, abends

Vorhin habe ich Lila zusammengeschlagen.

Er saß in einem Café und wartete auf Jeremiah und mich. Er trug wieder seine Baseballmütze und umarmte uns lustlos. Ich stellte meinen Seesack ab. Man setzte sich. Es gab ein nichtssagendes Palaver zwischen den beiden Professoren, und ich war erstaunt, wie unterwürfig Jeremiah wirkte. Er neidet Lila dessen Ruhm aus ganzem Herzen, und dennoch wirkt er gleichzeitig davon in Bann geschlagen, wie ein fettes, von der Schlange hypnotisiertes Kaninchen. Häschen in der Grube.

Plötzlich begann Lila mich zu beschimpfen.

Er erklärte, ich sei faul gewesen, ein bequemer und fauler Sack, der zwei Wochen lang nur im Bett gelegen und seine Eier geschaukelt hätte, anstatt zu arbeiten.

Ich weiß nicht, wieso er plötzlich diesen Ausbruch bekam. Er sprach englisch, so dass Jeremiah ihn gut verstehen konnte und ihm daher hätte antworten können: »Lila, red keinen Unsinn. Dein Student hat meine Küche renoviert, mein Bad von den Kotresten der letzten vier Jahre gereinigt, meine Tiere spazieren geführt und vier- oder fünfmal meine Mahatma-Gandhi-Brille errettet aus dem Müllhaufen, in dem ich lebe, er hat meine Launen, meinen Menschenhass, meine Komplexe und Telefonsexgespräche ertragen, einen Raubüberfall überlebt und nebenbei die Quartiermeisterei für Dieanderenfünf übernommen, noch dazu erfolgreich, und außerdem hat er vor, trotz seiner so eingeschränkten Lebenserwartung, einen Film über Ohren in New York zu drehen und einen zweiten Film über einen öden zeitgenössischen Schriftsteller und vielleicht sogar einen dritten Film über Nazischeiß, und weißt du was, dein fleißiger Student schreibt wie ein Wahnsinniger Tagebücher, obwohl er sie nie wieder lesen wird, er ist tüchtig, gewissenhaft und emotional ein bisschen durcheinander, und es lässt sich nichts Schlechtes über ihn sagen bis auf die eine traurige Tatsache, dass ich ihn niemals nackt gesehen habe.«

Leider hat Jeremiah natürlich kein Wort davon gesagt. Er lächelte nur flau. Und niemand wusste, niemand konnte wissen, in welch beunruhigender Verfassung ich bin, die ich ja selbst kaum zu deuten vermag.

Vielleicht muss man in der Filmbranche vor allem die Fähigkeit entwickeln, ein großes Maß an Ungewissheit zu ertragen, und was kann ungewisser sein als die Frage nach dem genetischen Fallout des ss-Sturmbannführers, von dem man abstammt?

Na ja, vielleicht ist die Frage, von wem man sich küssen lassen darf, tatsächlich noch schwerer zu beantworten.

Und all diese Unklarheit führt zu Stress und schwarzer Galle, zu Schleimbildung und Ausdünstungen in Milz, Herz und Gehirn, und vor dem Hintergrund dieses Gebräus, das in mir brodelt, eskalierte der Streit mit Lila bis zu dem Augenblick, als er mir das Wort abschnitt, und zwar so arrogant und damenhaft, dass ich ihn auf Deutsch fragte, ob er was in die Fresse will.

Er war dann plötzlich sehr still.

Jeremiah sagte: *»Mr. Rosen's eyes have a beautiful blue when he is furious.«*

Und Lila hörte leider auf mit dem Stillsein und sagte folgenreich zu mir: »Tut mir leid, aber du musst schon was aushalten als Filmemacher, Jonas!«

Dann schnipste er mit dem Fingernagel an meine Nase.

Als ich noch mit meiner Kindheitsfreundin Valerie Soraya Puck Doktorspiele in der Nähe des Mannheimer Schlachthauses ausprobiert hatte und dabei von den Arschlöchern aus der Husarenstraße beobachtet wurde, die allesamt ein bis zwei Jahre älter waren als wir und sich vor uns aufbauten und verlangten, dass sie meine Freundin auch mal mit dem Mittelfinger untersuchen dürften, habe ich zum ersten Mal erlebt, wie es ist, rotzusehen. Rotsehen ist nämlich nicht nur eine abgelutschte Redensart. Sondern wenn du rotsiehst, platzen hinter deinem Auge irgendwelche Blutgefäße, und alles, was du nun erblickst, färbt sich monochrom, als würde man in ein mit Eisenoxid kontaminiertes Aquarium starren, und in diesem Augenblick bist du tatsächlich dazu fähig, alles zu tun, was du sonst niemals tun würdest, weshalb ich damals eine Eisenstange nahm und sie einem der rostroten Husarenstraßenarschlöcher über den Schädel gezogen und ihn damit noch rostroter gemacht hätte, wenn meine Mutter uns nicht gesehen und dazwischengegangen wäre.

Und genauso war es mit Lila, nachdem er mir an die Nase geschnipst hatte und direkt danach die Farbe seines Namens annahm, wie auch alles um ihn herum sich einfärbte (die Himbeere von einer Kellnerin brachte lila Bier durch den lila Schankraum), und ich war selbst überrascht, wie weiß meine Faust ihn plötzlich traf, am Unterkiefer, in Zeitlupe, ich dachte, ich seh nicht recht.

Professor von Dornbusch krümmte sich plötzlich am Boden und quiekte, während ich vor ihm herumtanzte und lauthals schrie und schrie.

»TUT MIR LEID!«, hörte ich mich schreien. »ABER DU MUSST SCHON AUCH WAS AUSHALTEN ALS FILMEMACHER, LILA!«

Im Nu war die Security da, eine Art Mike Tyson, der mit gezücktem Totschläger auf mich zustürmte. Aber Jeremiah warf sich heldenhaft vor mich und rief ihm zu: *»No, bro, he's gonna die!«*

Es gab ein komisches Geräusch, als der Knüppel Jeremiahs Stirn traf, und ich schob beschwichtigend meine Haare beiseite, präsentierte Mike Tyson meine Frankensteinnarbe, die das Puzzle meines Schädels zusammenhält. Das sedierte ihn zuverlässig, so dass er innehielt, und dann sprach ich in die Irritation hinein: *»Everything is alright!«*, während mein Gastgeber auf die Knie sank und

»Poor boy« stöhnte. Und ich wieder so: *»Everything is alright.«*

Wir flogen raus, und ich war der Einzige, der nicht blutete.

Wir saßen später zu dritt auf einer Bank in der Sonne. Nebeneinander. Ich in der Mitte. Ein Schmetterling kostete irgendwas Honigfarbenes im Müll. Ich war sicher, sie würden mich aus dem Seminar schmeißen, in den nächsten Flieger nach Hause setzen, wo ich dann von der Filmakademie gefeuert werden würde.

Was für ein komplettes Arschloch Sie sind, *Mr. Rosen.*

Talentiert darin, fremdes Leid anzusammeln und zu vermehren. Alle Achtung.

Und in Ihnen breitet sich perverse Erleichterung aus, Rosenerleichterung, ja, ein wohliges Rosengefühl, eine Art innerer Rosenfrieden.

Wie gut Ihnen das Zuschlagen getan hat. Wie perfekt der Eindruck von nicht wiedergutzumachender Schuld zu Ihren Erwartungen an Sie selbst passt. Fleisch von seinem Fleisch zu sein. Hass von seinem Hass. Es ist wirklich an der Zeit, dass Sie sich selbst erkennen in Ihrem Apapa, Gott habe ihn unselig.

Meine beiden Professoren stöhnten neben mir vor Schmerz. Lila presste ein Taschentuch auf seine kaputte Nase. Er klang vorsichtig und verschnupft, als er Jeremiah undeutlich fragte, ohne das Taschentuch anzulupfen: *»What do you mean, he's gonna die?«*

Jeremiahs Augenbraue war aufgeplatzt, und in sein Auge tropfte es wie aus einer undichten Wasserleitung.

»Mr. Rosen will be dead in six months. Look at him!«

Er zeigte mit seinen Wurstfingern auf meinen Kopf, der einzige Kopf auf der Bank, der super in Schuss war.

»By April he'll be dead.«

»Im April du bist tot?«, fragte mich Lila in überraschtem Deutsch.

»Tut mir leid. Tut mir furchtbar leid, Lila! Ich weiß nicht, was mit mir los ist. Ich bin so außer mir. Mein Großvater war ein ss-Killer.«

»Und was hat das mit mir zu tun?«

»Es hat nichts mit dir zu tun. Es hat mit mir zu tun!«

»Und was soll ich jetzt machen? Dir eine Sechs geben oder was?«

»Die Strafe reicht nicht. Keine Strafe reicht. Glaub mir, ich hätte dich wirklich am liebsten umgebracht. Ich fliege morgen zurück, okay?«

Ich hoffte es fast. Auch jetzt spüre ich diese Hoffnung in mir aufsteigen und merke, dass irgendwas in mir fortwill aus diesem immer absurder werdenden amerikanischen Traum, der mein Leben, das spüre ich, für immer verändert.

»Wieso bist du im April tot?«, wiederholte Lila, nun gefasster. Er nahm das Taschentuch von der Nase. Kein schöner Anblick.

»Ich weiß nicht, ob ich im April tot bin.«

»The doctors have told him the terrible truth«, schluchzte Jeremiah.

Nun hatte ich Lilas ganze Aufmerksamkeit, und es ist schon beeindruckend, wie stark das subjektive Schmerzempfinden gedämpft werden kann durch rein verhaltenspsychologische Prozesse wie zum Beispiel das Erstaunen.

»Die ganzen ärztlichen Gutachten liegen doch bei mir im Büro«, sagte Lila daher zwar nasal, aber nahezu munter. »Du bist doch völlig gesund, Onkel Jonas.«

»Er ist netter«, erwiderte ich und blickte arglos zu Jeremiah, der kein Wort verstand, »seit er glaubt, dass ich nicht so völlig gesund bin.«

»What are you krauts talking about?«

In diesem Augenblick, als ich zwischen meinen beiden Professorentunten saß und ihre von mir hervorgerufenen, stark tropfenden Verwundungen betrachtete, wurde mir klar, dass das Wesen eines guten Lehrers (wie auch eines guten Vaters) in seiner Duldsamkeit liegt.

Es gibt niemand Unduldsameren als Lila von Dornbusch, aber er war dermaßen fasziniert davon, körperlich misshandelt worden zu sein, er genoss die Vorstellung so sehr, dass einer seiner Studenten eine tödliche Krankheit vortäuscht, um irgendeinen weltlichen Nutzen daraus zu ziehen, dass er am Ende, von Anteilnahme überwältigt, sich zu mir herüberbeugte und mich in seine Arme schloss.

Und Jeremiah missdeutete diese Geste, fiel ebenfalls über mich her, mich umschlangen liebe gleichgeschlechtliche Rabeneltern, ihr frisches Blut tupfte meine Wangen, wir alle drei weinten wie alte Hippies auf dieser Bank im West Village und wurden von niemandem beachtet.

KLADDE III

5. Oktober–18. Oktober 1996

19. Tag (Nachtrag)

Samstagnacht, 5. 10. 1996

Bin nicht gefeuert worden und nicht nach Hause geflogen, sondern wohne im National Arts Club.

Ein größerer Kontrast zu Alphabet City lässt sich gar nicht denken. Man kann zu jeder Tages- und Nachtzeit auf die Straße gehen. Nirgends werden einem Drogen angeboten. Die Stadt fühlt sich hier so sicher an wie Entenhausen.

Die Erbärmlichkeit von Jeremiah vermisse ich. Er fehlt mir. Ein Planetenwechsel.

Quer gegenüber in einem Marmorpalast wohnt Superstar Jessica Lange. Die Wände ihres Apartments sollen reinweiß sein, ohne Schmuck, Verschalung, Teppichleiste und all das Zeug. Sie umschließen dreihundert Quadratmeter Wohnfläche, auf denen es nichts anderes gibt als jede Menge Matratzen und eine Sitzgruppe mit Stühlen aus gebogenem Rohr, in die man sich aber nicht setzen kann, weil sie einen im Kreuz erwischen wie ein Karatehieb (sagt Aldon Ruby, hihihi, der manchmal mit ihr frühstückt).

Etwas morbid Perverses lauert hingegen in diesem viktorianischen Gemäuer, in das ich gespült wurde. Die Menschen, die hier leben und sterben, haben reiche, alte, dumme Gesichter. Das Blasierte färbt sogar auf die Gemälde ab, die an den Wänden hängen und meistens ebenfalls reiche, alte, dumme Gesichter abbilden.

Die Bediensteten sind zahlreich, frisch, geschmeidig, ungeheuer gutaussehend, wie junge Wölfe, die den Schafen einen schönen Abend machen. Viele der Jungs, die hier als Pförtner, Bodyguards, Küchenbullen arbeiten, kommen aus den ärmsten Ghettos in Harlem oder der Bronx. Einer von ihnen, er heißt José, hat mir seine Stich- und Schusswunden gezeigt, freundlich lächelnd.

Manchmal muss er zu Aldon Ruby ins Schlafzimmer, behauptet Lila gehässig.

Ich war heute im Fahrstuhl mit einem Millionär, der dreitausend Dollar am Leib trug. Er grüßte mich nicht, wandte sich ab. Ich kam mir vor wie ein indischer Boy zur englischen Kolonialzeit und bekam sofort Appetit auf Mutton Curry.

Habe ein Zimmer, das im Gegensatz zur Diaspora in der Avenue C den puren Luxus darstellt. Spartanisch eingerichtet, aber groß und frei von jeglichem Unrat. Schade, dass es nach altem Mensch riecht. Leichengeruch. Süßlicher Moder.

Die Dame, die vier Wochen zuvor in meinem Bett gestorben ist, hatte eine ansteckende Krankheit.

Mah würde sich pudelwohl fühlen.

Was gibt es hier? Zwei mit Hongkong-Steppdecken drapierte, quietschende, watteweiche Betten. Einen bis auf die Maserung abgebeizten Eichenschrank. Zwei einfache Stühle. Einen Schreibtisch. Einen grünen Teppichboden, der seit Jahren nicht mehr gesaugt wurde und aussieht, als hätte man ihn aus einer mit Schweiß getränkten Tennishalle geschnitten. Ein einzelnes, schiefhängendes Bild, goldgerahmt, das nur aus rotem Karton besteht, auf dem in goldenen Lettern »GRAMERCY PARK THANKSGIVING« gedruckt steht. Vor dem Fenster die Feuerleiter. Eine alte Gasleitung aus der Jahrhundertwende hängt oben unter der Decke, mündet in zwei Messingschalen, die vor hundert Jahren das Zimmer beleuchteten. Heute erledigt das eine Neonröhre.

Meine erste Besucherin war Tante Paula.

Sie ließ sich über das Haustelefon ankündigen, ein Telefon, mit dem man niemand anderen anrufen kann als die Mitbewohner, das Personal oder Aldon Rubys Anrufbeantworter. Die Leitung nach außen muss über den Pförtner freigeschaltet werden.

Als sie hereinrauschte, trug Tante Paula wieder ihren Kimono und hatte den Zeichenblock dabei.

Ich bot ihr einen Stuhl an, aber sie setzte sich lächelnd mir gegenüber aufs Bett. Dort wippte sie zweimal auf und ab, um die Qualität der Matratze zu prüfen, reckte befriedigt beide Daumen in die Höhe, schüttelte die Pantoffeln von den grau bestrumpften Füßen und ließ sich trotz ihres Dutts aufs Kissen fallen, als wäre sie vierzig Jahre jünger.

»Was hältst du davon, Lieberchen«, fragte sie baltischwarm, die Augen an die Decke gerichtet, »in den Westen zu fahren?«

»Ich verstehe die Frage nicht.«

»Wai, was hast vor in dejnem Leben?«

Diese Frage verstand ich noch weniger. Tante Paula setzte sich etwas auf, griff zum Zeichenblock, holte einen weichen Bleistift aus den Tiefen des Kimonos und begann, mich zu skizzieren. Sie hört beim Quatschen gerne dem Geräusch des strichelnden Bleistifts zu.

»Es ist wie über einem Rätsel pulkern, *honey*«, sagte sie. »Ich meine: *to look at you*! Zu sehen dieses Jesuche von dir! Das steckt in jeder dejner Jebärden, kuck hier, kuck da. Und das steckt sogar in dejnem Jesicht, dieses Jesuche, hier oben steckt es«, sie tippte mit dem Stift an ihre Nasenwurzel, »so wie in den Schnauzen von Waschbären.«

»Die suchen nur Futter.«

Sie ging nicht darauf ein.

»Man fragt sich natierlich, was man noch erledjen kann in der verbleibenden Zeit, und als ich mich das heute Morjen jefragt habe, *honestly*, da hab ich jedacht, vielleicht sollten wir in den Westen.«

Es war beunruhigend, in diesem Zusammenhang die erste Person Plural zu hören. Ich stand auf und bot ihr ein Glas Wasser an, schon um nicht fragen zu müssen, was um Himmels willen sie im Westen suchen wollte, Gold kann es ja kaum sein.

»What do you think?«, fragte Tante Paula.

Ich setzte mich wieder, ebenfalls mit einem Glas Wasser in der Hand, das rasch leerer wurde.

»Wo willst du denn genau hin?«, sagte ich schließlich ausweichend.

»Colorado, Utah, Wyoming, Montana, Idaho, South Dakota, Nevada, Arizona und natierlich California mit San Francisco, Santa Barbara und Los Angeles.«

»Das ist alles?«, stöhnte ich.

»Vielleicht noch ein Dschamperchen nach Mexiko. Ich weiß nich mal, ob ich zum Sterben hierher zurück mechte.« Sie tastete prüfend die Steppdecke ab, auf der sie lag. »Obwohl, man wird ja gut versorcht hier, Room Service, jebügelte *New York Times* jeden Morjen. Aber dann bist du mit dejnen Alpträumen allein.«

Sie widmete sich beim Zeichnen meinen Augen, kniff ihre Augen dabei noch stärker zusammen, und auch ihre Stimme wurde konzentrierter und leiser.

»Mit Jack und Ginsberg und den anderen bin ich damals nich rumjegondelt. Die wollten ja immer nur einfach unterweechs sein. Das waren alles Gammler, *very attractive*. Aber auch krank an der Seele und mit einer, einer, nu wie sagt man, *desire* …?«

»Sehnsucht«, übersetzte ich.

»Ja, mit einer Sehnsucht, die mit nichts zu stillen war als mit *speed and gasoline and* Fusel *and all the stars over the Rocky Mountains*. Da haben die alle jebrannt innerlich, wie Ölquellen, mit Dynamit jesprengte Ölquellen, so haben die jebrannt. Komisch, dass wir uns begeechnen, Jonas, ausjerechnet jetzt. Und komisch, was du alles vermagst auszuleesen.«

Sie blickte auf, gab mir durch eine Geste zu verstehen, dass ich meinen Kopf höher halten sollte. Dann sagte sie, in ihre Schraffur hinein: »Und wenn wir beide uns auf den Weech machen?«

»Wir beide?«

»Glaubst du nich, dass wir uns orntlich was zu sagen haben?«

Ich stellte mir vor, mit der sterbenden Tante Paula in den Weiten der Prärie über ss-Sturmbannführer Rosen nachzudenken, und antwortete schnell: »In anderthalb Wochen fliege ich nach Deutschland zurück. Bis dahin muss mein Ohren-Film im Kasten sein.«

»Ich schenke dir einen Chrysler und ein paar Dollarchen. Sagen wir: hunderttausend.«

»Sehr witzig.«

»*Not at all.* Ein Chrysler. Hunderttausend Dollar. Wir durchqueren den Kontinent, *you and me*. Wir übernachten in scheebjen Absteijen und großartjen Hyatts, und du sitzt am Steuer und kümmerst dich um die Bestattungs-Tralalas, wenn es so weit ist. Und du dibberst nich mehr an dejnem Ohren-Film, sondern denkst nur an Hollywood und Beverly Hills, denn da fahren wir auch hin.«

Ich starrte sie ungläubig an, legte ihre Runzeln, Narben, Falten über die Gesichtszüge der jungen Frau, die ich von dem Huncke-Foto kannte, und konnte mir einfach nicht vorstellen, dass es ein und dieselbe Person war.

»Du besitzt hunderttausend Dollar, Tante Paula?«

»Na ja, es ist das Geld von Mister Hertzlieb jenaugenommen, ein beschejdener Teil davon. Und er hat mir aufjetragen, das Vermejn sorchfältich anzulejen, aber so, wie ich Mister Hertzlieb kenne, wird er die Rocky Mountains für eine jescheite Investition halten.«

»Ich habe ein Leben in Berlin, Tante Paula. Ich studiere dort, ich wohne dort, ich habe ein Mädchen dort.«

»Sie kann doch mitkommen.«

»Sie hat einen Job.«

»Ist sie nich Krankenschwester?«

»Genau.«

»In einem Sterbehospiz?«

Ich nickte mit aschigem Entsetzen.

»Nu, wir wären dann ein Sterbehospiz auf Rädern, nicht wahr, Sunshine? Und auch wir bräuchten eine Krankenschwester.«

»Mah wird das nicht tun. Sie fährt nicht gerne weg. Und einfach ihren Arbeitgeber im Stich lassen, ihre Patienten im Stich lassen für eine Vergnügungsreise …, nein, sie ist sehr verantwortungsvoll, weißt du.«

»Dann nimm die *little Lady from Frankfurt*, die nejlich in mejnem Zimmer war und immer pluschen musste. Die ist selbstbezogen und sehr verantwortungslos und ein wirklich goldijes Ding. Und ich hoffe, du wejßt, wie sehr sie dich begehrt, mein lieber dammlicher Neffe. Und was glaubst du, wie sehr sie dich erst mit mejnen hunderttausend Dollarchen begehren wird?«

Danach war ich verwirrt.

Ich stapfte, während sich Tante Paula bei mir unterhakte, mitten in ein sogenanntes »Opening« hinein, eine Art Prunksitzung ohne Karneval, die im großen Salon des Clubs zelebriert wurde, an dreißig weiß eingedeckten Rundtischen mit Silberbesteck unter Kronleuchtern.

Jede Woche findet diese Audienz für Clubmitglieder statt, und jedes Mal hält ein weltbekannter Künstler einen kurzen Vortrag. Diesmal war es die Schriftstellerin Siri Hustvedt. Tante Paula und ich hatten sie aber verpasst, weil Tante Paula fand, dass man sie unbedingt verpassen sollte. Außerdem sagte sie, dass alle Mitglieder immer nur über

Bill Clinton und Bob Dole reden und wer von beiden nun Präsident werden sollte, dabei sei Ralph Nader der einzig vernünftige Kandidat, ein Grüner, der den Volkswagen und den Porsche abschaffen möchte wegen des Heckmotors. Sie hasst deutsche Automarken. Deshalb kriege ich ja auch einen Chrysler.

Wir ließen uns am Tisch der Filmstudenten nieder, wo noch zwei Plätze frei waren. Lila war nicht gekommen, weil er seine Gesichtsverletzungen nicht attraktiv findet, und Josef Heiger musste für ihn in den New Yorker Apotheken nach einer speziellen Heilsalbe aus Guatemala suchen.

»*You are looking so orange,* ihr Lieberchen!«, sagte Tante Paula zu meinen Kommilitonen freundlich.

Cosima trug in der Tat eine orangerote, tolle Jacke, Aisosa einen ausgebleichten, eher terrakottafarbenen Ledermantel, Hans-Jörn (der überraschenderweise einen Zopf aus seinen Haaren gebunden hatte) hatte sich für einen kleegrünen Pullover mit zwei Mandarinen drauf entschieden. Und die grauenhafte Heidi trug zwar Schwarz und war eingerahmt von ihrem Freund (wie heißt er eigentlich) und dem Produktionsleiter Tim Schöffel, zwei unendlich öden Männern, die wie Hirnamputierte ins Nichts starrten und ebenfalls schwarze Hemden trugen, einer davon hatte aber ins Orange ziehendes Eigelb auf dem Kragen.

Ich hatte mal wieder meine Sträflingskombi an, mit weißen Längsstreifen, die sich mit schwarzen, gelben und grünen abwechseln. José schenkte mir gleich einen halben Liter Bordeaux in das größte Rotweinglas ein, das ich jemals gesehen habe. Sehr in Ordnung, der Junge. Sehr wach, sehr sympathisch, sehr arm.

In gewisser Weise vermisse ich Jeremiah, wenn ich unter diesen Leuten sitze, vermisse die Isolation, in die er mich zwang, vermisse seine nahtlose Feindseligkeit und seinen unerfüllbaren Wunsch nach Nähe.

Wenn man auf jemanden trifft mit so sichtbarer innerer Verwundung, eine traumatisierte oder zumindest hysterische Person, kann man Menschen, die ihre sozialen Kompetenzen lediglich einsetzen, um im Leben voranzukommen, nur mit ich weiß auch nicht was begegnen (Unernst, Desinteresse, Wut, einem halben Liter Rotwein von José).

Da sind mir doch die, die überhaupt keine sozialen Kompetenzen haben, wesentlich lieber.

Im Grunde liegt die einzige Verbindung unserer Gruppe darin, dass wir uns jeweils auf die Mentalitäten Derandrenfünf einzustellen vermögen. Ohne jeglichen inneren Antrieb dazu. Wir haben uns nichts zu sagen, und darum sollten wir uns auch nichts sagen. Ich gehe den meisten aus dem Weg und spüre, wie sehr mich eine Hunderttausend-Dollar-Fahrt in die High Plains von ihnen heilen könnte.

Sie wundern sich. Sie wissen nicht, was sie mir getan haben. Finden mich scheiße, weil ich sie scheiße finde. Blühen aber auf in verlogener Freundlichkeit.

Vielleicht ist die Farbe unserer Würde immer etwas Graues. Anders kann ich mir nicht erklären, dass Jeremiah in meiner Erinnerung so viel Würde hat. Etwas Unwürdigeres als ihn gibt es ja eigentlich gar nicht. Elend macht uns unwürdig. Macht uns aber auch würdig, und dann nennt man es Leid.

Im Grunde die Kehrseite der Liebe, für die auch beides gilt.

20. Tag

Sonntag, 6.10.1996

Heute ist ein herrlicher Sonntag, und ich war schon früh am Union Square. Die Sonne scheint, als wäre sie der Erde ein paar Millionen Kilometer näher als sonst, ein sehr helles, brillantes, fast gleißendes Licht, das die Farben ausbleicht. Es beginnt, der wärmste Herbst der Welt zu werden. Eine schöne Zeit für Gesichter.

Später saß ich im Central Park auf dem Rand eines Springbrunnens. Ein guter Platz, um auf eine Meerjungfrau zu warten. Auf der Wiese um mich herum typisch amerikanische Familien beim Sonntagsausflug. Väter spielten mit ihren Söhnen Baseball. Mütter saßen auf Steinen und lachten elegant. Ein langhaariger Schwarzer schlenderte vorbei, an der Leine zwei überzüchtete Greyhounds, im Gleichschritt dahintrippelnd, von weißen, wollenen Leibchen geschützt. Sahen aus wie höhere Töchter, die niemals Jeremiah Fulton und seiner grünen Plastiktüte in die Hände fallen dürfen.

Nele trat aus dem Glast des Sprühnebels, der von der Wasserfontäne herüberwehte, und sie war nicht allein. Sie hatte eine neue Art, mir die Hand zu reichen, die viel zu lang in meiner ruhte. Ich spürte ihre Mittelhandknochen. Sie sind weich und werden, wenn sie dermaleinst ein Anthropologe aus der Erde gräbt, einige Rätsel aufgeben. Sie atmete flach, und deshalb hatte ihre Stimme kein Volumen, als sie »Hallo Jonas, das ist die Almut« sagte.

Sie meinte das Mädchen neben ihr, das sie von zu Hause mitgebracht hatte. Almut ist ihre hübsche, jüngere Mitbewohnerin. Obwohl sie ebenfalls am Goethe-Institut arbeitet, habe ich sie nie gesehen, sie wurde auch nie erwähnt, geschweige denn geschildert, vielleicht, weil sie als festangestellte PR-Kollegin der Praktikantin Nele vorgesetzt ist. Vorgesetzte, selbst wunderbare Vorgesetzte, sind immer eher Elemente der Luft als des Wassers. Almut, blonder und kühler als die Meerjungfrau, scheint somit auch eher ein Luftgeist zu sein als eine Nixe. Beide Frauen schlafen zusammen in einem Doppelbett, und Almut hat die Eigenart, sich nachts an Neles Rücken heranzukuscheln, weil sie sich im Dunkeln fürchtet, wie ich später erfuhr. Tagsüber hat sie etwas Forsches, überbetont Selbstbewusstes, Distanziertes.

Nele lenkte unsere Schritte zum Great Lawn. Plötzlich bückte sie sich und zeigte uns deutlich sichtbare Hufspuren gegenüber der großen Terrasse, mitten in einem Rosenbeet, das völlig im Eimer war.

»Was für Idioten! Machen die schönen Rabatten kaputt!«, klagte Almut streng. »Diese Polizeigäule sind das. Die müsste man echt verbieten!«

Nele nickte befangen, erwähnte Ghostbuster mit keinem Wort und gab mir damit zu verstehen, dass wir nun ein Geheimnis haben, in das nicht einmal ihre Bettnachbarin eingeweiht ist.

Heute ist ein besonderer Sonntag. Drachensteigtag im Central Park.

Wir setzten uns seitab vom großen Menschenpulk ins Gras und rieten die Drachennamen, die über uns hinwegflatterten. Mon Chérie, wegen der rosa Farbe. Heavy Metal wegen der Gitarrenform. Bananenflanke. Hasta la vista. Dann immer albernere Sachen. No Chance. Wir-können-auch-anders. Der kleine Mann im Mond.

Als ein roter, dalíhaft geschwungener Drache rasch an Fahrt gewann, von einer Windbö erfasst, gegen einen Baum geschleudert, dann wieder in die Höhe gewirbelt wurde und schließlich wie verrückt an seiner bewimpelten Kordel zerrte, bis er sich langsam erhob und im Gegenlicht einer Maus ähnelte, sagte Nele lächelnd: »Und der heißt Jonas.«

Ich wurde rot. Almut wandte sich uns zu, fragte: »Was ist denn hier los?«, und seufzte direkt danach: »Ich kann ja auch gehen.«

Das löste die Spannung. Wir alberten herum, und ich stopfte beiden Frauen Gras in die Kleidung, bis Jonas *the magic dragon* schließlich abstürzte und auf die Erde krachte.

Gott sei Dank kam nicht Mike Wollsteen vorbei.

Später verabschiedete sich Almut.

Nele und ich strandeten in einem Club in der 42nd Street und quatschten dort in einer schlechtbeleuchteten Ecke zwei Stunden lang über unsere Familien.

Mein rechtes Knie wurde hin und wieder von ihrem linken Knie berührt, wie eine Elefantenstirn von einer anderen. Aber nur so lange, dass es gerade noch als Elefantengruß durchgehen konnte.

Ich komme auf die Metapher, weil Neles Vater ja Zoologieprofessor ist, wie ich erneut und somit ungefähr zum zwölften oder dreizehnten Mal erfuhr. Außerdem gilt er als einer der berühmtesten Schneckenforscher Europas. Nele liebt ihn sehr. Er hat ihre Mutter verlassen, als sie fünf war, wegen der Schnecken. Die Eltern ließen sich scheiden, heirateten einander aber zehn Jahre später erneut.

Meinen Eltern könnte das nicht passieren. Das verhindert schon die Tatsache, dass Mama einst im Vollrausch versucht hat, Papa zu überfahren, ihn zwei Monate später im Schlaf mit Wodka übergoss, ihn anzündete und schließlich nachts in seine Firma einbrach, um oben auf der Flachdachterrasse mit weißer Malerfarbe über die ganze Breite des dreißig Meter langen und zwei Meter hohen Betonfirsts »ROSEN IST EIN WIXER« zu pinseln.

Als Nele das hörte, fragte sie sofort, ob Mama ein sportlicher Typ sei.

Sie fragte auch noch andere eigenartige Dinge, zum Beispiel, ob das Internat, das ich bis zum Abitur besuchte, Kriminalität gefördert hätte. Dann fasste sie mir an die Schulter, weil sie behauptete, noch nie jemanden angefasst zu haben, der nicht zu Hause aufgewachsen ist.

Wir tranken Daiquiri.

Nele trank dazu und dazwischen immer wieder Wein, insgesamt vier Gläser.

Sie hat eindeutig ein Alkoholproblem.

Deshalb war ich verwundert, als sie plötzlich sagte, dass sie schwanger sei und eigentlich gar nichts trinken dürfe. Und ich war nicht nur verwundert, sondern fassungslos.

»Ach, egal«, sagte sie gleichmütig, »ich will es eh nicht kriegen.«

Dann fragte sie mich, ob ich so freundlich wäre, sie zum Abtreibungsarzt zu begleiten. Almut wolle sie nicht darum bitten, sonst wüsste es gleich das ganze Goethe-Institut.

Als ich zögerte, kämpfte sie gegen die Tränen, mit einem wehen Lächeln und der Bitte an die Kellnerin um zwei Kurze. Ich sagte ihr, es wäre ja vielleicht gar nicht das Richtige, das Kind nicht zur Welt zu bringen, und sie blickte mich aus sprudelnden Nixenaugen an und sagte: »Wenn es von dir wäre, würde es mir auch viel schwerer fallen, es wegmachen zu lassen.«

Neles auffälligste Eigenschaft ist dieser sehr spezielle Humor, von dem niemand weiß, nicht einmal sie selber, wie freiwillig er produziert wird. Ich habe so oft über Kinder gesprochen, seit ich mit Mah zusammen bin, dass es mir unmöglich erscheint, mir die Meerjungfrau nicht als werdende Mutter vorzustellen.

Es ist nicht gerecht, dass Mah alles tun würde, um ein Kind zu bekommen, und Nele es einfach wegwirft.

Ich frage mich, was sie für ein Mensch ist, weit hinter den lebhaften, großen, mit schwimmendem Glanz gefüllten Augen. Was kann man schon wissen nach ein paar Drinks, einem gemeinsam verbrachten Tag im Guggenheim-Museum und zwei Stunden Drachensteigengucken?

Zunächst das Offensichtliche: Mit Eleganz kann sie nur Wein trinken. Wenn sie Wasser oder Coca-Cola braucht, nimmt sie beide Hände und hält das Glas wie ein Kind. Sie selbst bemerkt es und muss lachen. Sie nimmt sich wirklich nicht wichtig, nicht allzu sehr, obwohl sie alle paar Minuten sagt, wie wichtig sie sich nimmt.

Dennoch merke ich, dass sie oft und gerne in die Schaufenster schaut und in der Spiegelung ihre Erscheinung überprüft. Ihre Arme sind etwas zu lang und schlenkern die ganze Zeit, als würden sie sich einiger durch Händewaschen verbliebener Wassertropfen entledigen. Ob sie sich oft wäscht, weiß ich nicht. Sie wirkt ein bisschen so wie Kara, die sich auch sehr selten gewaschen hat, aber ungeheuer penibel und sauber wirkte und immer gut roch.

Sie schminkt sich kaum, wirkt so rein und auch so verletzlich manchmal, aber in ganz spärlichen, abwehrenden Gesten, die voller Verluste zu sein scheinen. Ihr Kopf ist schön, könnte aber auch einmal abgeschlagen auf einer Silberschüssel enden, und das sage ich ihr. Sie lacht und findet, dass es ein Kompliment ist.

Schließlich vertraut sie mir an, dass sie nicht leicht Menschen kennenlernt, dafür aber Pferde. Sie war früher Turnierreiterin, was ja auch eine Art Sport ist, finde ich. Ihr Lachen ist viel zu laut für ihren Brustkorb. Sie sagt jedes Mal, wenn ich sie sehe, dass sie immer zu spät kommt. Ich würde sie gerne fragen, ob ihr das schon mal das Leben gerettet hat.

Ich würde sie auch gerne zum Abtreibungsarzt begleiten.

Und das sagte ich ihr.

Sie strahlte, ihr junges, maritimes, mit Alkohol geschmiertes Herz pumpte Farbe an die Oberfläche, bis hoch zu ihren leicht geäderten Wangen.

»Das ist so lieb von dir. Dann bin ich nicht völlig verloren.«

Sie reichte mir umständlich über den Tisch hinweg die Hand und forderte mich auf, es zu versprechen.

Obwohl es ein kurzer Handschlag war, lag doch genug Stille zwischen uns, um ihm eine Bedeutung zu geben.

21. Tag

Montag, 7. 10. 1996

»Was ist los mit dir?«

»Was soll sein?«

»Du rufst nicht an.«

»Wir reden doch.«

»Ich habe das Gefühl, dass du dich entfernst.«

»Warum klingst du so aggressiv, Süße?«

»Weil ich keinen Bock hab zu weinen. Ich wein ja schon fast so oft wie du, Mann.«

»Okay, jetzt hast du's mir aber gegeben.«

»Frau Irrnich ist tot.«

»Schon wieder?«

»Diesmal echt. Sie wog am Ende nur noch so viel wie ein Hörnchen.«

»Mhm.«

»Wieso sagst du ›Mhm‹? Wieso sagst du nicht, dass es dir leidtut?«

»Das hab ich schon das letzte Mal gesagt, dass es mir leidtut. Da war sie aber noch gar nicht tot, sondern hat sich in deine Lebenslinie vertieft. Sie hat mir völlig umsonst leidgetan.«

»Jonas, warum willst du nicht, dass ich zu dir komme?«

»Aber was sollte ich dagegen haben?«

»Du hast gesagt, dass ich nicht kommen soll. Das hast du doch gesagt!«

»So ein Quatsch. Da war ich wütend und hab noch im Slum gewohnt bei Jeremiah. Du hättest nirgendwo bleiben können. Ich würde mich wahnsinnig freuen, wenn du kommst! Ich wohn hier in einem Palazzo, da kann man's überhaupt nur mit dir aushalten!«

»Man kann es mit mir nur in einem Palazzo aushalten?«

»Das hab ich doch gar nicht gesagt. Wieso bist du so?«

»Weil du mir schrecklich fehlst. Und weil ich dir offensichtlich gar nicht fehle und du nur ab und zu anrufst, und dann noch mitten in der Nacht. Dir fehlt jede Dringlichkeit in der Stimme.«

»Okay, es tut mir sehr leid, dass Frau Irrnich gestorben ist und dass sie aussah wie ein Hörnchen.«

»So viel wog wie ein Hörnchen. Nicht so aussah wie ein Hörnchen. Ich habe ihr jedes Haar einzeln gelegt. Sie sah wunderschön aus.«

»Das ist doch mal eine gute Nachricht.«

»Hast du dich in jemand verliebt?«

»Nein, natürlich nicht.«

»Wirklich nicht?«

»Nein.«

»Warum nicht?«

»Was meinst du?«

»Hast du dich nicht verliebt, weil ich es dir nicht erlaube oder weil du es dir nicht erlaubst oder weil es keine Gelegenheit gibt oder warum?«

»Na ja, keine Ahnung.«

»Du weißt es nicht?«

»Was wäre denn die politisch korrekte Antwort?«

»Jonas, ich will nicht mehr telefonieren, bis du zurück bist.«

»Wie du meinst.«

»Das ist jetzt unser letztes transatlantisches Gespräch.«

»Wie du meinst, aber ich müsste mit dir noch über was reden.«

Sie schwieg.

»Wegen Tante Paula.«

Sie schwieg.

»Was hältst du davon, wenn ich ein bisschen länger hierbleibe und mit Tante Paula verreise und jede Menge Geld verdiene?«

Sie schwieg.

»Tante Paula möchte, dass du ebenfalls dabei bist und ebenfalls jede Menge Geld verdienst.«

Sie sagte: »Mann, bist du ein Arsch!«

»Aber hör doch erst mal zu!«

»Und ausgerechnet jetzt ist Frau Irrnich tot, und niemand kann mehr sehen, was du da drüben machst mit diesen ganzen Kunstspinnern, die du so toll findest.«

Ich hätte wissen können, dass es darauf hinausläuft, auf eine Intoleranz von gewissermaßen höherer Inspiration. Dennoch war ich frustriert.

»War auch nur eine Idee«, seufzte ich.

»Du bist in zehn Tagen hier und keinen Tag später!«

»Okay.«

»Ich hasse mich, wenn ich so eifersüchtig bin. Ich bin ein Monster. Vielleicht bin ich psychotisch. Das plötzliche

Verlassenwerden ist eine brutale Sache. Der Schmerz ist vernichtend.«

»Du kannst dich auf mich verlassen.«

»Niemand kann sich auf dich verlassen. Du hast Orte in dir, die ich noch nie betreten habe. Die du noch nie betreten hast. Ich hab nicht die geringste Ahnung, was an diesen Orten grad los ist.«

»Kein Mensch zu sehen, glaub's mir.«

»Du bist seit drei Wochen weg.«

»Ich bin in zehn Tagen wieder da und keinen Tag später.«

»Dann sind wir einen Monat auseinander.«

»Und drei Jahre zusammen.«

»Ruf mich nicht mehr an.«

»Ich liebe dich, Mah.«

»Ja, aber ruf mich nicht mehr an. Ich ruf dich auch nicht mehr an.«

Dann war die Leitung tot.

Ich saß benommen vor dem Apparat unten in der Lobby und legte den Hörer nicht auf.

So wie man früher, als es noch Schallplatten gab, minutenlang auf eine LP schauen konnte, wenn sie sich zu drehen begann, und man dabei, während Freddie Mercury seine *Bohemian Rhapsody* aus der Box hinausschmetterte, den Kopf leeren konnte von allem, was da nicht reingehörte, so versuchte ich nun, Mahs Stimme loszuwerden, hatte aber keine Musik und nur diesen Hörer zur Verfügung, in den ich hineinstarrte und den der Pförtner wiederhaben wollte.

Ach, Doktor Lightinghouse, was haben Sie mir alles über den Schall beigebracht, auch, dass er auf den Magen schlagen kann.

Noch zwei Stunden später beim Dinner im National Arts Club war mir der Appetit verhagelt. Der ganze viktorianische Salon brannte, so sah es aus wegen der vielen Kerzen. Auf den Tischen, an den Wänden, in den Lüstern unter der Decke flackerte es, sogar in den Händen der Kellner, die als Vorspeise flambiertes Zeug brachten.

Hundert geladene Gäste.

Unter einem Charityvorwand wurde eine hohe Millionärsdichte sichergestellt. Stinklangweilig. Tote und Scheintote. Der Teil in mir, den ich von Apapa geerbt habe, hätte am liebsten eine Handgranate geschmissen. Graumelierte Damen in gewagten Dekolletés, feingliedrig und borniert, plapperten in einem Tonfall, der einer indianischen Beschwörung glich: *Honka honka! Yop yop!*

Sieben Priester (darunter ein Rabbi und der armenische Erzbischof von New York) wurden an der Stirnseite des Saales mit kleinen phallischen Statuetten ausgezeichnet, weil sie offensichtlich exzellente Seelsorger sind.

Alle Anwesenden schienen darüber ganz aus dem Häuschen zu sein, als wäre es äußerst überraschend, in diesem Berufsfeld höherer Geistlichkeit integre Persönlichkeiten zu finden.

Ausgerechnet Tante Paula riss den obligatorischen Pädophilenwitz. Ich saß mit ihr und Denanderenfünf am äußersten Tisch in der letzten Reihe, von wo aus man gar nichts sah, außer wenn ein Priester aufstand, dann sah man sein Haupt mit liturgischer Kopfbedeckung drauf, und wir mussten klatschen.

»*What's going on, Jonas?*«, fragte mich Tante Paula, »hast du nachjedacht über mejne Offerte?«

»Ich bin gerade so wütend, dass ich tatsächlich drüber nachdenke.«

»*Tempus fugit*, Lieberchen.«

»Was denn für eine Offerte?«, wollte die luchsohrige Heidi wissen. Ich war drauf und dran, sie danach zu fragen, was ihr Großvater im Krieg gemacht hat.

Tante Paula kam mir aber zuvor und flötete, dass sie gerade in einem privaten Gespräch mit mir sei, nicht zuletzt deshalb, weil sie sowieso nicht das Gefühl habe, durch Konversation mit meinen Kommilitonen ihr Deutsch oder gar ihren Atem verbessern zu können.

Es herrschte eine gewisse Unruhe am Tisch, da niemand diese rätselhaften, gleichzeitig liebenswürdig gesprochenen Worte einordnen konnte, die nach verborgener Beleidigung klangen. Kein Wunder, sie wissen nicht, wer Tante Paula ist, außer dass sie meine Tante ist, was gar nicht stimmt.

Tante Paula macht sich einen Spaß daraus, Dieanderenfünf in die Irre zu führen, indem sie mysteriöse Sätze bildet oder Klatschgeschichten aus dem Leben der Toten verbreitet, in deren Zimmern wir hausen.

Sie mag die Studenten nicht.

Bis auf Cosima und Aisosa kann ich auch niemanden leiden, Thommie ausgenommen, aber der hängt meist an Hans-Jörn dran, einem egomanischen Kotzbrocken ohne Haltung, dabei bestürzend begabt.

Am unerträglichsten ist die blöde Heidi und ihr entmannter Freund. Tim, der Produktionsleiter, ist einfach langweilig, und Lila scheint nach der ganzen Schlägerei abgetaucht zu sein. Er wohnt im Greenwich Village und vermeidet, mit uns zu Abend zu essen und seine zertrümmerte Nase zu zeigen.

Cosima hat heute für vierzehn Dollar eine hinreißende rote Strickjacke gekauft.

Da sie für den Ohren-Film meine Kamerafrau sein wird, war ich mit ihr am Nachmittag bei Bloomingdale's. Man kann mit ihr kaum ein Wort wechseln. Sie kommuniziert wie eine Seepocke, die sich am Kalkfelsen festkrallt und nur aus dem Panzer kriecht, wenn sie bei Flut für ein paar Minuten von Salzwasser überspült wird. Ein verschlossener Mensch, der sich aus seinem Gesicht völlig verabschieden kann.

Einmal lauerte ich ihr im Kaufhaus hinter einem Kleiderständer auf, sprang sie an und versuchte sie zu erschrecken. Sie schaute mir angewidert auf die Stirn und sagte nach einer Weile, ich hätte sie zu Tode erschreckt. Ein Wunder, dass sie dabei nicht gegähnt hat. Ich habe noch nie jemanden getroffen, der gelangweilter vor sich hinstarren kann und dabei so attraktiv wirkt.

Sie saß zwei Plätze vor mir während des Dinners, neben einem stiernackigen Millionär, der sie für das nächste Wochenende auf seine Yacht eingeladen hat und dabei ganz zärtlich guckte, wie sie später erzählte, dabei kurz auflachend. Lachen kann sie schon, aber sie spuckt es eher weg. Sie hat auch Humor. Sie strahlt aber keinerlei Wärme ab und behauptet, niemals zu lesen. Sie kommt aus Hamburg. Vielleicht liegt es daran.

Es fällt ihr schwer, ein Urteil zu fällen über andere. Sie spricht nie davon, was sie mag oder nicht mag, und ich glaube, dass sie nicht weiß, was sie mag oder nicht mag.

Ich hingegen weiß es genau.

Ich mag null, dass mich Mahs Abwesenheit in etwas verstrickt, was man das gallige Gefühl von entsetzlicher Schuld nennen könnte.

Deshalb bin ich auch Mahs Stimme nicht losgeworden, die immer noch wie Asche durch meinen Kopf fliegt, sich mit winzigen Partikeln auf jede Falte meines Gewissens legt, auf jedes winzige Geheimnis. Die graue Flockenschicht auf dem Fötus, dessen Zerschredderung ich beiwohnen soll, bildet sich immer wieder neu, sooft ich sie auch wegpuste.

Mit welchem Knall hätte Mah wohl den Telefonhörer hingefeuert, wenn ich ihr davon berichtet hätte?

Dass sie keine Kinder bekommen kann, verzeiht sie sich nicht.

Dass ich mit jeder anderen Frau Kinder bekommen könnte, verzeiht sie mir nicht.

Nur ein Baby, das uns verbindet, das uns zu Mutter und Vater macht, wird ihr die Angst nehmen.

Den Yogaarsch hätte ich ihr beichten müssen, sie kann über so was hinwegsehen. Wir sagen uns doch alles, wenn wir nackt aufeinanderliegen, mein linkes Herz an ihrem rechten.

Aber sagen wir uns wirklich alles? Sind wir nicht immer voller Mysterien, argloser wie vorsätzlicher?

Es ist doch wie mit der Haut. Jedem ist ihre Wichtigkeit bekannt und begreiflich. Jedem ist bewusst, dass Menschen über die Haut atmen und dass sie unsere Verpackung ist. Sie trennt uns von jedem anderen, und gleichzeitig verbindet sie uns auch, verbindet die Mutter mit dem Säugling auf ihrem Bauch, die Hänselhand mit der Gretelhand, den

Romeo mit der Julia. Ohne Haut würden wir nicht existieren können.

Mit Geheimnissen ist es genauso. Geheimnisse treiben uns fort voneinander, machen uns einsam. Und doch interagieren wir durch sie mit der Welt. Geheimnisse sind der Masterplan unseres Daseins. Fast in jeder Sekunde verbergen wir irgendwas vor irgendjemandem. Unsere Bedürfnisse, unsere Urteile, unsere wahren Gefühle. Hätten wir keine Geheimnisse, würde sich niemand von uns einmalig vorkommen. Sondern wir würden glauben, wie alle anderen zu sein. Es gäbe keine Kunst auf der Welt, weil jede künstlerische Sicht auf unsere Existenz gleich wäre anstatt verschieden.

Wir wären ohne Haut, ohne falsche und ohne ehrliche.

Gehäutet.

Durchsichtig.

Und weniger einsam.

Ich rate niemandem zur Lüge. Aber kann man ihr mit Ehrlichkeit entkommen? Wir sind ehrlich immer nur partiell und halten uns, davon abgeleitet, doch stets das Große und Ganze unserer Wahrhaftigkeit zugute.

Selbst Apapa hat sich dies zugutegehalten.

Apapa!

Um Himmels willen.

Mir ist schlecht.

Vielleicht liegt es an der Tatsache, dass ich auf gar keinen Fall in zehn Tagen abreisen will. Vielleicht liegt es aber auch daran, dass sich mein Leben verändern könnte. In meinem Horoskop stand heute: »Ziehen Sie sich warm an. Große Herausforderungen stehen bevor.«

Morgen beginnen Cosima und ich mit dem Ohren-Film.
Ich hoffe auf nichts Geringeres als auf großartige Ablenkung.

22. Tag

Dienstag, 8. 10. 1996

Heute Morgen standen wir um neun auf dem Broadway, Ecke Avenue of the Americas.

Cosima war todmüde und sprach kein Wort, versteckte sich gleich hinter ihrer Kamera.

Ich nahm das Mikro und stürzte mich auf die Leute. Das erste Interview machte ich mit einem hageren, bieder gekleideten Exzentriker Ende dreißig, mausfarbenes Jackett, große Nase, abstehende Ohren. Mir wird ganz übel, wenn ich den Mitschnitt höre.

JONAS Excuse me?
MANN Yeah?
JONAS We are shooting a film about ears in New York.
MANN Ears?
JONAS About ears, yeah.
MANN (fasst sich an sein riesiges Ohr) I have big ones!
JONAS Yeah, you have wonderful ears! Do you have a special relationship to your ears?
MANN It's a love and hate relationship!
JONAS What does it mean, a love and hate relationship?
MANN (mit starkem Akzent) Liebe und Hass.

JONAS You like them or you hate them?

MANN I think, my ears are interesting. They are the ears of an intelligent man, but I don't think they're sexually attractive.

JONAS But why not? I think they are!

MANN I think they are a little large.

JONAS I have a theory about that: large ears mean you like having sex.

MANN Of course.

JONAS Alright. You like ears of women?

MANN I'm a homosexual.

JONAS Oh, that's ..., I'm sorry for that.

MANN It's okay, don't be sorry.

JONAS Ah ... Alright. But, do you take care for the ears of your partner?

MANN I like looking at interesting ears.

JONAS Yeah?

MANN I like earlobes. Actually I do like my earlobes.

JONAS Oh, really? I like them too. I mean, I have the same ones, I have a theory about ..., I don't speak very good German, oh, yes, I speak very good German, but I don't speak very good English, so I think, my camerawoman has these ears here ... (ich zeige auf Cosimas Ohr)

MANN Yes ...

JONAS You know ...

MANN Those are the ears of a psychotic, I think!

JONAS That's it, I think too.

MANN She's looking horrified!

JONAS She's just concentrated.

MANN We have buddhist ears, you and I.

JONAS Buddhist ears?
MANN That's right.
JONAS Why do you think so?
MANN Because the Buddha has long earlobes.
JONAS I didn't know that.
MANN I did.
JONAS Hahaha. That's true. Just to come to an end, may we have a portrait of your ears?
MANN Sure. How do you want me to stand?

Wir filmten sein rechtes, leicht gerötetes Elefantenohr. Leider ist es unscharf, und man sieht auch kaum, dass es etwas absteht.

Als das Ohr im Kasten war, sprach der Mann mich noch mal an:

MANN Are you psychologists?
JONAS Psychologists?
MANN Yeah?
JONAS No, we are film students.
MANN Alright. Good for you.
JONAS Have a nice day. Was really nice to meet you.
MANN Have fun in the city.
JONAS Bye bye.
COSIMA Bye.
MANN (Im Weggehen zu Cosima) Sorry for the joke about the earlobes.
JONAS It was a good joke!
COSIMA What did he say? I'm a psychopath?
JONAS Was hast du gesagt?

COSIMA I'm a psychopath?
JONAS Ja, du bist ein Psychopath.

Die Interviews waren alle schrecklich. Die New Yorker lieben es, interviewt zu werden, haben eine Gelassenheit, eine Freundlichkeit, ein Im-Tag-Stehen, was ich aus Deutschland nicht kenne. Hinderlich sind nur meine unglaublich mangelhaften Sprachkenntnisse, die vor dem New Yorker Slang kapitulieren und die Arbeit zu einer Tortur machen. Vielleicht bin ich auch zerstreut wegen des ganzen Wahnsinns um Mah, Tante Paula, Apapa und die Schwangerschaft der Meerjungfrau.

Mein unbegreiflichstes Interview war das folgende:

JONAS Kamera läuft. Also wir haben immer noch den 8. Oktober 1996, und ich stehe direkt vorm Madison Square Garden, und wir versuchen das Ganze jetzt mit Sonne und hoffen, dass der Ton einigermaßen klappt. So, ich frag jetzt gleich mal jemanden ... em ... jemanden, der ganz sympathische Ohren hat ... oh, da ist doch jemand. *Excuse me, Sir ...*

(Ich halte einen jungen Slacker Mitte zwanzig an, der eine Brezel mampft und einen silbernen Davidstern um den Hals trägt.)

JONAS May I ask you a question?
SLACKER What independent work is this?
JONAS What independent work? We come from Germany and shoot a small film about ears in New York. Do you have a special relationship to your ears?

SLACKER My ears? No. I pierced them many years ago and I haven't repierced them. But I hear, when you once pierced the cabbage, it's easy to repierce it.

JONAS So, do you like ears of other people?

SLACKER I think it's important 'cos it helps to hear the sound, to hear things, so it's important to have our ears! (beißt in Brezel)

JONAS Yeah, and in a, äh ... I mean in a asthetic, astä..., äss..., ästhetic way?

SLACKER In a static way?

JONAS No, not static, em, asthetic, what does it mean, my lousy Englisch, I'm sorry for that, we are Germans.

SLACKER Go on.

JONAS (spricht in Kamera) Ästhetisch. Was heißt ästhetisch auf Englisch?

COSIMA (OFF) Em. Asthetic?

JONAS Genau. Asthet-, no? Ästhe-?

SLACKER Ecstatic?

COSIMA (OFF) No, not ec...

JONAS Okay. Maybe, meinetwegen, maybe ecstatic, it's another word, but it's alright. In an ecstatic way, do you come to an ecstasy for ears?

SLACKER (hört auf zu kauen) I don't understand you, brother.

JONAS No?

SLACKER No.

JONAS No. Hmm.

(Schweigen. Der Slacker beißt sehr langsam einen Fetzen von seiner Brezel ab.)

SLACKER What part of Germany are you from?

JONAS Berlin.

SLACKER Berlin?

JONAS Yeah. And äh the ears in, in, in Berlin are very different from the ears in the States, I think.

SLACKER Ears are ears.

JONAS No!

(Der jüdische Slacker blickt mich mit unendlichem Erstaunen an.)

SLACKER No?

JONAS I don't think so! What do you think: people with those ears (ich zeige auf eine hübsche junge Weiße, die vorbeistolziert) are different than people with these ears here (ich zeige auf einen dicken, hünenhaften Kerl, der wie ein perverser Killer aussieht).

SLACKER (vorsichtig) I think, ears are ears. Maybe the cabbage looks different. You know, the form of it.

JONAS Yeah. It depends with the character, do you think?

SLACKER Hm?

JONAS It depends with, depends at-, it depends on the character, what kind of ears do you have?

SLACKER No. Character doesn't determine the shape of the ears. Can I touch your ears?

JONAS Yeah.

(Der jüdische Slacker fasst mir ans rechte Ohr.)

SLACKER Wow.

JONAS Can I touch your ears?

SLACKER Sure.

(Ich fasse dem jüdischen Slacker ans rechte Ohr.)

JONAS They are very nice.

SLACKER You like my ears?

JONAS They are very nice, I think so.

SLACKER So you don't want to send them into a gas chamber?

JONAS Hahahahaha.

Meine Güte, bin ich doof. Der Junge hielt mich für einen Rassisten. Keine Ahnung, ob der Film was wird. Vielleicht hat Lila doch recht.

Immerhin Ablenkung.

Immerhin ganz großartige Ablenkung.

Am Abend Besuch bei Birks.

Katharina Schwerte, die Mutter, stammt in irgendeiner Weise von Helene Weigel ab und gehört zum Brecht-Clan. Die beiden hübschen Töchter heißen Amelie und Gala, sind schwerst verwöhnte Fitzgerald-Schönheiten und wissen es auch.

Die Familie wohnt im Soho Building in der Greene Street. Eigentlich wollte ich ja absagen. Bin nur hin, um abzusagen. Aber dann waren die Mädchen so umwerfend, dass ich es mir anders überlegt habe.

Die jüngere Tochter Amelie ist eine heftig pubertierende Dreizehnjährige, dunkelhaarig, äußerlich ihrer Mutter sehr ähnlich. Regte sich wahnsinnig über die Schuhe ihrer Schwester Gala auf, weil die wie Paukenschläge über das Parkett donnerten. Die Loftwohnung sieht aus wie ein überdimensioniertes Puppenhaus. Ein atemberaubender Blick auf Manhattan. Aber alle vier wohnen mehr oder weniger in einem Zimmer. Oben auf der Galerie die Girlys. Sie haben keine Zimmertür, nur offene Verschläge.

»Das krieg jetzt Gott sei Dank alles ich, weil meine Schwester endlich auszieht«, sagte Amelie betont cool.

Ihre Schwester Gala kam erst später. Sie war beim Schminken und brauchte dafür zwei geschlagene Stunden. Sie kam wie Judy Garland die Treppenstufen heruntergeschwebt: »Sorry, sorry, sorry, sorry.«

Sie nahm gleich meine Kamera in die Hand und filmte drauflos. Macht gerade Abi.

»Ich bin in Mathe gut, in Physik, in Philosophie und in Spanisch.«

»Bist du sehr strebsam?«

»Nö, nur gut.«

»Wie ist denn eure Schule so?«

»Doof und hässlich.«

»Bist du in einer Theatergruppe?«

»Da gibt's keine Theatergruppe.«

»Und was –«

»Das ist ja'n cooles Buch!«

Im Unterbrechen war sie auch gut, nahm mir meine Kladde aus der Hand und malte mir auf, wo ihre Schule liegt, in der ich sie und ihre Schwester filmen darf. War aber mit der Zeichnung nicht zufrieden. Riss sie raus und schrieb mir nur die Adresse auf.

»Am besten, du nimmst ein Taxi!«, befahl sie schließlich.

Willensstark. Ehrgeizig. Verhätschelt. Weiß, was sie will. So stell ich mir die böse Stiefmutter aus *Schneewittchen* in der Pubertät vor.

Eine riesige Zahnlücke, durch die man ein Streichholz schieben könnte.

Und in jedem Zimmer ein Spieglein an der Wand.

23. Tag

Mittwoch, 9. 10. 1996

Ich hatte gedacht, dass nun alles normal wird durch das Eintreffen von Denanderenfünf. War voller Hoffnung, dass mich die Filmerei wieder an die Welt kettet, so wie ich sie kenne.

Das ist aber nicht so.

Heute die perfekte Scheiße überhaupt. Allmählich gerate ich in den tiefsten Kreis der Hölle, dorthin, wo Dante die Verräter in den See eingefroren hat, vom Fuß bis zum Hals, nur die angefressenen, zertrümmerten Köpfe lugten aus dem ewigen Eis heraus. Weiß nicht, mit wem ich das bereden kann, mit Mah sicher nicht. Mit Redford vielleicht.

Sehne mich nach der siebten Terrasse des Läuterungsberges, nach der riesigen Flammenwand, in die man die wollüstigen Betrüger jagt. Immer noch besser, als eingefroren zu sein.

Ich kann jetzt nicht schreiben.

Zu viel los.

Später.

Mittwoch auf Donnerstag, 9./10.10.1996, 04.00 Uhr

Bin extra aufgestanden. Todmüde. Ist vier Uhr morgens. Draußen stockdunkel. Muss reinschreiben.

Tag gestern war anfangs durchschnittlich. Ohreninterviews und Ohrenporträts mit Cosima.

Dann ist was passiert. Ich weiß gar nicht, wo soll man da anfangen?

Nach all den Interviews auf den Straßen Manhattans kam ich am Nachmittag zufällig in Soho vorbei, wo Nele Zapp wohnt. Wir waren eigentlich erst für morgen verabredet, wenn ich sie zur Abtreibung begleite.

Ihr Apartment liegt in der Mercer Street. Wollte nur kurz glotzen, fühlte mich wie ein Schüler, war von Unruhe und Neugier gepeinigt. Stand vor ihrer Adresse. Abgenagter Industriebau aus rotem Backstein, nicht weit vom Broadway. Drei schmale, vierfenstrige Stockwerke, die durch das Zickzack einer Feuerleiter miteinander verbunden waren. Das Erdgeschoss bestand aus einer rostigen Eisentür und einer heruntergelassenen Schaufensterjalousie, auf der eine zentimeterdicke Schicht aus uralten, wie zu Baumrinde gehärteten Konzertplakaten klebte.

War noch nie in der Gegend.

Dann dachte ich, warum klingel ich nicht einfach? Es ist fünfzehn Uhr. Ist ja nicht verboten zu klingeln. Ich klingelte auf gut Glück. Klingel Nummer drei. Man hörte es bis auf die Straße runter.

Niemand öffnete.

Die Haustür ließ sich allerdings ohne Mühe aufdrücken. Das elektronische Schloss war ein Witz. Ich trat ein.

Da das Flurlicht defekt war, tastete ich mich über eine gusseiserne Treppe in den ersten Stock hoch. Wollte einfach nur mal vor ihrer Wohnungstür stehen. Warum auch nicht? Vielleicht hängt da ja irgendein Geruch, dachte ich, der mich befreit von dem Zwang, dieser Person nah sein zu müssen.

Knoblauch.

Tütensuppen.

Ammoniak.

Fußschweiß.

Oder ein Sannyasin-Spruch an der Tür, der mich über ihren wahren Charakter aufklärt.

Ich stand also im grauen Dämmer vor der Tür. Es war aber nur eine braune Metalltür ohne alles. Es roch nach nichts außer diesem Amibohnerwachs. Niemand war zu Hause, und ich kam mir wie ein Idiot vor. Außerdem hörte ich was hinter der Tür. Ein ganz leises Winseln. Ich klingelte, und das Winseln wurde lauter. Ein Hund.

Ich klingelte noch mal, und dann war der Hund still.

Ich überlegte eine ganze Weile.

Nele hatte nichts von einem Hund erzählt.

Schließlich entschloss ich mich, keinen Hund gehört zu haben. Kaum war ich wieder unten, kam mir im Hauseingang die Meerjungfrau entgegen, als Silhouette und mit wehendem Haar. Sie war komisch, und trotz des Zwielichts fiel ihre Blässe auf. Sie sagte, Almut hätte ihr was Krasses auf Band gesprochen. Sie merkte gar nicht, dass ich da war, nicht wirklich, stapfte an mir vorbei und verschwand.

Ich blieb im Eingang stehen, hörte ihre hastigen Schritte

auf der Treppe, hörte, wie sie eine Tür oben im ersten Stock aufschloss, und dann schrie sie nicht, sondern sagte was wie *»Holy shit!«*.

Ich hoch, drei Stufen auf einmal, über den Flur in ihre Wohnung gerannt, einfach rein. Ein winziges Apartment, das nur aus einem Zimmer besteht, einer Miniküche und einem Verschlag aus Pappe, das ist das Klo, und man muss über die Toilettenschüssel steigen, um aus dem Fenster die Feuerleiter zu erreichen.

Auf dem Boden lag Almut, zusammengekrümmt. Da war aber nicht viel Boden. Ich sah nur ein nacktes Bein und dachte noch, was für ein schönes. Die Bettdecke war bedruckt mit bunten Donald-Duck-Köpfen. Gleich erinnerte ich mich an meine Mutter, die ich auch einmal gefunden hatte, als ich sie noch Mami nannte, in aufgeschnittener Daunendecke. In Saarbrücken war das, nachdem sie Tabletten genommen hatte, und die Federn schneiten durch den ganzen Raum, als ich sie umdrehte. Ich habe seit Jahren nicht mehr daran gedacht, und mit einem Mal steht es vor dir.

Es dauerte eine Ewigkeit, bis ich reagieren konnte. Ich bückte mich zu Almut runter, und ab da fiel alles ab, und in mir wurde die Luft ganz klar. Ich fühlte ihren Puls am Hals, fand ihn nicht, schlug sie, um sie aufzuwecken.

Nele guckte auf die Tablettenpackung und erledigte kaltblütig die Anrufe. Sie hatte gar nichts Hysterisches.

Schon nach zwei Minuten waren Sanitäter da.

Ich kann nicht alles schreiben, bin zu müde. Jedenfalls schob der Rettungssanitäter schließlich Almut eine Röhre in den Mund, und da er und das Mädchen nicht zusammen in das winzige Bad passten, weil er nämlich kugelrund war und hundert Kilo wog, ließ er sie auf ihr Bett kotzen. Er erklärte strahlend, es sei ein gutes Zeichen, dass sie noch selbst kotzen könne.

Sie brachten sie in ein Krankenhaus nach Brooklyn, völlig schwachsinnig, der weite Weg. Aber der Krankenwagen war von dort. Almut war also schon außer Gefahr, sonst hätten sie sie in ein näher gelegenes Krankenhaus gefahren. Es gibt aber einen Krieg zwischen den Krankenwagen aus Brooklyn und denen aus Manhattan, erklärte mir Nele, als sie und ich im Taxi dem Krankenwagen hinterherpreschten.

Von der Brooklyn Bridge aus sah ich Manhattan zum ersten Mal als das Panorama von Schönheit, Coolness und Macht, das in tausend Farben und Lichter zerspringt und all die Königskinder gebiert, zu denen ich mich selbst in diesem Augenblick zählte.

Wir blieben im Hospital, bis es draußen dunkel wurde. Schließlich gab der Arzt grünes Licht, ein Asiate mit einem Rauschebart, der wie angeklebt aussah. Asiaten haben ja sonst keine Bärte, höchstens Kung-Fu-Pinsel auf der Oberlippe, so wie Mahs Opa. Der Arzt sagte, die Patientin müsse zur Beobachtung im Krankenhaus bleiben.

Ich glaube, wir haben drei Stunden nur geschwiegen. Fuhren also schweigend in Neles Wohnung zurück. Schmierten uns schweigend Sandwichs mit Butter und Scheibenkäse. Entfernten schweigend die Kotze aus Neles Bett, das heißt, ich machte das, weil mich ekelt ja nicht so viel. Bezogen es schweigend neu (nichts verbindet mehr, als zum ersten Mal gemeinsam ein Bett neu zu beziehen, mit grünem Frottee, der Farbe der Hoffnung und des Frühlings), legten uns schweigend hinein und fingen langsam an, selber nach Almuts Kotze zu riechen, denn die ganze Wohnung roch so.

Sie weinte.

»Bleibst du heute Nacht da?«, unterbrach sie das Weinen.

»Ja, klar.«

»Das einzig Gute an so einem scheiß Selbstmordversuch!«

»Ja.«

»Jonas?«

»Hm?«

»Klinge ich herzlos?«

»Nein, du klingst sehr nett.«

»Wollen wir uns ausziehen?«

»Nein.«

»Okay.«

»Ich will keinen Sex haben.«

»Ich auch nicht. Ich will nur, dass wir uns ausziehen.«

»Und dann?«

»Und dann nimmst du mich in den Arm, und ich kann einschlafen.«

»Wir können uns ja ausziehen außer die Hose.«

»Nein, das geht nicht.«

»Aha.«

»Wir müssen schon ganz Haut auf Haut sein, sonst fühl ich mich nicht geborgen. Ich bin total traurig.«

»Ich bin auch traurig.«

»Gut, dann ziehen wir also jetzt die Hosen aus.«

»Aber jeder sich selbst.«

»Ja klar, meinst du, ich lass mir von dir die Hose ausziehen?«

»Okay.«

»Siehst du, jetzt geht es uns schon besser.«

Die Sache mit dem Chef von Almut muss ich morgen schreiben. Sitze hier an Neles Fenster, sehe ihren Kopf, ihre Hand, die wie eine weiße Tulpe geöffnet ist, die Finger könnte man pflücken, oder sie fallen bis morgen früh von selber ab.

Sie schläft, fast in derselben Haltung, in der wir Almut gefunden haben.

Ich kann nicht fassen, dass sie ein Kind bekommt.

24. Tag

Donnerstag, 10.10.1996, 9 Uhr

Es regnet. Am Wochenende soll es einen Hurricane geben. Die ersten Vorboten verhängen New York mit grauer, schwerer Nässe. Die Menschen und die ganze Stadt wirken friedhofsstill.

Ich fahre mit Cosima im Subway-Express nach Coney Island, um dort ein paar Ohren abzudrehen.

Ich will ihr nicht sagen, was gestern geschah. Niemandem kann ich das sagen. Ich schreibe vor mich hin, um mich abzulenken, schreibe alles, was mir in den Sinn kommt, in dieses schaukelnde Büchlein hinein.

Die U-Bahn-Klimaanlage riecht nach altem Kühlschrank. Sie brummt auch so. Ich sehe vor meinem geistigen Auge tiefgefrorenes Katzenfutter und Jeremiah, wie er es mit seiner Kühlschrankarabesque herauszupft. Wir rattern über die Williamsburg Bridge. Durch den dichten Regen hindurch ist die Skyline von Manhattan wie mit Bleistift schraffiert. Die Freiheitsstatue erkenne ich, davor die Piers, an denen die Fähren anlegen. Das Meer geht am Horizont in Regen über, als würde es an Millionen Tauen, Stricken und Fäden in den Himmel hochgerissen.

Wir reden nicht. Es ist total leicht, mit Cosima nicht zu reden. Sie liebt es, jeden Kontakt zu vermeiden, sogar Blickkontakt. Sie starrt misstrauisch auf die Tropfen, die gegen die Scheiben schlagen. Ich frage sie, ob sie manchmal zu Sentimentalitäten neigt. Sie sagt, ohne mich anzusehen: »Eigentlich ständig.«

Das ist merkwürdig, denn ihre ganze Erscheinung wirkt so kühl und unnahbar. Es gibt Menschen, die machen aus ihrem Herzen eine Mördergrube. Sie sieht nicht nach links und nicht nach rechts. Es würde mich nicht wundern, wenn sie die Tür der Bahn aufreißen und aus dem fahrenden Zug springen würde. Einfach so.

Donnerstag, 10. 10. 1996, 13 Uhr

Wir sind von Coney Island zurück. Es hat in Strömen gegossen. Ein riesiger, vom Meer umspülter Vergnügungspark, dem Verfall preisgegeben. Alle Geschäfte geschlossen. Kein Ohr am Strand.

Ein kranker Hund lebte in einem der verrosteten, morschen Achterbahnkabinen, die wie Autowracks überall herumliegen, upside-down. Als wir uns gegen die Kabine lehnten, knurrte er uns fort. Kein Mensch zu sehen außer ein paar Müllfrauen.

Ein einziges Diner war geöffnet, unten in der U-Bahn, gefüllt mit gestrandeten, durchnässten Rentner-Existenzen. Der Wirt war interessant. Bärbeißig. Tough. Vielleicht Anfang fünfzig, dünn, sehnig, mit dem charaktervollen Stoizismus von Jack Kerouac. Er mag Frauenohren, findet aber Männerohren schrecklich wegen der Haare drin. Auch Frauenkörper findet er umso besser, je weniger Haare es gibt. Es klingt nicht anzüglich, wie er es sagt, sondern selbstverständlich. Selbst Cosima hat genickt. Er hat eine dunkle, schmutzige Stimme. Hart und direkt. Sein Name ist Joe. In Brooklyn geboren, zwei Stunden vor dem Atombombenabwurf auf Nagasaki. Sagt, wir sollten nach Atlantic City gehen. Dort hat er fünfhundert Dollar verloren, vor vielen Jahren. Er geht nie wieder hin. War verheiratet. Ist Großvater. Hat noch alle Zähne. Die Haut wie eine Eidechse. Braungebrannt.

Sein Kumpel ein weißhaariger, freundlicher Grieche. Daneben ein zahnloser Russe, der in gebrochenem Englisch sagt, dass er Deutschland sehr mag. Vor allem Oldenburg.

Coney Island ist so deprimierend. Wir haben nasse Hosen und müssen aufs Klo (da gibt es einen Zusammenhang).

Versuche, nicht an die Meerjungfrau zu denken. Aber Almut und der Regen halfen uns gestern.

Donnerstag, 10. 10. 1996, 17 Uhr

Bin in meinem Zimmer im National Arts Club.

Nachher ist Vorführung im Goethe-Institut. Unsere Studentenfilmchen. Angeblich wird es toll.

Almut hat also versucht, sich umzubringen.

Wir haben lange geredet in der Nacht, Nele und ich. Über Almuts Leid, aber auch über Nihilismus, sozialistische Glaubenssätze, vielfarbiges Haar, über Ladenfronten, Freud und die letzte Platte von Police, über vieles andere. Klagend, träge, erschöpft. Alles hängt mit allem zusammen. Gibt es überhaupt isolierte Ereignisse?

Nele war aufgelöst, weinte und lächelte zugleich. Eine Spezialität von ihr, wie ich merke. Und ein alter Stanislawski-Trick, der ja die Čechov-Stücke mit lauter Frauen aufmunitionierte, die gleichzeitig lächeln und weinen müssen, wie Sonja und Elena bei *Onkel Vanja.*

Nele war wütend auf Almut, machte sich gleichzeitig Vorwürfe, sagte mehrmals »ach«, schob ihre Hand auf meine Brust und ließ sie liegen.

Später nahm sie auch meinen Schwanz, als wäre es nichts Besonderes. Sie massierte ihn beiläufig, aber was heißt schon Massieren. Es hatte null Ähnlichkeit mit Masturbation oder so, war eher, als würde man zu einem geselligen Anlass an einem Weinglasstiel reiben, um auf ein schweres Wort zu kommen, das einem gerade nicht einfällt.

Sie legte am Ende ihr Haupt auf meinen Bauch, ich streichelte ihr Haar, es war ganz weich und gefiel mir so gut, dass ich schließlich hineinejakulierte ohne jeden Muckser, was mir schwerfiel, so ganz still zu bleiben.

Es kam uns beiden nicht wie Sex vor.

Sie hat erzählt, dass Almut Halbamerikanerin ist. Almuts Vater ist aus Salzburg, ihre Mutter aus Ohio. Sie ist auf üblichere Weise hübscher als Nele, also durchaus hübscher. Hat nicht die Poesie, das Kokette, das Schlagfertige, die Unruhe. Sondern etwas Gleichmäßiges, eine andere Drahtigkeit, sehr viel mehr Struktur. Sie ist auch jünger. Erst sechsundzwanzig. War früher Turmspringerin im Nationalkader Österreichs. Daher ihr durchtrainierter Körper.

Und wirkt erst mal sehr selbstbewusst. Man würde ihr alle möglichen Affären und die tollsten Männer zutrauen. Aber das ist wohl nicht so.

Bis sie vierzehn war, hat sie noch im Bett ihrer Eltern geschlafen.

Almut hat kein Vertrauen zu Fremden, sagt Nele, und unter den in New York üblichen One-Night-Stands leidet sie fürchterlich. Sie ist erst seit einem Jahr in der Stadt, hat kaum Kontakte, will aber unbedingt New York schaffen.

Sie traut keinem Mann und geht keine Beziehung ein und war Nele wohl auch zu nah auf der Pelle.

Doch dann ist vor einem halben Jahr diese Geschichte mit ihrem Chef losgegangen, dem Leiter des Goethe-Instituts. Von Hambach heißt er. Eine total beunruhigende Mischung aus Krawattenträger und Kritischem Rationalismus. Ein Vierteljahrhundert älter als Almut, graumeliertes, zur Fusseligkeit neigendes Haar, erfolgreicher Scheitel. Eher hager als schlank. Abgehackte Bewegungen. Verheiratet. Zwei halbwüchsige Töchter. Eitel bis zur Lächerlichkeit. Und unglaublich braungebrannt.

Ich habe ihn einmal kurz gesehen, als ich in der Bibliothek des Instituts war. Er stolperte die Treppe herunter, nur im inneren Gleichgewicht gehalten durch ein volles Bankkonto, seine Hölderlinpromotion und die Genugtuung, jede Menge Vorfahren auf preußischen Schlachtfeldern verloren zu haben. Völlig leere Augen, wie von einem Fisch. Und dann auch noch der Schnauzbart.

Warum wollen junge Frauen mit alten aristokratischen

Marxisten schlafen? Was ist das Geheimnis ihres Erfolgs? Mein Hodensack sieht schon schlimm genug aus, wie entfaltet der sich erst bei einem Fünfzigjährigen?

Jedenfalls hat sich Almut wohl bis über beide Ohren in das Klappergestell verknallt, und niemandem bei Goethe ist es verborgen geblieben.

Und gestern hat von Hambach die Heißgeliebte ins Büro zitiert und gefeuert. Dem Mädchen, das er noch zwei Sonntage zuvor in sein Wochenendhäuschen auf Long Island eingeladen hatte, um ihr bei gutem Wein eine gemeinsame Reise zu den Filmfestspielen Venedig vorzuschlagen, hat er sehr höflich eine Tasse Earl Grey gereicht, sich nach ihrem Befinden erkundigt und bedauernd mitgeteilt, dass ihre Stelle leider nächsten Monat auslaufe. Er habe das nicht kommen sehen, aber vielleicht, unter Umständen, womöglich, *maybe,* sei es auch das Beste für sie beide. Sie werde aber ein wunderbares Zeugnis erhalten und beste Wünsche für ihren weiteren Lebensweg.

Danach hat Almut, anstatt ihm die Schublade aus dem Schreibtisch zu ziehen und hineinzuscheißen, wohl einen Weinkrampf gekriegt und ihn auf Knien angefleht, Gnade mit ihrem kleinen Quietscheherzen zu haben. Schon aber war die Besuchszeit zu Ende.

Sie verließ das Hambach'sche Büro, der Wind trug das Sandkorn, das sie war, nach Hause. Dort schmiss sie sich die Tabletten ein und unternahm ihren mittlerweile vierten halbherzigen Selbstmordversuch (innerhalb der letzten vier Jahre, was für ein gewisses Rhythmusgefühl sprechen könnte). Sie hatte nämlich Nele noch telefonisch Bescheid gesagt. Sie wollte rechtzeitig gefunden werden.

Mir dröhnte der Schädel, als ich das alles hörte. Almut wirkt dermaßen proper, durchsetzungsstark, partyfest. Das kann man sich gar nicht vorstellen. Ist wohl auch seit Jahren in Therapie. Hat einen Kuschelteddy im Bett, auf den auch ein paar Bröckchen Kotze geflogen waren. Mit einer roten Schleife um den Hals.

Ihre Lieblingsschriftstellerin hingegen ist Simone de Beauvoir.

Nele und ich lagen Arm in Arm, wie Brüder. Ich war aufgewühlt, weil die Untreue mich aufwühlte, die auf mir lastet und im denkbar unpassendsten (oder passendsten, wie man will) Augenblick auf mich eindrosch.

Nele bestreitet die nützlichen Aspekte innerer Konflikte, davon einmal abgesehen, dass sie überhaupt bestreitet, Anlass für diese Konflikte geben zu können.

»Was tun wir schon, Jonas? Wir liegen da, und das Einzige, was wir bewegen, sind traurige Gedanken und ein paar Finger.«

Von draußen hörte ich Autoalarmtöne und von oben das Toben eines zu lauten Fernsehers. Doch in diesem kleinen Raum herrschte eine angespannte Stille durch die selbstgeschaffene Großartigkeit, die uns Lebensretter miteinander verband, in die jedoch mein Orgasmus umso mehr Zweifel streute, je länger er her war.

Nele sagte schließlich lächelnd, ach was, so ein bisschen Ejakulieren ist noch keine Untreue, das gehört einfach zum Trösten dazu.

Sie will sich aber trotzdem erst mal nicht die Haare waschen, sondern mit dem getrockneten Sperma in den Strähnen meinen Film gucken heute Abend.

Sie ist echt eine totale Romantikerin.

Die ganze Stadt stürzt auf mich ein, und ich frage mich, wie wir aus all dem rauskommen sollen.

24. Tag (Nachtrag)

Donnerstag, 10.10.1996, Mitternacht

Gestern Abend die große Veranstaltung im Goethe-Institut. Ein fensterloser, holzgetäfelter Neorenaissancesaal. Wie gemacht für perlende Chopinetüden. Gut besucht. Über hundert Zuschauer. Sie mussten noch Stühle reinstellen.

Von Hambach zeigte sich zunächst nicht. Natürlich ist der Skandal längst durchgesickert.

Lilas Nase sah besser aus, war abgeschwollen und gab meinem Professor eine verwegene Note, obwohl er einen Kuheuter aus Plastik auf dem Kopf trug. Er hatte alle seine Bekannten und Freunde eingeladen. Es waren jede Menge erstaunliche Frisuren gekommen, aber auch die Pfeifen, die uns keine Zimmer hatten geben wollen, also Tanja Schlumberger, Nicole Diver-Spears, Cora Steinbeck, Baby Hausner, Uzi Kisko, Dick Luffer. Hollie Lehmann erschien sogar in einem rosaroten Achtziger-Jahre-Kleid.

Nur Tante Paula sah ich nicht.

Die blöde Heidi rannte schreiend von der Bühne, als wir dort nach der offiziellen Begrüßung durch Frau Lehmann die schwule Nationalhymne *O du Fröhliche* anstimmten, was ich eine gute Idee fand, besser als *O Tannenbaum*, wobei mir einfiel, dass Lila nur Lieder mag, die mit dem Vokal »O« beginnen, weil er die mit der spitzen Rundung des Mundes einhergehende Anspielung auf Fellatio für unabdingbar hält. Deshalb gefallen ihm Weihnachtslieder so gut (*Ave Maria* ausgenommen, wegen dem eher düsteren, an stechende Schmerzen erinnernden A am Anfang).

Danach zeigten wir unsere Studentenfilme, die wir aus Deutschland mitgebracht hatten. Da perlte gar nichts. Sie erregten aber auch kein Mitleid, wie Lila befürchtet hatte. Der von Hans-Jörn war der beste, hat schon mehrere Festivals gewonnen. Eine Sadomaso-Geschichte.

Lila war lustig und hat toll moderiert.

Mein *Kanzler in der Försterei* kam an. Hans-Jörn erzählte dem Publikum, dass seine Tante Anke Fuchs (ehemalige SPD-Ministerin) ihm berichtet habe, wie wahnsinnig sich Helmut Kohl über meinen Film aufgeregt hätte. Ich hatte ja immer darauf spekuliert, dass der dicke Kanzler mich verklagt, weil er in meinem Film von der RAF entführt und von einem Oberförster zersägt wird.

Und dann hat man das Machwerk extra als Eröffnungsfilm in Saarbrücken gezeigt, um Oskar Lafontaine aufzuheitern. Ich selbst sah, wie er sich wiehernd hin und her bog in der ersten Reihe, original wie der wabbelige Räuberfürst Jabba in *Star Wars*, und die halbe saarländische SPD saß daneben und tat es ihm gleich.

Später kam von Hambach dann doch.

Er stand hinten an der Tür und sah noch viel braungebrannter aus, als ich ihn in Erinnerung hatte. Er trank Wein, tat so, als würde er ihm ausgezeichnet schmecken, und unterhielt sich mit vielen Leuten. Je wichtiger sie waren, desto öfter grinste er. Immer im gleichen zeitlichen Abstand blitzten unter dem Schnurrbart die Jacketkronen auf.

Ich stellte mich neben ihn, sehr nah, roch sein Aftershave und irgendwelche kokosnussartig duftenden Körperlotionen. Niemand beachtete mich. Er beendete ein Gespräch mit einem Goethezitat (*»Doch der den Augenblick ergreift, das ist der rechte Mann«*), schlenderte weiter, und ich ging mit. Vor der Steintreppe drehte er sich zu mir um.

»Kann ich Ihnen behilflich sein?«

»Ja, ich weiß nicht.«

»Ich habe das Gefühl, Sie möchten mit mir reden?«

»Kann schon sein.«

»Sie sind einer von diesen Studenten, nicht wahr?«

»Was für Studenten?«

»Die Lila-von-Dornbusch-Studenten?«

»Nein.«

»Nein?«

»Nein, bin ich nicht.«

»Ah ja.«

Seine Augen musterten mich mit einem herablassenden Grün, das durch die Brillengläser schimmerte.

Mich erfasste ein tiefer, metallischer Zorn, der im Hochofen meines eigenen Versagens geschmolzen und zu einem Schwert geschmiedet wurde, und während mir Jeremiah einfiel und das Einzige, was ich von ihm gelernt habe, nämlich Wuthaben, wurde mir klar, dass ich den noch heißen Stahl in jemanden hineinbohren würde, der sich auch nicht wesentlich niederträchtiger benommen hatte als ich selbst.

Aber es war mir egal, denn er war alt, satt und von sich eingenommen, und ich bin sicher, dass ich ganz im Sinne aller lebenden, toten und noch ungeborenen Beatniks handelte, als ich zuschlug und wie ein geübter Scharfrichter das Haupt vom Rumpf trennte.

»Ich bin der Bruder von der Almut.«

Er blinzelte kurz und bleckte seine Jacketkronen zu einem panischen Lächeln, das nicht angebracht war.

»Von welcher Almut?«

»Sie wissen nicht, von welcher Almut?«

»Ach so, ja, Almut, das tut mir so leid. O Gott, natürlich, die …, die Frau von Koskull.«

»Richtig.«

»Die heißt ja Almut.«

»Das hören Sie zum ersten Mal?«

»Wie geht es ihr denn?«

»Es geht ihr nicht so gut.«

»Das ist schön, dass Sie, na ja, dass Sie sich gleich um sie kümmern. Ich wusste gar nicht, dass Frau von Koskull einen Bruder hat. Sie sind …?«

»Herr von Koskull.«

»Ja, natürlich.«

»Und Sie der Herr von Hambach?«

»Habe die Ehre.«

»Wollen wir uns duellieren?«

»Wie bitte?«

»Die von Koskulls duellieren sich eigentlich seit Jahrhunderten.«

»Aha.«

»Aber Almut hat gemeint, die von Hambachs ziehen Arschtritte vor.«

»Haben Sie was getrunken?«

»Ich werde Ihnen also in den Arsch treten.«

»Wie bitte?«

»Drehen Sie sich um, und ich trete Ihnen volle Kanne in den Arsch.«

»Junger Mann«, sagte er. Und dann sagte er noch: »Absurd!«, und drehte sich angewidert weg, dem Saal zu, in den ihn rettendes Stimmengewirr und ein paar freundliche Blicke lockten.

»Ich kann Sie auch anzeigen wegen sexueller Nötigung einer Mitarbeiterin. Wohlbemerkt Nötigung. Nicht Belästigung. Kennen Sie sich juristisch ein bisschen aus? Ich meine, wegen des strafrechtlichen Unterschieds?«

Echt unglaublich, was Angst mit einem Schnurrbart machen kann. Der richtet sich original auf, wie Nackenhaare, klar, ist irgendwie logisch.

»Ich kann in drei Sekunden dort hinüberschlendern zu Ihrer Frau Gemahlin. Das ist doch Ihre Frau Gemahlin da drüben? Ich werde Frau von Hambach gerne die Liste zeigen all Ihrer Schäferstündchen der letzten sechs Monate, die Sie sich mit meiner Schwester gegönnt haben, alle stattgehabten Stellungen inklusive.«

Er blickte mich an wie eine alte Möwe.

»Was ist dagegen ein kleiner Arschtritt?«

»Wie meinen Sie das?«, fragte er rauh.

»Wörtlich. Drehen Sie sich um. Ich trete Ihnen in den Arsch. Danach ist die Sache vergessen.«

Er dachte fieberhaft nach. Sein schönes braunes Gesicht wirkte fleckig wie eine schmutzige Unterhose.

»Wirklich vergessen?«

»Mein Wort drauf.«

»Das war es?«

»Kein Duell, obwohl mein Vater ein Pistolenpaar –«

»Na schön, aber nicht hier. Können wir in mein Büro gehen?«

»Nein, wir machen das hier.«

»Aber bitte wenn keiner guckt«, flehte er.

Er drehte sich tatsächlich um, wandte mir den Rücken zu, hielt sich am Treppengeländer fest, bückte sich und wartete, dass ich zutrete.

Verrückt.

Ich starrte auf sein schön geschnittenes Jackett. Ein beruhigendes, samtbraunes Karomuster. Im Anschnitt sah ich sein Kinn, das zitterte. Im Nacken kringelten sich graue Haare, vom Rücken emporwachsend. Schweiß.

Nichts hatte ich mir überlegt. Alles kam einfach. War es erlaubt, diesen Mann zu erniedrigen? Und wenn ja, sollte ich es mit aller Kraft tun oder eher symbolisch? Und warum kamen mir plötzlich Tränen? Warum schnürte sich mein Hals zu? Warum wurde ich unsicher und traurig?

Dann stand Hans-Jörn neben mir und wollte wissen, ob ich Lila gesehen hätte. Jemand von der *Village Voice* wolle ein Interview mit ihm haben.

Ich versuchte, ein Schluchzen zu unterdrücken, entfernte mich, ließ Hans-Jörn zurück und diesen vorgebeugten Pavian, der mir einen Blick über die Schulter nachwarf, einen Blick wie Phosphor, aus dem ich schließen konnte, dass ich endlich mal was richtig gemacht hatte.

Herr von Hambach war den ganzen Abend nicht mehr zu sehen, ganz im Gegensatz zu seiner Frau, die echt nett zu sein scheint.

25. Tag

Freitag, 11.10.1996

Heute von 9.30 Uhr bis 12.00 Uhr Ohren. Aufnahmen in der Grand Central Station. Mit Cosima.

13.00 Uhr bis 15.00 Uhr Birk. Schule Amelie.

Wir holten Amelie 12.40 Uhr an der UN-Schule ab. Waterside Plaza. 23. Ecke FDR Drive.

Cosima hatte keine Zeit mehr, für mich zu drehen. Daher übernahm Redford am Nachmittag die Kamera.

Amelie ist eine verwöhnte, aber begabte Göre, sehr wach und ungeheuer selbstbewusst, wobei die Familie Birk sowieso mit Selbstbewusstsein geradezu imprägniert scheint gegen alle Zweifel und Anfechtungen des Daseins.

Amelie ist dreizehn, will Schauspielerin werden. »Weil ich später einmal viel Geld brauche, und zwar richtig viel.«

Sie kann das halbe Stück von Shakespeares *Romeo und Julia* auswendig, im englischen Original. Sie hat ein jüdisches, dunkles Gesicht mit riesigen Augen, die in die Welt gucken, als würde sie ihr gehören. Frühreif, intelligent und ohne Gnade. Intelligenz, meint sie, erkenne man an der Biegsamkeit der Finger, also wie weit sich der Daumen nach hinten biegen lasse. »Papas Daumen ist wie aus Gummi.«

Ab 17.00 Uhr in der Praxis. Ich war bisher ja erst einmal bei einem Frauenarzt gewesen, damals mit Mah, als man ihr das Kind rausgeschabt hat.

In Deutschland sehen die Wartezimmer anders aus, nicht so gemütlich. Da kriegt man auch keinen parfümierten Kaffee angeboten von einer Sprechstundenhilfe, die wie eine Nutte aussieht. Nele sagte, das sei keine Nutte, das sei eine Transgender-Frau, und wenn sie sich stark schminkt, merkt man es nicht so, drum.

Von den knallgelb gestrichenen Wänden lächelten aus vergoldeten Bilderrahmen fröhliche Babys auf uns herab, zwei weiße, zwei schwarze, zwei asiatische und sogar zwei Robbenbabys.

Der Regen hatte noch zugenommen und prasselte gegen die Fenster. Alle sprechen jetzt von dem Hurricane, der kommen soll, und das taten auch die Leute im Wartezimmer.

Nele saß neben mir, starrte ins Unwetter und war nervös. Zum ersten Mal, seit sie mir begegnet ist, trug sie eine Hose, eine graue, enggeschnittene, dazu einen dunkelgrünen, hochgeschlossenen Pullover, über dem sie ihre Hände ineinanderfaltete. Ich gab ihr eine *Vogue,* um es weniger katholisch aussehen zu lassen. Sie war blass, ging immer wieder aufs Klo und kam noch blasser zurück. Als sie dann eine amtliche Urinprobe produzieren sollte, ging es nicht.

Zwischen uns fühlte es sich verworren an, lastend und leicht zugleich. Wir waren überwölbt von einer unerklärlichen Schwere, durch die wir zu schweben versuchten, als wären wir bei einem Weltraumfrauenarzt.

Gestern im Goethe-Institut hatten wir kaum Kontakt gehabt. Es war aber zu spüren, dass sie stolz auf mich war und auf meinen Helmut-Kohl-wird-vom-Förster-zersägt-Film. Ich hatte auch ihr Bauarbeiterlachen gehört während der Projektion. Gleich mehrmals.

Danach stellte ich sie Lila vor. Aber sie ist viel zu unauffällig und verträumt, um von ihm wahrgenommen zu werden. Als ich ihm mitteilte, wer sie ist und was sie tut und sie ihm guten Abend sagte, nickte er nur abwesend, seufzte »Aha« und pulte sich ohne Scheu irgendwas Ekliges aus den Zähnen hervor.

Dass es mein Sperma war, das in ihren wunderschönen Haaren im Gegenlicht wie winzige Zuckerkristalle aufleuchtete, hätte ihn sicherlich interessiert. Wird er aber niemals erfahren.

Ich mag ihn nicht, wenn er so über Leute hinweggeht, die nicht mal auf den zweiten Blick fähig scheinen, mit Ghostbuster durch den Central Park zu galoppieren. Ja, dass sie gerade anders sind, als sie wirken, gibt ihnen die Macht über andere.

Mah unterschätzt er auch total. Ihn langweilen Hetenfrauen, wenn sie nicht schrill, laut und obszön sind.

Er fragte mich auch gleich, ob denn diese Bekloppte da sei, die den Selbstmordversuch unternommen habe, über den alle reden. Er wartete aber gar nicht die Antwort ab, so wenig interessiert es ihn, fernab der Sensationspromille.

Ich erwähnte mit keinem Wort, dass mir irgendwas zu Ohren gekommen war. Das verband uns den ganzen Abend, die Meerjungfrau und mich, ohne dass wir sprechen mussten.

Auf dem Weg zur Praxis vorhin sagte sie, dass Almut schon morgen entlassen wird.

Das ist eine Überraschung. Aber ein Krankenhausbett kostet hier auch ein Vermögen pro Tag.

Almut geht es gut. Sie kann sich schon wieder schämen. Nele hatte sie heute Morgen im Hospital besucht. Eine Vergiftung hat es nicht gegeben. Die toxische Wirkung konnte durch das schnelle Magenauspumpen verhindert werden.

Almut muss nun nicht mehr ins Büro. Ich kann mir vorstellen, dass das durchaus im Sinne des Herrn von Hambach ist. Dem wird im Augenblick das Zäpfchen so was von gehen. Der Arschtritt wurmt mich etwas, das heißt, nicht der Arschtritt natürlich, sondern das Unvollendete daran.

Nele erklärte, dass Almut entweder zurück nach Europa möchte oder nach Anchorage in Alaska zieht. Da arbeitet ihre Schwester bei einer Autovermietung. Mit New York ist sie fertig. In ein paar Tagen kommen ihre Eltern und kümmern sich.

»Also die Wohnung wird bald frei sein, Jonas. Wenn du in Manhattan bleibst, kannst du bei mir einziehen.«

Die Meerjungfrau saß starr da, als ob man sie in den Bug einer Galeere geschnitzt hätte, sagte es einfach so, die *Vogue* in den kleinen Händen aus Holz, und hängte ein verspätetes Lächeln an den Satz, um ihm jeglichen Ernst zu nehmen.

Ich wünschte mir so sehr, wieder neben ihr zu liegen, ihren Herzschlag zu hören, das Blut, das wie warmer Sprudel unter ihrer Haut pulsiert. Ich wünschte mir, zu leben und glücklich zu sein, anstatt in diesem schwarzen Schlund zu wohnen, in dem zwei oder drei Etagen tiefer auch Apapa wohnt. Sie kam ein winziges Stück näher, mit zwei Fingern nur, schob sie in meine Hand und nahm sie.

»Gut«, versprach ich, »ich werde drüber nachdenken.«

Dann, während sie mich hielt, gestand sie mir, als wäre es für mich das Schönste auf Erden, ihre recht umfängliche erotische Vergangenheit. Die Sprechstundenhilfe und die Brünette neben uns hörten aufmerksam zu, und ich hoffte sehr, dass sie kein Deutsch verstanden.

Die Beichte dauerte ein bisschen und war ein Happen. Den Blick werde ich nicht vergessen, als Nele am Ende sagte: »Jetzt hältst du mich bestimmt für eine Schlampe.«

Sie senkte ihre Augen, nönnchenhaft und bekümmert. Vor einer Woche war sie mit einem französischen Autor im Bett gelandet, den das Goethe-Institut eingeladen hatte.

»Wir waren in seinem Hotel. Er wollte unbedingt in der Badewanne mit mir schlafen. Fast hätte er mich ertränkt.«

Die Tränen fielen mir ein, die sie um ihn oder um die Nacht geweint hatte. Mein halbes Hotdog, das ich ihr geschenkt hatte. Ihr Schmatzen, als sie es verdrückte. Und der einzelne Herrenschuh in ihrer Handtasche.

»Warum sagst du mir das alles?«, murmelte ich betreten.

»Du weißt, warum ich das sage.«

»Nein«, widersprach ich, »das weiß ich nicht.«

»Was glaubst du denn, warum ich das sage?«

Ich konnte nichts antworten, bestellte mir einen zweiten Kaffee bei der Transgender-Schwester.

»Ich spiele gerne, aber ich will nicht spielen, was dich betrifft. Was glaubst du, warum ich dich mit hierher nehme?«

»Sag es mir.«

»Ich will, dass du es sagst, du Feigling.«

Ihr Verlangen, sich an Erinnerungen zu verlieren, die ich nicht hören wollte, mit all diesen unwillkommenen Geständnissen den Magneten auszuschalten, der uns zueinander zog, war unübersehbar. Und gleichzeitig suchte sie meine Nähe wie ein Kätzchen und hätte sich am liebsten in mich hineingerollt.

Wenn nicht der Doktor reingekommen wäre, hätte ich ihr vielleicht gesagt, dass sie mir all diese Dinge an den Kopf wirft, um das komplizierte Widerstreben, das sie in mir spürt, in Energie umzuwandeln. So fühlte es sich für mich an, wie eine Herausforderung.

Sie setzte ihre zärtlichen Kränkungen fort, nachdem der Arzt uns in sein großes Behandlungszimmer geführt hatte. Als ihr dort zunächst einmal Blut abgenommen wurde, von einer indischen Krankenschwester, fing sie von ihrem Freund an, und es störte mich kolossal.

Ihr Freund heißt Felix, wohnt in Frankfurt und hat sie schon einmal wegen einer anderen Frau verlassen, einer Zirkusartistin. Er wollte zurück, nachdem er von der Artistin in die Mülltonne gestopft worden war.

Aber sie lässt ihn nicht.

Seitdem sagt sie Exfreund zu ihm, hat sich in allen Dingen von ihm verabschiedet, hängt aber an ihrer gemeinsamen Geschichte mit einem seidenen Faden, den ich jederzeit durchbeißen könnte. Sie küsst gerne (und hat ja auch den Mund dafür), sagt sie.

Sie ist anhänglich und liebebedürftig, sagt sie.

Felix ist der Vater, sagt sie.

Leider, sagt sie.

Er weiß es noch nicht und soll es auch nicht wissen, sagt sie.

Am Anfang, als wir in die Praxis kamen, war mein Herz leicht wie Papier gewesen, und jetzt wurde ein Stein reingepackt. Sie saß da im Behandlungsstuhl mit ihren viel zu langen, angewinkelten Armen, ein Heuschreckenweibchen, und wir warteten auf den Arzt, der die Blut- und Urinwerte (zu ein paar Tropfen hatte es gereicht) noch auswerten wollte, bevor die Operation begann.

Draußen hatte der Sturm den Himmel verdunkelt, die Deckenbeleuchtung sprang an. Das Licht war warm und freundlich. Neles Pupillen glühten fiebrig auf, wie kleine Zehn-Watt-Glühbirnen. Irgendwo lachte jemand. Die Brünette vielleicht, neben der wir gewartet hatten. Sie kriegte sich gar nicht mehr ein.

Nele schloss die Augen, ohne meine Hand loszulassen, und ich wurde von Erregung und Furcht erfüllt, fühlte plötzlich eine Leidenschaft, als wäre ich drei oder vier Männer zugleich, und ich fragte sie, ob sie sich sicher sei, das Kind aufgeben zu wollen.

Unter ihrer unglaublich hässlichen Brille öffneten sich ihre Augen wieder, merkwürdige, glänzende, türkisfarbene Augen hat sie und Wimpern wie die Federspitzen eines Raben. Eine ausdruckslose Nase. Einen hellbelippten Mund, der immer etwas gespitzt ist, bereit, Überraschungen hinzunehmen und ihnen Ausdruck zu verleihen. Zauberisch promisk, auf eine Art, die man ausbrennen möchte. Und sie sagte: »Ich glaube.«

Der Arzt und die Krankenschwester legten Nele für die Voruntersuchung auf eine Liege neben das Ultraschallgerät. Der kahle Doktor schob ihr das T-Shirt hoch, träufelte Schleim auf ihren Bauch und fuhr mit der Sonde auf ihrer Haut herum. Komisch, weil man doch noch gar nichts sehen kann von so einer Erbse. Er starrte auf den Monitor, sagte nichts, ich starrte auf den Monitor, sagte nichts, und Nele fing an zu weinen.

Schließlich fuhr sie in die Höhe, griff zu einem Papiertuch, wischte sich die Flüssigkeit von ihrem Bauch und sprang auf. »Tut mir leid«, erklärte sie dem verdatterten Arzt hastig, »wir müssen die OP verschieben.« Sie griff zu ihrer Handtasche und eilte nach draußen, und man hörte nur noch, wie sie »Ich will noch mal nachdenken!« murmelte.

Als wir uns im Hausflur verabschiedeten, fuhr sie sich erschöpft durchs Haar, das am Hinterkopf leicht fettig glänzte, vielleicht, weil sie ihn an die Fensterscheibe einer U-Bahn gelehnt hatte. Vielleicht auch, weil sie immer noch nicht zum Haarewaschen gekommen war. Sie fragte mich lachend, ob ich schon viele Frauen unglücklich gemacht hätte. Man sah immer noch, dass sie geweint hatte und wieder weinen würde.

Dann öffnete sie die Tür, ging hinaus und stieg im strömenden Regen in ein Taxi, ohne zu zögern.

Sie schaute nicht mehr zu mir zurück.

Der Platz in ihrem Zimmer wird frei werden.

Ich könnte einziehen.

Ich könnte New Yorker werden.

Ich könnte mit vierzig sterben.

Ich könnte mit dreißig sterben, zerspant von all den Martern, die ich mir zumute oder gönne oder was auch immer.

Ich könnte morgen sterben.

Doch im Augenblick, in diesem vorüberstreichenden Augenblick totaler Ungewissheit, will ich ewig sein.

26. Tag

Samstag, 12.10.1996

Einmal, wir waren noch ganz am Anfang, erzählte ich Mah von früher, von Valerie Soraya Puck, die mit mir in eine Grundschulklasse ging. Und ich schilderte, wie wir im Sommer immer vor dem Städtischen Schlachthof in Mannheim Doktorspiele gespielt hatten.

Dort war meine Mutter Sekretärin gewesen, bis sie verrückt wurde. Das heißt, Mama saß stets in ihrem kleinen Büro und machte den ganzen Schreibkram. Soundso viele Schweinehälften am Tag. Soundso viele Ringelschwänzchen. Musste alles ordentlich verbucht werden.

Das Schlachthaus gibt es nicht mehr, und dort, wo heute eine Waschanlage bunte Pkws ausspuckt, war damals die Anlieferrampe, unter der Valerie Soraya Puck und ich unsere dürren, neunjährigen Körper abtasteten. Die Luft war voll von den Schreien der Tiere, und die Metzger tranken schon morgens, da immer überfordert, Schnaps, genau wie meine Mutter, die aber niemals überfordert war.

Obwohl streng verboten, schlich ich mich manchmal in die Schlachterei. Dort standen die Männer bis zu den Knien in den aus den Rindern hervorquellenden Gedärmen und röhrten mit Kettensägen in den Kadavern herum. Die Darmgebirge nahmen kein Ende. Kurz vor Feierabend, während ihres Handwerks sich gegenseitig noch verständigend, gurgelten die Metzger nur noch.

Valerie Soraya Puck, so alt wie ich, meine erste Kinderliebe und ebenfalls neugierig, wagte sich einen Schritt zu weit hinein. Sie rutschte auf einer Blutlache aus, fiel auf den abschüssigen Beton und glitt von dort wie in Zeitlupe und völlig stumm, flankiert von meiner schreienden Angst, in die große Sammelschütte, wo sie innerhalb von drei Sekunden unter dampfenden Innereien begraben wurde.

Sie erstickte, obwohl alle sofort Beile und Spaten schwangen.

Als ich das Mah erzählte, waren wir erst zwei Wochen zusammen. Sie stand im Bad und föhnte sich die frisch gewaschenen Haare.

»Und was soll ich dazu sagen?«, fragte Mah.

»Nichts. Ich dachte, es interessiert dich.«

»Nicht jetzt«, sagte sie, und mir fiel auf, wie sehr ihr Haar für Kämme gemacht ist.

»Heißt das«, fragte ich, »dass dir Valerie Soraya Puck gar nicht leidtut?«

»Mir tun die Rinder leid«, sagte sie, ohne das Kämmen zu unterbrechen. »Und deine Mutter, ja, deine Mutter tut mir auch leid.«

Je älter die Menschen sind, desto mehr tun sie ihr leid. Kinder sind ihr egal.

Bei mir ist es genau umgekehrt. Deshalb fand ich den

Gedanken an Nachwuchs immer schön, Mah hingegen nie. Babys wären für sie einfach immer viel zu jung gewesen.

Als sie dann schwanger wurde, war es für sie erst mal ein Schock.

Nachdem sie aber bemerkt hatte, wie sehr ich mich auf das Kind freute, begann sie, sich für Glück zu interessieren. Bis dahin waren tatsächlich der Jammer und der Tod ihr Revier gewesen, hier hatte sie ihre Wärme, ihre Beschützerinstinkte, ja, ihre angeborene Mütterlichkeit und all die anderen protektiven Talente zu guter Verwendung bringen können.

Nun lernte sie, mit mir die winzigen Babywindeln zu kaufen und nicht mehr die riesengroßen, die für hundert Kilo schwere inkontinente Wuchtbrummen gemacht wurden. Wir gingen in Säuglingsfachgeschäfte und kauften eine Wickelkommode, Strampelhöschen, kleine Rasseln, einen Laufstall.

Aber es war zu früh. Als es in der 22. Schwangerschaftswoche zu Blutungen kam, erklärten die Ärzte, dass Mahs falsch platzierte Organe der Belastung einer Geburt nicht würden standhalten können. Die Schwangerschaft war zu riskant. Sie wurde abgebrochen. Ich stand in grüner Ärztekluft im OP und musste mitansehen, wie unser Kind getötet wurde.

Der ganze Babykram steht immer noch in unserer Wohnung, genau dort, wo er vor einem Jahr wohlüberlegt aufgestellt wurde. Wann immer Mahs Blick auf die hellen, duftenden Kiefernmöbel fällt, gehe ich zu ihr und nehme sie in den Arm.

Würde sie erneut schwanger werden, könnte sie daran sterben.

Ihr kann nichts Furchtbareres geschehen, als mich an das Kind einer anderen Frau zu verlieren.

Wenn man jemanden liebt, kann er einem das Schlimmste antun.

Ich kann nicht glauben, dass ich Nele Zapp dazu gebracht habe, ihre Pläne zu ändern.

»Ich muss noch mal nachdenken.«

Ihr Satz kann ja auch bedeuten, dass sie einfach noch mal nachdenken muss.

Er kann alles bedeuten.

Er muss gar nichts bedeuten.

Von 9.30 Uhr bis 13.00 Uhr wurden heute wieder Ohren gedreht. Mit Cosima. Erwischte sie mit einem Liebhaber, als ich sie frühmorgens in einem Loft abholte in der 38. Straße. Dort übernachtet sie seit gestern, weil sie es im National Arts Club nicht mehr aushält.

Ich kann es nicht fassen, dass sie mir mit sozusagen nichts am Leib öffnete.

Hinter ihr sprang der nackte Typ durch die Küche. Ein alter Bekannter von ihr aus Hamburg, der sich seit zwei Jahren als Beleuchter durch Manhattan schlägt.

Cosima war zum ersten Mal gutgelaunt seit ihrer Ankunft und fragte mich lächelnd, wie es mir gehe. Ich sagte, ich hätte intensive Selbstmordwünsche und sei am Rande des Zusammenbruchs. Sie nickte glücklich und summte leise vor sich hin, während sie mir einen Kaffee anbot.

In fünf Tagen kommt ihr Freund. Hoffentlich ist bis dahin der Knutschfleck auf ihrem Schlüsselbein weg.

Ich frage mich, warum alle gerade vögeln müssen, bis der Arzt kommt. Ich bin auch viel zu verklemmt, um mit so was umzugehen. Es macht mich normalerweise wahnsinnig verlegen, wenn ich weiß, dass Leute gerade Sex hatten, und ich stehe mit ihnen im Fahrstuhl oder in einer Küche oder so.

Aber im Augenblick bin ich dermaßen verzweifelt, dass mir alles egal ist.

Von 17.00 Uhr bis 19.00 Uhr dann das Interview mit Eike Birk. Josef Heiger half mir an der Kamera. Ging völlig in die Hose. Wir redeten über das Sartre-Buch. Birk beschimpfte mich, weil ich den Sartre-Biographen Toulerrant verteidigte, der den Fehler begangen hat, Sartres schlechte Literaturnote in der dritten Grundschulklasse fehlinterpretiert zu haben (unter Zuhilfenahme freudianischer Erklärungsmuster).

Heute kein Telefonat mit Nele. Ich schaffe es nicht. Ich vermisse sie nicht oder versuche zumindest, sie nicht zu vermissen.

Was sollte das nur heißen, dass sie noch mal nachdenkt?

Auch sie ruft nicht an.

Ich sitze an dem wackeligen Holztisch in meinem Zimmer im National Arts Club und ziehe Bilanz.

Beide Frauen, die ich liebe, sind Kranke.

Beide Filme, die ich mache, sind Scheiße.

Das Peinlichste, was je auf dieser Welt gedreht wurde.

Wer will schon was über Ohren erfahren? Noch dazu in einem Film? Das ist, als würde ein Komponist eine Symphonie über Fußnägel komponieren.

Und kein Mensch interessiert sich für Eike Birk und seine Angeberfamilie, bei deren Anblick sich mir der Magen zusammenkrampft und ich Schweiß auf den Lippen schmecke.

Ich fühle mich einsam, eine tiefe Einsamkeit, gefüttert von selbstgemachtem Elend, mangelnder Hoffnung und klarer Erkenntnis.

Denn ohne Erkenntnis, ohne die Gabe oder den Fluch der Reflexion, ist eine Bilanz ja gar nicht möglich. Und so muss ich am Ende meiner Reise festhalten, trotz all meiner frommen Vorsätze und tief empfundenen Vorbehalte: Der einzige Film, der es wert wäre, im New York des Jahres 1996 von mir, Jonas Maximilian Johannes Dietrich Rosen, gemacht zu werden, wäre einer über Tante Paula.

Das Interview

Samstag, 12.10.1996

JONAS Hier, von 1948.

TANTE PAULA Wai, wie furchtbar!

JONAS Warum?

TANTE PAULA Alte Fotografien. *I hate it.*

JONAS Das bist du. Und das daneben Papa.

TANTE PAULA Mein Gott, o Gottchen, warum musst du mich so erschrecken?

JONAS Kennst du es nicht?

TANTE PAULA Das war einmal. Keine Falten, keine Krukeln, nichts. Damals hatte ich noch richtje Augen. Jetzt sind da nur noch Maulwurfschlitze. Fällt dir das auf?

JONAS Nein.

TANTE PAULA Aber du siehst an dieser schrecklichen Aufnahme, dass Altern die greeßtmeechliche Zumutung ist. *It's cruel.* Eine erbarmungslose Schwejnerei. Wer hat das bloß erfunden?

JONAS Der liebe Gott?

TANTE PAULA (lacht bitter) Wenn es ihn gibt, woran ich nich glaube, aber wenn es ihn gibt: Das hat er wirklich richtig gut falsch jemacht. Was er den Menschen damit eintrillert! Aber vielleicht hat das ja alles einen tieferen

Sinn? Besser wäre, man könnte die Jahre abarbejten – zurück in die Jugend!

JONAS Zurück nach Riga?

TANTE PAULA *Exactly.*

JONAS Zurück in die Vergasungsanstalt?

TANTE PAULA Nein, das nich. Alt werden und im Endstadium Krebs haben ist immer noch besser, als nich alt werden und nich im Endstadium Krebs haben. Und dennoch, wahrscheinlich waren diese Jahre meine scheensten, die Jahre im Ghetto. Es ist einfach unschlagbar, jung zu sein.

JONAS Dein Ernst?

TANTE PAULA Was soll ich machen? Ich bin eben ein, wie heißt es …? Jefühlsmensch!

JONAS Das ist, ich meine, du hast …

TANTE PAULA Warum redest du nich aus?

JONAS Ach, nichts …

TANTE PAULA Sag's doch, ich wejß, was du sagen willst.

JONAS Sicher?

TANTE PAULA Du willst sagen, ich bin undankbar. Und das stimmt. Aber wie begrenzt der Mensch ist in allem, und wie wertlos! Das wirst du erst wissen, wenn du in mejne Lage kommst.

JONAS Das klingt, na ja …

TANTE PAULA Was?

JONAS Du scheinst heute nicht deinen besten Tag erwischt zu haben, Tante Paula.

TANTE PAULA Ehrlich jesagt bist du es, der heute nich sejnen besten Tag hat. Wieso bist du hier? *Loneliness?*

JONAS Nein.

TANTE PAULA Du schnejst unanjemeldet rein und baust die Kammra auf und all das. Jehört das zu dejnem Film?

JONAS Nein. Meinen Film mache ich nicht mehr. Ich habe vorhin alle Kassetten weggeworfen. Das war alles Schrott.

TANTE PAULA Also es stimmt: Du hast nich den besten Tag erwischt.

JONAS Wenn es losgeht, darfst du nie hier ins Objektiv reinschauen, ja?

TANTE PAULA Die läuft ganz von allejne? Ohne dass jemand dahinter steht?

JONAS Kümmer dich nicht um die Kamera. Also, fangen wir an: Wie geht es dir gerade?

TANTE PAULA Wie es mir geht?

JONAS Es ist nur die erste Frage, zum Auflockern.

TANTE PAULA *I have a bad* Puckel, bin ein Hinkefuß und werde bald weg sein. *Vanished.* So geht es mir.

JONAS Du bleibst. Deine Bilder blejben.

TANTE PAULA Quatsch mit Soße. Nichts wird bleiben. *Nothing at all.* Das Leben – man wird durch dieses Leben jeschleudert und jezogen, es wird einem dies und das anjetan, und irjendwie würgst du dich durch. *No, my dear*, ich halte nichts von diesem Leben.

JONAS Es gibt doch auch für dich noch schöne Momente!

TANTE PAULA Manchmal ein Bild. Und meine Zjaretten. *I love smoking.*

JONAS Ist das alles?

TANTE PAULA Es gibt noch andere, kurze Augenblicke, die einen für die Qual der Existenz entlohnen. Eine Amsel am Morjen. Wenn die Blieten rauskriechen im Central

Park, das ist herrlich. Die ganzen Doggies, die wie klejne Kinder alberieren. Und dann freue ich mich natierlich auf unsere Fahrt in den Westen.

JONAS Ja.

TANTE PAULA Die Sonne in den Rockys. Wie wir im Cabrio die Interstate runtersausen, links und rechts die Prärie.

JONAS Ja, schon …

TANTE PAULA *Unbelievable.*

JONAS Ja, aber … aber ich denke, Tante Paula, das geht nicht.

TANTE PAULA Was geht nich?

JONAS Ich kann da nicht mitfahren.

TANTE PAULA *What do you mean?*

JONAS Es ist nicht richtig, finde ich.

TANTE PAULA (schweigt)

JONAS Ich habe lange nachgedacht.

TANTE PAULA Es ist nich richtig, deiner abjekankerten Tante eine klejne Freude zu machen?

JONAS Ich würde sehr gerne. Aber es geht nicht.

TANTE PAULA Es ist nich richtig, hunderttausend Dollar zu verdienen?

JONAS Das ist doch kein Verdienen. Das ist, als würde ich den Tresor einer Holocaustüberlebenden ausrauben, nur weil er offen steht.

TANTE PAULA Wow. Das hast du von dejnem Großvater.

JONAS Was?

TANTE PAULA Diese Klarheit der Entschejdung. Diese rücksichtslose Klarheit. Dieses Zackzack.

JONAS Was willst du mit diesen Worten? Mich aufschlitzen?

TANTE PAULA *I'm so sorry. It's so … disappointing.* Dejne Selbstliebe … Ich hätte dich etwas umständlicher kaufen müssen.

JONAS Du glaubst, du kannst mich kaufen?

TANTE PAULA Jeder kann jeden kaufen. Du hast das große Glück, derzeit nicht im Schaufenster zu stehen jewissermaßen, *that's it.*

JONAS Dieser Zynismus ist echt schwer auszuhalten.

TANTE PAULA Das ist Blödsinn. Zynismus ist immer gut für ein Interview. Die Kammra läuft doch noch?

JONAS Ja, sie läuft noch. Kümmer dich nicht drum.

TANTE PAULA Ich bin das Gejenteil eines Zynikers. Ich bin voller Jefühle. Das mit den Jefühlen, *it never stops.* Es ist, als ob der Mensch immer Jefühle absondern müsste, bis zuletzt. Sogar jetzt bin ich voller Jefühle, merkst du es nich?

JONAS Du klingst eher kalt. Kalt und verbittert.

TANTE PAULA Wäre es mir denn dann so wichtig, dich kennenzulernen? *Du* bist der Schlabummel von uns beiden, *you know?*

JONAS (lacht)

TANTE PAULA Sagst mir vor laufender Kamera, dass du die Reise absagst. Das ist aaskuckelig. Wenn du mehr Jefühle zulassen würdest, dann wäre es dir nich so unwichtig, mich kennenzulernen, mich und meine hunderttausend Dollarchen.

JONAS Klar, Tante Paula, Gier ist natürlich auch ein Gefühl!

TANTE PAULA Ja, Jonas, das kann jeder Seehund sagen. Es ist wunderbar, sich moralisch so überlejen zu fühlen.

Irjendwas ist dir im Augenblick wichtjer als das Wohlergehen dejner Tante. Wichtjer auch als ein lieb jemeintes Vermejen für dejnen Karrierestart. Aber nur, weil du glaubst, es dir leisten zu können. Die Version von dir, die umjekehrt entschejden würde, sitzt in dem gleichen kaputten Kürbel, das kannst du mir glauben.

JONAS Ich verstehe einfach nicht, wieso du dir niemand anderen mietest für den Westen. Mit dem Geld wirst du Leute auftreiben können, die besser zu dir passen.

TANTE PAULA Allerdings. Ein ganzes Team von Leuten. *Including a cook and a terrific callboy.*

JONAS Also was willst du von mir?

TANTE PAULA Das kann man nich erklären.

JONAS Kann man bestimmt.

TANTE PAULA Die Antworten stecken alle in mejnen Bildern. *It's part of my art.* Film doch mejne Bilder ab, dann wejßt du alles.

JONAS Wieso wolltest du, dass ich dich besuche? Was hast du von meinem Vater gewollt? Hier auf dem Foto siehst du nicht so aus, als ob du ihn besonders mögen würdest.

TANTE PAULA Ach doch. Ich mochte ihn schon. Er war zuckrig.

JONAS Zuckrig?

TANTE PAULA *Cute.* Ich mochte ihn einfach, das meine ich. Vor allem mochte ich die Vorstellung, die er in mir auslöste.

JONAS Was für eine Vorstellung?

TANTE PAULA Ich mochte das, an was er mich erinnerte. Und jenau das mag ich auch an dir.

JONAS Deshalb willst du mit mir deine letzten Tage verbringen? Weil ich dich an Apapa erinnere? An den Mann, der Dutzende deiner Freunde ausgelöscht hat? Der den Mord an deinen Eltern repräsentiert? Bist du pervers, Tante Paula?

TANTE PAULA Also bitte, Jonas, entweder wir halten ein bestimmtes Niveau, wenn wir sprechen, oder wir lassen es blejben.

JONAS Als ob das was mit Niveau zu tun hätte.

TANTE PAULA Man kann nich mit dir reden, außer man sagt, was du heeren willst. Du bist ein furchtbarer Knot, richtig dummerhaft.

JONAS Was will ich denn hören?

TANTE PAULA Dass ich eine Wahl hatte. So ist das mit dejner Generation. Wer in pottchenwarmer Sicherheit aufwächst, glaubt, immer eine Wahl zu haben.

JONAS Apapa hatte ganz sicher eine Wahl.

TANTE PAULA Ach ja? Woher willst du das wissen?

JONAS Er hätte den lettischen Professor nicht erschießen müssen.

TANTE PAULA Du musst auch unser Podrett zu den Rockys nich absagen.

JONAS Das gibt's doch wohl nicht!

TANTE PAULA Bitte nich laut werden, Jonas, ja?

JONAS Es macht mich unglaublich wütend, wenn du so sprichst, einfach das Banale da reinmischst in dieses Thema!

TANTE PAULA Ist es banal, etwas scheener sterben zu wollen?

JONAS Du weißt, was ich meine.

TANTE PAULA Und dennoch glaubst du, mir absagen zu müssen. Nich für goldne Gurken kannst du mit mir mitfahren. Obwohl du findest, dass immer alle eine Wahl haben, bist du in diesem Fall sicher, auf dich träfe das nicht zu. Und noch dazu nennst du moralische Gründe. Glaub mir, Jonas, dejn Großvater war sich immer sicher, für alles moralische Gründe zu haben. Auch für das Totschießen von Professor Krumins.

JONAS Ich weiß, dass ich tun kann, was ich will. Und was deinen Vorschlag anbelangt, nehme ich ihn nicht an, weil ich nicht mit dir in den Westen will. Zufrieden?

TANTE PAULA Du kannst tun, was du willst, du kannst aber nicht wollen, was du willst.

JONAS Das ist albern.

TANTE PAULA *No, it's Schopenhauer.*

JONAS Du kommst mir hier mit Schopenhauer? Echt jetzt?

TANTE PAULA Weil du wie ein Kretin daherargumentierst. Weil du behauptest, nur ein Kerker wäre ein Kerker.

JONAS Über einen Kerker haben wir doch überhaupt nicht gesprochen.

TANTE PAULA Ich meine die Metapher.

JONAS Ich weiß, was du meinst.

TANTE PAULA Auch Liebe ist immer ein Kerker.

JONAS Da bin ich anderer Ansicht. Wir können uns die Menschen aussuchen, die wir achten und lieben.

TANTE PAULA (lacht) So einen Quatsch habe ich ja schon lange nich mehr jehört. Du kannst dir aussuchen, mit wem du in eine Wohnung ziehst oder mit wem du herumpoussierst oder sogar dejn Leben teilst. Aber dejne Liebe, nein, die kannst du dir nich aussuchen. *No way.*

Der Sklave sucht sich sejnen Herrn nich aus. Der Mensch nich sejnen Virus. Wer liebt, ist ohne Mund.

JONAS Wer liebt, ist ohne Mund?

TANTE PAULA Oder sagt man ohne mündig?

JONAS Du meinst unmündig.

TANTE PAULA *Thanks a lot.* Wer liebt, ist unmündig.

JONAS Ich mache jetzt mal die Kamera aus.

TANTE PAULA Mich stört sie nich, die Kammra. Sag ruhig, was du sagen willst. Das halte ich aus.

JONAS Jüdin liebt ihren Folterer. Das ist degoutant. Das appelliert wirklich an die niedrigsten Instinkte. Was für eine Schnulze. Richtiger Nazischeiß. O Mann.

TANTE PAULA Mich wundert dejne Blasiertheit.

JONAS Das sagt ausgerechnet jemand, der mit Schopenhauer ankommt. Fehlt nur noch Nietzsche und Hitlers *Mein Kampf.*

TANTE PAULA Wenn du das nich kennst, *honey*, wie ein *fucking* ausjeblasenes Hühnerei in der Hand des Schicksals zu liejen, das dir alles antun kann, indem es einfach nur die Finger zu einer Faust schließt, dann kennst du die Katastrophe der Liebe nicht.

JONAS Dein Protokoll klingt überhaupt nicht danach, als hättest du Apapa tiefere Gefühle entgegengebracht.

TANTE PAULA Um dejnen Großvater geht es doch gar nich.

JONAS Sehr witzig.

TANTE PAULA Ist es nie jegangen.

JONAS Hör auf.

TANTE PAULA Habe ich das denn jemals jesagt, dass ich dejnem Großvater Jefühle entgegenbringe?

JONAS Klar.

TANTE PAULA *No.*

JONAS Ständig.

TANTE PAULA Nie. *Never.* Nicht ein einzjes Mal. Meinst du, ich könnte ihm jemals verzeihen, was er den Menschen anjetan hat? Was er der Familie Krumins anjetan hat? Oder mir?

JONAS (schweigt)

TANTE PAULA Er hat mich an jemanden erinnert, so wie sein Sohn und sein Enkel mich an jemanden erinnern.

JONAS (schweigt)

TANTE PAULA An jemanden, der mich zu sich hinaufzog. Das ist alles.

JONAS Von wem redest du?

TANTE PAULA Hast du nich Capé jenug, es zu begreifen?

JONAS Von wem du redest?

TANTE PAULA Von mejnem Lehrer. Das Lob der Torheit hat er mir jesungen. Hans Holbeins Radierungen hat er mir jezeigt.

JONAS O Gott …

TANTE PAULA Er war es, der mir das Leben bewahrte, nich dejn Großvater.

JONAS Du meinst den … den –?

TANTE PAULA Den »Mejster«, ja. Den Mejster Rosen.

JONAS Das glaube ich einfach nicht.

TANTE PAULA Mit sejnem Sohn schlief ich nur, um zu überleben. Sejnen Enkel hütete ich, um ihm nah zu sein. Und mit sejnem Urenkel spreche ich, um sejne Stimme zu heeren. Du hast die gleiche, etwas hohe, ein wenig rauhe Stimme, und einen zärtlichen Unterton, wie er.

JONAS Absurd.

TANTE PAULA Nächste Woche, am 18. Oktober, sind es 58 Jahre. Da bin ich als Erstsemester zum ersten Mal die Kunstakademie Riga hoch jegangen, hoch in den großen Zejchensaal im zweiten Stock. Es kommt mir wie jestern vor. Aber mir wird, ich weiß nich wie, wenn ich davon erzähle.

JONAS Wenn du nicht darüber reden willst, dann tu es nicht.

TANTE PAULA Irjendwie schämt man sich. Ich war so jung. Und er so alt.

JONAS Ich mache jetzt wirklich aus.

TANTE PAULA Nein, lass an. Es ist mir egal, wenn mir der Saft runterläuft. Und ist gut für dejnen Film. Ich sagte ja, ich bin ein Jefühlsmensch. Habe die *schirokaja natura* der Russen. Wie kannst du mich für zynisch halten?

JONAS Von Apapas Vater hieß es immer nur, er sei sehr unterhaltsam gewesen, sehr gesellig.

TANTE PAULA Alles an ihm war perfekt, die Art zu gehen, die Art zu spejsen, diese Stimme – du kannst bestimmt auch gut singen, stimmt's?

JONAS Es geht.

TANTE PAULA Und wie er jemalt hat. Einmal durften wir zusehen, wie er eine alte Zigeunerin in der Aktklasse malte. Es war unglaublich. Wir standen die Hände an der Hosennaht. Ich war einfach weg. Man hatte den Eindruck, dass er die Alte mit sejnem Auge durchstößt und bis in ihr Herz blicken kann. Ich wollte auch von ihm erkannt werden. Ich strengte mich so sehr an, sejne Mejsterschülerin zu werden. Was soll ich dir sagen? Es waren solch sichere, elegante Bewejungen sejner Hände, wie Kufen auf Eis.

JONAS Er muss damals schon über sechzig gewesen sein.

TANTE PAULA Älter. Und ich war nich mal zwanzig.

JONAS Es ist wirklich nicht mein Tag heute.

TANTE PAULA Aber er hat es ja nie jespürt. Ich habe mir nichts anmerken lassen. Er begehrte mich nich. Und ich ließ ihn in Ruhe und wurde fast verrückt durch die hohe Mejnung, die er von mir hatte. Dass ich ein Talentchen haben könnte, hat er mir immer wieder jesagt. Das gab mir viele Jahre Trost, eine illusionäre Hoffnung. Ich wollte unbedingt am Leben bleiben, nur um sejnen Auftrag zu erfüllen. Eine gute Künstlerin zu sein. Und letztlich ist alles, was ich erreicht habe, eine Mrs. Hertzlieb zu sein, und keine besonders gute.

JONAS Und du hast es niemandem gesagt?

TANTE PAULA Nein. Warum auch?

JONAS Will man seine Empfindungen nicht mit jemandem teilen?

TANTE PAULA Du bist der Erste und der Letzte, der es erfährt. Ich war immer sehr gut im Verstecken und Tarnen. Deshalb habe ich die SS überlebt, die Vergasungsanstalt überlebt, Professor Krumins überlebt. Sogar mejne Tätigkeit als Kindermädchen war Tarnung. Ich habe die Stelle im Haus dejnes Großvaters ja nich anjenommen, um sejne klejnen Blagen zu versorgen. Sondern ich wollte den Mejster pflejen. Reich noch mal das Foto, Lieberchen.

JONAS (gibt ihr das Foto)

TANTE PAULA Da im Hintergrund, direkt hinter dem

Schopf dejnes Vaters, siehst du? Da sitzt er im Rollstuhl, der Mejster. Sein Kopf ist abjewendet. Er starb ja kurze Zeit später. Die letzten drei Monate konnte er gar nich mehr sprechen. Schlägelchen. Halbseitje Lähmung. Ich habe ihn jefüttert.

JONAS Das ist ja völlig krank.

TANTE PAULA Nein, es klingt nur unlogisch. Niemals war ein Mensch besser für mich und besser zu mir als der Mejster. Ich wollte ihm nahe sein. Und das will ich immer noch. Bei jedem Pinselstrich, den ich setze, frage ich mich, wie kapabel er ihn finden würde. Wenn ich vor den Herrgott trete, werde ich an den Mejster denken. Nich an Jack Kerouac. Nich an Mister Hertzlieb. Und an dejnen Großvater schon gar nich.

JONAS (schweigt)

TANTE PAULA Was ist? Läuft die Kammra noch?

JONAS (nickt)

TANTE PAULA Also, fahren wir nun in den Westen oder nich?

27. Tag

Sonntag, 13.10.1996

Gestern tobte ein Kategorie-2-Hurricane. Er hieß Betty und hatte sich im Karibischen Meer gebildet, war dann über Jamaika, Kuba und die Bahamas nach Norden gezogen, hatte dabei zehn Menschen getötet und schließlich zwei Tage gebraucht, um mit seinen Ausläufern meine Aufmerksamkeit zu gewinnen.

Deshalb war ich wahrscheinlich als Einziger von zehn Millionen New Yorkern total überrascht, dass die Ampeln, die hier nur an einer Art Fleischerhaken direkt über den Kreuzungen hängen, am Abend wie Schiffsschaukeln hin und her schwangen. Riesige Werbetafeln wurden aus ihren Verankerungen gerissen. Eine Windbö erfasste mich und schleuderte mich gegen ein Schaufenster. Der Regen wurde hart und grimmig und traf einen wie kleine Stahlgeschosse.

Redford hatte mich am späten Abend im National Arts Club abgeholt.

»Keine gute Idee«, hatte er besorgt gegrunzt und auf den Fernseher gezeigt, der beim Pförtner lief und einen begeistert gestikulierenden Meteorologen vor einer mit lauter roten Sturmfähnchen und vereinzelten Totenköpfen beklebten Wetterkarte der Ostküste zeigte.

Aber ich musste mit jemandem reden.

Und ich musste raus aus dem Club.

Wir kämpften uns trotz Windstärke elf zu Fuß in den Meatpacking District vor, das Schlachthofviertel. Dort sollte es einen tollen Diner geben, in den Redford wollte. Riesige Trucks schwankten an uns vorüber, um tote Hühner in die Kühlhäuser zu balancieren. Der Hudson River war von meterhohen Wellen beschäumt. Der einzige weitere Passant, der uns begegnete, ein Schwarzer in hellem Regencape, schlenderte über die Hudson Street. Beinahe schien es, als würde er ein paar Zentimeter in die Luft gehoben. Sein Cape flatterte wie eine Fahne, ich wich einer Pfütze aus, und als ich wieder aufschaute, war der Mann verschwunden, vom Erdboden verschluckt.

Wir erreichten den Diner im Schlachterviertel gerade in dem Moment, als der Sturm mit voller Wucht losbrach. Über die ganze Breite des Gebäudes zog sich ein verblasstes Acrylgemälde, das noch zu Kennedys Zeiten gemalt worden sein muss, mit optimistischen, lebensfrohen Kühen drauf. Darunter ein Schild: *»Best Meat in Town«*. Und so hieß auch das Etablissement.

Wir betraten, nass bis auf die Knochen, eine ehemalige Lagerhalle aus Wellblech, auf deren Dach das Unwetter wie Artilleriefeuer hämmerte. Die Bude hatte überall abenteuerliche Roststellen, war voller Menschen und roch nach Parfüm, Bier, Tabak und Regen, der von den jungen Gesichtern schmolz. Es herrschte ohrenbetäubender Lärm. Aus der Anlage dröhnte Alanis Morissettes *Ironic.*

Eine atemberaubende Schwarze hing hinter dem Tresen,

an den wir uns stellten. Wir orderten zwei Bier. Sie trug kurze Jeans, ein trägerloses dunkles Shirt und auf dem Haupt einen silbergesprayten Sechziger-Jahre-Bauhelm aus Aluminium mit der Aufschrift: BOSS. Nur am Partymachen, die Frau, das merkte man. Eine Stimme und ein Charme, Wahnsinn.

Sie hatte ein Tattoo über der linken Brust, das einen Stier darstellte. Nach zwei weiteren Bier fanden wir heraus, dass das ihr Sternzeichen ist und die linke Brust ihr Glücksbringer. »Und das Beste daran: Ich kann ihn nicht verlieren, Baby.«

Sie verabschiedete ihren Kollegen mit augenzwinkerndem Pathos in den Feierabend *(»Take a deep breath«)*, presste ihren Stierbusen gegen seinen Katzenkörper, bis er *»I love you«* maunzte. Er trug ein speckiges blaues Stirnband wie ein Korsar, und ich sah, wie er ihr an den Arsch fasste. Der Sex, der schnelle, leichte, nichtssagende, lautstarke, lebenserleichternde, unverbindliche Sex scheint in der Nähe sterbender Tiere noch selbstverständlicher zu sein als sonst schon in dieser Stadt.

Der Korsar kam jedoch zwei Minuten später wieder von draußen zurück, tropfend und erschöpft, als wäre er aus einer Waschmaschine geschleudert worden. Er mahlte mit den Zähnen, stellte die Musik leise, rief ins Lokal, dass in Manhattan seit fünf Minuten Orkanwarnung der höchsten Stufe gelte und niemand mehr auf die Straße dürfe. Der Busverkehr sei soeben eingestellt worden. Er band sich sein Stirnband neu und fing an, die Fenster mit Brettern zu verrammeln. Die Schwarze und das restliche Personal halfen ihm dabei. Aus der Ferne hörte man Sirenen heulen.

Niemand schenkte dem Ganzen Beachtung. Alanis Morissette wurde wieder auf laut gestellt. Man spielte ihr komplettes Album. Sie sang inzwischen, dass sie sich betrunken fühlt, ohne betrunken zu sein, jung ist und unterbezahlt, schlapp daherkommt und viel arbeitet, sich um die Dinge kümmert, obwohl sie eigentlich planlos rumrennt, hier ist und eigentlich nicht da, im Unrecht ist und es ihr leidtut. Ein typischer Nummer-eins-Hit halt.

Redford fragte mich, wie mir die Gegend gefiele, und ich erklärte ihm, dass meine Mutter mal im Schlachthof Mannheim gearbeitet und darüber den Verstand verloren hatte. Valerie Soraya Pucks Ende in den rachedurstigen Rindergedärmen unterschlug ich, ein Geheimnis, das ich nur mit Freunden teile.

Aber ich brauche ja einen Freund.

Ich brauche einen Freund.

Das sagte ich mir immer wieder.

Redford berichtete im Gegenzug von seinem Wunsch nach einer wirklichen Liebe. Der Scheideweg, an dem er sich gerade befindet. Karriere versus Familie.

Für die Familie fehlt ihm jedoch die richtige Partnerin. Er ist mit einer drei Jahre älteren, promovierten Psychologin zusammen, die ihm zu verstehen gibt, dass sie ihn intellektuell nicht für voll nimmt.

»Wir sehen uns selten, und dann haben wir immer nur Sex. Ich muss meistens unten liegen, und sie schaut in die Ferne, wenn sie loslegt. Manchmal fickt sie mich richtig durch, als wäre ich eine Maschine. Wenn sie ihren Orgasmus hatte, knattert sie ruckzuck mit der Hand meinen Schwanz ab, damit ich schnell abspritze und Ruhe gebe. Dann steht sie auf und ruft ihre schwulen Freunde an, um über ihre Probleme zu reden oder sich zum Theater zu verabreden. Sie liebt Theater, ich hasse Theater. Sie kann stundenlang in Büchern lesen, deren Titel ich nicht mal verstehe. Sie sagt, ich hätte keine psychischen Defizite, deshalb wüsste sie nicht, was sie mit mir reden soll.«

Ich tröstete ihn damit, dass er meiner Meinung nach durchaus über nennenswerte psychische Defizite verfügt. Ich kann sie aber nicht benennen. Redford ist einfach ein sehr feiner, humorvoller, toller Typ, der darunter leidet, dass er so unglaublich gut, stark und gesund aussieht.

Als ich ihn aber dann auf die Meerjungfrau ansprach, merkte ich doch, was seine Freundin meint. Ihm fehlt zu wenig. Und er hat zu viel. Und deshalb mangelt es ihm nicht an Konflikt, sondern es mangelt ihm an Gefühl für Konflikt. An der Einsicht, dass schon in einer bestimmten Art, in den Regen zu schauen, ein Konflikt verborgen sein kann. In einem Lächeln, weil es falsch ist. In einer Methode, ein Fahrrad zu reparieren, weil es danach mitten auf der Kreuzung in tausend Teile zerspringen wird. Und natürlich in einer verbotenen Nacht.

Ich würde gerne mit ihm über die Dinge reden, aber er begreift überhaupt nichts. Es macht mich wahnsinnig. Er versteht nicht, wieso Nächte verboten sein können. Und er hält mich sowieso für einen »Hallodri«.

Wie er darauf kommt, wollte ich wissen. Und er sagte, dass ich genau diese Art von Kaputtheit und Selbstzerfleischung ausstrahle, die alle Frauen heilen wollen.

»Mich hingegen will kein Schwein heilen, und zwar, weil ich früher mal Handballprofi war.«

»Hör zu, Robert«, sagte ich, denn ich nenne Redford immer Robert, erstens, weil er so heißt, und zweitens kann ich ihn auch schlecht Redford nennen angesichts seiner Sorgen, auf sein Aussehen reduziert zu werden. »Hör zu«, wiederholte ich also, »es geht hier echt um mein Leben. Ich bin verzweifelt, verstehst du das?«

»Gecheckt, ja.«

»Ich brauche einen Freund jetzt.«

»Ich bin hier.«

»Soll ich hunderttausend Dollar nehmen und mit meiner Tante in die Rockys fahren? Was denkst du?«

»Klar.«

»Aber dann vernichte ich meine Freundin in Berlin.«

»Okay.«

»Und gleichzeitig bin ich verschossen in diese Goethehauspraktikantin. Sie will, dass ich bei ihr einziehe.«

»Das wird in Berlin wahrscheinlich nicht sehr gefeiert werden.«

»Nein. Und sie ist schwanger.«

»Das ist gut.«

»Was soll daran gut sein?«

»Nicht?«

»Sag mal, hörst du mir überhaupt zu?«

»Ja, natürlich, aber was erwartest du von mir?«

»Diese Frau ist schwanger. Sie ist nicht von mir schwanger, aber sie ist schwanger. Sie kriegt also ein Kind, das sie aber nicht will. Sie will es auf gar keinen Fall. Gleichzeitig will meine Freundin ein Kind, kann es aber nicht kriegen.«

»Warum nicht?«

»Einfach weil sie es nicht kriegen kann. Aus. Medizinische Gründe. Kein Baby. *Never ever.* So sehr sie es auch will.«

»Die Frage ist, was du willst.«

»Sag mal, Robert, was machen wir hier eigentlich? Ich weiß nicht, was ich will. Deshalb rede ich doch mit dir.«

»Damit ich dir sage, was du willst?«

Bevor ich antworten konnte, klirrte es irgendwo hinter uns, untermalt von Geschrei, dem Geräusch berstenden Metalls und einer Explosion, jedenfalls klang es so, und die Schwarze hinter dem Tresen rief: *»What the fuck?«*

Wir sprangen auf und sahen entsetzt, dass im hinteren Raum ein riesengroßes Loch in der Blechwand klaffte. Der spitze Bug einer Motoryacht war durch die Wand gerammt worden, und zwar von Betty, dem fröhlichen Wirbelwind. Am Boden lagen oder krabbelten Leute. Ein Zwerg flog an mir vorüber. Der Orkan blies mit voller Kraft in die Kneipe rein, und das Schiff bewegte sich drohend auf uns zu.

»Shit«, schimpfte die Schwarze.

Redford, bis dahin völlig überfordert von den moralischen Werturteilen und Ratschlägen, die ihm abverlangt wurden, Redford also spürte plötzlich wieder Boden unter seinen Füßen, als der Hurricane sich unter die Gäste mischte.

»Kannst du ihm deinen Helm geben?«, rief er durch den Lärm der Schwarzen zu.

»Was?«

Redford zeigte erst auf den silbernen Bauhelm, den sie trug, dann auf mich.

»Deinen Helm! Ob du ihm den Helm geben kannst! Er hat was am Kopf!«

»Was denn?«

»Ein Loch.«

»Hey Jack«, schrie die Bedienung ihrem Korsarenkollegen zu, der alle Hände voll zu tun hatte, um eine Panik unter den Gästen zu verhindern, »die Typen hier haben ein Loch im Kopf und wollen mir meinen Helm wegnehmen!«

»Dann schmeiß sie raus, Butterfly!«

Miss Butterfly guckte uns an und schnurrte mit ihrer Wahnsinnsstimme, dass wir ja gehört hätten, was Jacky gesagt hat.

»Das ist aber kein Geblödel«, drohte Redford. »Mein Freund hat einen Schädel wie Schweizer Käse. Der braucht'n Schutzschild.«

»Kannst unser Spaghettisieb haben.«

»Wir bezahlen den Helm ja auch.«

»Vergiss es.«

»Mein Gott, du hast deinen Stier da auf der Titte! Du hast Glück im Überfluss! Du brauchst das Ding doch gar nicht!«

Instinktiv fasste sie an ihre Kopfbedeckung wie an einen Damenhut aus purem Sterling-Silber.

»Das ist ein Geschenk von meiner Kleinen, klar? Also Spaghettisieb oder Verpissen, Sweetheart.«

Der Sturm schob die Yacht immer tiefer in das Gebäude. Und mit ihr den Hänger, auf dem das Boot festgezurrt war. Irgendein Arschloch hatte wohl vergessen, die Bremse reinzuhauen. Die Blechwände begannen bis hoch in den Giebel zu ächzen und zu kreischen. Von der Decke fielen Staub und Dachziegelstückchen. Das Gebäude wurde mit einem spratzenden Geräusch wie eine Konservendose aufgerissen, und überall schrien Leute.

Ich brüllte Redford zu, dass ich auf keinen Fall ein Spaghettisieb auf den Kopf setzen würde. Auch keinen Nachttopf. Auch nicht das Stoppschild, das er von der Wand nahm und mir herüberschob.

Dann brach direkt über uns ein Holzsparren von der Decke. Da, wo eben noch die Kellnerin ihren Vintage-Helm festgezurrt hatte, lag nun dieser vier Meter lange, mopedschwere Balken, als hätte Gott ihn persönlich herabgeworfen. Von der Frau und ihrem Glück war nichts mehr zu sehen.

Die Menschen fingen an zu rennen, andere pressten sich zu einer Art Riesenkrake zusammen, die mich umschlang und mir den Atem nahm, so dass ich auf den Tresen springen musste, um nicht von den Tentakeln zerdrückt zu werden.

Es ist mir schon immer leichtgefallen, bei den geringsten Anzeichen von Massenpanik in die Vergangenheit zu wandern. Anders hätte ich auch die bewaffneten Überfälle nicht überlebt, die mich immer wieder heimsuchen. Als mir die Hispanics vor vier Wochen den Kamerakoffer stehlen wollten, im Hausflur von Jeremiah, fiel mir auch sofort Mamas hassverzerrte Miene ein, mit der sie einst Papas Scheidungsgesuch in Brand gesetzt hatte.

Solche furchtbaren Erinnerungen entspannen mich, wie mich überhaupt Erinnerungen aller Art entspannen. Nur deshalb kann ich eine Messerattacke ignorieren, die Nerven behalten, mich scheinbar gelassen aus den extremsten Situationen fädeln, weil es immer und immer wieder noch

Schlimmeres gab in meinem Leben als das, was gerade geschah.

So war es auch jetzt.

Denn obwohl meine Hände begannen, die von dem Balken getroffene Frau aus dem Schutt zu graben, fiel mir Mah ein, und meine Erinnerung an Mah war viel schlimmer und quälender als die Trümmer, die um mich herumflogen, weshalb sie mir egal waren.

Denn gleichzeitig lag ich in den Armen von Mah, die sie vor drei Jahren im Reha-Zentrum um mich schlang, als ich erfuhr, dass ich überleben würde. Und sofort wanderte ich weiter in Mahs Kindheit, sah sie auf dem Achterdeck der Cap Anamur stehen und vor Kälte zittern, eine Achtjährige, das zerrissene Kleid voller Flecken, das Gesicht vom Wind gerötet und die Wangen wegen des Hungers eingesunken. Dann erspähte ich sie als Säuglingmade in einem Krankenhaus in Saigon, eingepackt in eine viel zu große US-Windel, sah ein kleines Häufchen Fleisch ohne Eltern und bemerkte, wie sich amerikanische Militärärzte über sie beugten und versuchten, ihr frisch geschlüpftes Leben zu retten, das eine einzige organische Anomalie war.

»Der Sturm deckt das ganze beschissene Haus ab«, weckten mich Redfords Schreie, und links und rechts von ihm krachten die Dachziegel runter.

»Wir müssen verschwinden!«

Aber wir verschwanden nicht, sondern hoben den schweren Balken an, während der Korsar einen schwarzen Arm fand, ihn behutsam tätschelte und an seinem Ende einen leblosen Körper freilegte sowie einen zerklumpten Aluminiumhelm.

Ich sah Blut auf dem Stier, der sich hob und senkte. Sie atmete noch.

Als die Feuerwehr kam, stand ich neben Redford auf der Straße und hatte Mühe, nicht weggeweht zu werden. Er organisierte mir einen original Feuerwehrhelm, obwohl er ja gesehen hatte, dass man sich genauso gut buntes Seidenpapier aufs Haupt legen könnte. Von der Kneipe war kaum was übrig geblieben. Nur Alanis Morissette dröhnte immer noch aus den total durchnässten Boxen, Wahnsinn, und die halbe Vorderfront der Blechhalle lag auf der Straße, auch das *»Best Meat in Town«*-Schild, über dessen glückliche Kühe wir stapften. Der Orkan zerrte an mir, wollte mich hoch in die schwarzen Wolken saugen, hoch zu meinem alten Freund Michi, aber mein neuer Freund Redford gab mich nicht frei.

Ich bin oft dem Tod entronnen, aber noch nie mit dieser Überzeugung, daraus was gelernt zu haben. Aus dem Überleben lernt man immer etwas, ganz im Gegensatz zum alltäglichen Einerlei, durch das unser Dasein wie eine Selbstverständlichkeit wirkt.

Vielleicht ist es das, was Tante Paula so zerstört: die Gewissheit, die nächste Krebsattacke nicht mehr überleben zu können und daher nichts mehr lernen zu dürfen.

Das zieht uns allen den Stecker.

Morgen will Nele mit mir in den Zoo gehen. Mir ist schlecht vor Aufregung. Wir haben nur kurz telefoniert vorhin. Ich sagte ihr nichts von gestern. Ich sagte ihr nichts von all dem, was ich gelernt habe. Ihre Stimme klang gewappnet.

Ich glaube, ich weiß, was zu tun ist.

28. Tag

Montag, 14.10.1996. 11.20 Uhr

Heute ist Feiertag (Columbus Day).

Wir wollen in den Bronx Zoo.

Was den Bronx Zoo so besonders macht, ist seine Größe, seine Lage an den Rändern der Afro-Ghettos und seine Wirkung auf Nele, die in der U-Bahn neben mir vor Vorfreude gluckst, gleichzeitig mit den Fingern auf ihrem Bauch herumtrommelt.

Ich habe das Gefühl, dass wir über einen Punkt unwiderruflich hinausgegangen sind, als wir gemeinsam mit dem Weltraumfrauenarzt vor dem Sonarmonitor saßen und ihren Uterus anstarrten. Ich werde niemals mehr die Möglichkeit haben, ihr bestimmte Dinge mit einer gewissen Unvoreingenommenheit zu sagen.

Darin liegt ein Gefühl von Verlust.

Montag, 14.10.1996, am Abend

Wir stiegen an der falschen U-Bahn-Station aus und irrten eine halbe Stunde durch die Bronx. Die Schwarzen blickten uns nach, als ob wir lebensmüde wären. Es herrschte wunderschönes Wetter. Sonnenschein vom Feinsten. Der Hurricane war zwei Tage alt, zuckte nur noch und röchelte mit letzten Brisen sein Leben aus, als wir den von drei entwurzelten Ulmen flankierten Südeingang betraten.

Vor dem Pandabären, der Bamboo heißt, sagte Nele, dass das unser Tier sein wird und dass wir aneinander denken sollen, wenn wir im Alter auf Pandabären stoßen.

»Pandabären sind sehr selten«, sagte ich.

»Deshalb passen sie ja auch zu uns.«

Sie weiß unheimlich viel über Tiere, kein Wunder. Ihr Vater, der Zoologe, hat ihr alles beigebracht. Gürteltiere zum Beispiel können nicht rennen, sondern nur »trollen«. Ich mag es, wie sie »trollen« ausspricht und ihre Lippen dabei ein ganz merkwürdiges »O« formen, weil ihr Unterkiefer durch die Intonation trotzig nach vorne rutscht. Und als wir vor dem Vielfraßgehege standen, summte sie: »Vielfraß nennt man dieses Tier, wegen seiner Fressbegier.«

Sie selber verzehrte vier Portionen Pommes frites »Super Size« mit viel Mayonnaise und fotografierte mich alle fünf Meter und wollte, dass ich sie fotografiere. Sie bat einen Japaner, uns zusammen zu fotografieren, »da wir alle wissen, dass Japaner gut Verwandte fotografieren können«.

Das Foto wird zeigen, wie sie mir ins Ohrläppchen beißt. Ihr Atem wehte mir ins Hirn und blieb dort eine kurze Zeit sichtbar, wie Atem im Winter.

Vor dem Seehundbecken schließlich setzten wir uns mit zwei Softeistüten in die Sonne. Ich blickte zu den Robben, die ein ausdrucksvolles Bild schlaffer Behäbigkeit boten. Einige starrten gedankenlos ins Weite. Vielleicht vermissten sie die Pinguine gegenüber, deren stolze Kolonie der Orkan vorgestern nahezu restlos erfasst und gut hundert Meter weit durch die Luft getragen hatte. So lernten sie einerseits die Magie des Fliegens kennen, mögen den Tapiren, über die sie hinwegflatterten, wie trunkene Möwen oder gar Kormorane erschienen sein, landeten andererseits im Tigerkäfig, so dass sie sich nicht lange darüber freuen konnten. Alles war auf einem provisorischen Schild zu lesen, das am leeren Pinguinbecken hing und auf dem sieben Pinguine mit Engelsflügelchen aufgemalt waren (passend, denn gewissermaßen waren sie ja direkt ins Paradies geflogen).

Gelegentliche Windstöße trugen den Geruch von Fisch und fauligem Moder heran, und ich fasste mir ein Herz.

»Ich war im Best Meat«, begann ich. »Am Samstag.«

»Echt?«

»Mhm.«

»Und das sagst du mir jetzt? Muss doch grauenhaft gewesen sein.«

»Ja.«

»Ich hab's in der Zeitung gelesen.«

»Vor mir krachte einer Kellnerin ein halber Baumstamm aufs Haupt.«

Ich zeigte es ihr mit Armen und Händen, und sie vergaß, an ihrem Eis weiterzulecken.

»Krass.«

»Sie trug einen Bauhelm. Hat überlebt.«

»Habe original noch nie eine Kellnerin mit einem Bauhelm gesehen.«

»Ja, komisch. Das war so ein Fashionding. Und Robert hat versucht, ihr kurz vorher das Teil abzukaufen. Also für mich. Ich meine, wenn sie den Deal gemacht hätte, wäre sie jetzt Matsch.«

»Wow.«

»Irgendwie nimmt mich das mit. Wir hätten sie fast umgebracht.«

»Klar, ja.«

»Und? Hast du nachgedacht?«

»Nachgedacht worüber?«

»Könntest du dir vorstellen, das Baby doch zu kriegen?«

Sie zögerte, fuhr dann ihre Zunge aus, eine Zunge, die für einen Moment einfach nur aus dem Mund fiel, wie ein Gehenkter, bevor sie das Stracciatella-Eis durchpflügte und zwischen mahlenden Kiefern wieder verschwand.

»Wenn du der Vater würdest«, nickte sie nach einer Weile.

»Echt?«

Sie blickte mich von der Seite an, mit einem Blick, ich weiß nicht, mir fehlt das richtige Adjektiv, vielleicht könnte man »nahrhaft« zu dem Blick sagen, jedenfalls nicht flüchtig, gewissermaßen nachdenklich und reichhaltig und auch absolut antastbar.

»Meinst du es ernst?«, fragte sie vorsichtig.

»Ich könnte mir schon vorstellen, der Vater zu werden. Doch, das könnte ich mir vorstellen.«

»Du bist wunderbar, weißt du das?«

»Es geht allerdings um die Mutter.«

»Ich weiß. Ich habe, ich meine, du weißt ja, dass ich noch mal überlegen muss. Als Mutter sehe ich mich nicht so, aber das war so schrecklich bei dem Doc. Und ein Kind ist schon was Süßes.«

»Du musst auch nicht die Mutter sein.«

»Nein?«

»Nein.«

»Okay.«

Sie verputzte betont gleichgültig das Eis, setzte ihre Sonnenbrille auf und zeigte hinüber zu den Robben.

»Weißt du, dass Robben weinen können?«

»Bisher wusste ich das nicht.«

»Bei Erregung aller Art. Vor allem im Gefühl des Schmerzes. Sie flennen dann wie Andie MacDowell in *Sex, Lies, and Videotape.*«

»Aha.«

»Spitzenfilm übrigens.«

»Stimmt.«

»Sie lieben auch Musik und Gesang. Papa sagt, vor allem Beethoven bringt sie in Verzückung. Die Neunte. Vielleicht kannst du noch Robbenohren in deinen Film integrieren.«

»Ich mache den Film nicht mehr.«

»Den Ohren-Film?«

»Nein.«

»Echt jetzt?«

»Aus und vorbei.«

»Du machst den Film über diesen bescheuerten Schriftsteller?«

»Auch nicht.«

»Sondern?«

»Ich versuche eine Doku über Tante Paula.«

»Nazischeiß?«

»Weiß nicht. Er wird erst fertig werden, wenn sie tot ist. Komische Vorstellung.«

»Na gut, genug gequatscht, Jonas«, sagt sie seufzend, »wer soll denn die Mutter meines Kindes sein?«

Man kann schon sagen, dass sie im landläufigen Sinne schön ist, vor allem, wenn sie einen mit einem Anflug von Überdruss mustert.

»Na ja, Mah kann ja keine Babys kriegen. Aber sie würde so gerne.«

Die Unfähigkeit ihres Mundes, Erstaunen zu verbergen, schlug mich in Bann. Ich habe noch nie jemanden getroffen, der sich so schlecht verstellen kann und gleichzeitig glaubt, total undurchschaubar zu sein.

»Du willst, dass ich für dich und deine Frau mein Baby austrage?«

»Es ist nur eine Frage.«

»Bist du noch ganz dicht?«

»Entschuldige, ich war nur, na ja, wenn du es zur Welt bringst, muss es ja sowieso irgendjemand adoptieren.«

»O Gott.«

»Oder?«

»Ich dachte, wir wären so was wie Freunde.«

»Aber würde ich denn diesen Vorschlag machen, wenn wir keine Freunde wären?«

»Gratuliere. Statt eines Big-Apple-T-Shirts bringst du deiner Frau mein Kind mit als Souvenir? So was Entsetzliches habe ich wirklich noch nie gehört.«

»Du willst es nicht töten. Ich habe gesehen, dass du es nicht töten willst. Und behalten willst du es auch nicht. Also wo ist das Problem?«

Ein Zoowärter lief mit einem Megaphon herum und kündigte die Seehundfütterung an. Sofort wurden die Robben unruhig, als würden sie Englisch verstehen. Ich beugte mich zu Nele hinüber, zu der letzten Üppigkeit von Licht und Farben, in der sie saß, und dämpfte die Stimme, um ihr, aber auch mir, zu zeigen, dass alles gut wird.

»Ich denke, dass das funktionieren kann und, na ja, es bringt auch diese, diese Spannung zwischen uns in eine gewisse Balance.«

»Das heißt ja wohl auch, du wirst nicht bei mir einziehen?«

»Es geht nicht, Nele.«

»Verstehe.«

»Ich muss wieder nach Deutschland zurück.«

»Gut Jonas, ich erlebe gerade das, was man eine Traumatisierung nennt. Jedes Mal, wenn ich in Zukunft einen Pandabären sehe, werde ich komplett traumatisiert sein, einfach nur deshalb, weil ich an diese Scheiße denken muss, die gerade passiert.«

»Aber es ist eine Win-win-Situation.«

»Hast du Win-win-Situation gesagt?«

»Na ja.«

»Wenn du nach Deutschland zurückgehst und, nur mal angenommen, denn das wird nicht passieren, deine Freundin mein Kind abstaubt, was staube denn dann ich ab?«

Mir fiel blöderweise nichts ein, und sie nahm das zum Anlass, rastlose Hände zu bekommen und sich in Rage zu reden.

»Ah, ich verstehe schon. Ich soll meine gesegneten Umstände genießen, soll all das Rumgekotze und Rotweinvermeiden zelebrieren, Schwangerschaftsstreifen kriegen, mein Baby verhökern und am Ende an einer Fehlgeburt sterben.«

»Nele –«

»Ich soll eine indische Leihmutter sein, ja? Schon mal über den Preis nachgedacht? Ist es das, was ich kriegen soll? Geld?«

»Beruhig dich –«

»Ich soll mich beruhigen? Weißt du, was du mir da vorschlägst, du Riesenarschloch? Leck mich!«

Sie sprang auf, stiefelte durch die Menschenmenge, die sich inzwischen vor dem Seehundbecken gebildet hatte, und rempelte aufgebracht einen kleinen Jungen an, der ein paar Luftballons in der Hand hielt, die nun gasgefüllt in den Himmel aufstiegen, gefolgt von den Klagelauten des Jungen, die Nele völlig egal waren. Sie stampfte einfach weiter.

»Ich bin auch aufgewühlt, weißt du«, stieß ich hastig hervor, als ich sie einholte. »Ich weiß nicht, wie man die Gefühle in den Griff kriegt. Ich bin gestern fast draufgegangen im Best Meat. Und da hab ich mich gefragt, was New York soll, was unsere Begegnung soll, was deine Schwangerschaft soll, was das alles hier soll. Und dann dachte ich plötzlich, man muss doch nur eins und eins zusammenzählen, das ist die ganze Antwort.«

»Eins und eins ist drei, oder was?«

»Eher vier.«

»Eher vier?«

»Du, das Baby, ich, Mah.«

Sie schüttelte verächtlich den Kopf, ganz kurz und heftig, und stieß gleichzeitig einen prustenden Laut aus, genau wie der Wasserbüffel, an dem wir vorbeirasten.

»Als ich dich damals das erste Mal stehen sah in der vollgeschissenen Wohnung von deinem Professor, da merkte ich schon, dass jemand ganz groß ›Diskalkulie‹ auf deine Stirn geschrieben hat. Du bist exakt der Adam-Riese-Typ, der glaubt, dass eins und eins vier ist, oder acht, oder vierundzwanzig, je nachdem, wie viele Frauen er fickt.«

»Meine Güte, wir haben überhaupt nicht gefickt.«

»Sei froh!«, rief sie und blieb abrupt stehen, genau vor dem Tigerkäfig, und alle drei Königstiger starrten zu ihr herüber, noch mit dem Geschmack von saftigem Pinguinfleisch auf der Zunge, und auch ich lauschte in geradezu ungestümer Verehrung ihrem starken, sicheren, hessischen Organ, das wirklich gar nichts mehr mit dem Stimmchen einer Meerjungfrau zu tun hatte. »Sei absolut froh«, donnerte sie, »denn sonst würde ich dir jetzt eine verpassen, echt jetzt, und wenn die Polizei deine Reste einsammelt, würde ich sagen: Oje, ich habe ganz vergessen, oje, dass er nur einen halben Kopf hat, oje, obwohl ich das ja hätte merken können, da Jonas Rosen gar nicht wusste, was eins und eins ist! Oje, oje, oje!«

»Meinst du, ich fand dich nicht nervig? Ich meine, wer klingelt denn an der Tür von einem Fremden und geht dann auf dessen Klo, obwohl der sagt, nein, nein, nein?«

»Das schlimmste Klo Manhattans. Ich musste es saubermachen.«

»Ja, mit meinem Waschlappen.«

»Da waren überall Kotreste am Klodeckel.«

»Und du hast unglaublich laut in die Schüssel gepullert, ich hab mir die Ohren zugehalten.«

»Und weil du so verklemmt bist, findest du mich eklig und willst mich demütigen?«

»Aber ich finde dich doch gar nicht eklig.«

»Ich mag dich nämlich trotz der Kotreste.«

»Ich mag dich auch.«

»Ehrlich gesagt mag ich dich richtig gerne.«

»Nele.«

»Ich hatte gedacht, obwohl es naiv ist, dass wir vielleicht zusammenziehen und ich das Kind kriege und du der Vater wirst und du die Mutter wirst und du einfach alles wirst und mir einen Heiratsantrag machst und weltberühmt wirst wie Steven Spielberg und wir dann noch drei weitere Kinder kriegen, die auch weltberühmt werden, und dann ziehen wir nach Beverly Hills. Na ja, so was darf ich mir ja vorstellen, ich bin ja erst neunundzwanzig und also noch ein Kind.«

»Nele.«

»Und dabei willst du nur meinen Fötus!«

»Nele –«

»Hörst du mal auf, die ganze Zeit ›Nele‹ zu blöken? Was für ein beschissener Tag! Und ich habe mich so sehr auf den Zoo gefreut! Und auf dich! Und auf die Pandabären!«

»Ich auch, Nele, und ich will auf keinen Fall, dass, dass, dass … Pandabären irgendwas Negatives in dir auslösen, später mal.«

»Du machst mich unglücklich.«

»Ich weiß.«

»Du liebst mich nicht.«

»Du bist die ungewöhnlichste Frau, die ich je getroffen habe, du bist wunderschön und voller Überraschungen, du bist die Tochter eines renommierten Schneckenforschers, wie könnte man dich nicht lieben?«

»Witze helfen jetzt auch nicht weiter.«

»Es tut mir leid.«

Sie nahm die Sonnenbrille ab, und ihre Augen, die im Licht eines letzten warmen Oktobernachmittags aufschäumten, bildeten den denkbar größten Kontrast zu der spröden Stimme, mit der sie sagte: »Na ja, es hat jedenfalls Spaß gemacht mit dir.«

Ihre Erregung hatte mich so mitgerissen, dass mich die schlagartig eintretende Melancholie völlig überraschte, die auch eine wirklich außerordentliche Wirkung auf die anwesenden Königstiger zeitigte. Die Raubtiere begannen zu brüllen, dass es einem durch Mark und Bein ging.

»Warum nur ist es immer so«, fragte sie mit eigentümlicher Wehmut, »dass sich neue Freunde immer besser miteinander amüsieren als alte?«

Als hätte diese Bemerkung, die ich nicht ganz verstehe, sie ungeheure Kraft gekostet, sank sie auf eine Bank. Ihre Schultern versuchte sie straff zu halten, aber alles andere zerfloss in eine Hingegebenheit an den Moment. Sogar ihre Hände, die so ausdrucksstark waren in ihrer Wut, wurden weich und gummihaft und blieben ohne Regung auf ihren Knien liegen.

Ich ließ mich neben ihr nieder. Sie weinte heftig und geräuschlos.

»Ich will deine Beziehung nicht zerstören«, flüsterte sie schließlich, winzige Stäubchen vor ihrem Mund. »Wenn ich mit Felix noch zusammen wäre, hätte ich mich niemals auf irgendwas eingelassen. Ich weiß nicht, wer von uns egoistischer ist, Jonas, aber du wirst auf jeden Fall mehr Erfolg damit haben.«

Die Königstiger waren still. Sie wurden mit zwei halben Ziegen gefüttert.

Dann sagte Nele: »Erzähl mir von deiner Freundin.«

Auf der Rückfahrt saßen wir nebeneinander im Bus, und sie legte ihren Kopf an meine Schulter, und ich rührte mich nicht. Wir redeten kein Wort mehr, blickten hinaus in die Ghettos, die in der Abendsonne aufglühten wie das brennende Rom.

29. Tag

Dienstag, 15. 10. 1996

Nach dem Zoo gestern trafen wir noch Almut. Sie wollte sich bei mir bedanken. Für die Rettung. Dabei habe ich sie gar nicht gerettet, sondern nur für einen winselnden Hund gehalten. Das sagte ich ihr aber nicht.

Wir gingen in ein koreanisches Restaurant und saßen praktisch mitten in der Küche. Dem Koch entglitschte ein lebender Fisch, der zappelnd auf den Boden fiel und es schaffte, sich mit einem kräftigen Schlag seiner Schwanzflosse unter den Herd zu katapultieren.

Nele erklärte, dass es sich um einen Seebarsch handele. Nach Plinius waren im Römischen Reich diejenigen Seebarsche besonders geschätzt, die an der großen Tiberbrücke gefangen wurden, weil sie sich von der erlesenen Scheiße der Senatoren ernährten, die in reichen Mengen im Fluss schwamm. Ich habe das kleine Latinum, sagte sie, lächelte grotesk und fragte, ob wir den flüchtigen Seebarsch, den die koreanische Küchencrew mit den exotischsten Mitteln unter seinem Versteck hervorzulocken versuchte, sogar mit lauten Pfiffen, befreien und im Hudson aussetzen sollten.

»Ist irgendwas?«, fragte Almut, und wir sagten beide so

unbekümmert wie möglich, dass überhaupt nichts sei. Wir wollten nicht, dass sie sich Sorgen macht.

»Warum sollen wir denn in einem Fischrestaurant Fische retten?«, fragte Almut.

Der Suizidversuch hat ihr gutgetan, zumindest ihren Gesichtszügen und ihrem gesunden Menschenverstand. Sie ist ganz weich und durchlässig und auf anmutige Weise mit sich im Reinen, so scheint es.

Natürlich erwähnten wir den Mittwoch nicht. Auch nicht Herrn von Hambach. Auch nicht den Hurricane Betty. Auch nicht den Besuch im Bronx Zoo. Nichts, was die unmittelbare Vergangenheit betraf, konnte zur Sprache gebracht werden. Von der unmittelbaren Zukunft ganz zu schweigen.

Insofern in der Kommunikation eingeschränkt, sahen wir stumm und tatenlos zu, wie am Ende der Seebarsch mit Hilfe eines Schürhakens ans Tageslicht befördert wurde, umgehend auf einem Hackblock landete, wo ihn der muntere Koch mit einem Holzhammer betäubte und mit einem Affenzahn ausnahm, um ihn in sagenhaft kleine Teile zu zerhacken.

Das half Nele und mir, unsere Appetitlosigkeit zu erklären.

Dafür tranken wir warmen Sake, aufgrund der partiellen Schwangerschaft der Gruppe auch Tee der drei glücklichen Drachen. Wir sprachen über unverfängliche Songs und Filme. Almut kam auf *Dead Man Walking* zu sprechen, weil sie Sean Penn attraktiv findet. Die äußerste künstlerische Konzentration und die sparsamen filmischen Mittel in dem Drama fanden angesichts der Komplexität der Dinge ihre Zustimmung. Außerdem ist sie gegen die Todesstrafe, ausgenommen für Herrn von Hambach.

Ich erzählte eine Begebenheit mit Lila von Dornbusch, der vor zwei Jahren eine Filmklasse aus Babelsberg als Lehrexperiment in ein leerstehendes Stasi-Gefängnis gesperrt hatte – drei Tage lang in Einzelzellen – und ausgerechnet die einzige weibliche Studentin im Keller vergaß.

Wir lachten viel und waren sehr traurig.

Von 11.00 Uhr bis 13.00 Uhr fand heute das Interview mit Katharina Birk statt. Ich sagte ihr aber nur, dass keine Filmkassette mehr in der Kamera sei, weil ich das Porträt über ihren Mann abgesagt hätte.

Sie wunderte sich, wie das passieren konnte, da ich mit »Birk« (sie nennt ihren Gatten ausschließlich beim Nachnamen) echte Genialität vor die Linse bekommen könnte. Ich erwiderte, dass ich die größte Hochachtung vor Birks Genialität hätte, mir aber nur dumme Fragen einfielen. Sie beschwichtigte, dass ich nicht so schüchtern sein solle und ihr einfach mal eine meiner Fragen stellen sollte, probehalber. Dann würde sie schon wissen, ob damit das Potential ihres Mannes abzuschöpfen sei.

Da sie darauf bestand, mich auch erwartungsvoll anblickte, fragte ich also, ob ihr bekannt sei, dass es nur zwei männliche Vornamen gebe, die sich auf Birk reimen.

Sie starrte mich an wie ein Pferd.

Da sie nichts sagte, ging ich davon aus, dass sie keinen Schimmer hatte, und so erklärte ich, dass Vorname Nummer eins »Dirk« sei und Vorname Nummer zwei »Kirk«, so wie bei Kirk Douglas. Man müsse also die vollen Namen

»Dirk Birk« und »Körk Börk« aussprechen. Und das sei schon meine beste Frage für ihren Mann, dem womöglich auch nichts dazu einfiele.

Sie ging, ohne mir die Hand zu geben, und behauptete, dass ich ein Versager sei und nichts aus mir werden könne, wenn ich nicht einmal aus den Diamanten der Familienmitglieder Birk ein kostbares Diadem zu schmieden wüsste.

Gleich muss ich zur Party.

Dienstag / Mittwoch Nacht, 16. 10. 1996, 5 Uhr

Party bei Redford in der Bleecker Street.

Kerstin und ihre Schwester Janne flippten aus und schmissen mit Ecstasy-Pillen rum wie im Karneval. Mindestens fünfzig Leute tanzten, und Jerrys Gemälde tanzten mit.

Der Vermieter machte den DJ auf seiner superteuren Hi-Fi-Anlage. Er hatte wieder jede Menge Bluefish geangelt, aber der Abend beim Koreaner lag mir noch im Magen.

Jerry erkannte mich nicht und sah daher auch keinen Anlass, den unwürdigen Sexualtherapeuten Dr. Rosen vor die Tür zu setzen. Legte ständig Freddie Mercury auf und stampfte dazu.

Eine Mannheimerin getroffen.

Nele und Almut waren auch da, aber nur, weil ich sie wie schweres Gepäck mitgeschleppt hatte.

Almut tanzte zu *You can't always get what you want.*

Neben ihr stand einer und leckte sich die Lippen. Sie

hatte Titten und streckte sie raus. Der Typ leckte sich noch mal die Lippen. Sie ignorierte ihn und tanzte sehr für sich, fast so gut wie damals Mona, ihre Arme zuckten nach links und rechts wie Krokodilschwänze. Wie schön, dass sie nicht tot ist.

Ich setzte mich auf einen Hocker und dachte an das Flugzeug, mit dem ich hoffentlich nicht abstürze übermorgen.

Nele kam zu mir und schenkte mir *Naked Lunch.* Eine Ausgabe von 1974. Auf dem Vorsatzblatt eine Widmung von William Burroughs, es war die Handschrift von den Briefen aus Jeremiahs Klo.

Ich lächelte gerührt.

Wir redeten nichts.

Jetzt liegt sie neben mir und schläft.

30. Tag

Mittwoch, 16. 10. 1996

Kein Eintrag.

31. Tag

Donnerstag, 17. 10. 1996

Verabschiedung Nele am Mittag. Schrecklich. Danach Kofferpacken. Abflug 19.40 Uhr.

Lila war es scheißegal, dass ich abfliege.

New York ist eine Hure.

Letzter Tag (32.)

Freitag, 18. 10. 1996

Bin wieder in London am Flughafen Heathrow.

Europa macht einen sofort krank. Mir ist schwindelig, die Birne-aus-Porzellan findet keine Ruhe, keinen Schlaf, keine Dunkelheit.

Dieser Kontinent ist ein Schraubstock, ein Land der Toten, eine Idee der Toten. Was will ich hier?

Auf dem Rückflug haben sie auch viel schlechtere Filme gezeigt als auf dem Hinflug.

Keine Ahnung, was bleibt.

Bin stolz und leer, weil ich mich treu fühle.

Na ja. So gut wie.

Die Kondome sind jedenfalls alle vollzählig zurück.

Illusionen. Großes Durcheinander. Werde es setzen lassen. Bin verwirrt. Freue mich auf Mah, habe aber Vorbehalte mir selbst gegenüber.

Haben uns zehn Tage nicht gesprochen. Wie ist ihr Leben verlaufen in der Zeit? Hat sie jemanden kennengelernt? Kann sie sich vorstellen, mit mir den Rest ihres Lebens zu verbringen?

Warum bin ich nicht rücksichtsloser, barocker, katholischer? Warum so protestantisch, zerquält und dumm?

Scheiße fühle ich mich sowieso.
Und gleichzeitig erhoben.
Absurd.

Was ist es, was unser Leben bestimmt? Eine Reihe kleiner Beobachtungen, die nicht über sich hinausweisen? Der eigene Wille, aus sich herauszufinden und ins Licht zu krabbeln? Oder das Schicksal, das uns bei der Geburt einen Faden spinnt, in den wir uns hineinwickeln, was auch immer wir tun?

Kann man an Zufälle glauben, wenn man aus New York zurückkommt mit einem neuen Menschen im Gepäck?

Ich habe zehntausend Meter über dem Atlantik auf die Ultraschallaufnahme der Erbse gesehen. Stundenlang. Sie lag in dem Buch. *Naked Lunch.*

Auf der Rückseite eine Widmung mit Fragezeichen: »Für Jonas?«

Die Schrift rund und weich und leicht verschmiert, was unter der See vielleicht öfter passiert, wo die Meerjungfrauen wohnen.

Alles in mir schlägt Funken, als würde man mein gefrorenes Herz an einen Schleifstein halten.

Am letzten Abend waren wir im Lucky Cheng, einem China-Restaurant, in der Dragqueens bedienen. Ich lud alle von dem Geld ein, das von meinen Filmen übriggeblieben ist. Es war öffentlich-rechtliches Sendergeld, ich konnte damit rumschmeißen wie Isnogud.

Am liebsten hätte ich harte Drogen gekauft.

Fast alle kamen. Nele Zapp. Almut von Koskull. Kerstin

Sommerlein. Ihre Schwester Janne Sommerlein. Und natürlich Redford.

Redford war am schönsten von allen, hatte einen goldbraunen Schimmer im Haar, einen feuchten, fast schlüpfrigen Glanz auf den Lippen. Er brachte für alle Damen und sogar für mich weiße Rosen mit, die er am Vormittag für eine Parfümwerbung hatte zu Tode fotografieren müssen.

Selbst Tante Paula war von ihnen hingerissen, noch mehr jedoch von Redford selbst. Sie kam in einer Limousine vorgefahren, die ihr Aldon Ruby zur Verfügung gestellt hatte, inklusive einem Chauffeur, einem »zukünftjen«, wie sie ihn wegen seiner »besorchniserrejenden Fahrunkenntnisse« nannte.

Ich nahm sie in Empfang, und so kurvten wir, im Takt ihres auf das Trottoir hämmernden Gehstocks, in das von tausend rosa Glühbirnen illuminierte Haus der unendlichen Freuden hinein (Eigenwerbung). *»Oh boy«*, grunzte sie, »ich habe jedacht, in die Hölle kommt man erst nach dem Verblejchen.«

Jeremiah wollte nicht dabei sein, was komisch ist, da es gutes, warmes Essen gab, und zwar umsonst. Ich hatte ihn angerufen, um ihn mit taktvollem Hinweis auf die großartigen Konditionen einzuladen, als apostolische Geste gewissermaßen, hatte auch von Tante Paula erzählt, von ihrer Affäre mit Kerouac, und dass sie ihn gerne kennenlernen würde.

Aber Jeremiahs Stimme klang böse und abweisend. Er tat so, als könnte er sich kaum noch an mich erinnern. Wer weiß, vielleicht ist dem sogar so. *»Have a nice life«*, bellte er und legte auf.

Der Abend wäre sicher durch ihn zerlegt worden, allein

schon, weil er die Klimaanlage hochgedreht hätte, bis sich alle wie in einem Kühlhaus für verderbliche Ware vorgekommen wären. Aber dennoch. Er ist die konsequenteste Verneinung von Respektabilität, die man sich denken kann. Und ich liebe seinen Schmerz.

Weder Lila noch Dieanderenfünf habe ich eingeladen.

Kein Bock.

Nele wollte mir nach den Dim Sums Tarot-Karten legen lassen. Irgendwie klappte es nicht. Sie vergaß ihren Schal auf ihrem Stuhl, als wir schließlich in den Keller zur Show hinuntergingen. Es ist kalt geworden in der Stadt.

Die Bühne war so schmal, wie ein vw-Käfer lang ist, und die Decke so niedrig, dass sich die Darsteller unentwegt ducken mussten.

Ein Transsexueller setzte sich dennoch auf meine Schultern und prügelte auf mich ein, und Redford schrie immer *»Don't touch his head!«*.

Ein ungeheuer fetter Sänger sang prächtig. »Vor fünf Jahren sah sie noch aus wie du«, zwitscherte die Conférenceuse und zeigte auf mich.

»Ich will neben Jonas sitzen«, sagte Nele.

»Bringt das nächste Mal eure Kinder mit«, schrie die Conférenceuse zum Abschied, »sie haben eine gute Zeit, sehen die Show, finden uns großartig und wollen später auch alle mal Dragqueens werden.«

Danach zogen wir ins Bob. Nette Kneipe, in der sich Tante Paula wohl fühlte und ihr liebliches Gesicht sofort mit einer Tabakwolke verhüllte.

Alle anderen waren traurig und verlegen.

Almut starrte immer Redford an. Nele hat mir erzählt, dass sich ihre Freundin in ihn auf der Party am Vortag verguckt hat, zumindest ein bisschen – was ich ihm brühwarm erzählte, um wenigstens eine haltbare Beziehung zu stiften.

Aber er ist nicht interessiert. Sie ist ihm nicht dominant, akademisch und überlegen genug. Dabei sah sie umwerfend aus. Trug einen blauen Pullover, den ich anfassen sollte, weil er so kuschelig war. Redford hatte die gleiche Farbe am Leib, als Hemd. Almut versuchte, ihren Augen einen stumpfen Glanz zu geben. Eben dann leuchteten sie doch, waren voller Hoffnung und Sehnsucht, wie kleine Windlichter auf einem Friedhof. Sie ist gewiss oft enttäuscht worden. Hat etwas Bitteres, Schneckenhäusiges, aber auch Reines, Schönes, beinahe Gretchenhaftes.

Morgen kommen ihre Eltern aus Österreich. Was ihr wohl ihr Therapeut rät? Mehr lächeln?

Die Meerjungfrau hingegen war wie immer kokett, brachte ihre makellosen Zähne zur Geltung, biss oft auf den Leberfleck an der Unterlippe. Sie wirkte neben der ernsten Almut eine Spur zu leichtsinnig, gleichzeitig aufgeregt und bekümmert.

Ich spürte, dass Redford sie anstarrte. Er war von dem Terror fasziniert, den sie in sein Leben bringen könnte, und er sagte mir, dass man ihr die Schwangerschaft ansähe.

Sie machte kein Hehl daraus, dass ihre linke Hand in mich verknallt ist. Wir saßen die ganze Zeit zusammen. Ich bekam furchtbare Migräne und verabschiedete mich bald.

Tante Paula nahm mich in den Arm, mit Tränen in den Augen, und steckte mir einen Briefumschlag mit zehntausend Dollar in bar zu. Der Umschlag war dick wie ein kleiner Gedichtband, und sie sagte, ich solle ihn auf keinen Fall beim Zoll deklarieren, sondern in die Hose stecken, direkt an meinen blanken Hintern, der würde selten abgetastet.

Dann war sie verschwunden.

Am Ende raunte Nele mir zu: »Du wirst bestimmt mal berühmt.«

»Dokumentarfilmer werden nicht berühmt.«

»Es ist mir auch egal, ob du berühmt wirst. Aber du wirst trotzdem berühmt. Und dann sagst du meinem Kind, dass ich dich mal geliebt habe.«

Bevor ich am Abend zum Flughafen musste, fuhr ich gestern nochmal zum Goethe-Institut. Im ersten Stock sah ich niemanden. Auch Neles Büro war leer. Hollie Lehmann hatte Grippe. Das Neuschwanstein-Plakat war von irgendjemandem abgehängt worden. Kein GERMANY ROCKS mehr. Nur eine kahle weiße Wand, auf die mein Schatten fiel.

Ich setzte mich auf Neles Stuhl und wippte nachdenklich. Erstaunlicherweise sitzt sie auf gleicher Höhe wie ich, obwohl sie doch viel kleiner ist.

Ich öffnete ihre Schubladen, schnüffelte herum, fand Dinge, die in Handtaschen gehören. Gerade, als ich einen Lippenstift von ihr betrachtete, stand sie in der Tür.

»Was machst du denn da?«, fragte sie.

Mir fiel nichts ein, außer sie anzustarren. Sie kam langsam auf mich zu, setzte sich auf meinen Schoß, den Rücken mir zugewandt, und nahm mir sachte den Lippenstift aus der Hand. Dann beugte sie sich vor und schrieb auf ihren Bildschirm »PEIN« und darunter »LICH«, mit einem roten, nach Erdbeeren riechenden Fragezeichen dahinter. Ich nickte.

Sie sah mich über den Bildschirm an, in dem wir uns spiegelten. Sie lächelte schmerzlich und lehnte sich an mich. Ich umfaßte ihren Bauch, legte mein Ohr an ihren Rücken, gegen ihre Wirbel, hörte ihre Gelenke, ihren Magen, ihren Darm. Wenn man einen Film über Ohren gedreht hat, weiß man, was man da hört. Sie atmete flach und roch nach Gras und Waschmittel.

Ob die Erbse wohl meine Hand fühlte?

Nach zehn Minuten kam irgendjemand herein, sah uns und verzog sich erschrocken.

Wir lösten uns voneinander, als das Telefon klingelte. Sie stand auf, hob ab, hörte kurz zu und sagte dann: »Nein, Herr von Hambach. Kann grad nicht. Mir ist schlecht.«

Sie blieb dann vor mir stehen, ohne irgendetwas zu tun.

»Ich habe das eben gesagt, weil es mir leichtfällt, so was zu sagen. Du musst es nicht ernst nehmen. Es ist meine Art, weißt du?«

Ich nickte.

»Von Hambach hat mir Almuts Job angeboten. Verrückt, was?«

Ich nickte wieder. Wir guckten uns an, und mir war klar, dass ein Teil von mir bleiben würde. In diesem Raum, in dem leichten Luftzug dieses Zimmers, von dem aus man das Met sehen kann, wenn man Wert darauf legt.

»Also den großen Kuss wirst du starten müssen, wenn es ein großer sein soll. Du kannst mir auch einen lächerlich kleinen, peinlichen Abschiedskuss aufs Haupt drücken, sowas!« Sie knallte einen abfälligen Gelegenheitskuss in die Luft. »Ich werde auf jeden Fall meine Schlüsse ziehen.«

Sie wollte tapfer sein, deshalb sprach sie so burschikos. Sie ließ ganz harpuniert die Arme hängen, als ich sie weich auf die Moby-Dick-Stirn küsste.

Draußen fuhr ein ganzer Löschzug vorbei. Irgendein Hochhaus brannte. Ich kann nicht weiterschreiben. Mir geht es beschissen.

Am Ende sagte sie: »Vergiss mich nicht«, aber da standen wir schon unter der Birke im Central Park, inmitten der großen Wiese, auf der bis ans Ende meiner Tage Ghostbuster galoppieren wird.

Fliege jetzt über den Ärmelkanal. Berlin erreichen wir in einer Stunde. Mah wird am Flughafen stehen und mich abholen mit ihrem schneeweißen Renault, auf den sie so stolz ist.

Das Meer sieht aus, als würde es verdampfen, ein dünner Schleier lebloser Farben, mit winzigen Schiffen darauf, die kilometerlange Linien durchs Wasser pflügen.

Was werden unsere ersten Worte sein? Schön, dass du da bist? Ich habe dich vermisst? Sehr?

Der Hunger ist ein großer Herr, heißt das Sprichwort. Kaum etwas habe ich angerührt, weil er mir klein vorkommt, der Hunger. Ein Paar seidiger Augen. Der Glanz eines faltenlosen Lächelns, das alles weiß.

Die Stewardess schwebt vorbei und betrachtet mich, während wir mit tausend Stundenkilometern meinem und vielleicht auch ihrem schönen, neuen Leben entgegenjagen.

Danksagung

Ich danke meinem ehemaligen Lehrer Rosa von Praunheim, von dem ich alles gelernt habe, was man zum Verfassen unerhörter New Yorker Begebenheiten braucht. Dieses Buch konnte nur entstehen, weil es ihn gibt. Die Nutzung von Teilen seines *3. Lehrgedichts zur persönlichen Erbauung der Studenten* sowie dessen Abdruck hat er mir freundlicherweise genehmigt (aus: *Mein Armloch*, Gedichte, Martin Schmitz Verlag, Berlin, 2002).

Als weiterem Ziehvater dieser Geschichte möchte ich Reinhard Hauff danken, der mich einst zum Schreiben, zu Rosa und nach New York gebracht hat.

Der gesamten Diogenes-Familie fühle ich mich zu großem Dank verpflichtet. Ganz besonders meine geduldige und kenntnisreiche Lektorin Silvia Zanovello hat dem Text zu seiner letzten Form verholfen, übrigens auch dem Cover zu seinem Motiv. Philipp Keel, der sich nie ins Bockshorn jagen lässt, hat sofort nach Lektüre des Manuskripts das schönste Licht angezündet, nämlich ein grünes. Ursula Bergenthal, Ruth Geiger, Kerstin Beaujean, Martha Schoknecht, Catherine Schlumberger und alle anderen Diogenesinnen haben mich, ebenso wie die Diogenesen, in Zürich mit Wärme, Zuversicht und Vertrauen gefüttert. Ralf

Oberndorfer und Rory Critten danke ich für die Durchsicht der englischen Passagen. Falls etwas trotzdem nicht korrekt formuliert ist, ist der Autor schuld. Meine Agentin Rebekka Göpfert und Clara von Berlepsch haben dem Text dramaturgisch geholfen, vielen Dank dafür. Den größten Einfluss auf die Geschichte übte meine Frau Uta Schmidt aus, durch ihr untrügliches editorisches Verständnis, ihre stete kritische Begleitung und ihre Phantasie. Mein umfassendster Dank gilt Dir, Liebste. Du weißt schon.

Nicht nur Menschen, auch Bücher haben mir Ideen geschenkt. Ohne Knut Elstermanns beeindruckende Studie über seine Tante Gerda wäre ich wohl kaum auf Paula Hertzlieb gekommen, die sich manche Möbel, Bilder, Formulierungen und eine Krankheit aus *Gerdas Schweigen: Die Geschichte einer Überlebenden* (be.bra verlag, Berlin, 2006) geliehen hat. Die Figur verdankt auch Angelika Schrobsdorffs brillanten Interviews einige Gedanken.

Einer zwanzig Jahre alten Notiz aus meinem Zettelkasten entnahm ich die Figur der Valerie Soraya Puck, die einer nicht zu rekonstruierenden literarischen Quelle entstammt.

Wo ich welche Informationen über New York herbekam, weiß ich nicht mehr, aber die im Text zitierten Auszüge sind dem Reiseführer *New York. The Rough Guide* (Penguin Group, London, 1996) entnommen. Aus Hanif Kureishis Kurzgeschichtenband *Midnight All Day* (deutsch: *Intimacy: Rastlose Nähe. Dunkel wie der Tag*, Fischer Verlag, Frankfurt/M, 2008) erlaubte ich mir, neben einem

Wetterumschwung auch das abstruse Versteck eines Herrenschuhs in einer Damenhandtasche zu zitieren.

Zur Geschichte der Beatniks haben mir die schon klassische Studie von Lawrence Lipton, *The Holy Barbarians* (deutsch: *Die heiligen Barbaren*, Rauch Verlag, Düsseldorf, 1960) sowie *This is the Beat Generation* von James Campbell (University of California Press, Berkeley, Los Angeles, London 1999) weitergeholfen. Die Kurzgeschichte von Herbert Huncke sowie die Zusammenfassung von William Burroughs' Leben in Mexiko sind Passagen aus dem Buch *The Birth of the Beat Generation* von Steven Watson (deutsch: *Die Beat Generation*, Hannibal Verlag 1997) entlehnt.

Wie so vielen anderen war auch mir Jack Kerouacs *On The Road* einst die Initialzündung gewesen, mein Leben zu ändern, was mich vor Jahrzehnten für einige Monate (6) nach Australien trieb und der Grund ist, weshalb ich mehrere seiner Sätze (3) in das vorliegende Buch geschummelt habe. Möge mir der Homer aller Beatniks dies nachsehen.

In meinen Filmen und Büchern habe ich immer wieder den Holocaust thematisiert, der für die Geschichte meiner Familie eine Rolle spielt.

Dies sei dem Verweis vorangestellt, dass das Protokoll Bis-Mittag und das Protokoll Ab-Mittag auch aus persönlichen Gründen keine völlig freien Erfindungen sind, sondern authentischen Zeugenaussagen und Vernehmungen folgen, bis in einen erheblichen Teil der Formulierungen hinein. Die Tatsache, dass in Riga während der deutschen Besatzungszeit im Zweiten Weltkrieg ein sogenanntes »ss-Hygiene-Institut« existierte, habe ich den Akten des sogenannten »Riga-Verfahrens« entnehmen können, die ich für meinen Roman *Das kalte Blut* jahrelang durchforscht habe. Soweit mir bekannt ist, wurde diese NS-Behörde bis heute nie Gegenstand wissenschaftlicher Untersuchungen.

Gegenüber den sowjetischen Ermittlungsbehörden haben nach dem Krieg mehrere Zeugen ausgesagt, dass an diesem Ort deutsche Sachverständige für Vergasungen ausgebildet wurden, Gaswagen zur Verfügung standen, Blausäure gelagert wurde. Dass 1942 tatsächlich in den Räumlichkeiten des Hygiene-Instituts eine »Probevergasung« an jüdischen Opfern vorgenommen wurde, ist unwahrscheinlich. Sie wurde jedoch geplant.

Alle in den Aussagen Tante Paulas geschilderten ss-Aktionen hätten unter Maßgabe der damaligen Verhältnisse in der geschilderten Form stattfinden können.

Ich danke Anita Kugler, die mir einen Großteil der Akten des »Riga-Verfahrens« zur Verfügung gestellt hat.

Zuletzt möchte ich in einer kranken Zeit wie heute, die an politischen Entzündungen, an den Hirntumoren Krieg und Vertreibung sowie einer grassierenden Diktatorenepidemie leidet, ganz ausdrücklich den neunziger Jahren dafür danken, dass es dieses Spitzenjahrzehnt gegeben hat, das zwar auch nicht gesund, aber ein hoffnungsvoller Rekonvaleszent war, so dass für einen kurzen Moment alles möglich schien.

Enough about me, let's talk about you for a minute
Enough about you, let's talk about life for a while
The conflicts, the craziness and the sound of pretenses is falling
All around, all around.

Alanis Morissette,
All I Really Want

Die Handlung und alle handelnden Personen sind nichts als Phantasie und Phantasiegestalten. Ähnlichkeiten mit lebenden oder realen Personen wären rein zufällig.